Sie gab dem Himmel Farbe

Eva-Maria Rademacher

Sie gab dem Himmel Farbe

Roman

*Für Amelie
mit guten Wünschen
herzlichst
Eva-Maria Rademacher
3. November 2007*

Alle Rechte, auch die der photomechanischen Wiedergabe
und der Übersetzung, vorbehalten

© Eva-Maria Rademacher

Umschlag: Eva-Maria Rademacher
Lektorat : Creativo Autoreninitiativgruppe

Fabuloso Verlag Gudrun Strüber
Fabrikstraße 20
37434 Bilshausen
Tel. + Fax.: 05528 1545
e-mail: strueber@fabuloso.de

Printed in Germany 2. Auflage 2005
Druck: Druckerei Wittchen Nörten-Hardenberg

ISBN 3-935912-06-4

Für Peter, Myriam und Katrin

Siehe, ich habe dir geboten,
dass du getrost und freudig seist.

Josua 1.9.

Hör mal, wie die Leute reden

Mit kreischenden Bremsen fuhr der D-Zug Hamburg/Stuttgart pünktlich acht Uhr fünf in den Bahnhof ein. Kurz bevor er zum Stehen kam, wurden einige Wagentüren aufgestoßen.

„Göttingen! Göttingen!", ertönte es aus dem Lautsprecher.

Maria Schönfeldt achtete nicht auf die weiteren Durchsagen, sie musste Hanna fest an die Hand nehmen, da die Mitreisenden rücksichtslos in den Zug drängten. Als sie an der Reihe waren, half Maria ihrer kleinen Tochter die hohen Trittbretter hinauf und stieg dann auch ein. Im Nichtraucherwagen der dritten Klasse gab es noch freie Sitzplätze.

„Hier ist ein kleines Abteil. Komm, geh schnell hinein!", sagte Maria und schob die Tür auf. Sie ließ Hanna vorgehen, stellte ihre Reisetasche auf der hölzernen Sitzbank ab und seufzte erleichtert. Türenschlagen, ein schriller Pfiff, ruckartig setzte sich der Zug in Bewegung.

„Wir fahren schon! Mama, guck mal, die Leute winken!"

„Ja doch, nun zieh deinen Mantel aus!" Maria war ihr behilflich und legte ihn in das Gepäcknetz.

„Warum hat uns Opa nicht zum Zug gebracht?"

„Weil er arbeiten muss."

„Und Oma?"

„Sie hat noch Besorgungen zu machen und muss Jochen zur Schule schicken, das weißt du doch", erwiderte Maria und strich ihr zärtlich über das Haar. „Nun mach nicht so ein trauriges Gesicht, sie kommen bald nach."

„Wirklich?"

„Ja, mein Mädchen." Maria hängte ihren Mantel auf und bevor sie Hanna gegenüber Platz nahm, zog sie den Rock ihres hellblauen Leinenkleides glatt. Ihren breitkrempigen Hut, farblich mit dem Kleid abgestimmt, trug sie kess ins Gesicht gezogen auf dem dunklen halblangen Haar.

Auch Hanna war für die Reise fein gemacht. Ihre weiße Bluse, besetzt mit blauer Zackenlitze an Kragen und Bündchen hatte Maria genäht und Hannas Großmutter hatte aus dunkelblauer Wolle von einem aufgetrennten Männerpullover ihren Trägerrock und die Kniestrümpfe gestrickt. Nur für ihre weißen Sandalen musste Geld ausgegeben werden. Hannas braunes Haar, das im Sonnenlicht rötlich schimmerte, war so geschnitten, dass es die Ohrläppchen frei ließ und das Deckhaar war zu einem Hahnenkamm gesteckt. Der Linsenfleck mitten auf ihrer rechten Wange machte sich gut in dem runden Gesicht.

„Hannerl, schon in drei Tagen hast du Oma und Opa wieder", sagte Maria. „Ganz bestimmt", fügte sie rasch hinzu, als sie sah, dass in ihren grünen Augen Tränen glänzten.

Hanna zuckte mit den Schultern und schluckte.

„Jetzt sei nicht mehr traurig, mein Mädchen."

„Bleiben – bleiben sie für immer bei uns?", fragte sie schluchzend.

Maria schüttelte den Kopf. „Leider nur für eine Woche. Aber sieh mal die schöne Landschaft!"

„Warum sind die Bäume so bunt?"

„Der Herbst hat ihre Blätter bemalt mit seinen leuchtenden Farben wie in jedem Jahr." Nach einer Weile fügte Maria nachdenklich hinzu: „Bald liegt Niedersachsen hinter uns. Mir gefallen das flache Land mit den ausgedehnten Feldern und Wiesen und die mit Laubwald bewachsenen Höhenzüge weit drüben am Horizont. Schau, da sind Kühe auf der Weide!"

Hanna sah in die Richtung und nickte kurz.

Maria blickte versonnen hinaus: Werde ich Schlesien jemals wiedersehen und Schweidnitz, meine Stadt, in der ich geboren und aufgewachsen bin? Wie mag es dort aussehen? Im Frühjahr 1945 die Flucht, zusammen mit Mama und meinem Bruder. Er war neun Jahre alt, ich war einundzwanzig und im dritten Monat schwanger. Lieber Gott, ich mag gar nicht daran denken. Doch wir kamen mit heiler Haut davon. Unser Hab und Gut trugen wir auf dem Leib und in einem einzigen Koffer. Zwei Tage Friedland, dann die Einquartierung in Gladebeck. Zwei kleine Zimmer wurden uns zugeteilt. Im Oktober kam Hanna zur Welt. Als ich mit dem Kind aus der Klinik kam, sahen uns die Hausleute erst recht schief an. Ein Jahr später kehrte Papa heim. Es kommt mir vor, als ob es gestern war. Papa sah schlecht aus. Abgemagert...

„Mama, du weinst ja!"

„Ach..." Maria nahm ein Taschentuch aus ihrem Mantel und tupfte sich die Tränen ab.

„Mama, was ist denn?"

Maria versuchte zu lächeln und flüsterte: „Ich habe Heimweh und ein bisschen Bauchschmerzen."

Hanna stand auf, kletterte zu ihr auf die Bank und schlang die Arme um ihren Hals.

„Es geht schon wieder", sagte Maria mit zitternder Stimme und küsste sie auf die Stirn.

„Wirklich?"

Maria nickte und musste sich räuspern. „Komm, mein Mädchen, setz dich zu mir! Oder möchtest du dich hinlegen? Der Fußmarsch von Gladebeck bis nach Göttingen zum Bahnhof war sehr anstrengend, du musst müde sein."

„Ein bisschen." Hanna gähnte und kuschelte ihren Kopf in Marias Schoß. Zärtlich streichelte sie den Arm ihres Kindes. Wieder machte sich ihr Magen bemerkbar: Sonst, sobald ich im Zug sitze, lässt das Reisefieber nach. Heute quält mich ein ungutes Gefühl; eine innere Unruhe. Was ist nur los mit mir? Bestimmt ist der Grund dieser Reise Schuld daran. Wieder durchquere ich Deutschland, doch diesmal von Nord nach Süd. Mehr als sechshundert Kilometer trennen uns bald von meinen Eltern. Mein Gott! Wie sollen Hanna und ich das auf die Dauer aushalten? Hals über Kopf folge ich einem Mann, den ich...

Hanna war aufgeschreckt. „Mama! Warum ist es so dunkel?"

„Der Zug fährt gerade durch einen Tunnel. Aber keine Angst, gleich wird es wieder hell. Kannst du nicht schlafen, mein Mädchen?"

Hanna schüttelte den Kopf und streckte sich. „Der Zug rattert so laut." Sie stand auf und nahm wieder ihren Platz ein. Im Schein der Notbeleuchtung betrachtete sie das Abteil und das Profil ihrer Mutter in der Fensterscheibe. „Mama, ich sehe dich im Fenster."

„Ich dich auch." Maria hob beide Hände und richtete ihren Hut.

„Wirklich?" Hanna musste sich etwas nach vorn beugen und sich strecken, um auch ihr Gesicht zu erkennen. „Da ist noch jemand", flüsterte sie.

Maria fuhr herum. „Kind, hast du mich erschreckt!"

Der Schaffner schob die Abteiltür auf. „Fahrkartenkontrolle! Hier jemand zugestiegen?" Als er hereinkam, wurde es wieder taghell.

„Ja, einen Moment bitte!"

Geduldig wartete der Schaffner, bis Maria ihre Fahrkarte aus dem Seitenfach der Reisetasche genommen hatte und ihm reichte. Während er die Karte lochte, sah Hanna interessiert auf seine Finger. „Hast du auch eine Fahrkarte, kleines Fräulein?", fragte er.

Sie schüttelte den Kopf.

„Wie alt bist du?"

„Vier Jahre."

„Erst vier? Dann hast du freie Fahrt. Weißt du denn, wo die Reise hingeht?"

„In den Schwarzwald", antwortete Hanna und baumelte mit den Beinen.

Der Schaffner schob die Unterlippe vor und nickte erstaunt. „So eine weite Reise." Schmunzelnd gab er Maria die Fahrkarte zurück.

„Danke schön. Erreichen wir Karlsruhe planmäßig?"

„Ja, elf Uhr fünfzig. Anschluss nach Nagold haben Sie eine Stunde später."

„Dort müssen wir noch einmal umsteigen. Erst am Nachmittag werden wir unser Ziel mitten im Schwarzwald erreicht haben", seufzte Maria.

„Sie sind gut informiert."

„Ach, wissen Sie, im Krieg wurde ich als Zugschaffnerin eingesetzt, da habe ich so manches gelernt."

„Aha, eine Kollegin, sieh mal an!"

„Nein nein!", erwiderte Maria. „Ich habe einen anderen Beruf erlernt, aber bei der Bahn habe ich gern gearbeitet und ich erlebte eine sehr schöne Zeit, obwohl Krieg war."

„Ja, der Krieg..." antwortete der Schaffner mit gerunzelter Stirn und winkte ab. „Ich würde gern noch ein Weilchen mit Ihnen plaudern, aber ich muss meinen Dienst tun."

„Ja natürlich, entschuldigen Sie, ich wollte Sie nicht aufhalten."

„Es war mir ein Vergnügen." Höflich deutete er eine Verbeugung an. „Wünsche weiterhin eine gute Fahrt! Auch dir, kleines Fräulein."

Maria bedankte sich und sah hinter ihm her.

Hanna kicherte, als ihnen der Schaffner vom Gang aus zuwinkte. „Mama, wer war der freundliche Mann?"

„Der Zugschaffner. Er muss bei allen Reisenden die Fahrkarten kontrollieren. Damals war das auch meine Aufgabe und ich habe genauso eine Uniform getragen."

„Auch so eine Mütze?"

„Ja."

„Das sah bestimmt komisch aus."

„Schick sah ich aus! Ich habe noch Fotografien aus dieser Zeit."

„Darf ich die mal sehen?"

„Irgendwann zeig ich sie dir, sie liegen verpackt in meinem Koffer. Hoffentlich ist er inzwischen im Schwarzwald angekommen. Schon vor drei Tagen habe ich mit Opas Hilfe den schweren Holzkoffer zur Bahn gebracht. All meine Habseligkeiten sind darin, auch mein Brautkleid..."

„Damit wir heiraten können."

Maria lachte herzlich. „Hannerl, ich werde heiraten, du bekommst einen Papa."

„Ach so!"

Maria blickte mit gerunzelter Stirn aus dem Abteilfenster: Ja, ich werde Kurt Scherer heiraten, den Bauernsohn aus Ostpreußen. Wird das richtig sein? Erst vor sechs Wochen sind wir uns begegnet. Kurt besuchte seinen Onkel mit Familie in Parensen. Dort hatte ich ausgerechnet zu tun. Es sprach sich herum, dass ich gelernte Putzmacherin bin und auch das Schneidern verstehe. Meist waren nur Änderungen gefragt oder alte Kleider und Mäntel mussten auseinander getrennt werden, um daraus ein anderes Kleidungsstück zu nähen. Eine Hundearbeit! Viel lieber hätte ich einen modischen Hut angefertigt. Auf dem Heimweg, zwischen Wiesen und

Feldern, begegnete ich Kurt. Er grüßte mich schon von weitem. Sein Onkel hatte ihm von mir erzählt. Eigentlich unverschämt! Kurt gefiel mir; groß, schlank, dunkelhaarig, sein Jackett hing lose über den Schultern. Und wie er mich ansah! Ja, ich wollte ihn wiedersehen. Jeden Morgen holte er mich von zu Hause ab. Mama hielt verborgen hinter der Gardine Ausschau und sobald Kurt auftauchte, trieb sie mich zur Eile an. Mit zitternden Händen zog ich mein schönstes Kleid über und setzte den passenden Hut auf. Ich wollte ihm gefallen. Freudestrahlend sah er mir entgegen, küsste mich, legte seinen Arm um meine Taille und begleitete mich zur Arbeit. Ich war nicht verlegen; ich fühlte mich wohl an seiner Seite. Den Heimweg dehnten wir aus. Es war warm Anfang September, doch besorgt breitete Kurt seine Jacke aus. Wir verweilten im Gras. Seine Umarmungen... Maria zuckte zusammen. „Hanna, was ist denn?"

„Warum bekomme ich einen Papa?"

„Na ja, weil – weil eben jedes Kind einen Papa haben sollte."

„Ich habe doch meinen Opa."

„Du bekommst noch einen Opa, eine Oma und Onkel und Tanten."

„Wirklich?"

„Aber ja, sie wohnen in einem kleinen Dorf in einem Bauernhaus. Heute Abend werden wir die ganze Familie kennen lernen. Lieber Gott! Wenn ich bloß daran denke, bekomme ich schon wieder Bauchschmerzen."

„Darf ich dort auch bei dir schlafen?"

„Hannerl, darüber habe ich mir noch gar keine Gedanken gemacht. Wir werden sehen..." Maria schaute sie versonnen an: Bis heute habe ich mit ihr in einem Bett geschlafen. Kurt wird das nicht gefallen. Auf der Wiese, im duftenden Gras in sternenklarer Nacht, waren wir allein gewesen. Wieder spüre ich seine Küsse, seine Hände auf meinen Brüsten, zwischen meinen Schenkeln. Seine Umarmungen erschreckten mich. Trotzdem ließ ich mich gehen. Ich empfand schmerzvolle Lust. Warum gab ich so schnell nach? Warum nur? Ich fand ihn sehr anziehend, aber das war es nicht allein; ich sah in ihm den Vater für Hanna. Kurt sprach von Liebe, von Heirat. Mein uneheliches Kind störte ihn nicht. Er versprach für uns zu sorgen. Wieder lagen wir uns in den Armen. Die Leidenschaft ließ uns kaum Zeit zum Reden. Einen Tag vor seiner Abreise hielt er um meine Hand an. Auch Hanna sah er nun zum ersten Mal. Mama war sehr erfreut. Und Papa? Er hielt sich zurück; er war sich nicht sicher, ob ihm der junge Mann gefiel. Ihm ging alles viel zu schnell. Sorge lag in seiner Stimme. Zwei Wochen reichen niemals aus, um einen Menschen kennen zu lernen. Anderseits, was bleibt mir übrig? Ich kann nur hoffen, dass Kurt sein Wort hält. Paul, Hannas Vater, wollte mich auch heiraten. Was ist daraus geworden? Nichts! Er ließ mich sitzen, weil ich ein Mädchen zur Welt gebracht hatte. Mein Gott, hat er mir weh getan! Und Albert? Hanna war anderthalb Jahre alt, als ich ihm begegnet bin. Ich lud Albert ein und stellte ihn meinen Eltern vor. Er besuchte uns oft. Alle miteinander waren wir glücklich, dass der Krieg zu Ende war. Immer wieder stimmten wir fröhliche Lieder an. Mir gefielen Alberts warme wohlklingende Stimme, seine Fröhlichkeit und Lebenslust. Seine roten Haare störten mich längst nicht mehr. Und wie er mit Hanna umging! Er wiegte sie in den Armen und herzte sie. Ich machte mir solche Hoffnungen! Zufällig musste ich mit anhören, wie Albert seinem Freund erzählte, dass er noch ein anderes Eisen im Feuer habe, eine Einheimische, das einzige Kind reicher Eltern und dass er aber noch unschlüssig sei, ob er die Reiche oder die Hübsche mit dem Kind nehmen solle. Sein Freund lachte ein böses Lachen: ‚Du hast es doch nicht nötig, dir ein uneheliches Kind ins Haus zu holen!' Ich verlor kein Wort darüber und zog mich zurück. Albert besuchte uns immer seltener, bald blieb er ganz aus... Maria seufzte.

„Mama, bist du wieder traurig?"

„Nein nein." Sie winkte müde ab.

„Ich hab ein bisschen Hunger."

„Ach je, Hannerl! Ich bin so in Gedanken. Ja, lass uns etwas essen." Rasch öffnete sie die Reisetasche und stellte die Teeflasche auf das Klapptischchen unter dem Fenster. „Sieh mal, Oma hat uns sogar ein Stück Babe eingepackt, den Rest von deinem Geburtstagskuchen." Maria gab ihr davon.

„Danke!" Hanna hielt sich das Stück Rosinenkuchen unter die Nase. „Hm... duftet der lecker!"

„Nun iss und trink etwas Tee dazu!" Maria stellte ihr den Becher zurecht, nahm sich ein Stück Kuchen und sah gedankenverloren hinaus auf die vorbeiziehende Landschaft: Hoffentlich sind meine zukünftigen Schwiegereltern freundliche Leute. Wie werden sie mich und mein Kind empfangen? Kurt erzählte mir kaum etwas von ihnen. Ich weiß nur, dass sie nach der Flucht eine Zeit lang im Harz in Wildemann gelebt haben. Seit zwei Jahren wohnen sie nun im Schwabenland. Sie sind die einzigen Flüchtlinge im Dorf. Den Einheimischen waren sie auch nicht willkommen. Inzwischen soll es sich etwas gebessert haben. ‚Wir Ostpreußen können schaffen, das gefällt den Schwaben', sagte Kurt mit stolzer Brust. Anderseits möchte er unbedingt, dass Hanna auch seinen Namen trägt, der Leute wegen...

„Mama, du isst ja gar nicht!"

„Ach, ich hab gar keinen Hunger, nur Durst." Maria legte das Stück Kuchen zurück und trank ihren Tee.

„Ich..." Hanna stand auf und kreuzte die Beine, „ich muss mal. Darf ich zum Klo gehen?"

„Nicht allein, warte, ich komme gleich mit, lass mich nur

eben das Essen wegpacken." Maria warf einen Blick auf ihre Armbanduhr „Du lieber Himmel, es ist ja gleich elf, jetzt aber schnell!"

Im Eilzug nach Nagold in einem der Großraumwagen gab es noch freie Fensterplätze. Maria starrte hinaus. „Hanna, sieh dir das an", stieß sie hervor, „die Landschaft hat sich völlig verändert: Überall Berge und ein Tunnel nach dem anderen!"
„Das sieht schön aus, Mama."
„Pah, ich weiß nicht...", erwiderte Maria und gleich darauf flüsterte sie: „Hör mal, wie die Leute reden... Ich verstehe kein Wort."
„Ich auch nicht", kicherte Hanna.

In Nagold wartete bereits ihr Anschlusszug. Das Tal, durch das die Dampflok den Kohlenwagen und die drei Waggons ziehen musste, wurde immer enger. Rechts und links rückten die Berge näher und an den Hängen wuchsen hohe Tannen.
„Um Gottes willen, wie kann man hier leben? Überall nur noch dunkler Wald, Hanna, sieh nur!"
„Ich finde die Bäume schön", schwärmte sie und drückte ihre Nase an der Fensterscheibe platt. „Mama, guck mal, die wachsen bis ganz oben."
„Ach!" Maria presste ihre gefalteten Hände auf den Mund: Er hat mich in die Berge gelockt. Warum habe ich mich bloß darauf eingelassen? Ich wollte nie in den Bergen leben. In Schlesien bin ich viel unterwegs gewesen, bis hin zum Riesengebirge. Schon damals bedrückten mich die Berge; sie nahmen mir die Luft zum Atmen. Es ist die reine Untertreibung, was mir Kurt über den Schwarzwald erzählt hat. Was schrieb er in seinem letzten Brief? Er will mich überraschen? Für Überraschungen angenehmer Art bin ich

immer zu haben, aber so etwas! Ich bin gespannt, wie er meine Neuigkeit aufnehmen wird... Maria lachte.
„Mama, was ist denn?"
„Nichts, gar nichts", winkte sie ab.

Das letzte Stück der Reise zog sich sehr in die Länge. Der Bummelzug machte seinem Namen Ehre und zu allem Überfluss hielt er an jedem noch so kleinen Bahnhof an, obwohl weiter keine Reisenden unterwegs waren. Plötzlich rückten die Berge etwas zur Seite und gaben den Blick frei. Die ersten Häuser einer Kleinstadt tauchten auf. Als der Zug gemächlich in den Bahnhof einfuhr, sah Maria, dass sie ihr Ziel erreicht hatten.

Du hast mich in die Berge gelockt

Der Gedanke, dass Maria es sich anders überlegt haben könnte, ließ Kurt Scherer keine Ruhe. In den vergangenen Nächten hatte er keinen Schlaf gefunden und sich von einer Seite auf die andere geworfen. Zu guter Letzt war sein Bett zusammengebrochen. So etwas war ihm noch nicht vorgekommen.

In einer Stunde sollte der Zug eintreffen. Der Zeiger auf der Bahnhofsuhr schlich dahin. Geduld zählte nicht zu Kurts Stärken. Dass weiter kein Mensch auf dem Bahnsteig und in der Bahnhofshalle wartete, kam ihm verdächtig vor. Noch einmal ging er an den Schalter. „Sie werden entschuldigen, fährt der Zug heute tatsächlich diese Strecke?"

„Ha ja, und bislang isch der Zug alleweil angekomme. Sie sind früh dran. Sie müsset halt warte, gell!", erwiderte der Bedienstete mit verdrießlicher Miene und klappte energisch das kleine Fenster zu.

Kurt nickte nachdenklich, begab sich wieder hinaus auf den Bahnsteig und ging erneut auf und ab. Als der Zug pünktlich in den Bahnhof einfuhr, sah er Maria sofort. Kurt lief neben dem fahrenden Zug her. Als dieser endlich zum Stehen kam, öffnete er die Wagentür und half Mutter und Kind heraus.

„Maria, ich hab dich so vermisst, die längsten vier Wochen meines Lebens haben ein Ende!" Kurt nahm sie in die Arme.

„Endlich bist du da!" Er küsste sie und fuhr mit seinen großen Händen über ihren Rücken bis zum Po und drückte sie fest an sich.

Hanna riss verwundert die Augen auf: Was macht der Mann mit meiner Mama? Warum hält er sie so fest?

„Kurt, wo um alles in der Welt ist hier flaches Land?" Maria löste sich aus seiner Umarmung. „Du hast mich in die Berge gelockt!" Enttäuscht sah sie ihm in die Augen.

Er lachte laut und zeigte hinüber zum Berg. „Oben ist es kilometerweit eben. Von da haben wir einen herrlichen Blick. Du wirst schon sehen."

„Na gut", seufzte sie, „nach der stundenlangen Bahnfahrt kann uns ein bisschen Bewegung nicht schaden."

Bevor Hanna sich versah, wurde sie von Kurt mit beiden Armen hoch genommen. „Dich hab ich ja fast vergessen!", sagte er lachend und gab ihr einen Schmatz.

Sie verzog das Gesicht und wischte sich mit dem Handrücken über den Mund.

„Jetzt sieh dir das an! Dem kleinen Fräuleinchen scheint mein Kuss nicht zu schmecken. Daran wirst du dich gewöhnen müssen, wenn ich erst dein Papa bin." Er stellte sie wieder auf die Beine und grinste.

Hanna blickte entsetzt von einem zum andern.

„Kurt, sie kennt dich noch nicht. Du musst ein wenig Geduld mit ihr haben", sagte Maria vorwurfsvoll und streichelte Hannas Wange.

Abrupt wandte er sich ab, griff die Reisetasche, ging zum Bahnhofsgebäude und hielt die Tür weit auf. „Nun kommt, wir haben ein ordentliches Stück Weg vor uns."

Du liebe Zeit! Was macht er für ein Gesicht?, dachte Maria, als sie mit Hanna an ihm vorbeiging. Sie blieb stehen und nahm seinen Arm. „Du, wir müssen noch den Koffer abholen, aber den können wir nicht tragen."

„Ich habe den Handwagen dabei", brummte er.

„Das hast du gut gemacht!" Maria küsste ihn auf den Mund und war froh, als sich seine Miene aufhellte.

Der Bedienstete in der Gepäckaufbewahrung half Kurt beim Aufladen. Er hatte seinem Kollegen vom Schalter einiges an Freundlichkeit voraus. Kurt und Maria bedankten sich, fassten die Deichsel und zogen los. Hanna blieb an der Hand ihrer Mutter und versuchte Schritt zu halten.

Nachdem sie den Bahnhofsvorplatz und die breite Straße, die in die Stadtmitte führte, überquert hatten, ging es steil bergauf. Rechts und links der Gasse standen mehrstöckige Häuser, halb in den Berg gebaut mit dicken Stützmauern aus rotem Sandstein. Von der Gasse aus führten schmale steile Treppen hinauf zu den Hauseingängen und auf jeder freien Stelle wuchsen Ziersträucher oder Geranien von rosa bis dunkelrot.

Maria blieb stehen und blickte zurück ins Tal. „Die Häuser sehen aus wie riesige Schwalbennester. Wie war es bloß möglich, hier einen Stein über den anderen zu bringen? Und Tag für Tag müssen die Leute diese steilen Wege und Treppen klettern."

„Das macht ihnen nichts aus, sie sind es gewöhnt", antwortete Kurt.

„Gegenüber kleben die Häuser auch am steilen Berg und der Wald... Hanna, guck mal! Es sieht aus, als ob die dunklen Tannen in den Himmel hineinwachsen." Maria zeigte hinüber.

„Schön sieht das aus, Mama."

Maria runzelte die Stirn und seufzte verhalten.

Kurt zog sein Jackett aus und legte es neben den Koffer. „Nun kommt, wir müssen weiter", drängelte er, fasste mit beiden Händen die Deichsel und zog den Handwagen den Berg hinauf. Obwohl Maria und Hanna halfen, indem sie tüchtig schoben, kamen sie auf dem Kopfsteinpflaster nur langsam voran. Es verging fast eine Stunde, bis sie den Stadtrand erreichten. An einer Bank nahe dem Wald legte Kurt eine Pause ein und wischte sich den Schweiß von der Stirn. „So Maria, nun haben wir das Schwerste geschafft!"

„Gott sei Dank!", sagte sie aufatmend und blickte kopfschüttelnd hinter ihrer Tochter her. „Hanna scheint es hier gut zu gefallen." Die lief mit weit ausgebreiteten Armen über die Wiese und ließ Blumen und Gräser durch ihre Finger gleiten.

„Maria, dort links vom Wald kannst du die ersten Häuser von unserem Dorf erkennen. Bis zu meinen Eltern brauchen wir noch eine knappe Stunde."

„Wie bitte?" Maria fuhr herum. „Noch eine Stunde! Wie ist das möglich? Die Häuser sind zum Greifen nah!" Erschöpft sank sie auf die Bank.

„Das Dorf zieht sich sehr in die Länge, musst du wissen, fast sechs Kilometer. Wir wohnen in der Mitte, gleich neben der Schule und dem Bürgermeisteramt." Er setzte sich neben sie und legte den Arm um ihre Schultern. „Vor uns im Tal liegt nun das Städtle, wie die Einheimischen sagen. Dort der rote Turm gehört zum Schloss. Drüben am Berg kannst du ein paar Gehöfte erkennen. Den Bauernhof und das dazugehörige Land hat mein Vater gepachtet. Im Frühjahr geht's los."

„An diesem steilen Berg will er die Felder bestellen? Das kann ich mir nicht vorstellen!" Maria sah ihm ungläubig ins Gesicht. „Wie kommt man da hinüber?"

„Zu Fuß natürlich", lachte Kurt. „Man geht hinunter ins Tal, durch das Städtle und auf der anderen Seite den Berg rauf."

„Gibt es keine Abkürzung?"

„Nein."

Maria fasste sich vor die Stirn. „Das kann ja heiter werden!"

Belustigt drückte er sie fest an sich. „Siehst du linker Hand das kleine Dorf?"

Maria sah in die Richtung und nickte.

„Du kannst den Kirchturm der evangelischen Kirche sehen. Maria, dort werden wir heiraten."

„Wieso?" Entsetzt sah sie ihm in die Augen. „Wir hatten abgemacht, dass wir uns katholisch trauen lassen. Kurt, hast du das vergessen?"

„Nein, natürlich nicht! Aber deswegen hatte ich Streit mit meinen Eltern, vor allem mit Mutter. Für sie gibt es nur den evangelischen Glauben. Dass du aus der Stadt bist, aus Schlesien stammst und ein uneheliches Kind hast, kann sie wohl verstehen, aber einen anderen Glauben wird sie niemals gutheißen! Mutter meint, der Mensch muss bei seiner Art bleiben."

Das ist ja unerhört! Maria war den Tränen nah und schluckte. „Kurt, das tut mir in der Seele weh! Wir sind Christen und glauben an einen Gott. Ich möchte weiterhin meinem Glauben angehören. Hanna wurde katholisch getauft und ich dachte, wenn, wenn unser gemeinsames Kind zur Welt kommt, dass wir..."

„Unser gemeinsames?" Er wurde blass.

„Kurt, du hast schon richtig gehört. Ich wollte dir in aller Ruhe beibringen, dass ich schwanger bin, aber..."

„Wir bekommen ein Kind? Ist das wahr?" Er zog sie an sich. „Ich wünsche mir einen Stammhalter. Wann wird er zur Welt kommen?"

„In acht Monaten, Anfang Juni."

„Mein lieber Mann, ich werde Vater!" Er nahm sie in die Arme und küsste sie.

„Freust du dich wirklich?", flüsterte Maria.

„Wie kannst du fragen." Wieder küsste er sie. „Und nun erklär mir das mit deinem Glauben noch mal, vielleicht findet sich ein Weg."

„Gern." Maria warf einen Blick zu Hanna hinüber, die jetzt

am Waldrand spielte, bevor sie sich mit einem Seufzer in seinen Arm schmiegte. „Es verhält sich so: Die katholische Kirche erkennt die Eheschließung nicht an, wenn wir uns evangelisch trauen lassen. Wir würden in wilder Ehe leben. Ich darf dann nicht mehr an den Sakramenten teilnehmen, weder an der Beichte noch an der Kommunion. Die katholische Kirche ist da sehr streng. Ich weiß aber, dass Mischehen erlaubt sind. In der Stadt gibt es bestimmt eine katholische Kirche. Kurt, lass uns mit dem Priester reden, er wird dir alles noch viel ausführlicher erklären."

„Ich will mir das gern anhören", antwortete er nachdenklich. „Aber vorerst kein Wort zu meinen Eltern."

„Wie du meinst", erwiderte sie mit gerunzelter Stirn.

„Maria, nun komm, wir werden längst erwartet."

Beide standen auf und Maria richtete ihren Hut.

„Da fällt mir was ein... vor lauter Glück hätte ich es fast vergessen. Sieh mich nicht so ängstlich an, Maria, darüber kannst du dich freuen! Wir brauchen nur ein paar Wochen bei meinen Eltern zu wohnen. Ich habe im Haus des Bürgermeisters eine Wohnung für uns gefunden. Er und seine Frau sind nette Leut'."

„Das ist ja wunderbar!", jubelte sie.

„Maria, das ist noch nicht alles! Im Dorf gibt es eine große Möbelfabrik, sie zahlen sechzig Pfennig die Stunde. Die Feldarbeit brachte mir viel weniger ein. Jetzt kann ich Familienvater werden." Er lachte glücklich.

„Oh, wie schön!" Maria fiel ihm um den Hals.

„Nun ruf das Hannchen, es wird Zeit." Kurt schob sie sacht von sich.

Gleich darauf kam Hanna angelaufen und hielt in jeder Hand einen Tannenzapfen. „Die stacheligen Dinger habe ich gefunden. Im Wald gibt es ganz viele. Mama, darf ich die mitnehmen?"

„Ja, von mir aus. Komm, setzt dich auf den freien Platz!" Maria half ihr auf den Handwagen, dann ging sie nach vorn zu Kurt und sie zogen weiter.

Als ihnen die ersten Dorfbewohner begegneten, tauschten sie ein freundliches „Grüß Gott" aus. Hin und wieder spielten Kinder auf der Straße, sie grüßten scheu und sahen ihnen neugierig nach.

„Ich verstehe die Kinder nicht... nur ihren Gruß. Kurt, hör mal!"
„Die schwätzen halt schwäbisch wie alle hier."
„Schon die Kinder reden diesen Dialekt?"
„Die Eltern schwäbeln mit ihren Kindern von klein auf."
„Ach du liebe Zeit!"
„Was stört dich daran?"
„Na, überleg mal, was das für die Kinder bedeutet, wenn sie in die Schule kommen. Sie sollen lesen und schreiben lernen, können aber noch nicht einmal Deutsch sprechen. So was gab es bei uns zu Hause nicht! Auch in Niedersachsen wird mit den Kindern von Anfang an Hochdeutsch gesprochen. Erst später, so nebenbei, erlernen sie das Platt."
„In unserem Dorf in Ostpreußen waren wir auch nicht so pingelig. Wir leben hier auf dem Land. Maria, du wirst dich anpassen müssen! Du weißt, wir sind hier im Dorf die einzigen Flüchtlinge, damit fallen wir schon auf und wenn wir uns wegen der Sprache anstellen, wird es nicht leichter."

Irritiert sah sie ihn von der Seite an. Er scheint mit seiner Geduld am Ende zu sein, aber mir geht es keinen Deut besser. Die Neuigkeiten zerren an meinen Nerven und das dicke Ende liegt noch vor mir. Bei diesen Gedanken bekam Maria erneut Magenbeschwerden.

Rechts und links der Straße lagen die Bauernhäuser weit auseinander. Dazwischen streckten sich die Felder und Wiesen bis hinüber zum Wald. Einige alte Häuser fielen Maria auf: Zu ebener Erde der Kuhstall, darüber die Wohnung, die Fenster mit weißen Gardinen und Aussicht auf Hühnerhof, Gemüsegarten und Misthaufen. So was sieht man auch nicht alle Tage. Na, meine Eltern werden die Hände über dem Kopf zusammenschlagen! Maria verdrehte die Augen.

Unterdessen hatten sie die Mitte des Dorfes erreicht. An der Kreuzung gab es einen Tante-Emma-Laden. „Gemischtwaren" stand in großen Lettern über dem Schaufenster. Gegenüber lag der Friedhof mit großen Laubbäumen von einer Mauer umgeben.

„Mama! Guck mal, die schönen bunten Bäume!", rief Hanna.

Maria warf einen Blick hinüber. „Sehr schön! Die fallen hier ganz aus dem Rahmen."

Nebenan auf einer großen Wiese stand ein neu erbautes Zweifamilienhaus. An der Giebelwand befand sich noch das Gerüst für den Außenputz. Kurt blieb davor stehen. „Dort oben im ersten Stock werden wir wohnen." Er zeigte hinauf. „Zwei Zimmer mit Küche und Klosett. Maria, wie gefällt dir das Häuschen?"

„Gut." Sie nickte mehrmals. „Doch, ja, das muss ich schon sagen. Nachdem was ich bisher gesehen habe, bin ich angenehm überrascht."

„Freut mich!" Er warf sich in die Brust. „Die Wohnung wird dir auch gefallen, da bin ich mir sicher. Aber nun komm weiter, wir sind gleich da."

Hinter dem Haus verließen sie die Dorfstraße und zogen auf einem Fußweg weiter. Kurt zeigte auf ein mehrstöckiges Gebäude mit großen Fenstern und einem Glockenturm auf dem Dach und erklärte: „Dort vorn, das ist die Schule und wie ich schon sagte, befindet sich das Bürgermeisteramt in einem der unteren Räume. Hier links in diesem Bauernhaus ist die Bäckerei."

Maria blickte zu den Häusern hinüber.

„Was ist, warum bist du so still?", fragte er besorgt.

Maria zuckte mit der Schulter und versuchte zu antworten, aber das plötzliche Herzklopfen schnürte ihr die Kehle zu.

Mittlerweile war der Fußweg zu Ende. Sie überquerten die Hauptstraße, bogen in eine Hofeinfahrt ein und näherten sich einem großen bäuerlichen Anwesen.

„In diesem schmucken Bauernhof wurden wir vor zwei Jahren einquartiert..." Kurt musste tief Luft holen, bevor er leise hinzufügen konnte: „Wie du siehst, werden wir erwartet. Ach Gott, was bin ich nervös!"

Vor der Haustür stand eine stattliche Frau in Kleid und Trägerschürze. Ihr dunkelbraunes Haar trug sie zu einem Knoten gesteckt, die Frisur betonte ihren strengen Gesichtsausdruck. Die Ähnlichkeit zwischen Mutter und Sohn war nicht zu übersehen. Der Mann an ihrer Seite war leicht untersetzt. Seine übergroßen Ohren und die derben knochigen Hände hatte Kurt zweifelsohne geerbt.

Kurt sah seinen Eltern stolz in die Augen und sagte mit rauer Stimme: „Endlich kann ich euch meine Braut und zukünftige Ehefrau Maria Schönfeldt vorstellen. Maria, das sind meine Eltern."

„Ah, die Dame aus der Stadt, das sieht man doch sofort. Guten Tag! Helene Scherer."

Die Frauen gaben sich die Hand und versuchten zu lächeln.

„Scherer, Heinz, herzlich willkommen!" Er reichte Maria die Hand, sah ihr spöttisch in die Augen, taxierte sie von oben bis unten und bevor er ihre Hand wieder losließ, fügte er hinzu: „Ich muss schon sagen, mein Sohn hat Geschmack!" Er grinste breit, als Maria die Röte ins Gesicht schoss.

Dieser Bauer! Ein unverschämter Kerl! Rasch wandte sich Maria ab und half ihrer Tochter vom Handwagen.

„Wie heißt das kleine Marjellchen?", fragte Heinz Scherer und beugte sich zu ihr.

„Hanna Schönfeldt." Sie gab ihm die Hand und machte einen Knicks.

„Ach, du bist das Hannchen, herzlich willkommen! Du darfst Opa zu mir sagen und das ist deine Oma."

Hanna begrüßte auch sie und schon war es ihr gelungen, Helene Scherer ein Lächeln ins Gesicht zu zaubern.

Es ist nicht zu überhören, dass sie aus Ostpreußen stammen. Bei seinen Eltern ist der Tonfall besonders ausgeprägt, fuhr es Maria durch den Kopf.

„Nun unsere Jüngsten... Maria, wo bist du mit deinen Gedanken?" Kurt legte seinen Arm um sie. „Das ist meine Schwester Irene, zwölf Jahre alt und das mein Bruder Klaus, er geht das letzte Jahr zur Schule. Kommt näher ihr zwei und sagt Guten Tag wie's sich gehört!", forderte er sie auf.

Das Händeschütteln wollte kein Ende nehmen. Obwohl die Stallarbeit längst im Gange war, ließen es sich die Hofbesitzer Herr und Frau Schmied nicht nehmen, die Neuankömmlinge herzlich zu begrüßen. Sie stellten auch ihren Sohn Heiner vor, einen schüchternen Burschen Anfang zwanzig.

„Nun lasst uns ins Haus gehen, die Männer werden sich um das Gepäck kümmern", sagte Helene zu Maria und den Kindern. „Unsere Wirtsleute wohnen im Erdgeschoss. Sie sind so freundlich und überlassen deinen Eltern ein Zimmer, solange sie bei uns zu Besuch sind. Die Jungs werden einstweilen auf dem Heuboden schlafen. Wir müssen nun mal alle etwas zusammenrücken."

„Ach, Frau Scherer, das macht uns nichts aus. Wir haben seit mehr als vier Jahren zu fünft in zwei kleinen Zimmern gewohnt", erklärte Maria freundlich.

„Nun ja." Helene winkte ab und stieg als Erste die Treppe hinauf. Es roch nach Bohnerwachs. In einem geräumigen Flur knipste sie das Licht an und öffnete die erste Tür. „Hier ist unser Schlafzimmer. Ich dachte, das Hannchen wird bei Irene schlafen. Sieh mal, hier!" Sie machte die Tür gegenüber auf.

Hanna sah hinein. „Das ist aber schön! Irene, darf ich wirklich bei dir schlafen?"

„Freilich! Schließlich bin ich bald deine Tante."

„Wirklich?" Verdutzt sah Hanna von einem zum andern. Irene nickte ihr zu, die anderen lachten schallend.

„Jetzt das Brautzimmer." Helene ging bis zum Ende des Flures voran. „Ihr sollt die Flitterwochen ungestört verleben. Sonst schlafen hier unsre Söhne. Ich hoffe, es gefällt dir." Sie trat ein und hielt Maria die Tür auf.

Zögernd folgte sie und sah sich entzückt um: Die Betten frisch bezogen, an den Fenstern hübsche Gardinen, ein Kleiderschrank, ein Strauß Margeriten auf dem Frisiertisch und überall peinlichste Sauberkeit. Das übertrifft meine kühnsten Träume! Verlegen sah sie ihrer zukünftigen Schwiegermutter in die Augen. „Frau Scherer... ich weiß gar nicht was ich sagen soll..."

„Sag Mutter zu mir", Helene reichte ihr die Hand, „Maria, ich hoffe, wir verstehen uns."

„Danke... vielen Dank...", stotterte Maria.

„Irene, du zeigst ihnen nun den Waschraum und das Klosett, danach kann gegessen werden!" Helene verschwand in ihrer Küche.

Kurz darauf traf sich die ganze Familie in der gemütlichen Wohnküche zum Abendessen. Es gab Rauchfleisch, frisches Bauernbrot mit guter Butter und zum Nachtisch Mehlplinsen mit Johannisbeergelee.

Hanna war am Tisch eingeschlafen. Sie erschrak, als Maria

sie weckte, um sie ins Bett zu bringen. Auch für Irene und Klaus war es Zeit schlafen zu gehen. Anschließend fanden sich die Erwachsenen wieder ein.

„Maria, ich komme gleich mit einer Bitte..." Helene tat verschämt. „Mit meinem Kleid, das ich zur Hochzeitsfeier anziehen möchte, bin ich nicht zufrieden. Vielleicht könntest du daran etwas ändern? Ich sehe, du hast Geschmack! Der gewisse Schick deiner Sachen ist mir sofort aufgefallen. Darf ich dir das Kleid zeigen?"

„Ja gern, probier es morgen gleich an! Du hast sogar eine Nähmaschine, wie ich gesehen habe."

„Das gute Stück stammt aus Ostpreußen", sagte Helene stolz.

Maria blickte sie nachdenklich an: Sonderbar, wie leicht mir mit einem Mal das Du über die Lippen kommt!

Kurt hatte unterdessen Apfelmost eingeschenkt. Sein Vater erhob das Glas, sah in die Runde und sagte mit gönnerhafter Miene: „Dann zum Wohl, meine Lieben!"

Die anderen erhoben auch ihre Gläser, nickten ihm zu und nahmen einen Schluck.

„Oh..." Maria verzog das Gesicht. „Was ist denn das?"

„Das ist Moscht, das Nationalgetränk der Schwaben. Wenig Promille, aber es fördert die Verdauung", lachte Kurt und nahm noch einen Schluck.

„Nee, danke!" Maria schüttelte sich und schob ihr Glas zu ihm hinüber. „Darauf verzichte ich gern."

„Wie du meinst", sagte er amüsiert.

„Wird das Getränk hier hergestellt?", wollte Maria nun wissen und schüttelte sich erneut.

„Oh ja! Hier wachsen in allen Gärten reichlich Äpfel und Birnen und fast jeder Bauer besitzt eine Obstpresse. Der Saft wird in Holzfässer gefüllt und im Keller gelagert. Birnen machen den Most noch herber. Ich muss sagen, der reine Apfelmost schmeckt mir am besten", erzählte Kurt.

„Unser Bärenfang würde dir schmecken. Eine Spezialität aus unserem alten Ostpreußen", meinte Heinz Scherer, dabei sah er ungeniert auf Marias Busen. „Leider ist das nun alles Vergangenheit, aber wir lassen uns nicht unterkriegen wie du siehst. Im Frühjahr geht's endlich bergauf! Ich werde wieder eigene Pferde haben und die Felder bestellen. Auf dem Gut in Ostpreußen hab ich viel gelernt, das kommt uns jetzt zupass. Dann hat die Familie wieder ihren Platz. Nicht wahr, Helene?"

„Ja Heinz, so wird es gut sein." Ihre Hände hielt sie im Schoß gefaltet, die Daumen drehten sich. „Der Krieg hat uns allen sehr zu schaffen gemacht. Zwei Söhne sind gefallen. Unser jüngstes Kind, ein Mädchen von fünf Jahren, wurde auf der Flucht sehr krank und starb."

„Acht Kinder hast du zur Welt gebracht?", fragte Maria erstaunt.

„Nein, es gab noch ein Mädchen und einen Jungen, Zwillinge. Beide sind uns gleich nach der Geburt gestorben."

„Zehn Kinder!" Maria schob die Unterlippe vor und nickte mehrmals. „Das soll was heißen!"

„Junge Frau", sagte Heinz Scherer listig und tätschelte den Oberschenkel seiner Frau, ohne Maria aus den Augen zu lassen, „eins will ich dir sagen: Die Machart ist das Brot des armen Mannes!"

Kurt lachte los und schlug mit der Hand auf den Tisch.

Maria war das peinlich und sie ärgerte sich, weil ihr wieder die Röte ins Gesicht schoss. Ihrem zukünftigen Schwiegervater entging das nicht. „Maria, nun nimm mir das man nich übel, es war nicht bös gemeint. Ich bin ein Ostpreuße, rau aber herzlich und immer geradeheraus!", polterte er.

„Schon gut!", sagte sie nur. Trotzdem, seine Art ist mir zuwider und die Lüsternheit, mit der er mich dauernd beäugt, ekelt mich an!

„Ja, Maria..." Helene räusperte sich, „fünf Kinder sind uns geblieben. Kurt, unser Ältester, hatte damals gerade die Schuhmacherlehre angefangen, als er in den Krieg musste. Ein Granatsplitter verletzte Gott sei Dank nur seine Schulter." Sie seufzte verhalten. „Unsere Jutta und unseren Roland wirst du an eurer Hochzeit kennen lernen. Beide sind auch schon verlobt. Ach herrjemine! Es ist spät geworden, lassen wir es für heute gut sein. Morgen müssen wir noch viel schaffen." Sie erhob sich rasch von ihrem Stuhl.

Am nächsten Morgen, gleich nach dem Frühstück, verließ Heinz Scherer mit seinen Söhnen das Haus, um Tische und Stühle für die Hochzeitsfeier zu besorgen. Wie verabredet zog Helene ihr Festtagskleid über und stellte sich ihrer zukünftigen Schwiegertochter vor. Maria sah sofort, woran es fehlte, um dem Kleid den letzten Pfiff zu geben. Nachdem Helene sich wieder umgezogen hatte, lief sie hinüber in die Bäckerei. Dort hatte sie vor Tagen den Kuchen bestellt. Kurz darauf stand sie an ihrem Herd und ihre Tochter musste ihr bei den Vorbereitungen tüchtig helfen. Hanna beobachtete jeden Handgriff und wich ihrer Tante Irene nicht von der Seite.

Maria war nervös, die Änderung nahm mehr Zeit in Anspruch als vorgesehen. Ihre gesamte Garderobe war noch aufzubügeln, auch damit wollte sie unbedingt fertig werden, denn am nächsten Tag mussten ihre Eltern und ihr Bruder von der Bahn abgeholt werden. Kurt hatte vorgeschlagen, dass sie sich bereits am Vormittag auf den Weg machen sollten, um vorher noch das katholische Pfarramt aufsuchen zu können. Nach wie vor war er jedoch dafür, seinen Eltern vorerst nichts davon zu sagen, obwohl Maria am liebsten gleich reinen Tisch gemacht hätte.

„Heut zeig ich dir den kürzesten Weg ins Tal", sagte Kurt strahlend und reichte Maria seinen Arm. „Du verstehst dich zu kleiden. Zum Anbeißen siehst du aus!"

Geschmeichelt zog sie ihren Hut noch etwas tiefer in die Stirn. Kurt drückte ihren Arm und schritt stolz mit ihr die Straße entlang. Obwohl er mit einem Meter zweiundachtzig fünf Zentimeter größer war als Maria, wirkten sie gleich groß.

Hanna stand auf dem Hof und sah hinter ihnen her. Über ihre Wangen kullerten Tränen. Irene nahm sie in die Arme und sprach auf sie ein, doch es gelang ihr nicht, das kleine Mädchen aufzumuntern. Den ganzen Tag über blieb Hanna wortkarg und verbrachte die meiste Zeit am Fenster.

Unterhalb der Bäckerei führte die Straße steil bergab. Hundert Meter weiter, vor der ersten Biegung, lag mitten im Grünen ein Gasthaus.

„Hier in der Linde ist auch die Poststelle und es gibt sogar ein Telefon", erklärte Kurt.

„Das ist sehr beruhigend. Manchmal braucht man schnell einen Arzt. Man kann nie wissen."

„Warum? Geht es dir nicht gut?" Besorgt sah er Maria an.

„Aber nein, es ist alles in Ordnung. Ich bin bloß ein bissel aufgeregt."

„Das bin ich auch, mein lieber Mann!"

Sie lachten und sahen sich verliebt in die Augen.

Im Wald atmete Maria tief durch. „Die frische würzige Luft ist wohltuend. Ich erlebe den ersten erfreulichen Eindruck dieser Gegend."

„Es tut mir Leid, dass es dir so schwer fällt, dich an das neue Leben zu gewöhnen." Kurt nahm sie in die Arme.

„Ach, den Schwarzwald habe ich mir so nicht vorgestellt. Du, was ich sagen wollte..."

„Was denn?"
„Ich glaube dein Vater hat etwas gemerkt."
„Was meinst du?"
Verlegen sah sie ihm in die Augen. „Wegen letzter Nacht."
„Ist mir doch egal! Die erste Nacht mit dir in einem Bett..."
„Mir ist das peinlich!"
„Nun hab dich nicht so, Maria. Morgen geben wir uns das Jawort vor dem Bürgermeister."
„Schon, Kurt, aber übermorgen ist doch erst die kirchliche Trauung."
„Na und? Ich liebe dich."
„Ich dich auch", flüsterte sie.
Sie hielten einander eng umschlungen und küssten sich. Maria löste sich schließlich aus seinen Armen und sie gingen weiter. Die Straße, gesäumt von dunklen Tannen, verlief in mehreren Biegungen den Berg hinunter. Nach ungefähr einem Kilometer tat sich vor ihnen eine Schlucht auf. Kurz vor der Brücke nahm das Gefälle zu. Maria hielt sich am Brückengeländer fest und sah in die Tiefe. Ihr schwindelte. Sandsteinfelsen türmten sich dort. Rechts und links der Schlucht und auf den vorspringenden Felsbrocken wuchsen hochstämmige Weißtannen, deren Wurzeln sich um das mächtige nackte Gestein krallten.

„Im Frühjahr, wenn der Schnee schmilzt, kannst du hier einen Wasserfall erleben wie aus einem Bilderbuch. Dann reißt das Wasser die Bäume mit. Es kann vorkommen, dass die gesamte Straße gesperrt werden muss. Es heißt, vor Jahren soll sich hier ein Mann das Leben genommen haben..." Kurt sah, dass seine Schilderungen Maria nicht begeisterten. Er legte den Arm um sie und ging mit ihr weiter.

Hinter der nächsten Kehre kamen die ersten Häuser zum Vorschein.

„Der Bahnhof liegt am anderen Ende der Stadt, etwa zwei

Kilometer entfernt", erklärte Kurt.

Maria stieß einen tiefen Seufzer aus. „Eigentlich sieht alles sehr schön aus: Der Wald, die Häuser an den Berghängen, der Fluss, der sich in das enge Tal zwängt, aber wenn ich an den Rückweg denke..." Sie zog die Brauen hoch und seufzte erneut.

„Nun mach man nich. Du wirst dich daran jewöhnen."

„Du heiterst mich auf, wenn du so redest", kicherte sie.

Einige hundert Meter weiter am Stadtpark sprach Kurt eine Passantin an und ließ sich den Weg zur katholischen Kirche beschreiben.

„Ja, gell, die isch nimme weit! Jetzt geh'n Sie da grad bis zur Brück weiter und überquere die Nagold. Dann müsse Sie ein Stückle den Berg 'nauf und da auf der linke Seit schteht des Holzkirchle."

Kurt nickte mehrmals. „Haben Sie recht schönen Dank!"

„Gern g'schehe'!", erwiderte die Frau und eilte davon.

„Diese Sprache!", kicherte Maria.

„Auch daran wirst du dich gewöhnen", sagte er mit süßsaurer Miene.

Der Priester war Maria sofort sympathisch. Schon nach dem ersten Wort war ihr klar, dass er nicht aus dieser Gegend stammen konnte. Der Geistliche nahm sich viel Zeit für das junge Paar und es gelang ihm Kurt zu überzeugen, sich zusätzlich katholisch trauen zu lassen, ganz im Stillen, wie er sich ausdrückte. Außerdem bestand kein Grund zur Sorge, dass Kurt seinen Glauben ändern müsse; nach wie vor würde er der evangelischen Kirche angehören. Auch Marias Bitte ihre Eltern als Trauzeugen zu nehmen, stand nichts im Wege. Alles würde seine Richtigkeit haben, versicherte ihnen der Priester mehrmals.

Auf dem Kirchplatz fiel Maria ihrem Bräutigam um den Hals. „Jetzt bin ich erleichtert, ich danke dir, Kurt! Sieh mal, ich nehme auch so viel in Kauf..."

„Koddrig ist mir! Wie soll ich das bloß meinen Eltern beibringen?"

„Mein Gott, du bist kreidebleich!" Sie nahm sein Gesicht in beide Hände.

„Geht schon", brummte er.

„Ich denke, wenn deine Mutter hört, dass ein Kind unterwegs ist, wird sie bestimmt ihre Einstellung ändern und dir nicht den Kopf abreißen."

„Du kennst sie noch nicht, sie hat einen Dickschädel. Nun aber genug damit! Ich möchte dir noch ein bisschen von der Stadt zeigen", sagte Kurt und sah auf seine Armbanduhr. „In zwei Stunden kommen deine Eltern erst an."

„Bitte, lass uns für ein paar Minuten in die Kirche gehen und ein Vaterunser beten."

„Wie du meinst."

Maria ging glücklich voraus und hielt ihm die Kirchentür auf.

Klaus erwartete sie am Bahnhof. Er saß auf dem Handwagen und sah ihnen gelangweilt entgegen.

„Schön, dass du schon da bist", begrüßte Kurt seinen Bruder und griff ihm in den Schopf. „Unser Besuch kann nun anreisen. Was ist in dem Päckchen?"

„Salzheringe", antwortete Klaus, „Mutti ist in letzter Minute eingefallen, dass ihr noch Heringe fehlen."

Unterdessen kündigte sich der Zug an. Kurz darauf lief er zischend und dampfend in den Bahnhof ein. Als ihnen Sophie und Simon Schönfeldt aus dem Abteilfenster zuwinkten, war es um Marias Beherrschung geschehen, sie lachte und weinte Freudentränen. Noch bevor der Zug hielt, stieß ihr Bruder

Jochen, neugierig um sich blickend, die Wagentür auf.

Maria nahm ihre Eltern gleichzeitig in die Arme. „Ich bin ja so froh, dass ihr endlich da seid! Ich muss euch viel zeigen und es gibt so viel zu besprechen und... Ach, Entschuldigung, seid herzlich willkommen!"

Als Simon Schönfeldt seinem zukünftigen Schwiegersohn die Hand schüttelte, sagte er mit einem gewissen Unterton: „Na, dann wollen wir mal die Höhenluft genießen."

„Endlich mal Abwechslung!", rief Jochen. Staunend sah er mal links, mal rechts den Berg hinauf. „Sieht ja ungeheuer interessant aus, ein Haus über dem anderen! Ich frage mich nur, wie wir da hinaufkommen werden?"

„Zu Fuß!", klärte Maria ihren Bruder auf, als sie ihm zur Begrüßung einen Klaps gab. „Und das Schritt für Schritt. Ich hatte bereits das Vergnügen."

Die Umstehenden lachten fröhlich.

Kurt verstaute die Koffer auf dem Handwagen. Daraufhin fassten Jochen und Klaus die Deichsel und zogen los.

„Nun sieh dir das an, die beiden scheinen sich auf Anhieb zu verstehen. Das ist ja prima!" Sophie Schönfeldt sah den Jungen nach und hakte sich bei ihrer Tochter unter. „Na, mein Mädel, wie gefällt es dir im Schwarzwald?"

„Ach, hör bloß auf!" Maria blieb stehen. „Mama, sieh dich doch mal um, ich wollte niemals in den Bergen leben!"

Mit ernstem Gesicht sah sie ihrer Tochter in die Augen. „Maria, du wirst dich daran gewöhnen müssen."

„Das habe ich heute schon mal gehört", erwiderte Maria bitter.

Für den Rückweg schlug Kurt erneut den kürzeren Weg ein. Diesmal wurde der Schlucht Begeisterung entgegengebracht.

„Da bleibt mir doch die Spucke weg", rief Jochen, „wenn ich das in der Penne erzähle, glaubt mir das kein Mensch!"

„Die Luft ist hier einmalig!" Marias Mutter schnupperte, atmete tief ein und mit einem Seufzer wieder aus.

„Heiliger Sebastian, hilf!", stieß Simon Schönfeldt hervor. Kopfschüttelnd starrte er auf die Steigung hinter der Brücke. Er nahm seinen Hut ab, zog ein großes weißes Taschentuch aus der Hosentasche und wischte sich den Schweiß von der Stirn.

Maria fing lauthals an zu lachen. Tränen liefen über ihr Gesicht. Es war ihr nicht möglich damit aufzuhören. Ihr Lachen schallte durch die Schlucht und kam als Echo zurück.

Jochen stemmte die Hände in die Hüften. „Mensch Meier! Was ist denn jetzt los?"

„Ich, ich weiß es nicht", lachte Maria.

„Typisch Frauen!" Jochen warf seiner Schwester einen grimmigen Blick zu, wandte sich ab und zog mit Klaus den Handwagen den Berg hinauf.

Einige hundert Meter weiter, als wieder eine Verschnaufpause eingelegt werden musste, sagte Simon Schönfeldt beiläufig: „Hier hängt ein Stück Zeitungspapier aus dem Handwagen." Er bückte sich und zog es heraus.

Klaus ließ sofort die Deichsel los und schaute nach. Er schlug die Hände über dem Kopf zusammen und schrie: „Ach, du heilig's Blechle! Wir haben die Heringe verloren!"

Die Erwachsenen hielten sich den Bauch vor Lachen.

Klaus griff das Einwickelpapier. „Mutti wird mir die Ohren lang ziehen, wenn ich keine Heringe mitbringe." Zerknirscht und ratlos stand er da.

„Komm, Klaus, wir gehen schnell zurück und suchen die Dinger, schließlich müssen sie ja irgendwo liegen. Die waren doch tot, oder?"

„Jochen, wo denkst du hin!", rief Klaus und rannte los.

Wieder lachten die Erwachsenen schallend.

Kurt und Simon Schönfeldt zogen nun den Handwagen. Maria nutzte die Gelegenheit und erzählte ihren Eltern alles über die kirchliche Trauung. Auch Kurt bat um ihre Hilfe und ihr Vertrauen. Selbstverständlich willigten sie ein. Die Heimlichtuerei fanden sie allerdings nicht in Ordnung.

Als sie die Bäckerei erreichten, kamen ihnen die Mädchen entgegengelaufen. Hanna fiel ihren Großeltern jubelnd um den Hals. Den Rest des Weges und den ganzen Abend über wich sie ihrem Opa nicht mehr von der Seite.

Die Jungen trafen ein, als bereits alle um den großen Küchentisch beisammensaßen. Stolz zeigte Klaus ihren Fund. Jochen ließ sich nach Luft schnappend auf den nächstbesten Stuhl fallen, wischte sich den Schweiß von der Stirn und stöhnte: „Alle Heringe lagen verteilt auf der steilen Straße kurz vor der Brücke." Ärgerlich nahm er die Belustigung in der Runde wahr.

Bring der Braut den Pinkelpott

Schon in aller Frühe, am 17. Oktober 1949, herrschte im Haus ein aufgeregtes Hin und Her. Zwei einheimische Frauen, die Helene engagiert hatte, kamen rechtzeitig an. In einem weit entlegenen Nachbarort waren sie in aller Herrgottsfrühe mit ihren Rädern losgefahren. Jetzt erteilte ihnen Helene letzte Anweisungen. Daraufhin begab sich die Kochfrau an den Herd und waltete ihres Amtes. Ihrer Figur nach zu urteilen, schien sie nicht nur gut und gern zu kochen. Merle, die Bedienung, eine zierliche junge Frau, war für die Hochzeitstafel verantwortlich. Sie eilte hinunter auf die Wiese gleich neben dem Haus. Hier befanden sich bereits die Tische an ihrem Platz. Merle nahm die Stühle herunter, stellte sie ordentlich davor und wischte den Tau von den Tischen. Danach lief sie emsig treppauf, treppab und begann die Tafel festlich einzudecken.

Das Ankleiden der Braut war noch in vollem Gange, als Jutta und Roland Scherer mit ihren Verlobten eintrafen. Auf zwei Motorrädern mit Beiwagen kamen sie vorgefahren. Der Bräutigam, bereits elegant gekleidet, empfing seine Gäste vor dem Haus mit einem Begrüßungstrunk. Anschließend eilten Jutta und ihre angehende Schwägerin Vera hinein, um die Braut zu begrüßen. Die Kinder, fein angezogen und das Haar ordentlich gescheitelt, kamen hinzu. Gleich darauf traten die Eltern des Bräutigams, ebenfalls festlich ausstaffiert, vor das

Haus und begrüßten die Gäste. Heinz Scherer klopfte Kurt auf die Schulter: „Na, mein Sohn, das richtige Wetter zum Heiraten!"

„Das kann man wohl sagen, Vater, Sonnenschein und keine Wolke am Himmel. Wir können nur hoffen, dass es dabei bleibt."

„Du sagst es", erwidert Heinz vielsagend.

Ansonsten wurde nicht geredet; alle warteten gespannt. Erst nach geraumer Zeit traten die Brautjungfern vor das Haus, gefolgt von der Brautmutter. Wieder verstrichen einige Minuten, bis die Braut am Arm ihres Vaters erschien. Maria trug ein langes weißes Kleid aus glänzendem Satin mit Spitzenschleier und Myrtenkranz. Den Brautstrauß aus roten Nelken und Asparagus hielt sie in beiden Händen.

Hanna sah der Braut mit kugelrunden Augen entgegen, machte einen Schritt auf sie zu, schlug die Hände zusammen und rief: „Mama, Mama, siehst du schön aus!"

Wie einige der Umstehenden griff auch Heinz Scherer zum Taschentuch und wischte sich über die Augen, gleichzeitig zupfte er seinen Sohn am Ärmel und raunte: „Nun hol deine Braut, wir müssen uns auf den Weg machen."

Kurt zuckte zusammen und sah ihn verwirrt an. Nach einigen Augenblicken nickte er und schritt zu Maria hinüber. Stolz reichte er ihr seinen Arm und setzte den Zylinder auf.

Obwohl die Hochzeitsgesellschaft die Abkürzung einschlug, den Feldweg kurz vor dem Gasthaus Linde, erreichte sie erst nach einer Stunde Fußmarsch den Nachbarort. Hier standen Neugierige an der Straße. Einigen blieb der Mund offen stehen. Eine Flüchtlingshochzeit gab es schließlich nicht jeden Tag zu bestaunen.

Das Harmonium setzte ein, als das Brautpaar die Kirche betrat. Ein schlichtes Holzkreuz, zwei brennende Kerzen und ein Strauß Dahlien zierten den steinernen Altar. Der Pastor stand davor und sah ihnen freundlich entgegen.

Nicht ein Heiligenbild schmückt die Wände, dachte Maria enttäuscht. Ihr schauderte, obwohl das Sonnenlicht durch die Kirchenfenster hereinfiel. Sie erwartete einen Gottesdienst, jedoch nachdem der Pastor seine Begrüßungsansprache gehalten hatte, folgte die Trauung. Innerhalb einer Viertelstunde gaben sich Kurt und Maria das Jawort. Und dafür der weite Weg, fuhr es Maria durch den Kopf, als Kurt sie küsste. Er nahm ihren Arm und sah das gequälte Lächeln, das um ihren Mund lag. Langsam schritten sie zum Ausgang. Hanna und Irene gingen bedachtsam voraus und streuten Blumen.

Auf dem Feldweg hinter dem Dorf musste der Hochzeitszug Halt machen. Es lag nicht an den Kindern, sie liefen fröhlich lachend voraus, die Braut war stehen geblieben und stützte sich stöhnend auf den Arm des Bräutigams. „Tut mir Leid, ich kann das nicht mehr aushalten!" Maria hob den Rock ihres Brautkleides etwas an und zog vorsichtig die Brautschuhe aus.

Entsetzt starrten alle auf ihre blutigen Fersen.

„Herrje!", schrie Helene. „Wie konnte das passieren? Maria, warum hast du die verflixten Schuhe nicht schon längst ausgezogen?"

„Ich dachte, ich schaffe es..."

„Daran bin ich schuld!" Zerknirscht sah Kurt in die besorgten Gesichter. „Es war eine fixe Idee, die Brautschuhe selbst anzufertigen!" Er bückte sich und nahm die Schuhe in die Hand.

„Kurt, sieh mal, hier im Gras kann ich gehen, es ist warm und trocken", schniefte Maria.

Er reichte ihr mit betretener Miene sein Taschentuch.

„Danke! Eine barfüßige Braut gibt es auch nicht jeden Tag", kicherte Maria, tupfte sich die Tränen ab und wechselte einen vielsagenden Blick mit ihrer Mutter. Am Morgen beim Ankleiden waren sich beide einig gewesen, dass es Unglück bringe, wenn sie die Pumps aus weißem Leinengewebe, die der Bräutigam selbst angefertigt hatte, tragen würde. Doch als die Brautjungfern und Marias Mutter vor das Haus getreten waren, hatte Maria ihren Vater stehen gelassen und war zurück in ihr Zimmer geeilt. Kurz darauf hatte sie verschämt in sein verdutztes Gesicht geschaut, mit den Schultern gezuckt und geflüstert: „Papa, Aberglaube hin oder her, nun hab ich doch die Brautschuhe angezogen. Ich möchte Kurt nicht beleidigen."

„Wie du meinst, Maria." Es amüsierte ihn jedes Mal, wenn bei seiner Frau und seiner Tochter der Aberglaube mit im Spiel war.

Zu Hause erwartete die Hochzeitsgesellschaft ein Fotograf. Er veranstaltete sogleich ein gehöriges Durcheinander und es verging einige Zeit, bis jeder auf dem richtigen Platz saß oder stand. Maria zog der Vollständigkeit halber wieder ihre Brautschuhe an, schlüpfte jedoch nur mit den Zehen hinein.

Bevor das Essen aufgetragen werden sollte, winkte Klaus seine Nichte in den Hausflur. „Weißt du noch, was du aufsagen musst?"

„Freilich!", erwiderte Hanna stolz und warf einen Blick in den Topf, den Jochen hinter seinem Rücken hervorholte. „Igitt! Das sieht ja aus!", stieß sie mit gerümpfter Nase hervor.

„Psst!", machte Jochen und drückte ihr den Topf in beide Hände. „Geh vorsichtig", flüsterte er eindringlich.

„Ja doch", sagte sie über die Schulter, trat aus dem Haus und ging schnurstracks hinüber zur Hochzeitstafel. Jochen und Klaus liefen bis zur Hausecke und warteten gespannt.

Hanna blieb neben Maria stehen, reichte ihr den Topf, holte

ein Strauß Dahlien zierten den steinernen Altar. Der Pastor stand davor und sah ihnen freundlich entgegen.

Nicht ein Heiligenbild schmückt die Wände, dachte Maria enttäuscht. Ihr schauderte, obwohl das Sonnenlicht durch die Kirchenfenster hereinfiel. Sie erwartete einen Gottesdienst, jedoch nachdem der Pastor seine Begrüßungsansprache gehalten hatte, folgte die Trauung. Innerhalb einer Viertelstunde gaben sich Kurt und Maria das Jawort. Und dafür der weite Weg, fuhr es Maria durch den Kopf, als Kurt sie küsste. Er nahm ihren Arm und sah das gequälte Lächeln, das um ihren Mund lag. Langsam schritten sie zum Ausgang. Hanna und Irene gingen bedachtsam voraus und streuten Blumen.

Auf dem Feldweg hinter dem Dorf musste der Hochzeitszug Halt machen. Es lag nicht an den Kindern, sie liefen fröhlich lachend voraus, die Braut war stehen geblieben und stützte sich stöhnend auf den Arm des Bräutigams. „Tut mir Leid, ich kann das nicht mehr aushalten!" Maria hob den Rock ihres Brautkleides etwas an und zog vorsichtig die Brautschuhe aus.

Entsetzt starrten alle auf ihre blutigen Fersen.

„Herrje!", schrie Helene. „Wie konnte das passieren? Maria, warum hast du die verflixten Schuhe nicht schon längst ausgezogen?"

„Ich dachte, ich schaffe es..."

„Daran bin ich schuld!" Zerknirscht sah Kurt in die besorgten Gesichter. „Es war eine fixe Idee, die Brautschuhe selbst anzufertigen!" Er bückte sich und nahm die Schuhe in die Hand.

„Kurt, sieh mal, hier im Gras kann ich gehen, es ist warm und trocken", schniefte Maria.

Er reichte ihr mit betretener Miene sein Taschentuch.

„Danke! Eine barfüßige Braut gibt es auch nicht jeden Tag", kicherte Maria, tupfte sich die Tränen ab und wechselte einen vielsagenden Blick mit ihrer Mutter. Am Morgen beim Ankleiden waren sich beide einig gewesen, dass es Unglück bringe, wenn sie die Pumps aus weißem Leinengewebe, die der Bräutigam selbst angefertigt hatte, tragen würde. Doch als die Brautjungfern und Marias Mutter vor das Haus getreten waren, hatte Maria ihren Vater stehen gelassen und war zurück in ihr Zimmer geeilt. Kurz darauf hatte sie verschämt in sein verdutztes Gesicht geschaut, mit den Schultern gezuckt und geflüstert: „Papa, Aberglaube hin oder her, nun hab ich doch die Brautschuhe angezogen. Ich möchte Kurt nicht beleidigen."

„Wie du meinst, Maria." Es amüsierte ihn jedes Mal, wenn bei seiner Frau und seiner Tochter der Aberglaube mit im Spiel war.

Zu Hause erwartete die Hochzeitsgesellschaft ein Fotograf. Er veranstaltete sogleich ein gehöriges Durcheinander und rging einige Zeit, bis jeder auf dem richtigen Platz saß oder stand. Maria zog der Vollständigkeit halber wieder ihre Brautschuhe an, schlüpfte jedoch nur mit den Zehen hinein.

Bevor das Essen aufgetragen werden sollte, winkte Klaus seine Nichte in den Hausflur. „Weißt du noch, was du aufsagen musst?"

„Freilich!", erwiderte Hanna stolz und warf einen Blick in den Topf, den Jochen hinter seinem Rücken hervorholte. „Igitt! Das sieht ja aus!", stieß sie mit gerümpfter Nase hervor.

„Psst!", machte Jochen und drückte ihr den Topf in beide Hände. „Geh vorsichtig", flüsterte er eindringlich.

„Ja doch", sagte sie über die Schulter, trat aus dem Haus und ging schnurstracks hinüber zur Hochzeitstafel. Jochen und Klaus liefen bis zur Hausecke und warteten gespannt.

Hanna blieb neben Maria stehen, reichte ihr den Topf, holte

tief Luft und stotterte: „Ich bin so klein und... und bring der Braut... und bring der Braut den Pinkelpott!"

Maria sah gespannt in die Runde, bevor sie den Topf Kurt vor die Nase stellte. „Mein lieber Mann, es ist mir zwar peinlich, aber wir müssen den Inhalt aufessen. Das soll Glück bringen!" Sie zwinkerte den beiden Jungen zu. „Wenn ich mich nicht irre, haben wir das meinem Bruderherz zu verdanken."

Einige Gäste waren aufgestanden, andere machten lange Hälse, applaudierten und lachten herzlich.

Kurt war blass geworden, als er Hanna mit dem Nachttopf daherkommen sah. Jetzt lachte er lauthals, griff hinein, nahm ein Würstchen aus dem Berg Mostrich, ließ Maria anbeißen und aß den Rest genießerisch auf. „So, der erste Gang war sehr lecker. Vielen Dank an unser Hannchen!" Er rieb sich die Hände und sah reihum. „Nun wollen wir mal sehen, was die Küche noch zu bieten hat. Ich wünsche guten Appetit!" Stolz nahm er den Beifall der Gäste entgegen.

Klaus und Jochen wagten sich jetzt auf ihre Plätze. Im Vorbeigehen warfen sie Hanna einen verdrießlichen Blick zu, da sie, wie zu erwarten, nur die Hälfte aufgesagt hatte. Damit ließen sie es aber gut sein, schließlich war ihnen der Spaß gelungen.

Inzwischen wurde die Suppe aufgetragen. Anschließend folgten ein Schweinebraten, ein gespickter Rinderbraten, diverse Gemüse und grüner Salat. Aber die handgemachten Spätzle servierte die Köchin persönlich und schon erntete sie die ersten lobenden Worte. Auch was das Trinken anging, ließ sich Heinz Scherer nicht lumpen. Er hatte Merle angewiesen, auf die Weingläser besonders zu achten und mit dem Nachschenken großzügig zu sein. Die junge Frau schaffte fleißig, war mit ihren Augen überall und lief unermüdlich hin und her. Dafür bekam sie von den Gästen, besonders aber von

Helene und Heinz, so manches Lob. Zur Freude der Kinder servierte sie zum Nachtisch rote und grüne Götterspeise mit Vanillesoße.

Nachdem das Geschirr abgeräumt und die Gläser erneut gefüllt waren, nahm Roland Scherer sein Schifferklavier zur Hand. Er sah Maria tief in die Augen und sagte: „Das erste Lied spiele ich zu Ehren der Braut, meiner hübschen Schwägerin."

Maria wurde es glühend heiß. Wie gebannt sah sie zu ihm hinüber: Was für strahlende Augen, welch ein betörendes Lächeln und solch feingliederige Hände! Es schien ihr, als ob sie das Instrument streichelten. Jedes Mal, wenn sich ihre Blicke trafen, durchfuhr Maria ein wohliger Schauer.

So vergingen der Nachmittag und der Abend wie im Flug und die Hochzeitsnacht rückte unaufhaltsam näher. Als sich die ersten Gäste verabschieden wollten, bat Kurt um Gehör: „Ich möchte doch ein paar Worte sagen", er räusperte sich und sah verlegen in die Runde. „Wir danken euch allen von ganzem Herzen für diesen wunderschönen Tag, ganz besonders unseren Eltern. Ich bin sehr glücklich und stolz bekannt zu geben, dass sich Zuwachs angemeldet hat. Ich – wir wünschen uns einen gesunden Stammhalter." Liebevoll nahm er Maria in die Arme und gab ihr einen Kuss. Anschließend wollte das Umarmen und Küssen kein Ende nehmen. Auch das Schulterklopfen und die anerkennenden Worte von Mann zu Mann nahm Kurt mit stolzer Brust entgegen.

Erst als der Morgen graute, zog sich das Brautpaar zurück. Ruhe schien ihnen allerdings noch nicht vergönnt zu sein. Kaum lagen Maria und Kurt auf ihrem Bett, hörten sie ein eigenartiges Geräusch. Sofort sprang Kurt auf, bückte sich und guckte unter die Betten. „Dieser Lorbass hat nur Schabernack im Kopf!", wetterte er.

„Was ist denn los?" Maria setzte sich auf.

Kurt lag inzwischen mit dem Rücken auf dem Fußboden und schob sich Stück für Stück unter die Betten. „Wenn ich ihn erwische, kann er was erleben", klang es gedämpft herauf.

„Nun sag schon! Was ist da unten?" Maria beugte sich über ihre Bettkante und stützte sich mit den Händen auf dem Fußboden ab.

„Das wirst du gleich sehen!" Langsam kroch Kurt hervor. „Nun sieh dir das an!" Er hielt eine Glocke in der Hand. „Klaus hat das Ding unter die Matratze gebunden. Wetten wir?" Auf Zehenspitzen schlich er um die Betten und riss die Tür auf.

Laut lachend rannten die Buben davon.

„Seht zu, dass ich euch nicht erwische!", schimpfte Kurt und knallte die Tür zu.

„Mein Bruder war auch dabei. Die Lausejungs kommen ja auf verrückte Ideen." Erschöpft sank Maria in die Kissen.

„Morgen zieh ich dem Nichtsnutz die Ohren lang." Kurt stellte die Glocke auf den Nachttisch und fügte kopfschüttelnd hinzu: „Ich frage mich bloß, wo er das Ding aufgetrieben hat?"

Maria antwortete mit einem Gähnen.

Er legte sich zu ihr und wollte sie umarmen.

„Du, ich bin todmüde, meine Füße brennen wie Feuer. Lass uns bitte schlafen."

„Dann gute Nacht!", sagte er verstimmt.

„Gute Nacht", flüsterte Maria und hauchte ihm einen Kuss auf die Wange.

Kurt griff die Schnur, die an der Wand über den Betten baumelte, knipste damit das Deckenlicht aus und warf sich seufzend auf die andere Seite.

Als jedoch die ersten Sonnenstrahlen ins Zimmer fielen,

ließ Kurt sich nicht mehr davon abhalten die Hochzeitsnacht zu besiegeln. Schlaftrunken lag Maria in seinen Armen: So auf nüchternen Magen ist die Liebe nicht nach meinem Geschmack! Sie stöhnte leise.

Eine Woche später mussten Sophie und Simon Schönfeldt ihre Koffer packen. Jochen murrte, er wäre so gern noch länger im Schwarzwald geblieben. Kurt, Maria und Hanna begleiteten sie hinunter in die Stadt. Es war noch dunkel, als sie die katholische Kirche erreichten. Sie gingen hinein, da während der Frühmesse die Trauung in aller Stille stattfinden sollte.

Jochen blieb der Mund offen stehen, als er jetzt davon erfuhr. Als seine Schwester und sein Schwager sich tatsächlich noch einmal das Jawort gaben, zog er eine Grimasse.

Anschließend ging es zum Bahnhof. Der Abschied fiel Maria schwer. Auch Hanna weinte. Kurt nahm sie auf den Arm und gab ihr sein großes Taschentuch. Damit winkte sie hinter dem Zug her, bis er nicht mehr zu sehen war. Erst im nächsten Jahr, Anfang Juni, wenn das Kind zur Welt kommen sollte, würde ihr Großvater wiederkommen. Hanna wusste, dass sie bis dahin noch unzählige Male schlafen gehen musste. Es ließ sich nicht an ihren Fingern abzählen.

Ein Kuss wie's sich gehört

Der Alltag kehrte ein. Kurt trat seine Arbeitsstelle an und war nun täglich von montags bis freitags mehr als zehn Stunden aus dem Haus. An Samstagen wurde in der Möbelfabrik nur bis mittags gearbeitet.

Maria musste sich mit ihrer Schwiegermutter den Herd teilen. Wie zu erwarten, stellten sich die ersten Unstimmigkeiten ein. Marias Lieblingsgericht, das schlesische Himmelreich, wurde als Süßspeise abgetan und auch die Klöße aus gekochten Kartoffeln und Mehl brachten ihr kein Lob ein. Helene und ihre Familie aßen lieber eine herzhafte Kost und Klöße mussten ihrer Meinung nach aus rohen Kartoffeln hergestellt werden. Unförmige graue Dinger waren das Ergebnis, die wiederum Maria und Hanna nicht besonders schmeckten. Maria kehrte somit der Kocherei den Rücken. Helene nutzte die Gelegenheit und gab ihr zu nähen. Nun saß Maria Tag für Tag an der Nähmaschine und besserte die Garderobe und Wäsche ihrer Schwiegermutter aus. Helene gefiel das. Am Herd war sie wieder ihr eigener Herr und es machte ihr nichts aus, zwei Mäuler mehr zu stopfen.

Auch Frau Schmied stand eines Tages mit einem Arm voll Flickwäsche vor der Tür. Sie entlohnte Maria mit Früchten aus ihrem Bauerngarten, zwei Zentnern Kartoffeln zum Einkellern und mehreren alten Filzhüten. Obwohl die Hüte längst aus der Mode waren, freute sich Maria sehr darüber, da sie aus dem wertvollen Material neue Modelle formen konnte.

Maria und ihre Schwiegermutter hatten sich ansonsten wenig zu sagen. Als einzige Gemeinsamkeit blieb ihnen, dass sie beide Flüchtlinge waren. Das Thema Kirche vermied Maria tunlichst anzusprechen, dazu fehlte ihr der Mut. Bei Kurt sah es nicht besser aus. Auch Helene machte keine Anstalten, sich mit ihnen darüber zu unterhalten, für sie schien alles in bester Ordnung zu sein.

Roland Scherer kam mit seinem Motorrad fast täglich vorbei, um nach dem Rechten zu sehen, wie er augenzwinkernd sagte. Sobald er Maria allein antraf, machte er ihr Komplimente.

„Du bist ein frecher Kerl", sagte sie eines Tages geschmeichelt, „sieh mich gefälligst nicht so an. Ich weiß überhaupt nicht, was dich dazu veranlasst."

Roland zuckte mit den Schultern und sah ihr geradewegs in die Augen.

„Vera ist eine hübsche Frau und sie stammt aus Ostpreußen. Wie ich weiß, wollt ihr bald heiraten."

„Mal sehen. Du hast das gewisse Etwas, Maria."

„Roland, ich bin die Frau deines Bruders", erwiderte sie mit ernster Miene. Ihre Stimme klang jedoch herausfordernd.

„Leider, schöne Schwägerin", er lächelte versonnen und strich ihr sanft über den Arm.

Maria wandte sich irritiert ab: Lieber Gott, ich mag ihn, seine bernsteinfarbenen Augen, das hellbraune lockige Haar, seine makellosen weißen Zähne, sein Lächeln...

Ihr Mann war wie sein Vater, er besaß auch diese plumpe aufdringliche Art. Ein zärtlicher Kuss genügte Kurt nicht, wenn er von der Arbeit nach Hause kam und Maria begrüßte. Mit einer Hand betatschte er ihre Brust, mit der anderen griff er ihr unter den Rock und es kümmerte ihn nicht, ob jemand in der Nähe stand.

Maria wies ihn zurück, vor allem, wenn Hanna dabei war: „Lass das, nicht vor dem Kind. Kurt, benimm dich!"

„Benimm dich, benimm dich!", schnauzte er. „Was du immer hast. Sie versteht das sowieso noch nicht!"

An den Abenden, wenn das Wetter mitspielte und beide noch zum Holzmachen in den Wald mussten, fand Kurt einen geeigneten Platz, um seiner Begierde freien Lauf zu lassen.

Die Erwachsenen atmeten erleichtert auf, als Mitte November Kurt mit seinen beiden Frauen, wie er scherzhaft sagte, in die neue Wohnung einziehen konnte.

Die Zweizimmerwohnung lag unter dem Dach und jeder Raum wies eine Schräge auf. Maria störte das keineswegs. Für das Wohnzimmer überließ ihnen Frau Schmied einen ausgedienten Tisch und ein gut erhaltenes Sofa. Die Schlafzimmereinrichtung kaufte Kurt auf Ratenzahlung in der Möbelfabrik und Hanna bekam das Kinderbett von Irene. In der kleinen Küche gab es ein Waschbecken mit fließend kaltem Wasser, einen winzigen Küchenschrank, einen Tisch und drei Stühle. Das Plumpsklo befand sich im Flur hinter einer dünnen Holzwand.

Maria fand zwischen ihrer Wäsche passenden Gardinenstoff und da ihr Helene die Nähmaschine überlassen hatte, machte sie sich gleich an die Arbeit. Als Maria die Stores aufgehängt hatte, ging sie zufrieden von einem Zimmer ins andere: Für den Anfang sieht es schon recht hübsch aus. Aber mit unseren Hausleuten werde ich wohl kaum warm werden. Herr Kern ist ein verschlossener Mann, doch immerhin höflich. Seine Frau trägt die Nase sehr hoch. Schnippisch hat sie uns begrüßt. Mit ihr ist bestimmt nicht gut Kirschen essen. Ihr werde ich tunlichst aus dem Weg gehen. Sollten wir uns begegnen, bleibt es eben bei einem knappen Gruß. Warum zerbreche ich mir eigentlich den Kopf darüber?

Wenn Kurt von der Arbeit nach Hause kam, stand pünktlich das Essen auf dem Tisch und Maria sprach das Tischgebet, wie sie es von zu Hause gewohnt war. Kurt faltete widerwillig die Hände und sah mürrisch vor sich hin. Nach dem Essen musste sich Hanna fertig machen und zu Bett gehen. Sie gehorchte sonst aufs Wort, nur am Abend bummelte sie und musste oft ermahnt werden.

„Immer das Theater, gewöhn ihr das endlich ab!", sagte Kurt eines Abends gereizt.

Maria fand sie am Küchenfenster. „Hanna, hast du dich gewaschen?"

Sie nickte.

„Warum kommst du dann nicht rüber?"

Hanna zuckte mit den Schultern.

„Nun geh endlich und sag Papa gute Nacht. Es wird Zeit!"

Langsam ging sie ins Wohnzimmer hinüber, reichte Kurt die Hand und wünschte ihm eine Gute Nacht.

„Und? Wo bleibt der Gutenachtkuss?", fragte er mürrisch und nahm sie auf den Schoß.

Hanna küsste ihren Stiefvater auf die Wange.

„Ich will einen richtigen Kuss!" Kurt fasste ihr Gesicht mit seinen großen groben Händen, gab ihr einen Kuss auf den Mund und rieb sein Kinn an ihrer Wange.

„Papa, das stachelt! Du tust mir weh! Bitte, hör auf!", weinte sie und versuchte sich zu befreien.

„So, das tut dir weh? Dann gib mir gleich einen Kuss wie's sich gehört." Mit zusammengekniffenen Augen sah er sie an. „Das sage ich heute zum allerletzten Mal!"

„Kurt, nun ist es gut!", sagte Maria eindringlich.

Er ließ Hanna los. Sie sprang von seinem Schoß, lief ins Schlafzimmer, kletterte ins Bett und wischte sich den Mund an ihrem Deckbett ab.

Maria kam herein „Du stellst dich wirklich an! Warum machst du jeden Abend so ein Theater?"

Hanna weinte leise.

„Du bist schon so ein großes Mädchen, du musst gehorsam sein, das weißt du doch."

Sie nickte.

„Nun schlaf schön!" Maria beugte sich zu ihr, streichelte ihre glühende Wange und flüsterte: „Morgen reden wir beide noch mal darüber, ja?"

Hanna zog das Deckbett bis über beide Augen.

Am nächsten Morgen, nachdem Kurt das Haus verlassen hatte, holte Maria ihre Tochter wie gewöhnlich in die Küche. Nach dem Frühstück nahm Maria ihre Hand. „Du hast Papa gestern Abend sehr verärgert. Sag mal, warum willst du ihm denn kein Küsschen geben?"

Hanna zuckte mit den Schultern.

„Du kannst mir das ruhig sagen, du brauchst keine Angst zu haben."

„Ich möchte das nicht", flüsterte sie mit gesenktem Kopf.

„Hanna, ich hab dich nicht verstanden. Du musst lauter reden."

„Ich möchte das nicht."

„Hast du Papa denn nicht lieb?"

Wieder zuckte sie mit den Schultern.

„Opa gibst du jedes Mal ein Küsschen, obwohl er ein Bärtchen hat."

„Das ist doch mein Opa!"

„Jetzt hast du auch einen Papa. Er hat uns sehr lieb und sorgt für uns. Den ganzen Tag über muss er schwer arbeiten, damit wir Geld haben, um Essen kaufen zu können. Hanna, das kannst du doch verstehen. Heute Abend gibst du Papa einen Gutenachtkuss wie es sich gehört!"

„Mama, bitte nicht..." Tränen erstickten ihre Stimme. Verzweifelt sah sie ihrer Mutter in die Augen.

„Doch! Papa wird sonst wieder sehr böse, weil du nicht gehorchst. Du möchtest doch ein liebes Mädchen sein?"

Hanna nickte und wischte sich mit beiden Händen die Tränen ab.

Maria war bemüht, mit ihrem knapp bemessenen Haushaltsgeld auszukommen. Jeden Pfennig drehte sie zweimal um. „Kurt, Weihnachten steht vor der Tür. Ich müsste noch ein bisschen Geld haben..."

„Was? Ich hör wohl nicht richtig? Du musst es dir besser einteilen!"

„Schrei nicht so, das Kind schläft."

„Ist mir doch egal!"

„Sieh mal, ich wollte für Hanna..."

„Für Hanna, für Hanna! Ich kann das nicht mehr hören. Andere haben sie gemacht, zahlen keinen Pfennig und ich muss sie durchfüttern!"

„Kurt!", schrie Maria auf. „Wie kannst du so etwas sagen?" Sie brach in Tränen aus.

„Hör auf damit", schnauzte er.

„Kurt, ich wollte unser erstes Weihnachtsfest schön..."

„Schluss damit, hab ich gesagt!" Er holte aus und schlug ihr mitten ins Gesicht.

Maria starrte ihn mit weit aufgerissenen Augen an.

Kurt stürzte aus dem Zimmer.

Wenig später kam er wieder herein. So schnell wie ihn die Wut gepackt hatte, war sie wieder verflogen. Kurt zog Maria auf Frau Schmieds altes Sofa und verlangte Versöhnung. Sie weinte noch immer. Es war ihr nicht möglich mit ihm zu schlafen. Erst nachdem er sich entschuldigt und ihr versprochen hatte, nie wieder die Hand gegen sie zu erheben, gab Maria schweren Herzens nach, schloss die Augen und ließ ihn gewähren.

Kurt ging am nächsten Tag gelassen seiner Arbeit nach. Maria hatte den Streit nicht vergessen.
„Mama, du weinst ja! Tut dir was weh?"
„Ach Hannerl", schluchzte Maria, „ich habe Herzschmerzen und schlimmes Heimweh." Sie nahm ihr Kind auf den Schoß.

Hanna schlang die Arme um ihren Hals, schmiegte sich fest an sie und küsste ihre Wange.
„Wenn du so lieb zu mir bist, geht es mir gleich viel besser", flüsterte Maria, wischte sich die Tränen ab und versuchte zu lächeln. „Hannerl, wir beide müssen ganz fest zusammenhalten. Wenn wir uns immer lieb haben, wird alles gut."
„Ja, Mama."
„Komm, jetzt ziehen wir uns an und gehen ins Dorf."
„Au ja, draußen liegt Schnee."

Im Tante-Emma-Laden hatte Maria in Erfahrung gebracht, dass es im Dorf eine Hebamme gab. Sie hieß Margret Klein, war Anfang dreißig, ledig und leitete auch die Sonntagsschule. In einem kleinen Bauernhaus, nicht weit von ihnen entfernt, wohnte sie zusammen mit ihren beiden Schwestern.

Maria traf sie zu Hause an.
„Sie dürfen Margret zu mir sagen, Frau Scherer." Freundlich streckte sie Maria die Hand entgegen.
„Danke gern", erwiderte Maria. Sie gibt sich Mühe Hochdeutsch zu sprechen, aber ihr Tonfall verrät, dass sie auch eine Einheimische ist, war Marias erster Gedanke.
„Ja, Grüß Gott! Wie heißt du?" Margret Klein beugte sich

zu Hanna und reichte ihr die Hand.

„Hanna Schö... äh, Scherer", antwortete sie und machte einen Knicks.

„Du bist ja ein nettes Mädchen. Wie alt bist du?"

„Vier Jahre."

„Erst vier? Dafür bist du recht groß", sagte sie erstaunt und wandte sich wieder an Maria. „Frau Scherer, ich habe schon von Ihnen gehört. Sie wohnen bei Familie Kern. Sie sind Flüchtlinge, das spricht sich schnell herum. Möchten Sie ihre Tochter zur Sonntagsschule anmelden?"

„Gern, aber wir sind katholisch, kann es deswegen Schwierigkeiten geben?"

„Nein, nein!" Margret winkte ab. „Ich möchte Ihnen die Stube gern zeigen. Kommen Sie bitte, ich geh grad voraus."

Sie stiegen eine schmale Holztreppe hinauf und betraten einen halbdunklen Flur. Es war sehr warm und roch nach Bohnerwachs. Margret öffnete eine Tür. „Bitte, Frau Scherer, treten Sie ein!"

Maria musste sich etwas bücken, als sie durch die Tür gehen wollte. Margret Klein und Hanna folgten ihr in ein großes helles Zimmer. Der Holzfußboden knarrte unter ihren Füßen.

„Setzen wir uns doch." Margret zeigte auf mehrere Stühle, die aneinandergereiht in der Mitte standen.

„Danke, gern", erwiderte Maria.

Im Zimmer gab es vier Fenster. Drei davon lagen zur Straße und durch das andere warf Hanna einen Blick hinunter in den verschneiten Garten, bevor sie auch Platz nahm. Auf jeder Fensterbank blühte ein Fleißiges Lieschen. Neben der Zimmertür strömte ein Kanonenofen wohlige Wärme aus. Ein Bücherregal nahm die Wand daneben bis unter die Decke ein und schräg davor stand ein schwarzes Klavier.

„Wie schön, Sie spielen auch?" Maria zeigte hinüber.

„Für den Hausgebrauch", antwortete Margret. „Hierher kommen die Kinder jeden Sonntagmorgen um elf Uhr. Ich mache das freiwillig und unentgeltlich. Es wird gesungen und gespielt und wir lernen auch das eine oder andere Gebet miteinander. Meine Schwestern helfen mir dabei. Wir sind alle Christen und glauben an einen Gott. Gell, Frau Scherer."

„Fräulein Klein... Margret, Sie sprechen mir aus der Seele. Sie glauben ja gar nicht, wie gut mir das tut."

„Das freut mich."

„Ich habe noch ein Anliegen..." Maria räusperte sich, „Sie... Sie sind Hebamme, wie ich gehört habe."

„Das ist richtig."

„Ich bin in anderen Umständen. Hanna ist in der Klinik zur Welt gekommen. Diesmal muss ich zu Hause entbinden. Ehrlich gesagt, ich habe ein bisschen Angst davor."

Margret legte ihre Hand auf Marias Arm und sah ihr ins Gesicht. „Sie sehen gesund und kräftig aus. Wie alt sind Sie, wenn ich fragen darf?"

„Ich werde im Februar sechsundzwanzig."

„Wie war die erste Geburt?"

„Ja, was soll ich sagen..." Maria räusperte sich erneut, „es hat über acht Stunden gedauert und ich musste genäht werden."

„Dann wird es sicher gut sein, wenn wir den Arzt zur Stelle haben. Dr. Hartmann hat seine Praxis unten im Städtle. Er ist noch ein junger Arzt. Ich arbeite gern mit ihm zusammen. Frau Scherer, wenn ich richtig sehe, ist es noch eine Weile hin, bis ihr Kind zur Welt kommt."

„Anfang Juni wird es soweit sein."

„Suchen Sie halt bei Gelegenheit den Doktor auf, damit Sie ihn kennen lernen."

„Margret, ich danke Ihnen." Maria erhob sich und schüttelte ihr die Hand. „Sie haben mir sehr geholfen."

„Schon recht, Frau Scherer. Ade, Hanna! Ich würde mich sehr freuen, wenn du uns am Sonntagmorgen auch besuchen kommst."

Sie nickte mehrmals, gab ihr die Hand und machte einen Knicks.

Margret Klein brachte Mutter und Tochter zur Haustür und winkte ihnen nach.

„Das Fräulein ist aber nett. Mama, darf ich wirklich hingehen?", wollte Hanna wissen.

„Aber ja. Ich denke, du findest den Weg bald allein."

Hanna sah freudestrahlend zu ihr auf. Als sie wieder am Friedhof vorüberkamen, blieb sie stehen und bat: „Mama, ich möchte da drin alles ansehen."

„Hanna, du weißt, dass ich ein Kind bekomme, deshalb darf ich nicht über den Friedhof gehen. Willst du vielleicht ohne mich reingehen?"

„Ja."

„Gut, dann geh. Ich mach dir eben das Tor auf und warte hier draußen vor der Mauer auf dich."

Langsam ging Hanna den breiten Weg entlang, der zur Friedhofskapelle führte. Maria blickte versonnen auf ihre kleinen Fußstapfen. Seit es geschneit hatte, war niemand hier gewesen. Vor der Kapelle bog Hanna rechts ab und spazierte hinüber zu den großen Bäumen nahe der Friedhofsmauer. Nach geraumer Zeit drehte sie sich um und schritt vorsichtig auf den schmalen Wegen zwischen den Gräbern entlang. Vor einigen Grabsteinen blieb sie stehen und betrachtete die in Stein gehauenen Inschriften und Reliefs. Als sie zurückkam sagte sie leise: „Mama, die Bäume gefallen mir viel besser, wenn sie nicht so nackt aussehen."

„Du musst warten bis zum Frühling, dann tragen sie wieder ihre Blätter." Maria schloss das schmiedeeiserne Tor und nahm sie an die Hand.

„Gell Mama, dann gehen wir noch mal hier her."
„Wir werden sehen..." Besorgt sah Maria auf ihr Kind: Um Himmels willen! Ich muss aufpassen, dass sie das Hochdeutsch nicht so ohne weiteres ablegt. Das Gell hört sich ja ganz niedlich an. Früher oder später kommt sie mit den hiesigen Kindern zusammen. Das Schwäbeln wird rasch abfärben. In unseren vier Wänden darf nur Hochdeutsch gesprochen werden. Kurt muss ich das heute noch klar machen!

Zwei Tage vor Weihnachten schleppte der Postbote ein großes Paket zu ihnen hinauf. Obwohl Hanna vor Neugier ganz zappelig war, musste sie sich gedulden, da ihre Mutter mit dem Auspacken bis zum Abend warten wollte.

„Sieh mal einer an, ein Paket?" Neugierig las Kurt den Absender. „Von deinen Eltern. Dann mach mal auf, Maria!" Er setzte sich an den Tisch.

Hanna kniete sich auf ihren Stuhl, ihrem Stiefvater gegenüber und beobachtete gespannt jeden Handgriff ihrer Mutter.

Maria knotete die Schnur auseinander und wickelte sie auf. Dann entfernte sie das Packpapier und legte es ordentlich zusammen, bevor sie den Karton aufklappte. Obenauf lag ein Brief mit einem Strohstern. Es gab mehrere große und kleine Päckchen in buntem Papier. Jedes war mit einem Namen versehen und der Aufschrift: An Heiligabend öffnen. Auch Hannas Lieblingskuchen kam zum Vorschein.

„Wie der duftet", flüsterte sie mit strahlenden Augen. Noch einmal hielt sie ihre Nase darüber.

„Und hier, gemahlener Mohn. Das ist ja wunderbar!", rief Maria entzückt. „Jetzt kann ich uns für die Feiertage Mohnklöße zubereiten."

„Mohnklöße...?" Kurt sah sie skeptisch an. „Wieder so ein Geheimrezept aus deiner Heimat?"

„Ja, sicher! Du wirst schon sehen..." Maria musste plötzlich weinen.

„Warum jetzt die Tränen?", fragte er gereizt.

„Ach, ich hab Heimweh."

„Unsere Heimat ist jetzt hier! Alles andere ist Vergangenheit. Du solltest das endlich auch so sehen. Deine Heulerei ist unnötig und geht mir auf die Nerven."

„Kurt!" Fassungslos sah sie ihn an. „Ich habe Sehnsucht! Meine Eltern sind so weit weg. Du hast gut reden, du kannst deine Verwandten jederzeit besuchen. Ich kann nur Briefe schreiben und jeden Tag auf Post lauern..."

„Schon gut! Lass uns jetzt essen."

„Manchmal bist du so gemein!", schluchzte Maria. Rasch räumte sie die Geschenke ein und stellte das Paket auf das Sofa.

Entsetzt blickte Hanna von einem zum andern. Sie war blass geworden. Als ihr Maria den vollen Teller hinstellte, wagte sie nicht zu sagen, dass sie plötzlich keinen Hunger mehr verspürte.

In dieser Nacht fand Maria keinen Schlaf. Sie lauschte den gleichmäßigen Atemzügen ihres Mannes. Hanna warf sich unruhig hin und her und murmelte unverständliche Worte. Maria weinte leise. Wie ein Stein lastete die Traurigkeit auf ihrer Brust. Das Gefühl flößte ihr Angst ein und nahm ihr die Luft zum Atmen. Ihre Gedanken wirbelten durcheinander: Kurt hat sich so verändert. Ach nein, ich lerne ihn jetzt erst kennen. Sein Alltagsgesicht macht mir Angst! Papa hat mich gewarnt, aber ich ignorierte seine Sorge. Ich wollte ihnen nicht länger zur Last fallen. Mama hat mir nie Vorwürfe gemacht, aber ich sah, wie erleichtert sie war, als Kurt um meine Hand anhielt. Mein Gott! Wie romantisch hat alles begonnen. Nur ein Bruchteil ist davon geblieben. Von Mal zu Mal fällt es mir schwerer mit ihm zu schlafen. Er umwirbt mich nicht mehr. Kurt fordert nur noch. Die Lust ist mir verloren gegangen. Was mir bleibt, ist die Pflicht und die empfinde ich als erdrückende Last. Ob alles seine Richtigkeit hat, wie es die katholische Kirche vorschreibt? Vor der Ehe mit einem Mann zu schlafen ist eine Sünde, die reine Lust muss gebeichtet werden. Als Ehefrau wird es zur Pflicht; jederzeit soll sie für ihren Mann bereit sein. Wenn nicht, ist das auch eine Sünde. Welch ein Widerspruch! Es versetzte ihr einen Faustschlag in den Magen und schnürte ihr die Kehle zu. Maria sprang aus dem Bett, tastete sich aus dem Schlafzimmer und lief zum Klosett. Sie musste sich übergeben.

Danach fühlte sie sich etwas besser. Maria ging in die Küche und wusch sich das Gesicht. Sie nahm ein Glas Wasser und setzte sich an den Küchentisch. Langsam zog sie die Schublade auf, nahm den letzten Brief ihrer Mutter heraus und las ihn zum x-ten Mal.

Um Verzeihung muss sie bitten

In der Sonntagsschule schlossen Hanna und die Nachbarstochter Freundschaft. Marlies war schon aus der Schule und arbeitete zu Hause auf dem Bauernhof. Hanna verbrachte nun so manchen Nachmittag bei ihr, entweder sah sie ihr bei der Stallarbeit zu oder sie spielten miteinander.

Maria kam das sehr gelegen, sie wollte längst das Städtle auskundschaften und das möglichst allein. Kurt hatte ihr zum Geburtstag ein nagelneues Fahrrad geschenkt. Erfreut und erstaunt über seine plötzliche Großzügigkeit, war sie ihm um den Hals gefallen. Anfang März spielten auch die Straßenverhältnisse mit und so stand einer Fahrt ins Tal nichts mehr im Weg.

Zuerst suchte Maria die Praxis von Dr. Hartmann auf. Das Wartezimmer quoll über. Sie hatte keine Lust stundenlang zu warten und beschloss den Arztbesuch um ein paar Tage zu verschieben. Gemächlich fuhr Maria durch die Stadt. In einer abgelegenen Gasse entdeckte sie ein Hutgeschäft. Eingehend betrachtete Maria die Auslagen. Sie konnte sich kein Hutband, geschweige denn einen neuen Hut kaufen, trotzdem wollte sie hineingehen. Bevor Maria das Geschäft betrat, warf sie einen prüfenden Blick in die Fensterscheibe und richtete ihren Hut.

Mit der Geschäftsinhaberin, einer freundlichen Dame Mitte fünfzig, kam sie gleich ins Gespräch. Wie sich herausstellte, war Frau Wieland in Berlin geboren. Ihren Mann, einen Schwaben, hatte sie noch vor dem Krieg kennen gelernt und somit wurde sie hier ansässig.

„Ach, glauben Sie mir, in der ersten Zeit hatte ich mit dem Dialekt auch Schwierigkeiten." Frau Wieland winkte ab. „Manchmal war es sogar recht lustig. Ich werde nie vergessen, als mir eines Tages eine Kundin erzählte, dass es bei ihr zum Mittagessen Spätzle und Salat geben sollte. Ich verzog angeekelt das Gesicht und sagte entrüstet: ‚Sie essen tatsächlich die winzigen Spatzen vom Dach oben?' Ich kann Ihnen sagen, das war ein Spaß."

Maria lachte herzlich.

„Mittlerweile weiß ich die schwäbische Küche zu schätzen, doch, ja..." Frau Wieland sah Maria nachdenklich an. „Frau Scherer, wenn ich mich nicht irre, sind Sie vom Fach."

„Ja, ich bin gelernte Putzmacherin", erwiderte sie stolz.

„Das ist mir sofort aufgefallen!"

„Wieso...? Weil ich einen Hut trage?"

„Wie Sie ihn tragen." Frau Wieland rollte mit den Augen und schnippte mit den Fingern. „Dieser gewisse Schick ist unverwechselbar! Wo haben Sie den Beruf erlernt?"

„In Schlesien, in Schweidnitz. Nach dreijähriger Lehre habe ich die Prüfung zur Modistin mit Auszeichnung bestanden. Von meiner Mutter habe ich ganz nebenbei das Schneidern erlernt."

„Dann dürfen Sie das Handwerk ausüben." Frau Wieland nickte anerkennend. „Das kommt mir sehr gelegen. Ich hätte hin und wieder Arbeit für Sie. Was sagen Sie dazu?"

„Ich", Maria fasste sich an die Stirn, „ich, ich weiß nicht", stotterte sie.

„Das nötige Werkzeug kann ich Ihnen zur Verfügung stellen. Über die Bezahlung werden wir uns einigen. Möchten Sie wieder Hüte umformen oder auch neu anfertigen?"

Maria strahlte. „Liebend gern, das wäre ja wunderbar. Danke vielmals! Das kommt so... so überraschend."

„Ich würde mich freuen", versicherte Frau Wieland.

„Allerdings müsste ich die Arbeiten zu Hause ausführen, ich habe einen Mann und eine kleine Tochter zu versorgen", gab Maria zu bedenken.

„Frau Scherer, das ist mir recht! Vielleicht können Sie es einrichten einmal die Woche bei mir hereinzuschauen? Alles Weitere findet sich. Da fällt mir etwas ein...", sie legte ihren Zeigefinger an die Nasenspitze, „dass ich nicht gleich darauf gekommen bin... Hier in der Stadt gibt es ein großes Modegeschäft, wie ich gehört habe, wird dort händeringend eine Schneiderin gesucht. Frau Scherer, an Ihrer Stelle würde ich heute noch dort vorbeigehen."

„Ich bin sprachlos." Maria gab ihr die Hand. „Haben Sie recht vielen Dank!"

„Ich danke Ihnen!" Frau Wieland brachte sie zur Tür und beschrieb ihr den Weg zu dem Modegeschäft.

Auf dem Heimweg musste Maria ihr Fahrrad größtenteils schieben, das machte ihr jedoch nichts aus, sie war so guter Dinge wie lange nicht mehr. Unverhofft ergaben sich gleich zwei Möglichkeiten, ihr knapp bemessenes Haushaltsgeld aufzubessern. Auch den Damen im Modegeschäft kam Maria wie gerufen. Unverzüglich packten sie einige Kleidungsstücke zur Änderung ein und handelten mit ihr den Nählohn aus. Als Maria die Schlucht überquerte, hörte sie ein Motorrad den Berg heraufkommen. Es hielt neben ihr an.

„Maria! Schön dich zu sehen, ich grüße dich!", rief Roland freudestrahlend. Er stellte den Motor ab, nahm seine Lederkappe vom Kopf und fuhr sich mit der Hand durch das Haar.

„Roland, ich bin überrascht!"

„Überrascht? Ich dachte du freust dich."

„Ach du frecher Kerl!"

Sie lachten und sahen sich unentwegt in die Augen.

„Maria, du wirst von Mal zu Mal hübscher."

Ein wohliger Schauer lief ihr über den Rücken. „Du sollst mir nicht schmeicheln."

„Lass mich doch, es ist die Wahrheit."

„Danke", sagte Maria verlegen. „Roland, stell dir vor, ich habe im Städtle Arbeit gefunden. Ist das nicht wunderbar! Als Schneiderin. Außerdem werde ich wieder als Putzmacherin arbeiten. Kurt wird Augen machen!" Am liebsten wäre sie ihrem Schwager um den Hals gefallen.

„Mein Bruder hat ein Glück!" Er schüttelte den Kopf. „Maria, weiß er überhaupt, was er an dir hat?"

„Musst ihn halt fragen", meinte sie fröhlich.

„Werd ich machen, Maria." Roland setzte seine Kappe auf. „Du, ich muss leider weiter." Er trat mehrmals den Anlasser und als der Motor lief, fuhr er los. „Zu Kurts Dreißigsten, komm ich euch besuchen!", rief er über die Schulter.

„Darüber wird er sich bestimmt freuen!"

„Und du?" Roland ließ sein Motorrad ein Stück zurückrollen und sah ihr erwartungsvoll in die Augen.

„Muss ich mir noch überlegen!", rief sie herausfordernd.

Er warf ihr eine Kusshand zu, gab Gas und fuhr schwungvoll den Berg hinauf.

Maria schaute ihm verträumt nach: Roland ist eine Sünde wert. Wäre ich nicht mit seinem Bruder verheiratet, dann... Mein Gott, was fällt mir ein!, zügelte sie sich.

Mitte März stand Heinz Scherer und seiner Familie der große Umzug bevor. Heinz und Helene waren voller Tatendrang und nichts ging ihnen schnell genug. Ihre Söhne waren jedoch zur Stelle und packten tüchtig mit an. Innerhalb von zwei Tagen stand ihr gesamtes Hab und Gut drüben auf dem Bauernhof.

An den kommenden Wochenenden fuhr Kurt mit seinem Rad hinüber, um ihnen bei der Feldarbeit und bei der ersten Heuernte zu helfen. Für Maria wäre der weite Weg zu anstrengend gewesen. Auch Dr. Hartmann war etwas in Sorge, weil sie aller Wahrscheinlichkeit nach ein großes Kind zur Welt bringen würde.

Ende Mai stand plötzlich Simon Schönfeldt vor der Tür. „Mein Opa! Mein Opa!", jauchzte Hanna immer wieder.
    Maria nahm ihren Vater noch einmal in die Arme, nachdem er ihr versichert hatte, dass er bis nach der Geburt ihres Kindes dableiben konnte. Sie weinte vor Freude.

Gegen Morgen des fünften Juni musste Maria ihren Mann vor der Zeit wecken. Sofort sprang Kurt aus dem Bett und zog seine Hose über das Nachthemd. Er stürmte aus dem Haus, schwang sich auf sein Rad und fuhr zur Hebamme. Auf dem Rückweg radelte er zum Gasthaus und klopfte den Wirt aus dem Bett. Kurt entschuldigte sich mehrmals, eilte ans Telefon und informierte Dr. Hartmann.
    Völlig außer Atem kam er nach Hause. Margret, einen Kopf kleiner als Kurt, nahm ihn resolut beiseite. „Herr Scherer, jetzt nur mit der Ruhe! Es braucht noch vier, fünf Stunden, bis Ihr Kind zur Welt kommt. Gehen Sie, setzen Sie sich zu Ihren Leuten an den Tisch und frühstücken Sie miteinander. Ihr Schwiegervater hat schon alles hergerichtet."
    Bevor Kurt etwas erwidern konnte, war die Hebamme im Schlafzimmer verschwunden. Er bekam keinen Bissen hinunter. Immer wieder stand er auf und lief zwischen Küche und Schlafzimmer hin und her.
    „Junge, nun setz dich doch. Ich denke, Maria ist in guten Händen. Fräulein Klein ist eine tüchtige Person", sagte sein Schwiegervater.

Kurt seufzte laut und nahm wieder Platz.

„Hannerl, und wir beide machen jetzt einen sehr langen Spaziergang. Die Sonne steht schon hoch über dem Wald."

„Au ja, Opa! Ich muss dir viel zeigen." Fröhlich sprang sie vom Tisch auf.

„Dann aber nichts wie los!", lachte Simon Schönfeldt. Beim Hinausgehen klopfte er seinem Schwiegersohn auf die Schulter. „Mach's gut, mein Junge. Kopf hoch!"

„Ja ja, bis dann", erwiderte Kurt zerstreut.

„Opa, ich möchte mit dir auf den Friedhof gehen, da gefällt es mir so gut." Hanna sah zu ihm auf.

„Gern, mein Kind."

Kurz darauf öffnete er das schmiedeeiserne Tor und Hand in Hand spazierten sie den Mittelweg entlang. Vor der Kapelle bogen sie ab, gingen hinüber zu den großen Bäumen und setzten sich darunter auf die Bank.

„Sieh nur, wie die Sonne das Laub vergoldet und darüber leuchtet der Himmel strahlend blau." Simon Schönfeldt zeigte hinauf.

„Gell, Opa, hier ist es schön", flüsterte sie.

„Ja Hannerl, wunderschön." Er lächelte versonnen und legte den Arm um ihre Schultern. Eine Zeit lang saßen sie so beieinander. Irgendwann nahm er ihre Hand und sie gingen weiter. An den Grabsteinen, die Hanna besonders schön fand, blieben sie stehen und sie bat ihren Großvater die Inschriften vorzulesen. Als sie den Friedhof verließen, erzählte Hanna: „Opa, im Winter bin ich hier ganz alleine spazieren gegangen. Mama wollte nicht mitgehen, weil sie ein Kind bekommt."

„Aha", erwiderte er schmunzelnd und schloss das Tor.

„Jetzt zeige ich dir die Sonntagsschule." Stolz sah Hanna zu ihm auf und ging hüpfend neben ihm her.

Ein Stück weiter, hinter dem Laden auf der anderen

Straßenseite, lag der Bauernhof der Geschwister Klein. Hanna machte ein enttäuschtes Gesicht als sie niemanden antrafen. Ihr Großvater warf noch einen Blick über den Zaun und bewunderte den gepflegten Bauerngarten, bevor sie weiter die Dorfstraße entlangspazierten. Hin und wieder begegneten ihnen einige Bauersleute, sie grüßten einander freundlich. Am Ende des Dorfes kamen sie zum Forsthaus.

„Opa, guck mal, das ist ja ein hübsches Haus!", schwärmte Hanna schon von weitem.

„Oh ja! Die Wände sind bis unter das Dach mit Schindeln verkleidet. Die roten Zierleisten an den Fenstern und die grünen Fensterläden machen sich gut. Sieh mal das Dach, es ist mit unterschiedlich roten Ziegeln gedeckt und alle liegen zu einem Muster angeordnet."

„Wie im Zickzack, gell?"

Er nickte zustimmend.

„Opa, dort drüben am Berg, da wohnen Irene und Klaus und Oma und Opa Scherer." Hanna zeigte hinüber.

Ihr Großvater legte seine Hand über die Augen und versuchte etwas zu erkennen.

„Opa, kannst du die Häuser sehen?"

„Gerade so..."

„Gell, die sehen winzig aus."

„Tatsächlich... und davor im Tal liegt die Stadt verborgen. Kaum zu glauben!"

Sie gingen weiter und erreichten bald darauf den Wald. Jetzt verließen sie die Straße und bogen in einen Feldweg ein, dieser führte kilometerweit am Waldrand entlang.

„Opa, riechst du den Wald? Duftet das nicht wunderbar?"

Beide blieben stehen und atmeten tief ein.

„Was hier so gut riecht, das ist Harz, der Lebenssaft der Bäume. Sieh mal, da drüben die Tanne ist verletzt, an ihrem Stamm fehlt ein Stück Rinde. Das Harz verklebt die Wunde und so kann der Baum weiterleben."

„Das ist gut." Hanna ging hinüber und befühlte mit beiden Händen die verkrustete Stelle.

„Schau, da gibt es schon Blaubeeren. Komm Hannerl, wir sehen nach, ob wir eine Hand voll finden!"

Die Sträucher hingen übervoll und hier am Waldrand waren die Beeren schon reif. Als sie sich satt gegessen hatten, nahm der Großvater sein zusammengefaltetes Taschentuch heraus und knotete die vier Zipfel zusammen.

„Opa, was machst du da?"

„Einen Beutel. Den sammeln wir voll Blaubeeren und nehmen sie mit nach Haus."

„Au ja! Für Mama, gell?"

Er nickte schmunzelnd.

Anschließend verweilten sie auf einem Baumstumpf. Nach geraumer Zeit zog der Großvater seine Taschenuhr heraus und warf einen Blick darauf. „Wenn ich meine Pfeife geraucht habe, werden wir am Waldrand weiter gehen, vielleicht treffen wir auf einen Feldweg, der uns wieder ins Dorf führt. Dann sollten wir nachsehen, ob dein Geschwisterchen angekommen ist."

„Heute wird es ankommen?", flüsterte Hanna.

„Ganz bestimmt." Liebevoll sah er ihr in die leuchtend grünen Augen mit den winzigen gelben Pünktchen.

Kurt empfing sie freudestrahlend. „Hannchen, du hast ein Brüderchen bekommen! Vater, wir haben einen gesunden Jungen!" Er lachte zufrieden und nahm ihn in die Arme.

„Dann können wir uns beglückwünschen. Wie geht es Maria?", fragte sein Schwiegervater in einem Atemzug.

„Jetzt geht es ihr gut. Der stramme Junge von fast zwölf Pfund hat ihr zu schaffen gemacht."

„War der Arzt dabei?"

„Ja, er war rechtzeitig da."

„Gott sei Dank!" Simon Schönfeldt stieß einen Seufzer aus und drückte Kurt noch einmal an sich. „Hannerl, nun komm, lass uns schnell die Hände waschen, dann sehen wir uns den neuen Erdenbürger an."

Maria lächelte ihnen unter Tränen entgegen. „Papa, Hanna, kommt näher und schaut euch unseren kleinen Simon an."

„Mama, du weinst ja!" Erschrocken eilte Hanna zu ihr ans Bett.

„Ich freue mich, dass du ein gesundes Brüderchen bekommen hast."

Hanna sah auf das Baby und schüttelte den Kopf. „Das soll ein Junge sein?"

„Aber ja! Warum fragst du?"

Wieder schüttelte sie den Kopf und blickte wie gebannt auf das Kind. „Ein Junge mit Locken? Das ist ja komisch!"

Kurt lachte auf. Maria versuchte sich das Lachen zu verkneifen, indem sie Augen und Mund zusammenpresste und leise stöhnte. Als sie die Augen wieder öffnete, sah sie zu ihrem Vater hinüber und flüsterte: „Papa, nun komm doch her zu uns."

Er wischte sich über beide Augen und kam zu ihr ans Bett. „Gottes Segen, dir und dem Kind", raunte er, strich ihr sanft über das Haar und küsste sie auf die Stirn. Erfreut betrachtete er dann den Jungen in ihren Armen, drohte ihm mit dem Finger und sagte augenzwinkernd: „Ich hoffe, du kleiner Kerl machst meinem Namen Ehre."

Acht Tage später packte Simon Schönfeldt seinen Koffer. Maria hatte sich zusehends erholt und sein Enkelsohn machte sich prächtig. Somit war alles in bester Ordnung und er konnte ruhigen Gewissens abreisen. Obwohl er Hanna versprochen hatte, zusammen mit ihrer Großmutter so bald wie möglich wiederzukommen, weinte sie.

Margret Klein war auch sehr zufrieden mit der Wöchnerin und der kleine Simon erfreute sie jeden Tag aufs Neue. Trotzdem schaute sie in den kommenden zwei Wochen täglich vorbei.

Hanna besuchte jetzt nur hin und wieder ihre Freundin Marlies. Manchmal rief Maria sie bald wieder nach Hause, weil sie ihr behilflich sein sollte. Das Geschirr musste Hanna abtrocknen und ordentlich einräumen, die Babywäsche zusammenlegen und auf ihren Bruder achten, wenn Maria zum Einkaufen eilte oder im Keller mit der Wäsche vollauf beschäftigt war.

Eines Tages, nachdem Hanna ihrer Mutter fleißig zur Hand gegangen war, erlaubte sie ihr nach nebenan zu gehen. Da Simon noch schlief, machte sich Maria daran die Treppe zu bohnern. Als sie damit fertig war und gerade in ihre Wohnung gehen wollte, ging bei ihren Hausleuten die Korridortür auf.

„Ha, nei', die Müh könne Sie sich schpare. Da brauche Sie gar net erst 'nauf gehe, da wohne Flüchtling. Hungerleider. Die habe sowieso kei' Geld."

Maria traute ihren Ohren kaum. Sie beugte sich über das Treppengeländer. Unten stand tatsächlich die Frau des Bürgermeisters und ihr gegenüber ein junger Mann in Hut und Mantel. Er sah neugierig zu Maria hinauf, zog grinsend seinen Hut, schwenkte seine Aktentasche und verließ das Haus.

„Frau Kern! Einen Moment mal!" Maria eilte die Treppe hinunter.

„Was gibt's?", fragte sie spitz.

„Was erlauben Sie sich! So eine Unverschämtheit!"

„Frau Schärer, i' weiß gar net was Sie wolle? I' hab doch bloß die Wahrheit g'sagt." Sie grinste hämisch.

„Scherer, bitte!", sagte Maria aufgebracht. „Wir schreiben unseren Namen immer noch mit E. Und eins will ich Ihnen sagen, bevor Sie uns wieder beleidigen, sollten Sie noch mal zur Schule gehen und sich ein vernünftiges Deutsch beibringen lassen!"

Frau Kern wurde zuerst blass, dann knallrot. Hasserfüllt blitzten ihre Augen. Sie drehte sich um, ging in ihren Korridor und knallte die Tür zu.

„So eine Frechheit lasse ich mir nicht bieten!", schimpfte Maria, während sie die Treppe hinaufstieg. „Ich wäre geplatzt, hätte ich ihr das nicht ins Gesicht gesagt!"

„Warum hast du nicht deinen Mund gehalten? Wie kannst du mit dieser Frau einen Streit anfangen? Das gibt bestimmt Ärger!", schnauzte Kurt seine Frau eine Stunde später an.

„Das ist doch nicht dein Ernst! Sollte ich die Beleidigungen einfach so hinnehmen oder mich vielleicht noch bedanken?", erwiderte Maria wütend.

Kurt schlug mit der Faust auf den Tisch. „Ich will, dass du dich mit den Leuten verträgst und mir keinen Ärger machst!"

„Ich mache Ärger? Ich habe dieser Frau nichts getan. Nicht das Geringste! Wir bezahlen pünktlich die Miete, halten uns an die Hausordnung. Was will die eingebildete Ziege denn noch? Die Hiesigen sollen froh sein, dass mit den Flüchtlingen endlich frisches Blut hereinkommt. Sieh sie dir doch an! Geh mal mit offenen Augen durch das Kaff, bald an jeder Ecke gibt es einen Deppen!"

„Jetzt hör aber auf, das hast du ihr hoffentlich nicht gesagt!"

„Richtig! Aber dass sie noch mal zur Schule gehen soll!", lachte Maria.

Ihm blieb der Mund offen stehen.

„Ich rufe jetzt Hanna zum Essen." Lachend stand Maria auf und ging ans Fenster.

Nach geraumer Zeit, der Tisch war unterdessen wieder abgeräumt, kam Hanna nach Hause.
„Wo bleibst du bloß so lange? Ich hatte dich gerufen."
„Mama, ich war bei Marlies. Wir haben nichts gehört."
„Wer nicht hört, bekommt auch kein Abendessen!", brüllte Kurt. „So ist das! Morgen bleibst du daheim und hilfst deiner Mutter bei der Hausarbeit."
Hanna brachte kein Wort heraus. Sie eilte in die Küche und machte sich fertig. Wenig später sagte sie ihren Eltern gute Nacht wie es sich gehörte und ging leise ins Schlafzimmer.

Am nächsten Tag lag ein blauer Brief auf der Treppe. Maria fiel sofort auf, dass er nicht mit der Post gekommen sein konnte. Kaum war sie wieder in ihrer Wohnung, riss sie den Umschlag auf und überflog die wenigen Zeilen. „Die Kündigung! Das hab ich kommen sehen. Pfui! Und noch mal Pfui! Mit solchen Leuten will ich nicht länger unter einem Dach leben. Na, Kurt wird toben. Pah, das muss ich jetzt durchstehen!", sagte sie couragiert.

Kurt kam an diesem Abend später heim als gewöhnlich. Mit verkniffener Miene trat er ins Zimmer. Als er die Kündigung gelesen hatte, wurde er kreideweiß und knallte das Schreiben auf den Tisch. „Sieh zu, wie du das in Ordnung bringst. Das ist jetzt deine Sache!"
„Wie du meinst", erwiderte Maria, ohne mit der Wimper zu zucken.
„Jetzt zu dir, meine Tochter." Kurt ging zu Hanna hinüber. „Du hast genau gehört, dass deine Mutter dich gestern zum Essen gerufen hat, aber du wolltest noch zu Ende spielen.

Du hast uns angelogen!" Seine Stimme überschlug sich. „Ich werde dir ein für alle Mal das Lügen austreiben!" Er öffnete seine Gürtelschnalle, zog mit einem Ruck den Lederriemen heraus, fasste die Enden mit einer Hand, holte aus und schlug mit aller Wucht auf sie ein. Den zweiten Schlag spürte sie nicht mehr. Hanna sank auf den Fußboden.

Maria reagierte viel zu spät. „Kurt, bist du wahnsinnig? Du schlägst sie tot!", schrie sie jetzt. Sie kniete sich hin, aber es gelang ihr nicht, das ohnmächtige Kind auf die Arme zu nehmen. „Nun hilf mir endlich!", fuhr sie ihn an.

Sie brachten Hanna ins Schlafzimmer und legten sie aufs Bett. Kurt verließ gleich darauf das Zimmer. Erst nach einigen langen Augenblicken kam sie wieder zur Besinnung.

„Gott sei Dank! Hannerl, es tut mir so Leid", schluchzte Maria, „du darfst uns nie wieder anlügen!" Vorsichtig zog sie ihr die Kleider aus. Entsetzt schrie sie auf, als sie die blutunterlaufenen Striemen auf ihrem Rücken sah.

Hanna weinte keine Träne.

Maria half ihr ins Nachthemd und flüsterte: „Schlaf jetzt, das wird das Beste sein."

Am nächsten Morgen, nachdem Kurt das Haus verlassen hatte, kümmerte sich Maria zuerst um Hanna. Sie half ihr aus dem Hemd, tupfte mit einem feuchten Tuch ihren Rücken ab und rieb vorsichtig die wunden Striemen mit etwas Öl ein. Als Hanna angezogen war, sagte Maria: „Heute Abend musst du dich bei Papa entschuldigen und ihm sagen, dass du uns nie wieder anlügen wirst."

Hanna starrte sie mit weit aufgerissenen Augen an.

„Mein Gott, Kind! Sieh mich nicht so an, ich kann es nicht ändern. Du musst Papa um Verzeihung bitten, sonst wird er wieder so böse!"

„Mama, bitte...", hauchte sie mit tränenerstickter Stimme.

„Ich werde nie wieder lügen. Sag du's... Bitte!"
„Nein, das geht nicht! Papa will es von dir hören. Sieh mal, wir haben so viel Ärger. Frau Kern war so hässlich zu mir. Ich habe ihr tüchtig die Meinung gesagt, deshalb müssen wir hier ausziehen. Darüber hat sich Papa auch so fürchterlich geärgert." Maria seufzte und strich ihr zärtlich über das Haar. „Heute Abend geht es dir bestimmt besser."

Den ganzen Tag über verhielt sich Hanna sehr still. Maria gab ihr zu essen, doch sie rührte kaum etwas an.

Nach dem gemeinsamen Abendessen stand Hanna gleich auf, ging in die Küche und machte sich fertig. Kurz darauf kam sie ins Wohnzimmer, reichte ihrem Stiefvater die Hand und sagte leise: „Ich bitte um Verzeihung. Papa, ich werde nie wieder lügen."

„Und?"

Sie stellte sich auf die Zehenspitzen und gab ihm einen Kuss auf den Mund.

„Na, bitte! So gehört sich das für ein folgsames Mädchen!", sagte Kurt triumphierend.

Hanna drehte sich um und ging zu Bett. Einige Minuten später stürzte sie aus dem Zimmer, presste die Hände vor den Mund und lief zum Klosett.

Am darauf folgenden Sonntag holte Marlies ihre kleine Freundin wie üblich zur Sonntagsschule ab. Schweigend gingen die Mädchen nebeneinander her. Am Friedhof waren sie längst vorbei, als Marlies liebevoll ihren Arm um Hanna legte. Sie musste sich räuspern, bevor sie die Frage stellen konnte, die sie seit Tagen quälte: „War dein Vater arg bös mit dir?"

Hanna blickte kurz zu ihr auf.

Marlies schluckte. „Dein Vater hat mich so g'schickt ausg'fragt, wie i' g'merkt hab, was er eigentlich von mir wissen wollt, war's schon zu schpät. Hat er dich g'schlage?"

Hanna nickte und wischte sich mit dem Handrücken mehrmals über die Augen.

„Das tut mir arg Leid!" Marlies nahm sie in die Arme.

„Es geht mir wieder besser", flüsterte Hanna.

„Mein Vater war immer lieb zu mir", sagte Marlies nachdenklich.

„Warum ist er tot?"

„Im Wald isch er verunglückt. Wie das passiert isch, war i' grad so alt wie du."

„Marlies, bist du manchmal traurig?"

„Ha ja."

Da soll man nicht die Wut kriegen

Herr Kern ließ seinen Mietern nur vier Wochen Zeit, bis Ende Juli mussten sie eine neue Bleibe gefunden haben. Kurt blieb stur und rührte deswegen nicht den kleinen Finger. Er war ohnehin schlecht gelaunt und fand an allem und jedem etwas auszusetzen.

„Was bildet er sich überhaupt ein! Ich habe in meinem Leben schon mehr auf die Beine gestellt als mal eben eine Wohnung zu finden. Er bringt noch nicht mal den Mumm auf, seinen Eltern auch nur anzudeuten, dass unser Sohn katholisch getauft werden soll. Da kommt mir doch die Galle hoch!"

„Mama, warum bist du so böse?"

„Ach, da soll man nicht die Wut kriegen!" Maria warf einen Blick in den Spiegel und setzte ihren Hut zurecht. „Pass auf Simon auf, ich gehe schnell in den Laden, um mich nach einer Wohnung zu erkundigen." Sie hauchte ihrer Tochter einen Kuss auf die Wange, verließ die Wohnung und eilte die Treppe hinunter.

Die Geschäftsfrau bedauerte, ihr war nichts dergleichen zu Ohren gekommen, aber Margret Klein würde ihr bestimmt weiterhelfen, schließlich kam sie viel herum.

Mit Hannas Hilfe holte Maria den Kinderwagen aus dem Keller und machte sie sich mit ihren beiden auf den Weg zum

Bauernhof der Geschwister Klein.

Margret war im Garten beschäftigt, als sie auf den Hof kamen. Sofort unterbrach sie ihre Arbeit. „Grüß Gott miteinander! Das machen Sie richtig, Frau Scherer, bei dem schönen Wetter muss man mit den Kindern raus. Was macht unser Büble?" Sie bückte sich und sah in den Kinderwagen. „Schlafen, wie immer", lachte sie.

„Ihm geht es gut, Gott sei Dank!", seufzte Maria. Sie war den Tränen nah.

„Was ist los?" Margret sah besorgt zu ihr auf, wischte sich die Hände an der Gartenschürze ab und versuchte eine widerspenstige Locke ihres hellbraunen Haares mit einer Haarnadel festzustecken. „Frau Scherer, was ist passiert?"

Maria musste sich räuspern, bevor sie ihr mit zitternder Stimme erzählen konnte, was sich abgespielt hatte.

„Ja, sapperlott! Das sollte man nicht für möglich halten!", schimpfte Margret. Ihre dunkelbraunen Augen blitzten. „Frau Kern mag sich manchmal selber nicht leiden, aber dass sie so hinterhältig sein kann, hätte ich nicht gedacht."

„Jetzt regen Sie sich bloß nicht auf. Ich habe mich bereits damit abgefunden. Ich möchte nicht länger mit diesen Leuten unter einem Dach wohnen. Margret, ich muss so schnell wie möglich eine andere Wohnung finden."

„Vielleicht sollten Sie es im Forsthaus versuchen? Wie ich weiß, steht dort eine Wohnung leer."

„Im Forsthaus?"

„Das Haus steht ganz am Ende vom Dorf, kurz vor dem Wald. Frau Keppler ist eine liebe Frau, aber ihr Mann ist recht wunderlich..." Margret wiegte ihren Kopf hin und her und zog die Stirn kraus. „Herr Keppler ist Jäger und betreibt nebenher Landwirtschaft. Er ist hier einer der reichsten Waldbauern."

„Egal, wie auch immer, wir werden uns gleich auf den Weg

machen. Margret, Sie haben mir sehr geholfen. Vielen, vielen Dank!"

„Ich will's hoffen. Ade miteinander und viel Glück!"

„Danke, ich bin ganz zuversichtlich!" Maria winkte ihr zu und schob den Kinderwagen eilig vom Hof.

„Mama, ich kenne das Forsthaus, Opa war mit mir da, es steht ganz nah am Wald", sagte Hanna in einem Atemzug.

„Wir müssen dort vorbeigekommen sein, als wir hierher gezogen sind. Ich kann mich nicht mehr genau erinnern."

Mit dem Kinderwagen kamen sie nur langsam voran, erst nach einer halben Stunde erreichten sie das Forsthaus.

„Guck mal, ist das nicht schön?", rief Hanna begeistert.

„Wie aus dem Bilderbuch", erwiderte Maria erstaunt. Aufgeregt fügte sie hinzu: „Ich werde allein reingehen. Warte hier vor dem Garten und gib auf Simon acht, gell!"

„Ja, Mama. Hoffentlich ist jemand zu Hause."

„Das werden wir gleich sehen." Maria öffnete die Pforte, ging durch den gepflegten Garten bis zur Haustür und klingelte. Nach einer Weile drückte sie noch einmal den Klingelknopf und blickte dabei durch die Glasscheiben der Haustür. Als sich jemand näherte, trat Maria einen Schritt zurück und wartete bis die Tür geöffnet wurde. Vor ihr stand eine kleine rundliche Frau mit einem roten Gesicht. Ihr Haar bedeckte ein blaues Kopftuch. Über ihrem grauen Arbeitskleid trug sie eine blaue Schürze und ihre Füße steckten in derben schwarzen Schnürschuhen.

Die Bäuerin sah Maria von unten bis oben an und blieb mit erstaunten Augen an ihrem Hut hängen. „Grüß Gott! Sie wünsche bitte?"

„Grüß Gott! Mein Name ist Scherer, Maria Scherer. Fräulein Klein sagte mir, dass Sie eine Wohnung zu vermieten haben."

„Ah so, ja, das isch richtig. Keppler mei' Name. Entschuldige Sie, i' komm grad vom Feld. Frau Scherer, i' kann Ihne die Wohnung gern zeige, aber entscheide tut allweil mei' Mann. Komme Sie doch näher!" Lächelnd trat sie einen Schritt zur Seite und hielt die Tür weit auf.

„Danke, Frau Keppler."

Nebeneinander stiegen sie eine breite Steintreppe hinauf und betraten einen geräumigen Flur. Rechts und links befand sich jeweils eine Korridortür. Vorn links führte eine Holztreppe in die obere Etage und rechts davon gelangte man über eine schmale Steintreppe zu einer zweiten Haustür, die offen stand und einen Blick auf den Hof freiließ.

Im Haus ist es angenehm kühl und es riecht gut, dachte Maria. Ihr Blick fiel auf eine große Holztruhe mit einem Gebinde aus getrockneten Blumen, Gräsern und Ähren.

„Da links wohnt mei' Schwägerin. Wir wohne obe', die Trepp 'nauf. Da, die Wohnung isch frei", erklärte Frau Keppler. Sie schloss die Korridortür auf und ließ Maria vorgehen. „Wo wohne Sie bislang?"

„Im Haus des Bürgermeisters, aber die Wohnung ist jetzt etwas zu klein, nachdem unser zweites Kind geboren ist", erwiderte Maria, ohne mit der Wimper zu zucken. Neugierig um sich blickend ging sie von einem großen Zimmer ins nächste.

Frau Keppler kam hinter ihr her. „So, Sie habe zwei Kinder, das wird sich mei' Mann g'wiss gut überlege. Er mag net gern Kinder im Haus."

Maria sah sie erstaunt an. „Haben Sie keine Kinder?"

„Ha doch, ein Sohn von achtzehn Jahr, ein ganz fleißiger und lieber Bub."

„Unsere Hanna ist ein sehr artiges Mädchen, sie wird diesen Herbst fünf Jahre alt. Simon ist jetzt vier Wochen und er schläft nachts schon durch. Beide würden Sie bestimmt nicht stören", versicherte Maria. „Die Wohnung gefällt mir sehr gut. So helle, große Zimmer. Wirklich schön. Und alles so sauber!"

„Komme Sie halt am Abend noch mal wieder, vielleicht lässt mei' Mann mit sich rede."

„Gern. Mein Mann arbeitet hier im Dorf in der Möbelfabrik, nach Feierabend könnten wir mit den Rädern vorbeikommen. Ich verdiene etwas dazu, ich schneidere für das Modegeschäft im Städtle und fertige ab und zu Damenhüte an."

„So, Sie könne nähe, das isch aber g'schickt." Die Bäuerin nickte anerkennend und beäugte Maria wieder von unten bis oben.

Eine große hagere Frau Anfang fünfzig, auch in Arbeitskleidung und Kopftuch, kam hinzu. Ihre Hände hielt sie in ihrer Schürze eingewickelt. Sie taxierte Maria ungeniert.

„Frau Scherer, das isch mei' Schwägerin, unsere Anna", stellte Frau Keppler vor.

„Grüß Gott! Freilich, freilich, i' bin da die Magd am Hof. Gell, Sie möchte die Wohnung habe?"

„Grüß Gott! Frau...?" Maria sah ihr in das knitterige Gesicht.

„Keppler. Es langt freilich, wenn Sie Anna zu mir sage."

„Gern." Maria nickte freundlich. „Was Ihre Wohnung angeht, Sie würden uns damit einen sehr großen Gefallen tun." Maria zeigte zum Fenster hinaus. „Meine Kinder warten draußen, ich möchte sie Ihnen gern vorstellen."

„Ha ja, mei' Schwägerin und i' möge Kinder, müsse Sie wisse. Wir zwei werde mei' Mann schon recht vorbereite. Gell, Anna!"

„Ja freilich, freilich", erwiderte sie und eilte voraus.

Schon an der Gartenpforte streckte Frau Keppler ihre Hand aus. „Ah, so ein lieb's Mädle. Bischt ja eine ganze Kindsmagd. Wie heischt du?"

„Hanna Scherer." Sie knickste und reichte beiden Frauen die Hand.

„Das isch aber nett! Gell, Anna, so was Lieb's sieht man net alle Tag." Sie bückte sich und sah in den Kinderwagen. „Und so ein goldig's Büble!"

Ihre Schwägerin sah auch hinein. „Freilich, ganz goldig, ganz goldig!" Sie nickte mehrmals.

Maria hatte Mühe ernst zu bleiben, als beide Frauen so überschwänglich taten. „Dann bis heute Abend und vielen Dank einstweilen", sagte sie schnell.

„Ade!", riefen Frau Keppler und ihre Schwägerin wie aus einem Mund und winkten.

„Hannerl, die Frauen haben wir auf unserer Seite. Ich denke, die Wohnung ist uns sicher. Ich habe ein sehr gutes Gefühl." Maria zwinkerte ihrer Tochter zu.

Kurt schob die Unterlippe vor und hörte interessiert zu, als ihm Maria von der Wohnung erzählte. „Du würdest aber einen viel weiteren Weg zur Arbeit haben", gab sie zu bedenken.

„Das ist halt nicht zu ändern", meinte er verträglich.

Nach dem Abendessen radelten beide zum Forsthaus. Hanna musste zu Hause bleiben und auf ihren Bruder Acht geben.

Als Herrn Keppler gleich nach der Begrüßung von Kurt erfuhr, dass sein Vater auch einen Bauernhof bewirtschaftet, wollte er ihm als Erstes sein Anwesen zeigen. Stolz schritt er mit Kurt zu den Stallungen hinüber. Anna heftete sich unaufgefordert an ihre Fersen.

Während Maria und Frau Keppler vor der Haustür warteten, kam ein Traktor auf den Hof gefahren. Ein junger Mann sprang herunter.

„Frau Scherer, das isch mei' Sohn, unser Schorsch."
Er begrüßte Maria höflich, aber zurückhaltend.
„Frau Keppler, Sie hätten mir Ihren Sohn nicht vorstellen müssen, die Ähnlichkeit ist verblüffend!"
Mutter und Sohn lächelten verschämt. Schweigend standen sie beieinander und warteten, bis die anderen die Hofbesichtigung beendet hatten und zu ihnen herüberkamen.
„Frau, in Gottes Name, dann gib halt dene Leut die Wohnung. Schorsch, du kannscht mit dem Traktor und dem Anhänger den Hausrat transportiere." Seine Anweisungen gab Herr Keppler im Vorbeigehen. Er schritt ins Haus und wartete nicht Marias Dankeschön ab.
So ein eingebildeter Pinsel!, dachte sie ärgerlich.
„Herr Scherer, Sie habe die Wohnung noch gar net g'sehe, jetzt komme Sie halt mit", sagte Frau Keppler freundlich. Sie ging voraus und öffnete die Korridortür.
Anna drängte sich an Kurts Seite und zeigte ihm die gesamte Wohnung. Sie himmelte ihn an, in ihrer jüngferlichen Art und das „Freilich" sprudelte ihr nur so über die Lippen.

„Kurt, ich bin überrascht. Du warst gleich mit allem einverstanden", sagte Maria, als sie nach Hause radelten.
„Wir verbessern uns. Zwar sind es auch nur zwei Zimmer und Küche, aber die Wohnung ist größer und heller und es gibt keine Schrägen."
„Und nicht zu vergessen, wir müssen nicht einen Pfennig mehr Miete dafür zahlen. Was sagst du dazu?"
„Hast du gut gemacht, Maria!"

Zwei Tage später stand Roland vor der Tür. „Grüß dich, liebe Schwägerin, du siehst blendend aus!"
„Danke." Maria genoss die Schmeichelei. „Dein Bruder ist noch bei der Arbeit, du musst solange mit mir vorlieb

nehmen, Roland."

„Nichts lieber als das", entgegnete er und strich ihr sanft eine Locke aus der Stirn.

Maria schloss ihre Augen, seine zärtliche Berührung ließ sie schaudern.

„Wo sind deine Kinder?"

„Simon schläft und Hanna ist bei ihrer Freundin Marlies."

„Was für eine Gelegenheit..." Er nahm sie in die Arme.

„Das darf nicht sein, dein Bruder schlägt uns tot! Ach du..." seufzte sie. „Ich genieße deine Nähe, deine zärtlichen Hände und deine Fröhlichkeit. Du tust mir gut. Roland, ich kann nichts dafür."

„Du musst dich nicht entschuldigen, mir geht es genauso."

„Ich wollte dir all das nicht sagen", gestand sie. „Jetzt kannst du dir darauf was einbilden."

„Sag das nicht, Maria." Er schob sie sacht von sich. „Ich wollte dich nicht bedrängen. Niemals..."

Maria streichelte seine Wange. „Komm, setzen wir uns doch. Wie geht es Vera? Erzähl mal!"

„Mit uns ist es aus! Aber ich habe mir Merle genauer angesehen."

„Merle?"

„Ja, die Kleine, die an eurer Hochzeit bediente."

„Roland, das ist nicht dein Ernst! Vera ist so eine hübsche Frau und sie stammt aus Ostpreußen. Ich finde ihr passt gut zusammen. Dagegen ist dieses Schwabenmädel so – so unscheinbar."

„Schon, aber sie hat was." Er rieb Daumen und Zeigefinger aneinander.

Maria versetzte es einen Stich. Wie Albert, mein Gott! Roland ist Albert so ähnlich. Er dachte auch nur ans Geld und hat sich für die Reiche entschieden! Maria musste sich räuspern. „Das habe ich schon mal gehört", murmelte sie.

„Wer hat das gesagt?"

„Ach, alte Kamellen." Maria winkte ab. „Ich höre, Kurt kommt nach Hause."

„Schade, wir hätten uns noch so viel zu erzählen."

Kurt kam ins Wohnzimmer und schüttelte seinem Bruder die Hand. „Roland! Schön, dass du dich mal wieder sehen lässt." Maria begrüßte er mit einem Kuss und dabei griff er nach ihrem Busen. Schnell hielt sie seine Hand fest. Einen Moment lang starrte er sie ärgerlich an, dann setzte er sich zu ihnen an den Tisch. „Roland, du kommst wie gerufen."

„Ach ja? Wieso?"

„Wir müssen umziehen. Es wäre schön, wenn du uns dabei helfen könntest. Hat dir Maria noch nichts davon erzählt?"

„Nein, soweit waren wir noch nicht", erwiderte Roland.

„Wir haben nur über seine Frauen geredet." Maria warf ihrem Schwager einen verschmitzten Blick zu.

„Ich habe Merle kennen gelernt. Kurt, du wirst dich erinnern, das junge Mädel bediente an eurer Hochzeit."

„Na, sieh mal einer an!" Kurt nickte erstaunt.

„Sie ist das einzige Kind reicher Eltern."

„Bist ein verrückter Kerl! Wirst schon sehen, was es dir einbringt, wenn du nur aufs Geld begierig bist."

„Hast ja Recht, großer Bruder! Ich kenne das Sprichwort", sagte Roland grinsend. „Nun erzählt, warum müsst ihr so plötzlich umziehen?"

„Die Wohnung wurde uns gekündigt. Maria hat Frau Kern beleidigt..."

„Das stimmt ja gar nicht! Sie hat uns beleidigt! Sie..."

Kurt schnitt ihr mit einer Handbewegung das Wort ab. „Jetzt lass die Sache endlich ruhen!", fuhr er sie an.

„Nun streitet euch doch nicht. Erzählt mir lieber, wo ihr demnächst zu Hause seid."

„Im Forsthaus, ganz am Ende vom Dorf. In zwei Wochen

sollte der Umzug über die Bühne sein. Du weißt, die Ernte steht vor der Tür. Vater rechnet mit uns."

„Ist doch selbstverständlich, dass ich euch helfen werde."

Maria machte es Spaß ihr neues Zuhause gemütlich einzurichten. Das Schlafzimmer war geräumig genug, um darin vier Betten, den Kleiderschrank und die Frisierkommode unterzubringen. Hanna bekam jetzt ein großes Bett. Ein Jutesack, vollgestopft mit frischem duftenden Stroh, diente als Matratze. In ihrem ehemaligen Bett würde nun ihr Bruder schlafen.

Für das Wohnzimmer kaufte Kurt einen Geschirrschrank, einen Ausziehtisch und sechs Stühle, außerdem leistete er sich ein nagelneues Radio.

Die Wohnküche war bereits eingerichtet, das kam Kurt gerade recht. Frau Keppler überließ ihnen gern ihre ausgedienten Küchenmöbel: Einen Schrank, eine Eckbank mit Sitzkissen, einen Tisch, zwei Stühle, außerdem einen Holz- und Kohleherd und ein Steinwaschbecken mit fließendem kalten Wasser. Neben der Küche befand sich die Speisekammer mit einem großen Holzregal.

Im Flur, der zwischen Küche und Wohnzimmer lag, richtete Maria ihre Nähecke ein. Vor das Fenster stellte sie die Nähmaschine, an die Küchenwand passte das Regal mit den Nähutensilien und gegenüber neben der Wohnzimmertür fand der Ankleidespiegel seinen Platz.

Am Ende des langen Flures befand sich die Tür zum Plumpsklo. Außen hing ein kleines, weißes Emailschild, „Abort" stand in verschnörkelten Buchstaben darauf. Es war ein langer schmaler Raum mit weiß gekalkten Wänden. Direkt unter dem Fenster zum Hof stand die braunlackierte hölzerne Sitzbank. Ein stabiler Holzdeckel mit Griff bedeckte die runde Öffnung. In Reichweite an der Wand hing an einem Haken aus Draht in handliche Stücke gerissenes Zeitungspapier.

Eines Abends beim Essen musste Maria plötzlich laut lachen. „Kurt, ich muss dir was erzählen", sie kicherte. „Heut in der Früh beim Wäschewaschen wich mir Fräulein Anna nicht von der Seite. Sie lobte dich über alle Maßen: ‚Ihr Mann kann ja feschte schaffe, er isch ja immer so fleißig', das wiederholte sie mehrmals."

Kurt winkte ab. „Wie ich eben nach Hause komme, läuft mir Frau Keppler in die Arme: ‚Ihr Frau isch so fleißig und ihr Wäsch sieht so weiß aus, da wird man recht neidisch.' Dazu fiel mir nichts ein, ich grüßte sie nur."

„Was denken die Leute bloß von uns? Meinen sie, weil wir kein Land und keinen Wald besitzen, dass wir Tag und Nacht nur auf der faulen Haut liegen?"

„Maria, mach mir bloß keinen Ärger und halt um Gottes willen deinen Mund!"

„Ja doch!", erwiderte sie etwas ungehalten. „Obwohl mir das schwer fällt, das kannst du glauben. Aber keine Angst, in Zukunft werde ich mir auf die Zunge beißen."

Nach dem Essen räumte Maria das Geschirr ab, nahm die Decke vom Tisch und schüttelte sie aus dem Küchenfenster. In diesem Moment kam ihr Hausherr um die Ecke. Sie grüßten einander freundlich. Herr Keppler blieb stehen und sah zu ihr hinauf. „Was i' sage wollt, Frau Scherer... Ihre Kinder hört man ja gar net."

„Herr Keppler, ich sagte schon Ihrer Frau, dass wir zwei artige Kinder haben."

„Scho' recht, scho' recht", erwiderte er gedehnt. „Und was sage Sie zu der Wasserleitung in Ihrer Küch?"

„Die ist in Ordnung. Warum fragen Sie?"

„Ja, kenne Sie denn aus Ihrer Heimat überhaupt fließend

Wasser in der Küch?"

Maria schluckte. „Sie stellen vielleicht Fragen. Ich komme aus Schlesien, aus der Stadt."

„Ha ja, wenn man so nach Öschtreich/Ungarn kommt, isch es damit net weit her."

„Herr Keppler, wie ich bereits sagte, ich komme aus Schlesien." Maria versuchte freundlich zu bleiben „Das ist Deutschland. Zumindest war es das bis Kriegsende, jetzt ist es leider unter polnischer Verwaltung."

„Ah so! Aha, das hätt i' net denkt! Wie Sie sehn, bin i' auf dem Weg zur Jagd. Ein schöne Abend wünsch i'."

„Danke ebenfalls und Weidmannsheil!"

„Dank, Frau Scherer!" Herr Keppler tippte sich an den Hut und ging vom Hof. Forsch schritt er dahin, das Gewehr geschultert und sein Jagdhund lief bei Fuß.

Wütend blickte Maria hinter ihm her: Dieser eingebildete Waldmensch! Er sollte gefälligst seine Nase in einen Atlas stecken. Gottlob, ich konnte meine Zunge im Zaum halten! Bloß gut, dass Kurt nichts mitbekommen hat. Allerdings sieht er fesch aus, der Alte, das muss ich ihm lassen, groß, drahtig, ein markantes Gesicht und der Jägerrock steht ihm ausgesprochen gut. Seine Art und Weise kann ich jedenfalls nicht ausstehen! Etwas zu laut schloss Maria das Fenster.

In dieser Gegend gab es oft heftige Gewitter. Hinterhältig kroch das Unwetter über die Berge oder es stand mit einem Mal über dem Wald. Abends und nachts war es besonders schlimm, wenn der Blitz in die Oberleitungen einschlug und das Dorf plötzlich im Dunkeln lag. Maria hatte aus diesem Grund an einem bestimmten Platz in Küche und Wohnzimmer Kerzen und Zündhölzer parat gelegt.

Abends gingen die Erwachsenen nicht eher zu Bett, bis das Gewitter vorüber war und des Nachts standen sie auf. Fegte der Sturm die Ziegel vom Dach, liefen Herr Keppler und Kurt auf den Dachboden, um den Schaden halbwegs zu beheben. Schorsch eilte hinüber in den Stall und hielt Wache, denn es kam hin und wieder vor, dass sich ein Rind losriss und die anderen Tiere rebellisch machte.

In diesem Sommer wütete eines Nachts ein schreckliches Unwetter. Blitz und Donner kamen Schlag auf Schlag. Ein Orkan peitschte den Hagel gegen die Fensterläden. Alle Erwachsenen standen besorgt im Hausflur beisammen. Das Splittern und Bersten der Bäume aus dem nahen Wald war zu hören, wenn der Donner für einen Moment aussetzte. Hanna stand auf einmal in der Korridortür und blickte entsetzt in die Runde. Maria legte den Arm um ihre Schultern und fragte mit lauter Stimme: „Schläft Simon?"

Hanna nickte mehrmals.

Plötzlich stieß Anna Keppler einen markerschütternden Schrei aus und schlug die Hände über dem Kopf zusammen. „Ei das Gott erbarm! Herr Scherer, Herr Scherer, höret Sie nur den Sturm! So arg, so arg, wenn jetzt die Welt untergeht, habe wir kein Wald mehr!" Sie klammerte sich an seinen Arm. Angst und Schrecken entstellten ihr Gesicht.

Wie kann ein Mensch so einfältig sein! Ich konnte mir das Lachen kaum verkneifen. Warum um alles in der Welt bin ich hierher gekommen? Die Schwaben, ihre Sprache, die Berge, alles geht mir so auf die Nerven. Wie lange muss ich das noch ertragen? Ich kann das nicht länger mit ansehen! Maria drehte sich wütend um, schob Hanna vor sich her in die Wohnung und schloss die Korridortür.

Irgendwann in der Nacht hatte sich die Natur ausgetobt und die Hausbewohner konnten endlich schlafen.

Am nächsten Morgen sahen sie das Chaos: Der Kirchturm aus dem Nachbarort war mit einem Mal zu sehen. Ein Teil des Waldes war wie von Geisterhand vernichtet. Die Bäume hoch aufgetürmt, zersplittert, zerschlagen und entwurzelt.

Herr Keppler stand mit Kurt auf dem Hof und stieß hervor: „Der Sturm hat ganze Arbeit g'leistet und ein große Schade ang'richtet. Von dem Holz ist kei' Stück zu gebrauche. Grad noch Brennholz!" Kopfschüttelnd wandte er sich ab.

Den ganzen Sommer über ging Kurt nach Feierabend noch in den Wald, entweder musste er Holz holen oder er brachte reichlich Pilze und Beeren mit nach Hause. Am nächsten Tag gab es dann geschmorte Pfifferlinge mit Bratkartoffeln oder Heidelbeersuppe. Maria kochte auch Saft und Gelee und allmählich füllte sich das Regal in ihrer Speisekammer.

An den Wochenenden, wenn das Wetter mitspielte, zog die ganze Familie in den Wald. Maria hatte für jeden ein Vesperbrot eingepackt und für Simon das Fläschchen. Bald fand sich ein geeigneter Platz. Hanna musste nun auf ihren Bruder Acht geben, während ihre Eltern die Früchte des Waldes sammelten. Meist entfernten sie sich dabei weit.

Hanna murrte nie, wenn es hinausging. Im Wald lief sie von einem Baum zum anderen oder spielte mit Tannenzapfen. Wurde Simon in seinem Wagen unruhig, schaukelte sie ihn geduldig in den Schlaf. Gern legte sie sich auf den weichen Waldboden, sah hinauf in die Baumwipfel und beobachtete das Spiel des Windes und lauschte den Vogelstimmen. Manchmal schlief sie ein. Irgendwann kamen Maria und Kurt zurück. Sie setzten sich zu ihr ins Moos und dann wurde gevespert.

Der Wald umgab die Familie mit Harmonie. In solchen Augenblicken überkam Maria ein Gefühl der Zärtlichkeit. Sie sah ihren Mann glücklich an und er nahm ihre Hand. Überrascht und irritiert über die Macht der Gefühle, stand Maria auf und ging mit ihm.

„Woran denkst du?"

„An uns", flüsterte sie. „Kurt, weißt du noch, wir beide auf der Wiese in sternenklarer Nacht?"

Er nahm sie in die Arme und Maria erwiderte seine leidenschaftlichen Küsse. Und wieder ließen sie ihre Kinder eine Zeit lang allein.

Im Oktober sollte Simon getauft werden. Der Priester hatte Kurt und Maria vorgeschlagen, die Taufe in ihrer Wohnung vorzunehmen, um Helene und Heinz Scherer den Gang in die katholische Kirche zu ersparen.

Kurt fuhr zu seinen Eltern, nahm all seinen Mut zusammen und rückte mit der Wahrheit heraus. Wie zu erwarten, machte ihm seine Mutter arge Vorhaltungen. Sein Vater hingegen nahm es mit dem Glauben nicht so genau. Es gelang ihm seine Frau zu beschwichtigen. Schließlich fand er es an der Zeit, seinen Enkel zu begutachten und außerdem war der Anlass ein guter Grund, sich einen kräftigen Schluck zu genehmigen.

Maria sah sofort, dass die Aussprache gut verlaufen war. Erleichtert atmete sie auf.

„Siehst du wohl, Vater ist schon in Ordnung, auch wenn er manches Mal etwas eigenartig daherredet. Mutter schmollt natürlich." Kurt zuckte mit der Achsel. „Aber ich bin mir sicher, wenn sie unser Jungchen im Arm hält, wird sie mir verzeihen, du wirst schon sehen."

Zwei Wochen vor der Taufe wurde Hanna krank. Am frühen Morgen klagte sie über Kopfschmerzen. Maria fühlte ihr glühend heißes Gesicht, erkannte die roten Flecken auf ihrem Körper und steckte sie wieder ins Bett. Deswegen den Arzt zu rufen, hielt Maria für überflüssig, denn sie wusste für jede Krankheit ein gutes Hausmittel. War Hanna erkältet und quälte sie ein schlimmer Husten, musste sie mehrmals am Tag einen Teelöffel voll Zwiebelsaft einnehmen. Maria stellte den Hustensaft selbst her, ebenso die Zäpfchen aus Kernseife, die Hanna bei Verstopfung verabreicht bekam. Bei Fieber kam nur Marias bewährte Schwitzkur in Frage, auch bei Masern schien diese vonnöten zu sein.

Zuerst kochte Maria Tee aus frischer Minze.

„Der Tee schmeckt mir gut", flüsterte Hanna.

„Schön, mein Mädchen. Ich werde jetzt Simon füttern und wenn er zufrieden ist, komme ich wieder zu dir."

„Muss ich dann wieder Fieber messen?"

„Ja doch, das ist wichtig und sollte das Fieber noch ansteigen, musst du wohl oder übel schwitzen."

„Oh, bitte nicht, ich halte das nicht aus!", jammerte Hanna.

„Nun schlaf noch ein wenig, dann sehen wir weiter."

Das Fieber war weiter angestiegen. Maria holte sofort alles Nötige zusammen. Hanna musste das Nachthemd ausziehen und sich nackt auf ihr Bett legen.

„Bitte, lass wenigstens meine Arme frei", bettelte sie.

„Jetzt stell dich nicht an, du weißt, es muss so sein." Maria wickelte sie bis zum Kinn in das Bettlaken ein, legte ein Kissen unter ihren Kopf und deckte sie mit zwei großen Federbetten zu.

„Ich ersticke gleich, du quälst mich so!", schluchzte Hanna. „Bitte, lass mich nicht so lange schwitzen." Flehend sah sie zu ihrer Mutter auf.

„Eine Stunde, wie immer." Gnadenlos stellte Maria den Wecker. „Wenn er klingelt, komme ich zu dir. Du wirst sehen, dann geht es dir viel besser." Sie verließ das Schlafzimmer und lehnte die Tür an.

Ängstlich lauschte Hanna dem monotonen Ticken der Uhr, das half ihr einzuschlafen.

Als sie nach einer Stunde befreit wurde, war sie klitschnass geschwitzt. Sie musste aufstehen. Plötzlich drehte sich alles und ihre Beine wankten. Maria half ihr beim Abtrocknen und zog ihr das Nachthemd an. Danach wendete sie den Strohsack und bezog das Bett mit frischer Wäsche. Völlig erschöpft sank Hanna in die Kissen. Dankbar trank sie ihren Tee. Anschließend musste noch einmal ihre Temperatur gemessen werden. Das Ergebnis stellte Maria zufrieden.

Auch an den folgenden Tagen, wenn zum Abend hin das Fieber wieder angestiegen war, wurde Hanna sehr unruhig und fantasierte im Schlaf. Maria sorgte sich auch um Simon, doch er blieb verschont. Eine Woche lang musste Hanna das Bett hüten. Als drei Tage später ihre Großeltern aus Göttingen zu Besuch kamen, lebte sie sichtlich auf.

Bereits am nächsten Tag wurde der erste Streuselkuchen gebacken.

Anna Keppler stellte sich Kurt in den Weg, als er von der Arbeit nach Hause kam. „Herr Scherer, es schmeckt so fei' im ganze Haus."

„Sie meinen, es duftet nach frisch gebackenem Kuchen?"

„Ja freilich, ja freilich", erwiderte sie und sah ihn mit großen Augen an. „Gibt's ein Fescht?"

„Ja, am Sonntag, unser Sohn wird getauft."

„Ah, so..."

„Anna, Sie sind herzlich eingeladen. Sagen wir am Sonntagnachmittag zwischen drei und halb vier zu Kaffee und Kuchen. Wir würden uns freuen."

„Dank schön! I' komm gern, ja freilich!"

Am Sonntagmittag kurz vor zwölf trafen der Priester und sein Ministrant ein. Kurt führte sie ins Wohnzimmer und dort streiften sie ihre liturgischen Gewänder über. Auf dem Tisch, auf den Marias Mutter eine weiße Spitzendecke ausgebreitet hatte, stellte der Ministrand ein Kreuz, Weihwasser und eine silberne Schale mit einem weißen Tuch bereit. Sophie schmückte den Altar mit frischen Astern und freute sich über die lobenden Worte des Priesters. Währenddessen kam eine Pferdekutsche auf den Hof gefahren. Heinz Scherer sprang vom Kutschbock und war seiner Frau beim Absteigen behilflich.

Helene tat recht verschnupft bei der Begrüßung, aber als sie den Täufling sah, war auch sie voll Freude und Stolz, zumal sie zusammen mit Marias Vater als Taufpate eine wichtige Rolle spielte. Und schließlich wusste sie sich zu benehmen.

Der Täufling schlief in den Armen seiner Großmutter. Auch als der Priester das Weihwasser über sein Köpfchen rinnen ließ und ihn auf den Namen Simon taufte, lächelte er und schlief selig weiter. Helene legte ihn Simon Schönfeldt in die Arme, zupfte ihren Mann am Ärmel und bat ihn verschämt um ein Taschentuch. Kurt warf Maria und seinen Schwiegereltern einen vielsagenden Blick zu. Nachdem nun das Sakrament der Taufe vollzogen war, forderte der Priester die Anwesenden auf, zum Abschluss gemeinsam das Vaterunser zu beten.

Kurt und Maria sprachen dem Priester ihren Dank aus und luden ihn und den Ministranten zum Essen ein. Priester und Ministrant zierten sich nicht und nahmen dankend an. Kaum war das Tischgebet gesprochen, griff der fromme Mann tüchtig zu und lobte die schlesische Küche in den höchsten Tönen.

Zur Kaffeezeit klopfte Anna an die Tür und überbrachte die Glückwünsche der ganzen Familie. Kurt bedankte sich und führte sie herein. An der Wohnzimmertür blieb sie wie angewurzelt stehen und sah verschämt in die Runde. Erst nachdem Kurt sie mehrmals bat, hineinzugehen um ein Stück

Kuchen zu probieren, ließ sie sich von ihm an den Tisch führen. Umständlich nahm sie Platz und schenkte Kurt ein besonderes Lächeln.

Zu Hannas Bedauern mussten ihre Großeltern zwei Tage später schon abreisen. Jochen war diesmal nicht mitgekommen, weil er in Göttingen eine Lehrstelle angetreten hatte.

Wieder kehrte der Alltag ein. Kurt ging seiner Arbeit nach und kam wie üblich am Abend nach Hause. In Marias Nähecke häufte sich mittlerweile die Arbeit. Es blieb nicht bei den Änderungen, laufend erhielt sie Aufträge, neue Kleidungsstücke anzufertigen. Mehrmals in der Woche musste sie hinunter in die Stadt zur Anprobe, ihre Kundinnen kamen ungern den Berg herauf. Außerdem gab es immer etwas zu besorgen, denn im Tante-Emma-Laden bekam sie kein Röllchen Nähseide zu kaufen. Die Vormittage standen Maria zur Verfügung. Meist war sie drei bis vier Stunden unterwegs. In den Wintermonaten nahmen ihre Besorgungen noch mehr Zeit in Anspruch, da sie sämtliche Wege zu Fuß erledigen musste. In der Zwischenzeit sollte sich Hanna um Simon kümmern. Sie wusste gut Bescheid, wie sie ihn zu versorgen hatte. Maria konnte sich auf ihre Tochter verlassen und somit war keine Eile geboten.

Wenn Simon schlief, stand Hanna am Fenster und hielt sehnsüchtig Ausschau. Die Stunden erschienen ihr unendlich. Am liebsten wäre sie ihrer Mutter entgegengelaufen, aber die hatte ihr strikt verboten, im Winter allein vor die Tür zu gehen. Hanna bekam Angst. Sie weinte. Jedes Mal nahm sie sich vor, das ihrer Mutter zu sagen, wenn sie jemals wieder nach Hause kommen sollte. Doch sobald Maria zu sehen war, trocknete das Mädchen schnell seine Tränen und brachte kein Wort über die Lippen.

Als es Frühling wurde, lebte Hanna auf. Simon wurde in die Sportkarre gesetzt und sie verbrachte mit ihm die Tage im Freien. Gegenüber dem Forsthaus, auf der blühenden Wiese am Bach, spielten die Kinder gern. Ein Steg führte hinüber zu den Kopfweiden, die dicht am Ufer ihren Platz einnahmen. Von dort aus schlängelte sich ein Fußweg durch die Wiesen und Felder bis zum Wald und zur Straße, die ins Städtle führte. Hanna saß nun oft mit Simon am Bachufer neben den leuchtend gelben Sumpfdotterblumen und ließ ihre Füße ins Wasser baumeln. Nebenbei zupfte sie den Taubnesseln die kleinen weißen Blüten ab, um den winzigen Tropfen Nektar abzuschlecken. Ihr Bruder konnte nicht genug davon bekommen. Hanna fühlte sich hier wohl. Unter freiem Himmel flößte ihr das stundenlange Warten keine Angst ein. Im nahen Wald hingegen war sie noch viel lieber. Am Waldrand gab es einen lichten Platz, hier begann sie eines Tages einen Moosgarten zu bauen. Überall wuchsen dafür dicke Moospolster in den unterschiedlichsten Arten und Grüntönen. Jedoch das Schönste fand Hanna weit drinnen im Wald in einer Lichtung. Der Boden war mit dickem samtweichen Moos überwuchert. Schien die Sonne durch die hochstämmigen Tannen und vergoldete es, verweilte Hanna lange an diesem Platz, eingehüllt von dem besonderen Duft des Waldes. Der moderige Geruch von Moos und Pilzen mischte sich mit dem Duft der Bäume, Gräser und Kräuter.

Manchmal, wenn Maria mit der Hand etwas zu nähen hatte, kam sie zu ihren Kindern an den Waldrand und setzte sich auf die Bank. Für einige Augenblicke legte sie ihre Hände in den Schoß und beobachtete das harmonische Spiel der beiden. Sie verstanden sich ohne Worte und in ihrem Spiel war ein Geben und Nehmen, wie es unter Geschwistern nicht schöner sein konnte.

Bald kamen die ersten Kurgäste ins Land. Ab und zu saßen nun fremde Leute auf der Bank und beobachteten die Kinder.

„Du sprichst ja Hochdeutsch! Das erstaunt mich", sagte eine junge Frau zu Hanna. „Bist du im Schwarzwald geboren?"

„Nein, in Göttingen."

„So, in Göttingen?", fragte sie.

„Ja, das ist meine Stadt. Wenn ich groß bin, gehe ich dorthin zu meinen Großeltern."

„Aha, und was sagen deine Eltern dazu?"

Hanna zuckte mit den Schultern. „Papa ist Ostpreuße, aber er will für immer hier bleiben. Mama kommt aus Schlesien. Sie hat jeden Tag Heimweh."

„Das kann ich gut verstehen." Die Frau schwieg eine Weile, dann fragte sie: „Wie heißt ihr, du und dein Brüderchen?"

„Hanna und Simon."

„Hanna und Simon..." wiederholte sie versonnen. „Bestell deiner Mama einen Gruß und sag ihr, eine Frau aus Schlesien hat euch im Wald besucht. Weißt du, in welcher Stadt deine Mama gewohnt hat?"

„In Schweidnitz."

„Schweidnitz? Nein, diese Stadt kenne ich nicht, ich komme aus einer anderen Gegend Schlesiens. Hanna, ich habe mich sehr gefreut, dich hier zu treffen." Leise fügte sie hinzu: „Ich wünsche mir auch eine Tochter – so ein liebenswertes Mädchen wie du es bist." Für einen Augenblick berührte sie mit den Fingerspitzen Hannas Wange, dann wandte sie sich ab und eilte hinter ihrem Begleiter her.

Aufgeregt erzählte Hanna ihrer Mutter von der netten Frau und richtete ihren Gruß aus.

„Mädel, du darfst den Leuten nichts erzählen. Das sind wildfremde Menschen, die geht es überhaupt nichts an, wo wir geboren sind!", sagte Maria aufgebracht.

„Aber ich muss doch die Wahrheit sagen."

„Hanna, jetzt widersprich mir nicht!"

„Die Frau kam mir vor wie eine Fee aus dem Märchen. Sie hat mich freundlich angesprochen: ‚Ich möchte auch so eine Tochter haben', dabei hat sie geweint, dann ging sie schnell zu ihrem Mann."

„Jetzt hör mir mal zu", sagte Maria eindringlich, „dass du mir niemals mit fremden Leuten mitgehst!"

„Mach ich nicht, Mama."

„Die Frau mag ja nett gewesen sein, aber es gibt Menschen, die Kinder stehlen. Sie nehmen sie einfach mit und tun ihnen Böses an. Hanna, du musst mir versprechen, nie auf fremde Leute zu hören. Niemals!"

„Mama, ich verspreche es. Wirklich!" Sie umarmte ihre Mutter und küsste sie auf die Wange, dabei dachte sie: Dass mich die Frau gestreichelt hat, bleibt mein Geheimnis.

Maria nahm wieder ihre Näherei auf. Hanna stellte sich ans Fenster, stützte den Kopf in beide Hände und sah hinüber in den Hühnergarten. Nach einer Weile sagte sie: „Heute Morgen habe ich Anna gefragt, warum das Gretle dauernd im Garten bleiben muss."

„Was hat sie gesagt?"

„Es muss eingesperrt bleiben, weil es sich im Wald nicht zurechtfindet. Stimmt das?"

„Herr Keppler ist Jäger, er wird schon wissen, was für ein Reh gut ist. Übrigens, für dich heißt das immer noch Fräulein Anna!" Maria sah auf und warf ihr einen strengen Blick zu.

„Ich darf Anna sagen, das Fräulein soll ich weglassen."

„Aha!"

„Ich wollte dem Gretle frisches Gras geben, da rannte es los und boxte mit dem Kopf und mit aller Wucht gegen den Zaun. Das Gretle ist bös, ich soll niemals allein in den Garten gehen, hat Anna gesagt."

„Damit hat sie sicher Recht."

„Herr Keppler ist gemein! Das Gretle tut mir so Leid."
„Er muss es wissen, Hanna."
„Zu mir ist er auch nicht nett. Wenn ich Grüß Gott sage, tut er so komisch und guckt auf die andere Seite."
„Du musst Herrn Keppler immer grüßen, wie es sich gehört, sonst beklagt er sich. Du weißt, wie böse Papa werden kann."
„Tu ich ja!" Grimmig beobachtete Hanna das Reh.
Vor einiger Zeit hatte Herr Keppler beim Grasmähen einem Rehkitz ein Bein verletzt. Er nahm es mit nach Hause und seine Schwester pflegte es gesund. Anschließend sperrten sie es in den Hühnergarten. Nun lebte das Reh zwischen den kümmerlichen Obstbäumen und den abgepickten Grashalmen. Jeden Morgen beobachtete es seine Artgenossen aus nächster Nähe, wenn sie sich in der Morgensonne zum Frühstück trafen. Das Gretle sah und hörte den nahen Wald und der Wind wehte den Duft der Tannen herüber. Ein Entkommen war nicht möglich, der Drahtzaun war viel zu hoch und nirgends fand sich ein Durchschlupf. Tag für Tag sah es die Kindern, wenn sie vorbeiliefen und in seinem Wald spielten – in seinem Zuhause.

Blut isch Blut

Pünktlich zu Hannas sechsten Geburtstag brachte der Postbote ein Paket von ihren Großeltern aus Göttingen. Ihr blieb der Mund offen stehen, als sie es persönlich überreicht bekam. Sie bedankte sich mit einem Knicks, brachte das Paket in die Küche und legte es vorsichtig auf den Tisch.

„Du darfst es aufmachen, es ist für dich", sagte Maria.

Mit zitternden Fingern knotete Hanna die Schnur auf, entfernte das Packpapier und nahm den Deckel ab. Obenauf lag ein Brief. Erst nachdem Maria ihn vorgelesen hatte, wickelte Hanna die bunt verpackten Geschenke aus: Ihr Lieblingskuchen, ein Malkasten mit Wasserfarben, diverse Pinsel, ein Zeichenblock und ein Schulranzen kamen zum Vorschein.

„Guck mal, so viele schöne Sachen!", jauchzte Hanna und klatschte in die Hände. „Du weinst ja! Mama, was ist denn?"

„Ach, ich hab solches Heimweh", schluchzte Maria und schnäuzte sich die Nase. „Möchtest du die Farben ausprobieren?", fragte sie mit zitternder Stimme.

Hanna nickte mit betretener Miene. „Zeigst du mir bitte, wie das geht?"

„Gern, aber dafür brauchen wir Platz auf dem Tisch."

Sie räumten die Sachen beiseite, dann klappte Maria den Zeichenblock auf und legte Farbkasten und Pinsel zurecht. „Wir müssen noch ein Glas Wasser haben."

Hanna holte es und reichte es ihrer Mutter. Sie tauchte den

Pinsel ein, benetzte nacheinander einige Farben und begann zu malen. Gespannt beobachtete Hanna jeden Handgriff. „Oh, sieht das schön aus! Mama, du hast eine Blumenwiese gemalt."

Maria trennte das Blatt vorsichtig ab und schob den Zeichenblock zu ihr. „Jetzt bist du an der Reihe."

Hanna setzte sich, nahm den Pinsel in die Hand und begann ihr erstes Bild zu malen. Maria beobachtete erstaunt wie geschickt sie mit Farben und Pinsel umzugehen wusste. Mit wenigen Pinselstrichen hatte ihre Tochter einen Apfelbaum gemalt.

„Wie schön du das kannst, mein Mädchen."

„Das macht Spaß", antwortete Hanna leise, ohne ihren Blick von dem Bild zu nehmen.

„Weißt du, als Dankeschön könnten wir ein Bild an Oma und Opa schicken. Was hältst du davon?"

„Au ja! Und du schreibst einen Brief dazu."

„Darüber werden sie sich bestimmt freuen."

„Meinst du wirklich?"

„Na freilich."

Plötzlich drang ein Gebimmel zu ihnen herein. Maria stand auf und öffnete das Küchenfenster. Auf dem Hof stand der Dorfbüttel neben seinem Fahrrad. Schon seit Jahren arbeitete Herr Koch als Bote für die Gemeinde. Wieder läutete er kräftig mit einer Handglocke und rief laut und gedehnt: „Bekanntmachung! Bekanntmachung!" Er sah zu Maria herüber und grüßte sie, indem er mit zwei Fingern an seine Schirmmütze tippte.

Sie nickte ihm freundlich zu.

Herr Koch rückte seine Nickelbrille zurecht und begann die Nachrichten aus der Gemeinde zu verlesen: Zuerst gab er nacheinander die Daten für die nächsten Holzversteigerungen bekannt, die wie gewöhnlich im Gemeindebüro stattfinden sollten und zum Schluss verlas er noch das Datum zur Anmeldung der Schulanfänger. Danach verstaute er das Mitteilungsblatt und die Handglocke in seiner Aktentasche, tippte wieder an seine Mütze, schwang sich auf sein Rad und fuhr vom Hof.

„Hanna, hast du gehört?" Maria schloss das Fenster. „Wir müssen dich in der Schule anmelden."

„Heute noch, an meinem Geburtstag?", fragte sie aufgeregt.

„Nein, in vier Tagen, am siebzehnten Oktober." Maria warf einen Blick auf den Wandkalender. „Am kommenden Montag."

Zum vorgegebenen Termin machte sich Maria mit ihren Kindern auf den Weg zur Schule. Simon saß in der Sportkarre und war quietschvergnügt. Hanna trottete nebenher und ließ den Kopf hängen.

„Mädel, was ist mit dir? Du bist so still."

Hanna sah zu ihr auf und seufzte.

„Nun komm, das ist halb so schlimm", tröstete Maria und streichelte ihren Arm.

Hanna blieb jedoch den ganzen Weg über schweigsam.

Auf dem Schulhof warteten bereits zwei Bäuerinnen und zwei Buben. Neugierig blickten sie der schicken Frau und ihren Kindern entgegen. Maria hatte ihr blaues Kostüm gewählt, es betonte vorteilhaft ihre Figur. Bunte Blüten von Hand gestickt, zierten die Jacke am Kragen und an beiden Taschen. Ein blauer breitkrempiger Hut mit einer weißen Blüte verlieh ihrem Aussehen den letzten Pfiff. Hanna trug ihr buntes Strickkleid, das mitzuwachsen schien. Seit über zwei Jahren musste sie es immer sonntags und zu besonderen Anlässen anziehen. Hanna murrte nicht, aber sie schämte sich. Sie schämte sich auch der langen handgestrickten Wollstrümpfe und der derben Halbschuhe. Auch Simon hatte lange wollene Strümpfe an dazu einen bunten Pullover, eine kurze Trägerhose und eine Trachtenjacke.

Ein Herr öffnete die Eingangstür der Schule und bat die Mütter mit ihren Kindern herein. Im Klassenzimmer begrüßte er alle freundlich und stellte sich als Hauptschullehrer und Schulleiter dieser Schule vor. Herr Köhler, ein stattlicher Mann Mitte vierzig, hatte eine Brille auf und sein dunkles Haar war kurz geschnitten und ordentlich gescheitelt. Er trug Oberhemd und Krawatte, ein Jacket aus dunkelgrauem Tuch und der passenden Knickerbocker. Nachdem er die Mütter über den Ablauf des Unterrichts informiert hatte, nahm er an seinem Schreibtisch Platz und bat die drei Kinder nacheinander zu sich. Er zog seine Brille auf die Nasenspitze, musterte jedes Kind eingehend und fragte es nach seinem Namen. Anschließend wandte er sich wieder den Müttern zu und nahm die vollständigen Personalien auf. Nach einer knappen Stunde verabschiedete er sich von jedem mit einem festen Händedruck und begleitete alle miteinander hinaus.

„Herr Köhler hat mich vielleicht streng über den Brillenrand beobachtet. Mama, hast du das gesehen?", flüsterte Hanna aufgeregt.

„Das ist mir auch aufgefallen", erwiderte Maria und half ihrem Sohn in die Karre.

„Trotzdem gefällt er mir ganz gut." Hanna tat erleichtert.

„Ich hoffe, es bleibt dabei. Ich hoffe auch, dass man dir in dieser Schule das Nötige beibringt."

Als sie den Schulhof verließen, um in Richtung Hauptstraße zu gehen, blieb Maria stehen. „Hanna, sieh mal, Frau Schmied ist im Garten. Wir könnten ihr eben Guten Tag sagen." Sie zeigte hinüber.

Hanna nickte zustimmend.

Vor dem Gartenzaun blieb Maria mit den Kinder stehen und grüßte.

Die Bäuerin richtete sich auf, stützte sich auf die Hacke, rieb mit einer Hand ihren Rücken und rief: „Ja, Grüß Gott miteinander! Das isch aber nett, Frau Scherer, dass Sie mal vorbeischaue."

„Wir kommen gerade aus der Schule, Hanna musste heute angemeldet werden. Frau Schmied, wie geht es Ihnen?"

„Immer schaffe, Frau Scherer, aber mir könne net klage. Unser Heiner geht jetzt ein Jahr lang auf die landwirtschaftliche Schul in Schtuttgart. Er kommt halt nur samstags heim, da müsse mei' Mann und i' feschte schaffe. Das isch für uns gar net so einfach, muss i' Ihne sage."

„Das kann ich gut verstehen."

Frau Schmied kam langsam an den Zaun. „Ihr Büble isch ja groß g'worde." Erstaunt betrachtete sie den Jungen. „Hanna, und dich kennt man ja bald net wieder. Aber du bischt alleweil eine ganz Freundliche, gell. Und bald geht's zur Schul?"

„Ja Frau Schmied, am ersten April", antwortete sie artig.

„Sage Sie, wie g'fällt's Ihne denn im Forschthaus, Frau Scherer?"

„Ganz gut, danke. Gottlob, meinem Mann macht der weite Weg zur Arbeit nichts aus, nur im Winter war es mit dem Rad sehr beschwerlich. Vom Forsthaus ist es nicht ganz so weit in die Stadt wie von hier aus, das kommt mir sehr gelegen. Aber der Heimweg fällt mir nach wie vor schwer. Der Berg wird nie mein Freund werden."

„So ist das halt, gell Frau Scherer."

„Ach ja", seufzte Maria. „Hanna hat es dann zur Schule auch sehr weit."

„Sie kann doch das Wegle nehme, da schpart sie viel Zeit."

„Das Wegle? Wo ist das?"

„Frau Scherer, Sie nehme den Feldweg kurz vor dem Gaschthaus Linde, dort gar net weit gibt's ein Fußwegle über die Felder bis fascht zum Forschthaus 'nüber. Sie werde sehn, da braucht man gar net so lang."

„Aha, das wusste ich nicht. Kommt man da auch mit der Kinderkarre voran?"

„Ha ja, i' denk schon. Frau Scherer, i' muss weiter schaffe. Bleibe Sie g'sund und ein schöne Gruß an Ihr'n Mann und an die Schwiegereltern, gell!"

„Danke, Frau Schmied. Grüßen Sie auch Ihren Mann und Ihren Sohn von uns."

„Gern, ade miteinander!"

„Ade!", grüßten Maria und Hanna und winkten ihr zu. Nach einigen Schritten überquerten sie die Hauptstraße und hielten vor der Bäckerei. Maria ging hinein und kaufte ein Brot und zwei Laugenbrezeln, die sie gleich darauf ihren Kindern gab.

„Danke Mama, oh, die ist noch warm!" Hanna schnupperte an ihrer Brezel. „Hm, die riecht so lecker, ich werde ganz langsam essen."

Simon biss sofort in das knusprige Gebäck und ließ es sich schmecken.

Als sie den Feldweg erreichten, fragte Hanna: „Mama, weißt du noch, an der Hochzeit bist du den ganzen weiten Weg barfuß gelaufen?"

„Mein Gott, ja", Maria winkte ab, „das werde ich niemals im Leben vergessen, das kannst du mir glauben."

„Ich auch nicht. Sieh mal, da ist schon die Abzweigung!"

Ein schmaler holperiger Fußweg schlängelte sich zwischen den Wiesen und Feldern entlang. Durch das Gras mit der Karre voranzukommen, war doch recht schwierig. Maria hielt an und nahm ihren Sohn auf den Arm. „Hanna, du musst die Karre schieben."

„Mach ich, Mama."

Nach einer Viertelstunde trafen sie kurz vor dem Forsthaus wieder auf die Dorfstraße.

„Das ging ja schnell!", rief Hanna erstaunt.

„Das ist wirklich eine Abkürzung. Aber wenn es regnet oder schneit, musst du den langen Weg durch das Dorf nehmen."

Als Kurt von der Arbeit nach Hause kam, wurde rasch gegessen. Er war nervös. Es gab noch Brennholz zu holen und das gute Wetter musste er nutzen. Nach dem Essen zogen sie los. Simon saß vergnügt im Handwagen und seine Schwester ging nebenher.

„Einen schönen Gruß von Frau Schmied soll ich dir ausrichten. Wir haben ein paar Worte miteinander gewechselt", erzählte Maria.

„Danke", brummte Kurt.

„Stell dir mal vor, von Hannas Jahrgang gibt es im Dorf zwei Buben, das heißt, nur drei Kinder werden im Frühjahr eingeschult."

Er zuckte mit den Schultern.

„Insgesamt gehen sechsundfünfzig Kinder in diese Schule. Meine Tochter wird auf eine Zwergschule gehen, du lieber Himmel!"

„Was regst du dich auf? In unserem Dorf in Ostpreußen sah es auch nicht anders aus."

„Das ist mir völlig neu. Herr Köhler erklärte uns, dass ihm zwei Klassenzimmer zur Verfügung stehen, dass er die Schüler in zwei Gruppen einteilt und so sei das Unterrichten kein Problem. Ich frage mich, wie er das allein bewältigt?" Maria fasste sich an die Stirn. „Na, wir werden sehen. Zur Einschulung soll ein Gottesdienst in der evangelischen Kirche im Nachbardorf stattfinden."

Wieder zuckte Kurt mit den Schultern.

„Mein Gott, bist du heute gesprächig!" Sie blieb stehen und stemmte ihre Hände in die Hüften.

„Nun komm weiter, Maria, wir müssen an die Arbeit, die Zeit drängt!", erwiderte er mürrisch.

„Du kommandierst mich herum wie einen Waldarbeiter!"

„Willst du es im Winter warm haben oder nicht?"

„Lieber Gott, ja doch!" Sie verdrehte die Augen und seufzte laut.

Nach zehn Minuten erreichten sie den Platz, an dem die Bauern vor einiger Zeit Tannen geschlagen hatten und Kurt die Berechtigung besaß, die abgesägten Äste als Brennholz nach Hause zu nehmen.

Sie machten sich gleich an die Arbeit. Hanna musste Tannenzapfen in einen Jutesack sammeln, kleinere Zweige zusammentragen und zusätzlich auf Simon achten. Kurt und Maria schleppten dicke Äste heran und luden den Handwagen übervoll. Die Ladung musste Kurt mit einem Seil festzurren.

Mit der schweren Fuhre kamen sie nur langsam voran.

Es dunkelte, als sie das Forsthaus erreichten und Kurt das Holz am Schuppen lagerte. Das Brennholz würde ihn noch einige Feierabende kosten. Die langen dicken Äste mussten zersägt, in handliche Scheite gespalten und anschließend im Schuppen gestapelt werden. Es ließ ihm keine Ruhe, solange nicht ein gewisser Holzvorrat vorhanden war. Es gab Briketts und Eierkohlen zu kaufen, doch dafür hätte Kurt mehr Geld auf den Tisch legen müssen. Er knauserte mit jeder Mark, da er sich im kommenden Frühjahr den Traum vom eigenen Motorrad erfüllen wollte.

Ende November kam Roland überraschend zu Besuch. Er begrüßte Maria nur flüchtig. Verwundert sah sie ihrem Schwager ins Gesicht, sie vermisste sein strahlendes Lächeln und seine liebevollen Blicke.

„Ja, es ist so", er räusperte sich, „ich werde heiraten und möchte euch zur Hochzeit einladen."

„Ach! Wer ist die Glückliche?" Maria sah ihm geradewegs in die Augen, ohne mit der Wimper zu zucken.

„Merle." Er lächelte verschämt. „Im März soll die Hochzeit sein. Wir kommen euch bald besuchen, wenn es dir und meinem Bruder recht ist."

„Warum nicht? Kurt wird sich bestimmt freuen."

„Und du?"

„Mensch, Roland, ich freu mich für dich und wünsche dir von ganzem Herzen, dass ihr zusammen glücklich werdet!"

„Danke, Maria, für alles!"

„Jetzt hör aber auf, sonst fange ich noch an zu heulen." Sie drehte sich weg und hantierte mit ihren Kochtöpfen.

Wenig später erzählte Roland auch seinem Bruder den Grund seines Besuches.

„Warum so plötzlich? Ist was unterwegs?"

„Sieht ganz so aus." Roland lachte verlegen. „Im Mai wird unser Kind zur Welt kommen."

„Dann herzlichen Glückwunsch, Junge", Kurt klopfte ihm auf die Schulter, „das freut mich! Wo werdet ihr wohnen?"

„Zuerst noch bei Merles Eltern, aber gleich im Frühjahr wird im Garten nebenan ein Häuschen für uns gebaut."

„Mein lieber Mann!" Kurt schob die Unterlippe vor und nickte anerkennend. „Du hast wohl das große Los gezogen?"

„Du sagst es. Aber nur kein Neid..."

„... wer hat, der hat!", ergänzte Kurt.

Die Brüder lachten und sahen zu Maria hinüber, die ihnen kopfschüttelnd zugehört hatte.

„Kurt, sobald es dir passt, kommen wir euch besuchen."

„Gern. Das Holz ist gemacht, jetzt habe ich abends Zeit."

So kam es, dass sie in diesem Winter an manchem Abend beieinandersaßen. Roland kam jedoch meistens allein, da seine zukünftige Frau bei Feierlichkeiten als Bedienung arbeiten musste. Die Brüder waren leidenschaftliche Skatspieler, allerdings fehlte ihnen dafür der dritte Mann. Schorsch war interessiert, als Kurt ihn deswegen ansprach. So wurde noch am selben Abend dem Sohn des Hauses das Kartenspielen beigebracht. Bis spät in die Nacht saßen sie am Küchentisch, droschen die Karten und tranken Apfelmost, den Schorsch beigesteuert hatte. Maria saß dabei, hörte ihnen zu und ihre Hände arbeiteten wie von selbst an einer Näherei oder an einem Strickzeug.

Eines Abends, zu vorgerückter Stunde, klopfte es an die Tür. Frau Keppler kam herein und sagte verschämt: „Sie müsse schon entschuldige, mei' Mann schickt mich. Er meint für unsern Schorsch isch Schlafenszeit. Das Karteschpiele isch kei' gute Sach für seine neunzehn Jahr. Unser Bub isch am nächste Tag müd und kann net recht schaffe, wisse Sie."

Ohne Widerrede stand Schorsch auf, folgte seiner Mutter und schloss leise die Tür.

„Leck mich doch am Arsch!", grölte Kurt und knallte die Karten auf den Tisch.

Maria zuckte zusammen. „Kurt, benimm dich, wenn das einer hört!"

„Lass mich doch in Ruhe!" Wütend sprang er auf und stürzte aus der Küche.

„Jetzt kann ich mir wieder was anhören", flüsterte Maria und half Roland die Karten vom Küchenfußboden aufzusammeln.

„Das ist doch nicht deine Schuld." Er legte seine Hand auf ihren Arm.

„Meinst du, das kümmert ihn?"

„Maria, soll ich mit ihm reden?"

„Ach, Roland, du glaubst doch nicht, dass er sich von dir was sagen lässt." Sie schluchzte auf und schlug beide Hände vors Gesicht.

„Da magst du Recht haben. Er hat sich nie Vorschriften machen lassen. Vor Mutti hat er Respekt, aber auch nur manchmal. Maria, ich werde jetzt fahren, vielleicht hat Merle schon Feierabend."

Niedergeschlagen brachte sie ihn zur Tür.

Kurt saß im Wohnzimmer auf Frau Schmieds altem Sofa, als Maria hereinkam. „Komm her zu mir", sagte er grinsend.

„Kurt, lass uns bitte schlafen gehen, es ist spät."

„Nachher." Er fasste sie mit beiden Händen um die Hüften und zog sie neben sich.

„Ich hab keine Lust, lass mich!" Maria wand sich in seinen Armen und versuchte seine gierigen Hände festzuhalten.

„Jetzt komm schon her!", befahl er und schob ihren Rock hoch.

Maria schloss die Augen und ließ ihn gewähren. Besser so, als mit ihm zu streiten, dachte sie traurig und weinte leise.

Am 11. März 1952, gegen zehn Uhr, hielt ein Mietwagen vor dem Forsthaus. Kurt, Maria und die Kinder stiegen ein. Auf Veranlassung der Brauteltern wurden sie zur Hochzeit von Roland Scherer und Merle Theurer chauffiert. Kurt imponierte das. Auch Heinz Scherer, seine Frau und die Kinder fuhren im Auto vor.

Das halbe Dorf war zur Hochzeit geladen. Die Kirche quoll über. Nach der Trauung ging es ins Gasthaus auf den Saal. Dort war alles auf das Feinste hergerichtet. Nach einem üppigen Festessen floss das Bier vom Fass und schon spielte eine Kapelle zum Tanz auf. Plötzlich sprangen die tanzenden Paare beiseite, die Musik setzte aus, Frauen kreischten. Zwei

Burschen prügelten blindwütend aufeinander ein. Ihr Blut spritzte auf den Tanzboden. Einige der umstehenden Männer sprangen hinzu, packten die Raufbolde und beförderten sie hinaus auf die Straße.

„Merle, mein Gott", stieß Maria hervor, „und das an eurer Hochzeit, wie schrecklich!"

„Ah geh, Maria, da darfscht du dir nichts draus mache. Das ist alleweil so. Kein Fescht vergeht ohne Schlägerei. Die jungen Kerle trinken einen über den Durscht und schon gibt's Schtreit wege einem Mädle", erzählte Merle belustigt.

„Dass du darüber lachen kannst", erwiderte Maria irritiert.

„Ha ja, weischt, sonst könnt i' kei' Bedienung sei'. Außerdem gibt's immer vernünftige Mannsbilder, die aufpasse."

„Solche wie mich", meinte Roland augenzwinkernd. Zärtlich zog er seine Frau an sich.

Merle sah strahlend zu ihm auf und sagte liebevoll: „Du bischt schon der Rechte."

„Gottlob", seufzte Maria, „von der Schlägerei haben die Kinder nichts mitbekommen, sie spielen im Nebenzimmer."

„An unserer Hochzeit ist auch Blut geflossen, hast du das vergessen?", fragte Kurt amüsiert.

„Nein, natürlich nicht! Aber das war doch etwas ganz anderes, ich hatte nur Blut im Schuh."

„Blut isch Blut", erwiderte Merle vielsagend.

Es wird gegessen, was auf den Tisch kommt

Hannas erster Schultag rückte näher. Sie konnte es kaum erwarten. Am Tag der Einschulung begleitete Maria ihre Tochter hinüber zur Kirche und überließ sie der Obhut von Herrn Köhler, der kurz zuvor mit allen anderen Schülern angekommen war. Auch nach dem Gottesdienst hatten sich die Kinder zu zweien aufzustellen, bevor der Lehrer mit ihnen ins Dorf zurückmarschierte.

In der Schule angekommen, bekamen sie als Erstes den Stundenplan, wobei die Achtklässler den Abc-Schützen alles aufschreiben mussten. Anschließend nahm Herr Köhler am Harmonium Platz und stimmte ein Lied an. Danach war der erste Schultag zu Ende. Hanna sah enttäuscht drein, sie wäre gern länger geblieben.

Maria empfing sie auf dem Schulhof und überreichte ihr eine bunte Zuckertüte. Hannas Klassenkameraden machten kugelrunde Augen, sie gingen leer aus und ihre Mütter holten sie auch nicht ab.

Hanna ging gern zur Schule. Es machte ihr nichts aus, still auf ihrem Platz zu sitzen und aufmerksam am Unterricht teilzunehmen. Wenn sie mittags nach Hause kam und ihre Mutter in der Nähecke antraf, setzte sie sich zu ihr.

„Na, mein Mädchen, wie war's in der Schule?"

„Heute war der Schularzt bei uns. Mama, das war vielleicht komisch!"

„Warum? Erzähl mal."

„Wir Unterklässler, also die Kinder von der ersten bis zur vierten Klasse, mussten in das andere Klassenzimmer gehen. Zuerst kamen wir Mädchen an die Reihe, die Buben sollten solange vor der Tür warten. Bloß gut, Mama, stell dir vor, wir mussten uns bis auf die Unterhose ausziehen!"

„Ach ja." Maria sah von ihrer Arbeit auf.

„Dann hat sich der Schularzt meinen Rücken angesehen. Er guckte mir auch in den Mund und in die Ohren. Eine Frau war auch dabei, sie hat uns gewogen und gemessen und alles in ein Buch geschrieben."

„Hat der Arzt was gesagt?"

„Mama, das war noch nicht alles: Ich sollte einen Buchstaben erkennen, ein großes E, aber das konnte ich nicht gut."

„Aha?"

Hanna klappte ihren Schulranzen auf. „Guck mal, jeder hat so eine Tube und so eine kleine Bürste bekommen, damit soll man sich die Zähne putzen. Das ist für dich", Hanna gab ihr ein Schreiben, „ich glaube, du musst mit mir zum Arzt gehen."

Maria überflog die wenigen Zeilen. „Wir sollen einen Augenarzt aufsuchen. Du musst wahrscheinlich eine Brille tragen. Tja, das hätte ich mir eigentlich denken können. Das hast du deinem Vater zu verdanken."

„Wieso? Wie meinst du das?"

„Dein Vater ist auch Brillenträger. Die schlechten Augen hast du von ihm."

„Mein Vater...", sagte Hanna mit nachdenklichem Blick, „wie sieht er überhaupt aus?"

„Nun, wenn wir schon mal dabei sind..." Maria legte das Nähzeug aus den Händen, „ich habe ein Bild von ihm. Komm mal mit!" Sie stand auf und ging ins Wohnzimmer.

Hanna folgte ihr mit zitternden Knien. Mit einem Mal hatte sie eiskalte Hände. Das Herz klopfte ihr bis zum Hals.

Maria nahm eine Schatulle aus dem Wohnzimmerschrank und kam damit an den Tisch. „Nun setzt dich hin ... Mädel, du bist ja kreideweiß! Ist dir schlecht?"

Hanna schüttelte den Kopf und setzte sich ihr gegenüber. Maria klappte die Schatulle auf, nahm einen Stapel Fotografien heraus und sah sie durch. Hanna saß stocksteif auf dem Stuhl und beobachtete jeden Handgriff. Es dauerte einige lange Augenblicke bis Maria ihr ein kleines Foto reichte. „Das ist dein Vater."

Hanna nahm das Bild in die Hand. Ihr wurde glühend heiß.

„Wir wollten heiraten, aber als ich deinem Vater mitteilte, dass ich dich zur Welt gebracht hatte, war von Heirat plötzlich keine Rede mehr." Verbittert fügte sie hinzu: „Für ihn kam nur ein Junge in Frage."

„Aber..." Hanna blieb der Mund offen stehen.

„Sieh mich nicht so an, du hast schon richtig gehört: Dein Vater wollte uns nicht haben, er ließ mich einfach sitzen! Ich kann dir sagen, dein Vater war sehr penibel und schnell beleidigt. Ich weiß noch, als er das letzte Mal auf Heimaturlaub kam: Sie hatten ihn befördert und mir war das entgangen, darüber war er zutiefst gekränkt. Kurz vor Kriegsende verlor er seinen rechten Arm, daraufhin besuchte ich ihn im Lazarett..."

„Mein Vater hat nur noch einen Arm? Das ist ja furchtbar", flüsterte Hanna.

„So ist der Krieg. Im Oktober fünfundvierzig kamst du zur Welt, das habe ich ihm mitgeteilt. Seine Antwort ließ lange auf sich warten..." Maria lachte bitter, „meine Ahnung traf ein: In seinem letzten Brief schrieb er, dass er zu einer Cousine gehe, nahe der österreichischen Grenze. Ja, so haben wir uns aus den Augen verloren."

„Hat er mich als Baby gesehen?"

„Nein, Hanna, nun versteh doch, du warst ihm gleichgültig!" Als Maria keine Antwort bekam, legte sie eine Fotografie nach der anderen auf den Tisch. „Hier, sieh mal: Das waren meine Großeltern, die Eltern meiner Mama. Und das ist Schweidnitz. Sieht das nicht wunderschön aus?"

Hanna sah flüchtig auf die Bilder und hörte ihrer Mutter nicht mehr zu. Versonnen blickte sie auf das Foto in ihrer Hand: Mein Vater hat tatsächlich eine Brille auf. Das Bärtchen gefällt mir, Opa hat auch so einen Schnurrbart! Sie räusperte sich. „Mama, sehe ich meinem Vater ähnlich?"

„Wie aus dem Gesicht geschnitten! Die braunen Haare, die vollen Lippen und vor allem die Augen. Dein Vater hat auch grüne Augen. Jedes Mal, wenn du mich ansiehst, werde ich an ihn erinnert. Von mir hast du den braunen Schönheitsfleck mitten auf der rechten Wange."

„Ich hab auch grüne Augen? Wirklich?" Hanna sprang auf und lief in die Nähecke. Sie stellte sich dicht vor den Spiegel und riss ihre Augen weit auf. „Tatsächlich!"

„Sagte ich doch!" Maria beugte sich zu ihr. „Siehst du, ich habe graue Augen mit einem dunklen Rand."

„Stimmt", sagte Hanna verwundert.

„Im Sonnenlicht leuchten deine Augen besonders grün, genau wie bei deinem Vater. Sieh mal, die kleinen gelben Punkte sehen aus wie Sterne."

„Wirklich?" Hanna sah genauer hin. „Ich finde, meine Augen sehen aus wie blühendes Moos."

„Ein schöner Vergleich."

„Der braune Fleck ist von dir." Hanna sah ihrer Mutter ins Gesicht und strich mit dem Zeigefinger über ihren Linsenfleck. „Du hast ihn auch mitten auf der Wange, aber er ist ein bisschen kleiner."

An diesem Abend fand Hanna lange keinen Schlaf. Sie lag mit offenen Augen im Bett, starrte in die Dunkelheit und dachte an ihren Vater: Wenn er wüsste, dass ich ihm so ähnlich bin, würde er mich bestimmt ein bisschen lieb haben. Es wäre ihm ganz egal, dass ich ein Mädchen bin. Vielleicht möchte er mich bei sich haben? Er sieht so freundlich aus. Ihm würde ich gern einen Kuss geben! Sie weinte leise.

Im Städtle gab es nur einen Optiker. Maria brachte dort jedoch in Erfahrung, dass sich in Freudenstadt ein Augenarzt niedergelassen hatte. Vom Städtle aus gab es täglich eine Busverbindung in diese Stadt. An einem der nächsten Tage machte sich Maria mit ihren Kindern gleich frühmorgens auf den Weg. Sie war guter Dinge, die Abwechslung kam ihr sehr gelegen.

Der Omnibus fuhr gemächlich über die Dörfer. Erst gegen zehn Uhr kamen sie an. Im Zweiten Weltkrieg wurde Freudenstadt sehr zerstört. Größtenteils lag der Bahnhof noch in Schutt und Asche, das Stadtzentrum hingegen war inzwischen wieder aufgebaut. Maria beeindruckte der eigenartige rechtwinklige Stadtkern mit den schönen Renaissancebauten und begeistert stellte sie fest: Hier gab es ein Geschäft am anderen.

Zuerst suchten sie den Augenarzt auf. Dort mussten sie warten. Simon quengelte, er war längst nicht so ein geduldiges Kind wie seine Schwester. Als sie nach zwei Stunden an die Reihe kamen, stellte sich heraus, dass Hanna zweifellos eine Brille tragen musste. Der Augenarzt schrieb ein Rezept aus und verordnete, dass Hanna in einem halben Jahr erneut vorgestellt werden sollte.

„Das wäre geschafft", sagte Maria, immer noch gut gelaunt, als sie die Praxis verließen. „Wir haben noch viel Zeit bis der Bus zurückfährt. Jetzt werde ich uns Würstchen kaufen und wenn wir uns gestärkt haben, möchte ich mir in aller Ruhe die Schaufenster ansehen."

Maria war hingerissen von dem üppigen Warenangebot: Edle Stoffe, bunte Borten und Spitzen in allen Variationen, feine Wäsche und noble Hutgeschäfte gab es zu bestaunen. „Hätte ich Geld um etwas Schönes zu kaufen, würde mir die Entscheidung schwer fallen. Hanna, sieh mal, das ist die Schwarzwälder Trachtenmode, unverkennbar der Strohhut mit den roten Bollen. Hier, schau mal, die Tischwäsche ist wunderschön. Ach, mir gehen die Augen über... Hanna, ich muss tüchtig arbeiten und Geld verdienen!"

„Vielleicht kann ich dir dabei helfen?"

„Sicher, indem du schön auf deinen Bruder aufpasst. Komm, jetzt schicken wir Oma und Opa eine Ansichtskarte. Wenn sie uns wieder besuchen kommen, müssen wir ihnen Freudenstadt unbedingt zeigen!"

„Darf ich meinen Namen selber auf die Karte schreiben?"

„Freilich!" Maria lachte ausgelassen.

Abends schilderte Maria ihrem Mann die Stadt in den schönsten Farben. „Kurt, du musst dir Freudenstadt unbedingt ansehen, einfach wunderschön! Ein Schaufenster am anderen und ein Warenangebot wie ich es aus Schlesien kenne."

„Du hast bestimmt wieder unnötig Geld ausgegeben", brummte er.

„Ich habe uns nur etwas zu Essen gekauft und das habe ich von meinem Geld bezahlt."

„Was heißt hier von deinem Geld?", fuhr er sie an.

„Na, was ich mit der Näherei verdient habe." Maria sah ihn herausfordernd an. „Wenn du deswegen jetzt Theater machst, werde ich dir nichts mehr erzählen."

Er schlug mit der Faust auf den Tisch und schrie: „Für die Brille muss ich auch den Geldbeutel zücken!"

„Nein, musst du nicht, das zahlt die Krankenkasse und gröl mich gefälligst nicht so an!"

Wütend sahen sie einander in die Augen.

Hanna blickte entsetzt von einem zum andern: Warum ist er so gemein? Mama war den ganzen Tag so fröhlich. Jetzt weint sie. Ich will nicht, dass sie sich anschreien. Immer gibt es Streit wegen mir! Tränen brannten in ihren Augen.

Maria zog sich gekränkt zurück: Solange er sich nicht entschuldigt, werde ich nicht mit ihm reden, geschweige denn irgendwelche Zärtlichkeiten zulassen. So ohne weiteres gebe ich nicht mehr nach. Jetzt kann er lange warten!

Wie nach jedem Streit herrschte tagelang eine bedrückende Stille. Auch mit ihren Kindern redete Maria nur das Nötigste. Für Hanna war das unerträglich; jedes Lachen und jedes Wort wurde im Keim erstickt. Bevor Hanna ein Wort auszusprechen wagte, wog sie es ab – lange. Trotzdem war es falsch und wieder schlug seine Faust auf den Tisch.

Als Hanna eine Woche später mit ihrer Brille in die Schule kam, verspotteten sie ihre Mitschüler. Sie nahm es ihnen nicht übel, sie wusste, dass sie damit komisch aussah. Jedoch im Stillen fand sie die Brille gut, weil ihr Maria gesagt hatte, dass sie ihrem Vater damit noch ähnlicher sei.

Der Deutschunterricht machte sowohl Hanna als auch ihren Klassenkameraden sehr zu schaffen. Auf dem Schulhof schwäbelte sie mit den anderen Kindern um die Wette. Obwohl sie im Unterricht und zu Hause Hochdeutsch sprach, wie Maria es erwartete, fiel ihr die Rechtschreibung schwer. Im Rechnen hingegen machte sie ihren beiden Klassenkameraden etwas vor. Das wiederum spornte die Buben an, schließlich hatte ein Mädchen nicht besser zu sein. Stand Zeichnen und bildhaftes Gestalten auf dem Stundenplan, war Hanna in ihrem Element.

In einer Zeichenstunde gab Herr Köhler das Thema Hochzeit vor. Mit Wasserfarben und Pinsel sollten die Schüler eine Hochzeitsgesellschaft aufmarschieren lassen. Daraufhin verließ er das Klassenzimmer und ging nach nebenan, um dort die anderen zu unterrichten.

Einer der Jungen sah Hanna über die Schulter. „Oh, das kannscht du aber gut!"

„Ich war ja auch bei der Hochzeit meiner Eltern dabei und hab mir alles ganz genau angesehen", antwortete sie stolz.

„Was erzählscht du da? Das geht doch gar net!"

„Doch! Ich habe einen Stiefvater. Als er meine Mutter geheiratet hat, war ich schon vier Jahre alt."

„Ah so... Hattescht du vorher ein andere Name?"

„Ja, Schönfeldt wie meine Mutter und meine Großeltern."

Plötzlich herrschte im Klassenzimmer Mäuschenstille. Alle sahen sie mit großen Augen an. Hanna bekam Herzklopfen. Rasch senkte sie den Kopf und malte weiter.

Nach Schulschluss nahm sie heute den langen Weg durch das Dorf zusammen mit den anderen Kindern. Unterhalb des Friedhofs wuchs ein besonderer Apfelbaum. Im Frühling, als Hanna einmal allein daran vorbeigekommen war, verweilte sie eine Zeit lang darunter und bewunderte das Weiß und Rosa der Blüten und lauschte dem Summen der Bienen. Wie köstlich die Äpfel von diesem Baum schmeckten, wussten alle Kinder. Auch Hanna wollte sich einen Apfel nehmen, doch kaum hatte sie die Hand danach ausgestreckt, schnauzte sie ein älteres Mädchen an: „Du darfscht dir keine nehme! Die Äpfel wachse nur für Evangelische und net für Katholische. Schon gar net für Flüchtling wie du einer bischt!"

Hanna erschrak als sie in die hasserfüllten Augen blickte. Angst schnürte ihr die Kehle zu. Sie drehte sich weg und eilte nach Hause.

„Hanna, du weinst ja. Was ist los?" fragte Maria besorgt.

Sie zuckte mit den Schultern und wischte sich mit beiden Händen die Tränen ab.

„Nun sag schon! Haben sie dich geschlagen?"

„Weil..." Hanna schüttelte ein Schluchzen, „weil ich katholisch bin, darf ich keinen Apfel nehmen."

„So ein Quatsch! Wer sagt denn so was?" Maria nahm ihr den Ranzen ab und strich ihr zärtlich über das Haar.

Hanna erzählte mit zitternder Stimme was sich auf dem Heimweg abgespielt hatte.

„Das ist doch unglaublich", Maria schnappte nach Luft, „die Gemeinheit werde ich deinem Lehrer melden. Was bildet sich dieses Volk überhaupt ein!"

Am Abend, kaum dass Kurt die Wohnung betreten hatte, erzählte ihm Maria aufgebracht was vorgefallen war.

„Dass sich die Kinder so was ausdenken, kann ich mir nicht vorstellen", sagte er nachdenklich.

„Sie hören das von den Eltern, das ist doch klar!", erwiderte Maria wütend. „Kurt, ich möchte hier weg. Dieses Volk geht mir so auf die Nerven. Der Dialekt und das ständige Schaffe, Schaffe macht mich wahnsinnig!" Sie wischte ihre Tränen ab und fügte mit weinerlicher Stimme hinzu: „Dann dieser Berg... Ich halte das nicht länger aus. Lass uns von hier weggehen!"

„Hör endlich mit deinem Geheule auf und schlag dir das aus dem Kopf, ich will im Schwarzwald bleiben!", sagte er schroff. „Hanna, und du sollst nach der Schule auf dem schnellsten Weg nach Hause gehen und dich nicht mit den anderen stundenlang rumtreiben."

Sie nickte.

„Hast du mich verstanden?", fuhr er sie an.

„Ja, Papa", antwortete sie mit zitternder Stimme.

Tags darauf, Hanna saß am Küchentisch über den Schularbeiten, Maria nähte und Simon hielt seinen Mittagsschlaf, bellte plötzlich der Hund. Das tat er nur, wenn ein Fremder auf den Hof kam. Kurz darauf schellte es an der Korridortür. Hanna hörte, wie ihre Mutter zur Tür eilte, jemanden begrüßte und hereinbat. Maria kam in die Küche und hinter ihr zwängte sich ein Hausierer durch die Tür. Schnaufend kam er an den Tisch und ließ sich mit einem grunzenden Laut auf den erstbesten Stuhl fallen. Hannas freundlichen Gruß überhörte er.

„Brauche Sie was?", fragte der Hausierer und klappte seinen Bauchladen auf. „Wie Sie sehn, hab i' Knöpf, Gummibänder, Nähgarn, Nadle, Wäsch'klämmerle und Bürschte." Davon trug er zwei Bündel über der Schulter. Eins hing vorn über dem Bauchladen und das andere baumelte auf seinem Rücken hin und her.

„Ja, sehr schön." Maria nahm interessiert das eine und andere Teil in die Hand.

Wie gebannt musterte Hanna den Hausierer. Der Mann ist ja dick, mit seinem Bauchladen und den Bürsten sieht er aus wie eine riesige Kugel. Puh, riecht der komisch!, stellte sie fest. Hinter vorgehaltener Hand hielt sie sich die Nase zu und ließ ihn nicht aus den Augen. Sein schwarzes Haar glänzte speckig. Auf den dicken roten Wangen standen die Bartstoppeln in alle Richtungen. Sein schwarzer Anzug glänzte wie sein Haar und der linke Ärmel hing schlaff herunter. Die Fingernägel seiner rechten Hand zeigten Trauerränder.

Maria kaufte Wäscheknöpfe und eine Wurzelbürste. Ohne ein Wort nahm ihr der Hausierer das Geld ab, steckte es in die Jackentasche und klappte seinen Bauchladen zu. Ächzend stand er vom Stuhl auf, sah zu Hanna hinüber und grinste widerwärtig. Nach einigen Augenblicken drehte er sich um, schlurfte zur Tür und zwängte sich hindurch. Maria brachte den Hausierer bis zur Korridortür und verabschiedete ihn freundlich.

Hanna sprang vom Tisch auf, öffnete das Küchenfenster und ging schnell hinaus. „Mama, warum hast du den scheußlichen Mann überhaupt hereingelassen? In der Küche riecht es jetzt ganz widerlich!"

„Ich war neugierig was er so anzubieten hat. Außerdem ist er ein ganz armer Mensch, du hast doch gesehen, dass er nur noch einen Arm hat."

„Trotzdem, ich hätte ihn nicht hereingelassen, er sah zum Fürchten aus! Mir wurde unheimlich, als er mich so komisch angeglotzt hat." Hanna schüttelte sich. Eine Gänsehaut kroch ihr über den Rücken.

„Der Mann hat dich gemustert. Glotzen sagt man nicht!"

„Das war aber eklig!"

„Musst du immer das letzte Wort haben?"

„Entschuldigung", sagte Hanna mit betretener Miene. Schnell wandte sie sich ab und ging zurück in die Küche.

„Beeil dich mit deinen Schularbeiten, wir müssen bald kochen!", rief Maria hinter ihr her.

„Ist gut, Mama!"

Zwei Stunden später kam Kurt auf den Hof gefahren. Seit einiger Zeit besaß er ein Motorrad. Wie geplant, hatte er sich den Wunsch erfüllt. Er stürmte grußlos in die Küche und warf seine Tasche auf die Eckbank, dass es nur so knallte.

Maria und die Kinder zuckten zusammen.

Er blieb vor Hanna stehen und brüllte: „Was hast du in der Schule rumerzählt?"

Erschrocken wich sie zurück.

„Mach den Mund auf oder soll ich es dir rausprügeln?" Mit beiden Händen griff er an seinen Gürtel.

„Hör auf!", schrie Maria und hielt ihn an den Armen fest.

„Was ist überhaupt los?"

„Die Arbeitskollegen haben mich angequatscht, von wegen uneheliche Tochter und so! Wie kommen sie darauf? Ich verstehe das nicht, über die Sache war doch längst Gras gewachsen."

„Hanna, was hast du den Kindern erzählt? Nun mach den Mund auf!" Maria stemmte die Hände in die Hüften.

Entsetzt blickte Hanna von einem zum andern. Sie war kreidebleich. Ich muss die Wahrheit sagen, die Wahrheit, die Wahrheit, dachte sie unaufhörlich.

„Jetzt red schon!", schnauzte Kurt sie an.

„Wir sollten ein Bild malen..." Sie musste sich räuspern.

„Ja und? Raus mit der Sprache. Meine Geduld ist am Ende, verdammt noch mal!"

„Papa, wir sollten ein Bild malen, eine Hochzeitsgesellschaft, da ist mir rausgerutscht, dass ich an eurer Hochzeit dabei gewesen bin."

„So, rausgerutscht, nur Ärger hat man mit dir!" Kurt sah sie mit hasserfüllten Augen an. „Was in unserer Familie gemacht und geredet wird, geht keinen etwas an. Wehe, ich höre noch einmal irgendwas, dann Gnade dir Gott!" Er drohte ihr mit der Faust.

„Hast du gehört?", fragte Maria.

Hanna nickte.

„Das geht niemanden etwas an, auch nicht die Kinder. Das war ungezogen. Nun entschuldige dich gefälligst!" Maria sah sie strafend an.

Hanna reichte Kurt die Hand. „Papa, ich bitte um Entschuldigung."

„Ist gut, nun setzt dich, damit wir endlich essen!"

Schnell ging sie auf ihren Platz. Ihr war schlecht, obwohl ihr diesmal der Versöhnungskuss erspart geblieben war.

Maria füllte die Teller und wünschte guten Appetit. Das

Tischgebet sprach sie mittlerweile nur noch sonntags. Simon ließ es sich gleich schmecken, Hanna hingegen nahm die Gabel nur halb voll und hatte Mühe, die kleinen Bissen zu schlucken.

„Was isst du mit langen Zähnen? Es schmeckt dem Fräulein wohl nicht? Sieh mich an, wenn ich mit dir rede!"

Hanna blickte auf und sah ihrem Stiefvater in die Augen. „Entschuldigung", brachte sie mit zitternder Stimme hervor.

„Es wird gegessen, was auf den Tisch kommt!"

„Ja, Papa."

„Nachher bringst du die Küche in Ordnung und passt auf Simon auf, wir müssen noch in den Wald. Und keine Widerrede!"

„Ist gut, Papa."

Die Eltern waren noch nicht ganz aus dem Haus, da räumte Hanna bereits den Tisch ab. Dann spülte sie das Geschirr, trocknete es ab und räumte es ordentlich ein. Anschließend füllte sie das Wasserschiff auf, putzte den Herd spiegelblank und schruppte mit Scheuersand und Wurzelbürste das Steinwaschbecken sauber. Danach wischte sie den Tisch ab und legte eine Decke auf. Ihr Bruder hatte in der Zwischenzeit mit seinem Holzbaukasten gespielt, jetzt nahm sie ihn an die Hand und ging mit ihm hinaus.

Am Hühnergarten blieben sie stehen und sahen zum Gretle hinüber, es lag neben seinem Stall und blickte gelangweilt vor sich hin. Die Kinder liefen vom Hof, überquerten die Straße und die Wiese und setzten sich an den Bach. Nach einer Weile erzählte Hanna ihrem Bruder zum ersten Mal die Geschichte von Hänsel und Gretel.

Simon lag schon im Bett, als die Eltern nach Hause kamen. Hanna wünschte ihnen eine gute Nacht wie Kurt es verlangte und ging leise ins Schlafzimmer.

Man muss auch mal unter die Leute

Im Modegeschäft hatte Maria vor einiger Zeit Ellen Langner kennen gelernt. Jedes Mal, wenn sich die beiden Frauen dort trafen, waren sie zu einem Schwätzchen aufgelegt. Eines Tages sagte Frau Langner: „Frau Scherer, jetzt mal etwas anderes, ich möchte Sie und Ihre Familie zu Kaffee und Kuchen einladen. Wie wär's am nächsten Sonntag?"
„Ja..., vielen Dank. Ich bin überrascht und freue mich! Ich würde Ihre Familie auch gern kennen lernen, aber ich kann Ihnen nichts versprechen. Ich weiß nicht, was mein Mann davon hält." Maria wiegte den Kopf hin und her.
„Ach, manchmal müssen wir die Männer vor vollendete Tatsachen stellen!", antwortete Ellen resolut.
Maria lachte herzlich. „Mal sehen, was sich machen lässt. Nochmals vielen Dank für die Einladung!"
„Nichts zu danken, Frau Scherer. Dann bis Sonntag, ich würde mich freuen!"

Am kommenden Sonntag, gleich nach dem Mittagessen, zog Maria ihr Kleid an, das sie in letzter Minute fertig bekommen hatte. Dazu setzte sie einen schicken Hut auf. Kurt nahm gezwungenermaßen seinen Anzug und ein weißes Hemd aus dem Schrank, band eine Krawatte um und hängte das Jackett über die Schultern. Unter den getragenen Sachen, die Maria von einer Kundin geschenkt bekommen hatte, fand sich ein passendes Kleid für Hanna. Ihrem Sohn zog Maria den neuen Matrosenanzug an und setzte ihm die dazugehörige Mütze auf.

Unterwegs blieb Kurt abrupt stehen. „Maria, ich hätte nicht auf dich hören sollen, es passt mir nicht, mal eben fremde Leute zu besuchen", sagte er mürrisch.

„Wie soll man sonst Freunde finden, kannst du mir das sagen?"

Er zuckte mit den Schultern und ging weiter.

„Dein Bruder und Merle nehmen sich auch keine Zeit mehr für uns, der Hausbau scheint ihnen wichtiger zu sein. Noch nicht mal ihren Sohn haben wir zu Gesicht bekommen!"

„Ist mir doch egal!"

„Weißt du, wir können nicht nur im Wald sein, Beeren sammeln und Holz machen: Man muss auch mal unter die Leute."

„Ja ja, mag sein", brummte er.

„Wenn wir deine Eltern besuchen, musst du mit aufs Feld, ich helfe deiner Mutter in der Küche oder bekomme einen Berg zum Nähen aufgehalst. Immer nur schaffen! Übrigens, wenn uns die Langners nicht gefallen, wer sagt denn, dass wir verpflichtet sind sie auch einzuladen?"

„Nun ist es gut, Maria."

Im Stillen hatte sich Hanna auf diesen Tag gefreut. Jetzt kam es ihr vor, als ob ihre Eltern jeden Moment umkehren würden. Bedrückt schob sie die Sportkarre hinter ihnen her. Das fröhliche Geplapper ihres Bruders vermochte sie nicht aufzuheitern.

Maria war irritiert, als Jonas Langner sie begrüßte und ihre Hand in der seinen hielt: Es gefällt mir, wie er mich ansieht... Er hat verdammt schöne Augen. Ein strahlendes Himmelblau!

Ellen Langner führte ihre Gäste ins Wohnzimmer und bat sie am bereits gedeckten Tisch Platz zu nehmen. Es duftete nach Bohnenkaffee und frisch gebackenem Streuselkuchen. Unmittelbar nachdem Kurt und Jonas ihre Plätze eingenommen hatten, unterhielten sie sich angeregt wie zwei alte Freunde. Maria sah zu Ellen hinüber, die ihr spitzbübisch zuzwinkerte.

Jonas erzählte, dass er und seine Frau aus Pommern geflüchtet waren und nach Kriegsende geheiratet hatten. Ihre beiden Mädchen kamen ein Jahr später zur Welt. Marianne wurde im Januar geboren und Maren im November des gleichen Jahres. Vor zwei Jahren hatten sie dieses Haus gekauft. Jonas arbeitete als Vertreter, nicht als Hausierer, das betonte er ausdrücklich. Bei seiner Arbeit unterstützte ihn ein fahrbarer Untersatz, so betitelte er schmunzelnd seinen klapperigen Wagen. Allerdings kam er damit in den Bergen gut zurecht.

Der Sonntagnachmittag verging allen wie im Flug und die drei Mädchen konnten sich kaum trennen. Zur Überraschung von Maria und Ellen verabredeten ihre Ehemänner schon für den nächsten Sonntag ein Wiedersehen im Forsthaus.

So kam es, dass sich beide Familien nahezu an jedem Wochenende trafen. Bald boten sich die Erwachsenen das Du an und tranken einen Schluck auf ihre Freundschaft. Kamen die Langners zu Besuch, fuhren sie jedes Mal mit dem Auto vor. Maria verwöhnte ihre Gäste auch mit Kaffee und Kuchen und danach spazierten sie gemeinsam durch den Wald. An Regentagen hielten sich die Kinder vorwiegend in der Küche auf, sie fanden immer ein Spiel und ließen ihre Eltern im Wohnzimmer in Ruhe plaudern.

Bei ihrem letzten Familientreffen hatte Jonas mitbekommen, dass Hanna wieder dem Augenarzt vorgestellt werden sollte. Am Morgen des nächsten Tages fuhr er zum Forsthaus.

Maria bekam Herzklopfen, als sie zufällig sah, wie Jonas seinen Wagen vor dem Garten parkte und ausstieg. Mit zitternden Händen band sie ihre Schürze ab, warf einen Blick in den Spiegel, ordnete ihr Haar, biss sich leicht auf die Lippen und eilte zur Korridortür.

„Maria, schön, dass ich dich antreffe!", begrüßte er sie freudestrahlend. „Darf ich kurz hereinkommen? Leider habe ich nicht viel Zeit."

„Selbstverständlich", antwortete Maria mit einem Räuspern und schloss die Tür.

„Ich könnte dich und die Kinder nach Freudenstadt mitnehmen, in den nächsten Tagen habe ich dort zu tun. Was hältst du davon?" Ohne ihre Antwort abzuwarten, nahm er ihr Gesicht in beide Hände und küsste sie zärtlich.

„Jonas..." flüsterte sie.

„Entschuldige bitte, Maria, ich falle mit der Tür ins Haus. Ich musste dich sehen. Ich fühle längst, dass du mich auch gern hast. Lass uns die Fahrt genießen. Bitte, Maria!" Er nahm ihre Hände.

„Und wenn Ellen und Kurt davon erfahren?"

„Dann habe ich euch ganz zufällig getroffen. Verstehst du? Passt es dir übermorgen?"

„Ich könnte es einrichten."

„Gut! Du gehst mit den Kindern zum Bus und ich werde früh losfahren und komme euch auf halbem Weg entgegen."

„Jonas! Mir ist ganz schlecht!"

„Mir auch", er nahm sie in die Arme, „aber meine Sehnsucht ist stärker." Wieder küsste er sie.

Maria löste sich aus seiner Umarmung und flüsterte: „Simon spielt in der Küche."

„Liebling, ich muss ohnehin los." Schnell ging er hinaus.

Maria warf einen Blick in die Küche. Simon saß auf dem Fußboden, vertieft in sein Spiel mit dem Holzbaukasten.

Sie musste sich setzten. Ihr zitterten die Knie, ihr Herz raste, ihre Kehle war wie zugeschnürt und ihre Gedanken wirbelten durcheinander: Was haben wir bloß angefangen? Ich muss Kurt schonend beibringen, dass Hanna wieder zum Augenarzt muss. Übermorgen bekommt sie Herbstferien, das passt ja wunderbar. Was finde ich nur an ihm? Jonas ist gar nicht mein Typ. Er ist kleiner als Kurt und stämmig. Kurt hat volles, dunkles Haar. Jonas ist blond und hat eine Stirnglatze. Immer ist er adrett gekleidet. Ist es das, was mir so gefällt? Warum fühle ich mich so gut, wenn er mich nur ansieht? Ich liebe seine Augen, dieses strahlende Blau. Ich liebe seine freundliche ausgeglichene Art. Nie ist er ungehalten. Mit Liebe und Güte behandelt er seine Kinder. Wie mein Vater. Und Ellen? Eigentlich ist sie eine hübsche Frau, aber sie hält nicht viel auf ihr Äußeres. Ihr hellbraunes Haar trägt sie hochgesteckt. Die Frisur macht sie um Jahre älter. Liebt er sie nicht mehr? Mein Gott, ich muss mich abreagieren, sonst platze ich! Maria sprang auf und ging in die Küche. Kurz darauf putzte sie die Fenster.

Hanna war begeistert, als sie hörte, dass es nach Freudenstadt gehen sollte. Kurt zog ein Gesicht, doch als Maria die Kinder nach dem Essen zum Spielen auf die Wiese schickte und ihm einen vielversprechenden Blick zuwarf, hellte sich seine Miene auf. Kaum waren die Kinder aus der Wohnung, nahm er Maria auf den Schoß und knöpfte ihre Bluse auf.

Wie verabredet kam ihnen Jonas auf halbem Weg entgegengefahren. Er hielt an, kurbelte das Fenster herunter und rief froh gelaunt: „Guten Morgen, meine Lieben! Ihr seid früh auf den Beinen. Maria, wo soll's hingehen?"

„Nach Freudenstadt, Hanna muss zum Augenarzt!"

„Ich kann euch alle mitnehmen, ich habe dort zu tun!"

Er sprang aus dem Wagen und klappte den Sitz nach vorn. „Hanna, Simon, kommt her, steigt ein!"

Simon ließ sich das nicht zweimal sagen und kletterte auf den Rücksitz.

„Danke schön!" Hanna war sehr überrascht und setzte sich neben ihren Bruder.

Maria nahm auf dem Beifahrersitz Platz, sah nach hinten zu ihren Kindern und tat erstaunt. „Das passt ja prima, gell!"

„Das ist wirklich prima, ohne Frage", sagte Jonas augenzwinkernd, schlug die Tür zu und fuhr los.

Nach einer halben Stunde Fahrt bog Jonas von der Straße ab, fuhr in einen Waldweg und hielt an. „Pause, und wer mal muss, sucht sich einen Baum!" Lachend stieg er aus und half den Kindern beim Aussteigen.

Hanna nahm ihren Bruder an die Hand und suchte ein geeignetes Plätzchen. Als sie nach ein paar Minuten zurückkamen, war von ihrer Mutter und Herrn Langner nichts mehr zu sehen.

„Komm, wir setzen uns wieder ins Auto", schlug Hanna vor.

Sie kletterten auf die Rückbank und warteten. Nach geraumer Zeit fragte Simon quengelig: „Wo ist Mama?"

„Sie wird bestimmt gleich wiederkommen. Soll ich dir eine Geschichte erzählen?"

„Au ja, Hänsel und Gretel", sagte er und kuschelte seinen Kopf in ihren Schoß.

Noch bevor Hanna die Geschichte zu Ende erzählt hatte, war Simon eingeschlafen. Sie blickte aus dem Fenster. Rechts und links wuchsen dunkle Tannen und der Weg verlor sich nach einigen Metern zwischen den Bäumen. Ich kann sie nirgendwo sehen. Wenn doch die Sonne scheinen würde. Wo bleiben sie so lange? Am liebsten möchte ich aussteigen und sie rufen, dachte Hanna und stöhnte leise. Sie nahm ihre

Brille ab und wischte sich über die Augen. Der eigenartige brennende Schmerz in ihrer Brust wollte nicht aufhören, er wurde immer stärker.

Es verstrich noch eine Viertelstunde bis Maria und Jonas zwischen den Tannen auftauchten und fröhlich auf dem Waldweg zurückkamen. Hanna beobachtete, dass ihre Mutter den Hut in der Hand hielt, erst als sie mit Jonas am Auto angekommen war, setzte sie ihn wieder auf und warf einen prüfenden Blick in das Fenster der Wagentür. Jonas war ihr beim Einsteigen behilflich, bevor er hinter dem Steuer Platz nahm, den Motor startete und rückwärts zur Straße fuhr. Simon setzte sich auf, gähnte und rieb sich die Augen.

„Na, mein Junge, hast du schön geschlafen?", fragte Maria. Sie lächelte ihm zu und sah wieder nach vorn.

Hanna starrte aus dem Fenster. Verstohlen wischte sie ihre Tränen ab und hörte nicht hin, was sich die Erwachsenen zu erzählen hatten. Sie fühlte sich elend. Plötzlich schnürte ihr der brennende Schmerz die Kehle zu.

Nach zehn Minuten erreichten sie Freudenstadt. Jonas setzte sie direkt vor der Praxis ab. Maria winkte fröhlich hinter ihm her.

Auch diesmal mussten sie stundenlang warten bis Hanna aufgerufen wurde. Nach der Untersuchung nickte der Augenarzt zufrieden und verordnete schwächere Brillengläser. Er reichte ihr das Rezept und sagte freundlich: „Hanna, in einem halben Jahr möchte ich dich zur Kontrolle wieder sehen."

„Brauche ich dann vielleicht keine Brille mehr?"

Kopfschüttelnd erwiderte er: „Zwar hat die Untersuchung ergeben, dass sich dein Sehvermögen gebessert hat, aber leider muss ich dir jede Hoffnung nehmen, du hast eine Hornhautverkrümmung, deshalb wirst du ein Leben lang eine Brille tragen müssen."

Hannas Stimmung hatte ihren Tiefpunkt erreicht. Marias

tröstende Worte und der anschließende Stadtbummel vermochten sie nicht aufzuheitern. Maria blieb ab und zu stehen und las die Speisekarten, die an den Restaurants aushingen. „Maultaschen mit Salat werden hier angepriesen. Ob wir das mal probieren sollten?"

Hanna zuckte mit der Schulter.

„Ich habe großen Hunger", jammerte Simon und legte beide Hände auf seinen Bauch.

„Dann kommt! Heute können wir uns das leisten", sagte Maria fröhlich und hielt ihren Kindern die Tür auf.

Im Speiselokal begrüßte sie ein Kellner, führte sie an einen freien Tisch und nahm gleich Marias Bestellung entgegen. Wenig später bekam jeder ein Glas Zitronenbrause serviert. Anschließend brachte der Kellner drei große Teller, darauf lagen jeweils vier Maultaschen, angerichtet mit gerösteten Zwiebeln und Kartoffelsalat.

„Bitte sehr! Gnädige Frau, Sie haben eine schwäbische Spezialität gewählt. Maultaschen sind gefüllte Teigwaren. Die Füllung wird aus Hackfleisch und Spinat zubereitet. Ich wünsche guten Appetit."

Mutter und Tochter bedankten sich. Simon vergeudete keine Zeit, ihm schmeckte es bereits.

Als Hanna den ersten Bissen in den Mund nahm, legte sie ihr Besteck auf den Tellerrand ab.

„Schmeckt es dir nicht?" fragte Maria erstaunt. „Was ist denn, warum siehst du mich so böse an?"

„Hoffentlich schimpft Papa nicht mit uns."

„Weil wir hier essen?"

Hanna nickte.

„Das Geld dafür habe ich mit der Näherei verdient. Außerdem konnte ich das Busgeld sparen, weil Herr Langer so nett war und uns im Auto mitgenommen hat. Aber es wird besser sein, wenn wir Papa davon nichts erzählen."

„Wäre das eine Lüge?"

„Nein... Na ja, vielleicht eine Notlüge." Maria versuchte zu lächeln.

„Ich finde alle Lügen scheußlich."

„Hanna, was ist mit dir? Du bist so blass. Ist dir übel?"

Sie schüttelte den Kopf und sagte traurig: „Ich weiß noch, wie Papa mich wegen einer Lüge mit dem Lederriemen geschlagen hat."

„Hanna! Mein Gott! Ich dachte, du hättest das längst vergessen."

„Das soll nie wieder sein", flüsterte das Mädchen mit zitternder Stimme.

„Ich verspreche dir, das wird nie wieder passieren!" Nachdenklich sah Maria ihrer Tochter in die Augen: So habe ich sie noch nie erlebt. Hanna ist gerade sieben, jetzt sieht sie um Jahre älter aus.

Hanna sah zum Fenster hinaus und sagte mit leiser, aber fester Stimme: „Ich werde nichts petzen."

Ein eiskalter Schauer kroch Maria über den Rücken. „Ich, ich weiß", stotterte sie. Einige Augenblicke sah sie auf ihren Teller bevor sie seufzend hinzufügte: „Das schöne Essen! Hanna, lass uns bitte aufessen. Es wäre eine Sünde, es stehen zu lassen."

Die Herbstferien nutzten Maria und Jonas für so manches Stelldichein. Hanna versorgte Simon und Kurt ging seiner Arbeit nach. Es fiel nicht auf, wenn sich Maria zu ihren Kundinnen aufmachte und auf halbem Weg zu Jonas ins Auto stieg. Sie kam immer rechtzeitig nach Hause, somit stand das Essen pünktlich auf dem Tisch und Kurt bekam keinen Wind von der Sache. Auch Ellen schien nichts zu bemerken, sie verhielt sich Maria gegenüber wie immer, wenn sie einen gemeinsamen Nachmittag verbrachten.

Anfang Dezember kamen Marias Eltern zu Besuch. Hanna wäre am liebsten nicht zur Schule gegangen, der Großvater versprach ihr jedoch, die Nachmittage nur mit ihr zu verbringen.

Eines Morgens fiel der erste Schnee.

„Opa!", rief Hanna, als sie aus der Schule kam. „Ich muss dir unbedingt den verschneiten Wald zeigen. Alles sieht aus wie im Märchen!"

„Gern, mein Mädchen."

Gleich nach dem Mittagessen verließen sie das Haus, überquerten den Hof und blieben am Hühnergarten stehen. Das Gretle war nicht zu sehen.

„Es ist wohl in seinem Stall."

„Mag sein. Komm, Hannerl, lass uns gehen."

Sie spazierten in den Wald und hörten auf ihre Schritte im Schnee. Nach einer Weile erzählte Hanna ihrem Großvater ausführlich die Geschichte vom Gretle. Sie blieb stehen und sah zu ihm auf. „Opa, weißt du, was ich am liebsten machen möchte?"

„Ich kann's mir denken", erwiderte er schmunzelnd, „aber sie werden dahinter kommen, dass du es warst."

„Meinst du?"

„Ganz bestimmt! Weißt du, was dann passiert?"

Sie schüttelte den Kopf.

„Ich könnte mir vorstellen, dass Herr Keppler deinen Eltern sofort die Wohnung kündigt."

„Wirklich?"

„Gewiss! Herr Keppler ist ein strenger Mann."

„Dann muss das Gretle für immer eingesperrt bleiben?"

Er nahm ihre Hand. „Hannerl, glaub mir, das Reh tut mir auch Leid. Sehr sogar. Aber wir werden nichts daran ändern können."

„Schade", erwiderte sie bedrückt.

Sie gingen tiefer in den Wald hinein. Hanna kannte sich inzwischen gut aus. Als sie nach einer Stunde wieder an den Waldrand kamen, blieben sie stehen und schauten zum Dorf hinüber. Es hatte aufgehört zu schneien. Die Sonne stand inzwischen über dem Wald und ließ den Schnee glitzern und funkeln.

„Du hast Recht, es sieht aus wie im Märchen. Ihr wohnt in einer wunderschönen Landschaft."

„Trotzdem möchte ich nicht hier bleiben. Wenn ich groß bin, gehe ich zurück nach Göttingen." Hanna sah zu ihrem Großvater auf und flüsterte: „Vielleicht, vielleicht könnte ich schon jetzt bei euch wohnen?"

Simon Schönfeldt legte den Arm um sie. „Ich denke, dafür ist es noch zu früh. Deine Schulzeit sollten wir abwarten, dann sehen wir weiter. Ist es so schlimm?"

Hanna nickte. Tränen verschleierten ihren Blick. Sie nahm die Brille ab und wischte sich über das Gesicht.

„Möchtest du, dass ich mit deinem Vater rede?"

„Oh, nein! Bitte nicht!", stieß sie mit weit aufgerissenen Augen hervor.

„Hannerl, ich wollte dich nicht erschrecken. Hab keine Angst, ich werde nichts sagen", antwortete er rasch und runzelte nachdenklich die Stirn: Hanna gefällt mir gar nicht. Gleich am ersten Tag ist mir aufgefallen, dass sie sich sehr verändert hat. Sie ist längst nicht mehr so unbeschwert und fröhlich. Ich kann sie nicht zu uns holen – jetzt noch nicht. Auf die Dauer wäre unsere Wohnung zu klein. Später, wenn Jochen aus dem Haus ist! Simon Schönfeldt nahm Hanna wieder an die Hand und ging mit ihr weiter. Nach einigen Schritten blieb er abrupt stehen: „Weißt du was? Du, deine Mama und Simon kommt uns im nächsten Jahr in den Sommerferien besuchen."

„Opa! Das, das wäre ja wunderbar", stotterte sie. Wieder

liefen Tränen über ihr Gesicht.

Er reichte ihr sein Taschentuch. „Komm, mein Kind, gleich heute Abend werden wir das besprechen."

Nach dem Abendessen saß die ganze Familie, wie an jedem Abend, im Wohnzimmer beisammen. Die Großeltern hatten den Zeitpunkt abgepasst, um in Ruhe über die Sommerferien reden zu können. Es gab kein langes Hin und Her, denn Kurt brachte keine Einwände vor und stimmte zu. Maria fiel ihm jubelnd um den Hals.

Die ganze Zeit über hatte Hanna stocksteif auf ihrem Stuhl gesessen. Ihre eiskalten Hände hielt sie unter der Schürze gefaltet. Jetzt atmete sie leise auf und sah ihre Großeltern mit strahlenden Augen an.

Zwei Wochen vor Weihnachten, Marias Eltern waren inzwischen wieder abgereist, kam Roland auf einen Sprung vorbei.

„Ach, du lässt dich auch mal wieder sehen", begrüßte Kurt seinen Bruder.

„Tut mir Leid, aber das Häusle baue raubt mir jede freie Minute, das kannst du mir glauben." Roland stieß einen Seufzer aus. „Endlich haben wir unser eigenes Reich."

„Schön für euch. Was macht dein Stammhalter?"

„Frank wächst und gedeiht. Am zweiten Feiertag soll er nun getauft werden. Ihr seid alle herzlich eingeladen. Unsere Eltern können es einrichten und werden auch dabei sein. Die Feier findet wieder im Gasthaus statt, diesmal aber nur im engsten Familienkreis."

„Schönen Dank für die Einladung! Wenn nichts dazwischenkommt, werden wir zur Taufe erscheinen", erwiderte Kurt und wandte sich an Maria. „Was sagst du dazu?"

„Ja, schön." Sie mußte lachen. „Hoffentlich bleibt der Bus

nicht im Schnee stecken. Roland, ich freue mich, endlich euer Kind zu sehen. Wie geht's deiner Frau?"

„Danke, gut! Sie schafft und schafft und hält das Geld zusammen."

„Wie es sich für ein Schwabenmädel gehört", entgegnete sie ironisch.

Am zweiten Weihnachtstag, gleich nach dem Frühstück, machte sich Kurt mit seiner Familie auf den Weg zur Bushaltestelle. In der Nacht hatte es geschneit. Sie stapften durch den tiefen Schnee und kamen nur langsam voran. Simon hatte es bequem, er saß auf dem Schlitten und ließ sich von seinem Vater ziehen. Hinter dem Laden an der Kreuzung, kam ihnen der Schneepflug entgegengefahren. Sie machten Platz und blieben an der Seite stehen. Zwei Pferde, schnaubend und dampfend, zogen den hölzernen Schneepflug. Herr Weidelich stand auf dem vorderen Querbrett, hielt die Zügel und schnalzte laut. Als er an ihnen vorüberfuhr, hob er die Hand und grüßte freundlich.

„Sieht das schön aus!", schwärmte Hanna und sah hinter dem Schneepflug her.

„Nun komm weiter, sonst verpassen wir noch den Bus!", rief Kurt gereizt.

Als sie den Gasthof Linde erreichten, deponierte Kurt den Schlitten hinter dem Haus in einem Schuppen. Der Omnibus ließ auf sich warten. Frierend und von einem Bein auf das andere tretend, harrten sie geduldig aus.

„Maria, du hast schon wieder einen neuen Hut, das sehe ich jetzt erst!"

„Aber nein, die Kappe hatte ich schon im letzten Winter."

„Sogar mit Pelzbesatz! Das wäre mir aufgefallen." Kurt sah sie durchdringend an. „Dafür hast du sicher eine Stange Geld ausgegeben."

„Einen alten Hut habe ich dafür umgearbeitet. Das Stückchen Persianer war ein Rest, den hat mir Frau Wieland fast umsonst gelassen."

„Wer ist Frau Wieland?"

„Kurt, das weißt du doch! Frau Wieland ist die Dame aus dem Hutgeschäft."

Nachdenklich sah er die Kappe an und sagte mürrisch: „Jedenfalls habe ich das Ding bis heute nicht gesehen."

Unterdessen kam der Bus aus dem Wald gefahren und versuchte die letzte Steigung zu überwinden.

„Na, endlich", Maria tat erleichtert, „ich dachte schon, wir müssten wieder nach Hause gehen. Kurt, was meinst du, ob deine Eltern im Bus sitzen?"

„Warum sollten sie nicht", antwortete er verdrossen.

Hanna konnte sich gar nicht so recht freuen, als sie die Großeltern im Bus sitzen sah. Nach der Begrüßung nahm sie weiter hinten Platz und dachte: Gut, dass keine anderen Leute mitfahren. Ich hatte mich so auf diesen Tag gefreut. Mama hat beinahe alles verdorben. Warum lügt sie nur? Missmutig sah Hanna aus dem Fenster. Die Sonne stand mit einem Mal über dem Wald und verzauberte die verschneite Landschaft. Der Anblick vermochte sie nicht aufzuheitern.

Zwei Tage später stand Maria am Küchentisch. Sie breitete einen Stoff aus, strich ihn glatt, legte das Schnittmuster auf und steckte es fest.

Ihre Tochter saß auf der Eckbank und sah ihr auf die Finger. „Mama..." Hanna hüstelte, „Mama, ich wollte dich was fragen."

„Was denn?"

„Warum hast du Papa angeschwindelt?"

„Habe ich das?" Maria sah nicht von ihrer Arbeit auf.

„Ja, wegen der Kappe."

„Wieso?"

„Ich hab genau gesehen, wie du vor ein paar Tagen den Pelz aufgenäht hast."

Maria setzte sich. „Ich sollte die Busfahrt zur Taufe bezahlen, aber mein Wirtschaftsgeld hatte ich längst ausgegeben, deshalb habe ich gesagt, dass ich die Kappe schon seit dem letzten Winter habe."

„Das ist eine Lüge!"

„Ich habe das zu verantworten!", erwiderte Maria gereizt. Sie stand auf und fing mit dem Zuschneiden an. „Hanna, das wirst du erst verstehen, wenn du erwachsen bist."

„Wenn ich mal verheiratet bin, werde ich meinen Mann niemals anlügen!"

Maria lachte gekünstelt. „Na, dann sieh mal zu. Guck mich gefälligst nicht so strafend an!"

„Tut mir Leid", murmelte Hanna mit betretener Miene.

„Schon gut!"

„Mama, ich wollte dich nicht ärgern. Ich habe Angst! Wenn Papa merkt, dass du gelogen hast, gibt es wieder Streit."

„Wie soll er das merken? Du hast doch gesehen, dass er mir geglaubt hat."

„Ja, schon..."

„Na also!"

„Simon schläft noch. Darf ich in den Wald gehen?"

„Von mir aus. Aber geh nicht zu weit, ich muss heute noch zu einer Kundin. Ich rufe dich dann."

„Danke!" Hanna sprang auf, zog sich an und lief hinaus.

Mit Riesenschritten stapfte sie durch den Schnee. Lügen ist das Scheußlichste von der ganzen Welt!, fuhr es ihr fortwährend durch den Kopf.

Freudentränen weinten sie

Im April wurde Hanna in die zweite Klasse versetzt. Religion stand nun zusätzlich auf dem Stundenplan. Aus dem Nachbarort kam der Pastor nach wie vor herüber in die Schule und erteilte den evangelischen Schülern den Religionsunterricht. Für Hanna sah es etwas anders aus. Sie musste einmal in der Woche, immer am Montagnachmittag, hinunter in die Stadt, um dort an der Schule am katholischen Religionsunterricht teilnehmen zu können.

Brigitte saß hier neben ihr. Sie war kaum größer als Hanna, obwohl sie schon elf Jahre alt war. Ihr rotblondes gelocktes Haar trug sie zu einem Pferdeschwanz. Das helle Braun ihrer Augen glich im Sonnenlicht ihrer Haarfarbe. Bis vor ein paar Monaten hatte sie mit ihren Eltern und ihrem großen Bruder in Stuttgart gelebt. Jetzt bewohnten sie ein kleines Haus in der Nähe vom Schloss.

Nach dem Unterricht gingen die Mädchen gemeinsam den Berg hinauf. Brigitte wusste immer einige Albernheiten zu erzählen. Ihre aufgeweckte fröhlich-freche Art tat Hanna gut. Mit ihr konnte sie lachen und fröhlich sein wie nie zuvor. Brigitte begleitete sie oft bis an die Bank unterhalb des Waldes. Dort legten sie sich eine Weile ins duftende Gras und blickten in die Wolken. Hier erfuhr Brigitte das Stillsein und das Hinhören. Wenn Hanna ihren Zeigefinger auf die Lippen legte, lauschten sie dem Summen der Bienen oder dem

Specht, der im nahen Wald an einen Baumstamm klopfte. Hanna wollte ihr auch den geheimen Platz weit drinnen im Wald zeigen, doch dazu hatte Brigitte keine Lust.

Jeden Sonntag an der heiligen Messe teilzunehmen zählte zu ihren Aufgaben. Auch in der Kirche saßen die Mädchen nebeneinander. Eines Sonntags nach der Messe begleitete Brigitte Hanna und ihre Mutter ein Stück weit den Berg hinauf.

„Brigitte, warst du schon zur Erstkommunion?", fragte Maria.

„Nein!" Heftig schüttelte sie den Kopf. Ihr Pferdeschwanz flog hin und her. „Es hat net gepasst, weil meine Eltern alleweil umgezoge sind."

„Ach so."

„Aber nächschtes Jahr, am Weiße' Sonntag, will ich unbedingt gehe. Zusamme mit dir, gell, du!" Übermütig kniff sie Hanna in den Arm.

„Lass das!", schrie sie lachend.

„Ade, bis morge zur Reli. I' muss schnell heim, weil wir heut B'such kriege!" Brigitte stürmte los.

„Ade!", rief Hanna hinter ihr her.

„Das ist ja eine Freche!", sagte Maria entrüstet.

„Warum?"

„Ihr Mundwerk gefällt mit nicht. Von Hochdeutsch hat sie auch noch nichts gehört!"

„Ach, Mama, sie schwäbelt halt wie alle hier."

„Na, ich weiß nicht. Ich denke, du solltest dir lieber eine andere Freundin suchen."

Hanna zuckte zusammen und sah entsetzt auf.

„Nun guck mich nur an, ich finde ihr passt nicht zusammen. Aber bitte!"

„Brigitte ist so fröhlich, mit ihr..."

„Musst du immer das letzte Wort haben? Wir kommen

gerade aus der Kirche."

Hanna senkte den Kopf und ging rasch weiter. Den Rest des Weges sprachen sie kein Wort miteinander.

Kurt hütete seinen Sohn. Nebenbei kümmerte er sich um das Mittagessen. Den Sonntagsbraten hatte Maria wie gewöhnlich am Vorabend zubereitet. Nachdem Kurt die Kartoffeln geschält und aufgesetzt hatte, nahm er sich den Kopfsalat vor. Das ging ihm alles gegen den Strich. Seine Laune ließ zu wünschen übrig, als Maria und Hanna aus der Kirche kamen.

„Nächsten Sonntag gehst du nicht hinunter, deine Kirchenrennerei geht mir auf die Nerven!", fuhr er Maria an.

„Ich hatte eine andere Begrüßung erwartet", antwortete sie gereizt. Sie nahm ihren Hut ab und band die Schürze um. „Ich habe keine Lust mit dir zu streiten. Du hättest ja mitkommen können."

Beleidigt setzte er sich an den Tisch und starrte missmutig vor sich hin.

Hanna nahm auch ihre Schürze vom Haken, band sie rasch um, holte das Geschirr aus dem Schrank und deckte ordentlich den Tisch. Ein paar Minuten später war das Mittagessen fertig. Maria und die Kinder falteten die Hände, sprachen das Tischgebet und bekreuzigten sich. Danach tat Maria das Essen auf und wünschte guten Appetit.

„Danke ebenfalls!", erwiderte Hanna.

„Ich muss mir noch gut überlegen, ob ich dich und die Kinder zu deinen Eltern fahren lasse", sagte Kurt gehässig.

„Was soll das auf einmal?" Maria sah ihn durchdringend an. „Lass uns bitte nach dem Essen darüber reden."

Hanna spürte einen Kloß im Hals. Sie hatte Mühe alles aufzuessen und wagte nicht ihren Blick vom Teller zu nehmen. Nach dem Essen half sie ihrer Mutter eifrig beim Abräumen und wollte mit dem Abwasch beginnen.

„Lass, das machen wir später", sagte Maria mit einem gezwungenen Lächeln. „Geh mit Simon spielen, es ist schön draußen. Ich rufe euch dann."

„Ist gut", antwortete Hanna gehorsam und nahm ihren Bruder an die Hand. Schnell verließen sie das Haus und liefen hinüber zum Bach.

Als Maria wenig später mit ihrem Mann im Bett lag, weinte sie keine Träne, obwohl ihr zum Heulen war. Wieder nutze ich die eheliche Pflicht, um ihn milde zu stimmen. Es ekelt mich an! Ich empfinde Ekel vor mir selbst, weil ich ihn ausnutze. Doch Kurt bekommt, was er begehrt. Warum also das schlechte Gewissen? Warum? Weil ich ihn mit Jonas betrüge? Nein. Schon bevor ich Jonas überhaupt kannte, habe ich meist um des lieben Friedens willen mit Kurt geschlafen. Zu der Zeit hatte ich noch kein schlechtes Gewissen, bloß Ekel und nochmals Ekel. Ich werde mit den Kindern zu meinen Eltern fahren!, dachte sie erleichtert.

Kurt schlief erschöpft neben ihr. Maria stand leise auf.

Bereits drei Tage vor der Abreise begann Maria die Koffer zu packen. Zehn Tage würde Kurt ohne sie zurechtkommen müssen, das bereitete ihr jedoch kein Kopfzerbrechen. Ellen hatte ihn für den kommenden Sonntag zum Mittagessen eingeladen und den Nachmittag wollte er bei seinen Eltern verbringen.

Am Abend vor der Abreise gab Kurt seiner Frau ein großzügiges Taschengeld. Der Abschied sah dementsprechend aus.

Hanna saß still auf ihrem Platz und sah aus dem Abteilfenster. Ihre Augen strahlten. Für Simon war die erste Bahnfahrt sehr aufregend. Jedes Mal, wenn der Zug durch einen Tunnel fuhr, machte er große Augen.

Beim Aufenthalt im Frankfurter Hauptbahnhof zog Maria das Abteilfenster herunter. Sie erlaubte Simon sich auf die Sitzbank zu stellen, um das Treiben auf dem Bahnsteig besser beobachten zu können.

Ein Zeitungsverkäufer lief am Zug entlang und bot laut rufend die allerneusten Ausgaben an. „Heiße Würstchen!", rief ein anderer und schob einen Verkaufswagen vor sich her. Ein Mann mit einem Bauchladen bot den Reisenden Zigaretten und Süßigkeiten an. Das Dröhnen und Zischen der Dampfloks und das Kreischen der Bremsen übertönte ab und zu alle anderen Geräusche. Dicker schwarzer Rauch quoll bei einigen Loks aus dem Schornstein.

„Puh, hier stinkt's!", meinte Simon und hielt sich schnell die Nase zu.

„Ich mag diesen unverkennbaren Geruch. Es erinnert mich an die Zeit, als ich bei der Bahn als Schaffnerin gearbeitet habe."

„Warst du gern Schaffnerin?", fragte Hanna.

„Ja, sehr gern sogar."

Ein Pfiff kündigte die Weiterfahrt an. Maria schob das Abteilfenster nach oben.

Als Kassel endlich hinter ihnen lag, sagte Maria: „Hanna, nun sind wir bald in Göttingen."

Sie zuckte mit den Schultern.

„Was ist? Freust du dich denn nicht?"

Hanna brachte keinen Ton heraus. Freudentränen erstickten ihre Stimme. Als sie sah, dass ihre Mutter sich verstohlen über die Augen wischte, lachte sie los. Auch davon ließ sich Maria anstecken. Die Mitreisenden starrten sie neugierig und verständnislos an. Darüber mussten sie erst recht lachen und Simon kicherte hinter vorgehaltener Hand.

Sophie und Simon Schönfeldt sahen dem einfahrenden Zug entgegen und drängten durch die wartende Menschenmenge, um Maria und den Kindern beim Aussteigen behilflich zu sein. Etwas abseits begrüßten und umarmten sie einander. Wieder weinten Maria und Hanna Freudentränen.

„Mama, wo ist Jochen?", fragte Maria und steckte ihr Taschentuch ein. „Hatte er keine Lust mitzukommen?"

„Dein Bruder macht auch Ferien. Er ist für drei Wochen in einem Zeltlager", antwortete sie.

„Ach, er wollte uns wohl Platz machen?"

„Aber nein, das hat sich zufällig ergeben."

„Schade, ich hätte ihn gern wiedergesehen. In den vergangenen drei Jahren – ach, was rede ich, es sind fast vier, hat er sich bestimmt sehr verändert."

„Er ist groß geworden. Nun lass uns gehen, Simon und die Kinder sind längst unten." Sophie nahm Marias Arm und ging mit ihr die Treppe hinunter zur Unterführung.

„Mama, ich kann dir gar nicht sagen, wie sehr ich mich freue, mal wieder Stadtluft zu schnuppern."

„Wir werden es uns schön machen, Maria."

„Danke, Mama", ihre Stimme zitterte, „die paar Tage werden wie im Flug vergehen. Weißt du, ich komme mir vor wie im Traum."

„Ach Mädel, nun wein doch nicht."

Sie näherten sich der Sperre. Dort wartete Simon Schönfeldt mit den Kindern und dem Gepäck. Der Bahnschaffner kontrollierte Marias Fahrkarten und entwertete die Bahnsteigkarten ihrer Eltern, bevor er sie nacheinander passieren ließ.

„Oma, die Bahnhofshalle ist ja riesengroß!" Hanna war überwältigt. Auf dem Vorplatz blieb sie stehen, breitete die Arme aus und sah sich nach allen Seiten um.

„Freust du dich mein Kind?"

„Ja Oma, und wie!" Wieder umarmte sie ihre Großmutter.
Unterdessen half Maria ihrem Vater mit dem Gepäck. Den Koffer stellten sie auf den Gepäckträger seines Fahrrads, banden ihn fest und die Reisetasche hängten sie an die Lenkstange. „Papa, ist es sehr weit bis zu eurer Wohnung?"
„Wie man's nimmt. Wir werden die Abkürzung nehmen, trotzdem brauchen wir zu Fuß eine halbe Stunde. Tut mir Leid, Maria."
„Ach Papa, solange du mich vor jeglichen Bergen verschonst, gehe ich kilometerweit."
Schmunzelnd ging er mit dem Fahrrad voraus und schlug den Trampelpfad ein. Dieser verlief neben dem Bahndamm und ließ nur einen Gänsemarsch zu. Simon erschrak, als plötzlich ein Güterzug, laut ratternd, neben ihnen herfuhr. Kurz darauf erreichten sie die Leine. An der nächsten Brücke überquerten sie den Fluss. Auf einem Fußweg, nahe des Ufers, gingen sie jetzt weiter. Alte knorrige Weiden wuchsen vereinzelt und in Gruppen am Flussufer.
„Opa, was sind das für wunderschöne Bäume!", schwärmte Hanna.
„Ich finde sie auch sehr schön. In dieser Gegend gibt es vorwiegend Laubbäume. Auf dem Wall wachsen riesige Linden, ganze Alleen. Dort können wir entlanggehen, wenn ich dir ein bisschen von der Stadt zeigen werde."
Strahlend nickte sie ihrem Großvater zu.
„Ich mag nicht mehr laufen", jammerte Simon und blieb stehen.
„Wir sind gleich da, mein Junge", antwortete der Großvater. Er sah sich nach seiner Frau und Maria um. Beide waren stehen geblieben und unterhielten sich angeregt. „Keine Müdigkeit vorschützen, meine Damen!", rief er ihnen zu.
„Entschuldige bitte, Papa, wir haben uns so viel zu erzählen", rief Maria im Näherkommen.

„Ein kleines Stück weiter flussaufwärts, hinter der Uferböschung, wohnen wir. Simon, nun komm, es ist wirklich nicht mehr weit", tröstete der Großvater.

Fünf Minuten später erreichten sie die Eiswiese. Einstöckige Holzbaracken standen hier nebeneinander in mehreren Reihen. Dazwischen verliefen säuberlich geharkte Wege und ein Gemüsegarten lag neben dem anderen.

Als Maria die neue Wohnung ihrer Eltern sah, schlug sie die Hände über dem Kopf zusammen. „Ach, du je! Die Zimmer sind noch kleiner, als ich sie mir vorgestellt habe. Mama, ihr wohnt in einer Puppenstube."

„Und es ist gemütlich", lachte Sophie.

„Schon, aber die Wohnung ist nicht viel größer als die in Gladebeck. Wenn ich da an unsere Wohnung in Schweidnitz denke..."

„Das ist nun mal vorbei."

„Leider, Mama!"

„Hier haben wir unsere eigene Haustür. Ich bin froh, dass wir nicht mehr in diesem Dorf wohnen müssen. Maria, weißt du noch, wie uns die Einheimischen oft schief angesehen haben?"

„Nie im Leben werde ich das vergessen. Im Schwabenland ist es auch nicht besser."

„Weißt du, hier wohnen nur Flüchtlinge. Alle sind sauber und freundlich. Wir sind wieder in der Stadt und irgendwann werden wir eine richtige Wohnung haben. Was das Allerwichtigste ist, dein Vater hat es nicht mehr so weit zur Arbeit."

„Von Gladebeck bis nach Göttingen zur Lokhalle war ich mit meinem Rad fast eine Dreiviertelstunde unterwegs. Von montags bis sonnabends täglich anderthalb Stunden Fahrzeit und das über Jahre. Jetzt brauche ich zur Arbeit keine zehn Minuten mehr", erklärte ihr Vater.

„Ach, Papa, ich hatte mir die Wohnung eben größer vorgestellt." Maria hob die Arme und machte eine ausladende Bewegung.

Hanna liebte es, allein mit ihrem Großvater durch Göttingen zu schlendern. Er zeigte ihr viele stattliche Gebäude, die zur Universität gehören. Hanna bewunderte auch die schönen alten Häuser der Innenstadt. Auf dem Marktplatz mit dem Rathaus und dem Gänseliesebrunnen blieben sie stehen.
„Ist der hübsch!", sagte Hanna überrascht.
„Zu diesem Brunnen muss ich dir etwas erzählen. Es gibt einen alten Brauch: Wenn ein Student seine Doktorprüfung bestanden hat, ist das ein guter Grund zum Feiern. Mit all seinen Freunden zieht er durch die Straßen der Stadt hierher zum Brunnen. Zum Dank will er das Gänseliesel küssen und ihm Blumen überreichen, also steigt er hinauf. Aber das ist nicht so einfach, wie du dir denken kannst, und so bekommt der frisch gebackene Doktor zu all seinem Glück nicht nur nasse Füße."
„Das ist bestimmt lustig. Opa, hast du das schon mal miterlebt?"
„Ja sicher, wenn man sich gerade in der Nähe aufhält, ist das Spektakel nicht zu überhören."
Am Sonntag machten sich Maria, die Großmutter und Hanna fein für den Kirchgang. Simon musste bei seinem Großvater bleiben. „Ich möchte auch mit", schmollte er.
„Ach, mein Junge, der Weg ist viel zu weit für dich. Komm, wir gehen hinüber in den Garten und holen dir eine frische Möhre", schlug sein Großvater vor.
„Au ja Opa, und Sand spielen!", rief er begeistert.
Von allen Kirchtürmen der Stadt läuteten die Glocken. Hanna wurde es ganz feierlich zumute. Als sie vor der St. Pauluskirche angekommen waren, staunte sie über das große

steinerne Gotteshaus mit dem hohen Glockenturm. In der Kirche bewunderte Hanna den reich geschmückten Altar und als ihr Maria sagte, dass sie in dieser Kirche getauft worden war, überkam sie ein Gefühl der Freude.

Maria und ihre Mutter bummelten fast jeden Nachmittag durch die Geschäfte, auch den Tag vor der Abreise nutzten sie dazu. Die Kinder blieben derweil bei ihrem Großvater und gingen mit ihm ein letztes Mal hinüber in den Garten. Simon holte wie selbstverständlich sein Sandspielzeug aus dem Schuppen und machte sich auf einem abgeernteten Beet zu schaffen. Hanna setzte sich neben ihren Großvater auf die Gartenbank und sah ihm auf die Finger. In aller Ruhe stopfte er seine Tabakspfeife und zündete sie an.

„Opa, ich mag es, wenn du rauchst."
„So?"
„Ja." Versonnen sah Hanna dem Rauch hinterher. Nach einer Weile seufzte sie tief und sagte leise: „Opa, morgen müssen wir schon wieder zurück in den Schwarzwald. Warum vergehen die schönen Tage bloß so schnell?"
„Hannerl, musst nicht traurig sein, an deiner Erstkommunion sehen wir uns wieder."
„Bis dahin sind es noch zehn Monate."
„Ich weiß, mein Kind. Eine lange Zeit."

Hanna blickte zu den Zwiebelbündeln hinauf, die an der Schuppenwand zum Trocken aufgehängt waren. Gestern hatte sie ihrem Großvater dabei geholfen.

„Opa, es war wunderschön bei euch."
„Freut mich mein Kind."
„Können Träume in Erfüllung gehen, Opa?"
„Aber ja, du musst nur fest daran glauben." Als der Großvater das Aufleuchten in ihren Augen sah, fügte er hinzu: „Hannerl, der Glaube kann Berge versetzen."

Nur ein sanftes Berühren

Eine halbe Stunde bevor der Zug eintreffen sollte, war Kurt am Bahnhof. Nachdenklich ging er auf und ab: Endlich kommt wieder Leben in die vier Wände. In der leeren Wohnung kam ich mir so unnütz vor. Die Stille war unheimlich. Maria fehlte mir an den Abenden und in den langen Nächten. Auch das Lachen der Kinder habe ich vermisst. Das hätte ich nie für möglich gehalten! Er blickte in die Richtung, aus der jeden Moment der Bummelzug auftauchen musste.

Als Kurt seine Frau in den Armen hielt, sagte er mit zitternder Stimme: „Ihr habt mir so gefehlt. Ich bin froh, dass ihr wieder da seid. Das Warten wollte kein Ende nehmen." Er küsste Maria zärtlich und drückte sie fest an sich. Nachdem er Hanna freundlich begrüßt hatte, nahm er seinen Sohn auf den Arm und küsste ihn.

„Ja, wir sind wieder da", Maria sah sich um, „ich soll dich herzlich grüßen und Papa lässt dir ausrichten: Du sollst nicht so viel arbeiten und dir ab und zu eine ruhige Minute mit den Kindern gönnen."

„Dein Vater hat gut reden. Aber ich schaffe gern. Komm, lass uns nach Hause gehen." Liebevoll sah er ihr in die Augen.

Obwohl Kurt zwei Wochen Urlaub genommen hatte, fuhr er jeden Morgen nach dem Frühstück zu seinen Eltern, um ihnen bei der Ernte zu helfen. Maria nähte und war viel unterwegs und da noch Schulferien waren, musste Hanna wie eh und je ihren kleinen Bruder betreuen.

Meist gingen die Kinder ihrer Mutter entgegen und warteten geduldig auf der Bank unterhalb des Waldes. Kaum, dass Maria zu sehen war, liefen sie zu ihr und Hanna nahm ihr eine der schweren Taschen ab. Eines Nachmittags kam Maria nicht zu Fuß den Berg herauf. Hanna erkannte sofort das Auto. Es näherte sich langsam aus der entgegengesetzten Richtung. Wenige Meter bevor der Feldweg endete, hielt es an. Maria stieg aus, schlug die Tür zu und winkte dem davonfahrenden Auto nach.

Wie gelähmt stand Hanna da und sah ihrer Mutter finster entgegen.

Simon lief zu ihr und rief: „Mama, Mama! Hast du mir was mitgebracht?"

„Ja, mein Junge." Maria stellte ihre Tasche ab und nahm zwei Brezeln heraus. „Eine für dich und eine für Hanna."

„Oh, danke!" Simon griff zu und biss hinein.

„Hanna, was ist, möchtest du nicht?"

Sie rührte sich nicht von der Stelle.

„Wie du willst." Maria steckte die Brezel zurück. „Herr Langner hat mich ein Stück mitgenommen. Das ist doch nett, gell."

Hanna presste ihre Lippen zusammen.

„Was siehst du mich so böse an?", fragte Maria gereizt.

Schnell senkte ihre Tochter den Kopf.

„Nun kommt, wir müssen heim!" Maria nahm Simon an die Hand und ging mit ihm voraus.

Hanna folgte ihnen mit hängenden Schultern. Ich werde Mama nie wieder entgegengehen, nur wenn sie es ausdrücklich verlangt. Niemals! Niemals!, dachte sie den ganzen Weg über.

Nach den Sommerferien fand für die Erstkommunikanten der Religionsunterricht in der Kirche statt. Die Proben für die Kommunionfeier hatten begonnen. Unter anderem musste auch die Ohrenbeichte geprobt werden. Hanna bekam Herzklopfen, als sie das erste Mal den Beichtstuhl betrat und niederkniete.

„Gelobt sei Jesus Christus!", grüßte der Priester.

Hanna machte das Kreuzzeichen und flüsterte: „Im Namen des Vaters und des Sohnes und des Heiligen Geistes. Amen."

Der Priester rückte an das kleine vergitterte Fenster heran und betete: „Gott, der unser Herz..."

Mit einem Mal war Hanna nicht mehr bei der Sache. Es roch eindeutig nach Rasierseife. Nach einer Weile räusperte sich der Priester, rückte noch etwas näher heran und hielt seine Hand hinter das Ohr.

Hanna zuckte zusammen. Ihr wurde glühend heiß. „In Demut und Reue bekenne ich meine Sünden", flüsterte sie aufgeregt. Nach einem verhaltenen Seufzer zählte sie ihre Sünden auf, ohne auch nur einen Blick auf ihren Spickzettel zu werfen.

Als Hanna nach Hause kam, setzte sie sich zu Maria in die Nähecke und kicherte vor sich hin. „Heute", wieder kicherte sie, „heute mussten wir das Beichten üben, das war vielleicht komisch."

„Was ist daran komisch?"

„Ich wusste gar nicht, dass sich ein Priester auch rasieren muss."

„Hanna!" Empört sah Maria von ihrer Arbeit auf.

„Im Beichtstuhl roch es plötzlich ganz doll nach Rasierseife. Wie es wohl aussieht, wenn der Priester beim Rasieren in Unterhosen vor dem Spiegel steht und dicke Backen macht?" Sie schüttelte sich vor Lachen.

„Hanna, das ist unanständig! Wie kommst du nur auf solche Gedanken?"
„Ich kann doch nichts für meine Nase", gluckste sie.
„Jetzt hör aber auf, das hat dir bestimmt deine Brigitte eingeredet!"
„Nein, hat sie nicht!" Hanna sprang auf und ging in die Küche.
Maria kam hinter ihr her. „Hanna, es gehört sich nicht, so was zu denken oder zu sagen. Jetzt sei nicht beleidigt."
„Bin ich nicht, aber ich kann es nicht leiden, wenn du immer meine Freundin verdächtigst."
„Jetzt gewöhn dir auch noch das Widersprechen an, das kann ich nicht leiden und Papa schon lange nicht!"
„Mama, entschuldige bitte."
„Schon gut, beeil dich mit den Schularbeiten, der Abwasch muss auch noch erledigt werden!", ermahnte Maria sie und verschwand in ihrer Nähecke.

Ende Oktober fiel der erste Schnee. Ein eiskalter Wind blies über das Land und auf den Straßen gab es Schneeverwehungen. Hannas Schulweg nahm jetzt noch mehr Zeit in Anspruch.

Eines Tages nach Schulschluss stand ein prächtiger Pferdeschlitten auf dem Hof. Auf dem Kutschbock saß der Bauer in Pelzmütze und Mantel. Seine Beine hielt eine Decke warm. Hanna erkannte Herrn Weidelich gleich, sie hatte ihn schon mit dem Schneepflug durch das Dorf fahren sehen. Die Kinder begrüßten ihn mit einem fröhlichen Hallo und saßen auf. Der Bauer ließ die Peitsche knallen und schon zogen die Pferde an und stampften vom Schulhof. Einige Kinder, die unmittelbar neben der Schule wohnten, sahen enttäuscht hinterdrein. Die Schlittenfahrt ging auf der Hauptstraße bis hinauf zu den Häusern nahe der Möbelfabrik. Nachdem hier mehrere Kinder abgestiegen waren, ließ der Bauer erneut die Peitsche knallen. Die Pferde zogen auf der Dorfstraße weiter vorbei am Bauernhof, in dem Marlies wohnte, am Haus des Bürgermeisters, am Friedhof und am Laden. Erst an der Sonntagsschule musste wieder Halt gemacht werden. Danach, fast am Ende des Dorfes, hielt der Schlitten noch einmal. Bis auf Hanna waren nun alle Kinder daheim. Sie wollte schon absteigen, da rief ihr der Bauer zu: „Jetzt bleib halt sitze, i' bring dich schon heim!" Er schnalzte mit der Zunge und ließ die Pferde bis zum Forsthaus traben.

„Ade, vielen Dank!", sagte Hanna, als sie vom Schlitten sprang.

„Scho' recht, ade!", rief der Bauer, winkte ihr zu und ließ abermals die Peitsche knallen.

Hanna winkte, bis der Pferdeschlitten im Wald verschwunden war. Dann stürmte sie in die Wohnung und rief: „Mama, das war heute wie im Märchen, wir sind mit einem großen Pferdeschlitten durch das ganze Dorf gefahren. Die Pferde waren mit Glöckchen geschmückt. Und stell dir vor, der nette Bauer hat mich bis vor die Tür gefahren!"

„Kind, du bist ja völlig aus dem Häuschen."

„Mama, du glaubst ja gar nicht, wie schön das war!"

„Mich stimmt der Winter traurig."

„Ich finde ihn wunderschön! Als Hausaufgabe sollen wir uns ein Bild ausdenken. Ich werde zuerst den Pferdeschlitten und dann den verschneiten Friedhof malen."

„Den Friedhof?"

„Ja, der sieht zauberhaft aus. Als ich auf dem Schlitten saß, konnte ich über die Mauer sehen. Die Grabsteine haben dicke weiße Pelzmützen auf und die Bäume sehen herrlich aus. Alles glitzert und funkelt. Komm, Mama, wir setzen Simon auf den Schlitten und spazieren zusammen durch das verschneite Dorf. Sieh mal, die Sonne scheint!"

„Du bist ja nicht zu bremsen. Aber vorher sollten wir einen heißen Kakao trinken und eine Schnitte Brot essen."

„Au ja! Ich hab Marlies schon so lange nicht mehr gesehen, vielleicht könnten wir bei ihr vorbeigehen und Grüß Gott sagen?"

„Ja, von mir aus."

Bald darauf zogen sie los. Simon saß auf dem Schlitten und jauchzte vor Freude. Maria nutzte die Gelegenheit für einen Einkauf und ging mit Simon in den Laden. Hanna lief hinüber zum Friedhof. Im Winter kam sie an den Schultagen täglich daran vorbei, aber mit den anderen Kindern wollte sie diesen Ort nicht teilen. Seit ihrem letzten Rundgang war viel Zeit vergangen. Lange verweilte sie unter den Bäumen. Sie konnte sich nicht satt sehen. Jeder Ast und jeder noch so kleine Zweig lag voll Schnee. Erst als Maria durch das Tor sah und ihr zuwinkte, ging sie langsam zum Ausgang.

„Nun komm endlich, ich habe schon kalte Füße. Du weißt, der Winter ist nicht mein Freund", sagte Maria ungehalten und trat von einem Fuß auf den anderen.

„Tut mir Leid, dass ich so lange dageblieben bin. Die kahlen Laubbäume sehen heute märchenhaft aus", schwärmte Hanna und schloss das schmiedeeiserne Tor.

„Mag sein, nun komm!"

„Gehen wir noch das Stückchen bis zu Marlies?"

„Gott, ja, meinetwegen!"

„Danke", murmelte Hanna, als sie die Leidensmiene ihrer Mutter sah. Sie nahm ihr die Schlittenschnur aus der Hand und zog schnell damit los.

„He!", rief ihr Bruder erschrocken.

„Nun gib doch Acht, beinahe wäre Simon samt Einkaufstasche heruntergefallen!", schimpfte Maria.

„Oh! Das wollte ich nicht", entschuldigte sich Hanna

mit betretener Miene. Als sie kurz darauf erfuhr, dass ihre Freundin nicht mehr zu Hause wohnte, standen ihr die Tränen in den Augen. Marlies war seit dem Herbst in Stellung auf einem Bauernhof in der Nähe von Freiburg.

„Freiburg, ist das weit von hier?", wollte Hanna auf dem Heimweg wissen.

„Die Stadt liegt im Südschwarzwald. Wenn du willst, können wir uns das im Atlas ansehen."

„Na gut", erwiderte Hanna niedergeschlagen. Als sie sich dem Haus des Bürgermeisters näherten, sah sie zur Dachwohnung hinauf. „Mama, sag mal, bist du eigentlich immer noch so wütend auf Frau Kern?"

„Wütend?" Maria lachte laut. „Nein, aber ich bin froh, dass wir im Forsthaus wohnen, das kannst du mir glauben." Sie würdigte das Haus mit keinem Blick. Hocherhobenen Hauptes ging sie daran vorbei.

Eines Nachmittags, als Hanna wieder einmal am Fenster saß und dem Spiel der Schneeflocken zuschaute, kam Simon zu ihr. Sie nahm ihn auf den Schoß und flüsterte: „Guck mal zu den Wolken hinauf, die Schneeflocken tanzen als kleine dunkle Punkte herunter."

„Wo denn?" Simon lehnte den Kopf gegen die Fensterscheibe und sah nach oben.

„Es sieht aus, als ob die Schneeflocken erst kurz bevor sie bei uns auf der Erde ankommen weiß werden. Das ist doch seltsam, gell, Simon?"

Er nickte.

„Und schau mal, die Eisblumen am Fenster sehen aus wie verwunschene Eislandschaften aus dem Märchen."

„Die kann ich wegmachen." Simon kratzte mit seinem Fingernagel über die kunstvollen Gebilde und kicherte. „Guck, jetzt hab ich Schnee am Finger."

Schnell hielt sie seine Hand fest. „Nein, nicht doch! Mach nicht alles kaputt. Es sieht so schön aus."

Wenn es zu dunkeln begann, erzählte sie ihm manchmal eine Geschichte oder sie stellte das Radio an und beide lauschten einem Hörspiel.

War Maria daheim, legte sie gelegentlich ihre Näherei aus der Hand und ging hinüber ins Wohnzimmer zu ihren Kindern. Leise nahm sie einen Stuhl und setzte sich zu ihnen. Diese Augenblicke in der Dämmerung ließen Maria für eine Weile ihre Sehnsucht vergessen. Jonas fuhr bei Eis und Schnee nicht über Land. Das Familientreffen an den Sonntagen fand nach wie vor statt, doch diese Stunden wurden Maria und Jonas zur Qual. Ein verstohlener Blick oder ein sanftes Berühren der Knie unter dem Tisch musste ihnen genügen. Beide sehnten das Frühjahr herbei.

Wer schön sein will muss leiden

An einem Sonntagmorgen im März passte Brigitte ihre Freundin vor der Kirche ab. „Da kommscht du ja endlich! Was glaubscht du, was in mei'm Schrank hängt?"
„Dein Kommunionkleid?", fragte Hanna.
„Schtimmt! Geschtern ware meine Eltern mit mir in Schtuttgart. Da hab i' mein Kleidle bekomme. I' kann dir sage, das sieht fei' aus!"
„Meine Mutter will mir das Kleid nähen, aber bislang haben wir noch nicht mal den Stoff gekauft", antwortete Hanna traurig.
„Du, es pressiert! Der Weiße Sonntag isch nimme weit."
„Ich weiß", seufzte Hanna. „Bis zu den Osterferien werde ich noch warten, dann muss ich meine Mutter drängeln."
„Ha ja, das muscht du mache!", sagte Brigitte eindringlich.

Allerdings war das nicht mehr nötig. Hannas Mutter hatte längst alles geplant.
„Ich muss unbedingt nach Freudenstadt, im Städtle bekomme ich keinen passenden Stoff für Hannas Kommunionkleid", sagte Maria zwei Tage später beim Abendessen.
„Muss das sein?", fragte Kurt griesgrämig.
„Wenn ich es dir sage."
„Wann willst du fahren?"

„Nächste Woche, schließlich muss ich das Kleid noch nähen. Hanna hat Osterferien und kann auf Simon aufpassen."

„Und ich darf mal wieder meinen Geldbeutel zücken!", schnauzte er und warf Hanna einen finsteren Blick zu.

„Das Geld für den Stoff hat meine Mutter längst geschickt. Hast du das vergessen?"

„Mag sein", erwiderte er nachdenklich. „Dann fahr, wenn es unbedingt sein muss."

Ein paar Tage später stand Maria vor dem Spiegel und machte sich stadtfein.

„Mama, ich möchte den Stoff gern selbst aussuchen. Nimm uns doch bitte mit", bettelte Hanna.

„Nein, das wären unnötige Fahrkosten."

„Aber für Simon müssen wir doch nichts bezahlen."

„Egal. Ich werde dir einen schönen Stoff aussuchen. Jetzt mach nicht so ein Gesicht." Flüchtig küsste Maria ihre Kinder auf die Stirn und verließ das Haus.

Hanna stand am Wohnzimmerfenster und sah hinter ihr her. Sie weinte leise.

Simon zupfte sie am Ärmel. „Hanna, gehen wir in den Wald?"

Sie nickte ihm zu und wischte sich die Tränen ab, dann nahm sie seine Hand und sie gingen zu ihrem Platz weit drinnen im Wald.

Am Abend, als Maria ihre Tasche auspackte, rief sie ihre Tochter zu sich. „Willst du dir gar nicht ansehen, was ich besorgt habe?"

Hanna kam langsam aus der Küche.

„Nun setz dich her", Maria gab ihr ein Päckchen, „jetzt mach schon auf!"

Hanna wickelte das Papier ab. Ein weißer seidig schimmernder Stoff kam zum Vorschein.

„Na, gefällt er dir?"

Hanna nickte und strich mit den Fingerspitzen darüber.

„Die weiße Spitze ist als Zierde gedacht." Maria legte sie auf den Stoff. „Sieht doch hübsch aus, gell?"

Hanna nickte wieder.

„Du bist ja nicht gerade begeistert."

„Doch, er gefällt mir gut." Noch einmal strich Hanna sacht über den Stoff.

„Was hast du sonst noch zu sagen?"

„Danke schön, Mama", murmelte sie.

Gleich am nächsten Tag legte Maria den Schnitt auf und nachdem sie das Kleid zugeschnitten hatte, heftete sie einige Teile zusammen. Der ersten Anprobe stand nun nichts mehr im Weg. Hanna betrachtete sich kritisch im Spiegel. „Das sieht ja komisch aus! Keine Ärmel und die Nähte noch halb offen..."

„Nun mach nicht so ein Gesicht und warte ab, du bist doch sonst so geduldig. Nun steh still, nimm die Arme zur Seite, damit ich die Nähte abstecken kann!"

„Aua, die Nadeln pieken ja scheußlich!", schrie Hanna, rührte sich aber nicht von der Stelle.

„Nun jammere nicht, wer schön sein will, muss leiden!", antwortete Maria gereizt.

Bei der zweiten Anprobe sah es schon etwas besser aus. Aber am nächsten Tag, als Maria die Spitze aufgenäht und den Rock gesäumt hatte, konnte Hanna es kaum erwarten ihr Kommunionkleid noch einmal anzuziehen. Wieder stand sie vor dem Spiegel und betrachtete sich von allen Seiten. „Mama, sieht das hübsch aus, das hast du wunderschön gemacht. Vielen Dank!" Mit glühenden Wangen fiel sie ihrer

Mutter um den Hals.

Maria löste sich aus ihrer Umarmung. „Deine Nörgelei war so unnötig", sagte sie verletzt.

„Och Mama, bitte, sei mir nicht böse."

„Ist ja gut. Wenn du weiße Strümpfe und Schuhe dazu anziehst, wird es noch schöner aussehen."

„Die müssen wir noch kaufen und die Kommunionkerze dürfen wir nicht vergessen."

„Ich weiß."

Einige Tage vor der Erstkommunion kamen Marias Eltern angereist. Hanna führte ihnen stolz ihr Kommunionkleid vor.

Die Großmutter musterte sie von allen Seiten. „Bezaubernd siehst du darin aus."

„Wirklich?"

„Ja, mein Kind, es sieht sehr schön aus."

„Opa, gefällt es dir auch?"

Er schob die Unterlippe vor, nickte mehrmals und sagte bewundernd: „Ja, es gefällt mir auch sehr, sehr gut. Ich denke, wir sollten deiner Mutter ein großes Lob aussprechen."

„Danke, Papa!", erwiderte Maria zufrieden.

Am nächsten Tag wollte Maria ihren Eltern Freudenstadt zeigen und bei der Gelegenheit die restlichen Sachen für Hanna besorgen. Kurt wollte zunächst nicht mitfahren, obwohl er ein paar Tage freigenommen hatte. Seinem Schwiegervater gelang es jedoch, ihn umzustimmen. Kaum waren sie mit dem Bus in Freudenstadt angekommen, waren sich beide Männer einig, sie wollten die Stadt in aller Ruhe ansehen. Kurzerhand nahmen sie Simon in die Mitte und schickten ihre Frauen mit Hanna zum Einkaufen.

„Das passt ja wunderbar, so können wir ohne Drängelei durch die Geschäfte bummeln!" Maria lachte ausgelassen, hakte sich bei Mutter und Tochter unter und zog mit ihnen los.

Hanna suchte sich eine schlicht weiße Kommunionkerze aus. Als Kopfschmuck würde sie ein Kränzchen aus Myrte tragen, wie es Maria vorgeschlagen hatte und die wuchs zu Hause im Blumentopf auf der Fensterbank. Weiße Strümpfe waren bald gekauft, auch weiße Schuhe gab es genügend, aber in Hannas Größe hatten sie meist höhere Absätze. Hanna war den Tränen nah, weil Maria diese Schuhe unschicklich fand. So mussten sie mehrere Schuhgeschäfte aufsuchen, bis das Passende gefunden war. Zu guter Letzt kaufte ihr die Großmutter ein Gesangbuch mit goldener Aufschrift. „Oh, wie schön, endlich habe ich ein eigenes. Vielen, vielen Dank, Oma!" Hanna umarmte sie glücklich.

„Schon gut, mein Kind!" Sie drückte ihre Enkelin fest an sich. „So, und nun ist deine Mutter an der Reihe. Jetzt suchen wir eins der noblen Hutgeschäfte auf."

„Meinst du wirklich? Was wird Papa dazu sagen?"

„Du weißt doch, dass er mir nichts abschlagen kann. Maria, nun komm und zier dich nicht!" Sophie nahm energisch ihren Arm. „Gönnen wir uns doch ein bisschen Luxus zu Hannas Fest."

„Wie schön, Mama! Nur ein paar Schritte von hier können wir uns etwas ansehen."

Als sie das Hutgeschäft betraten, wurden sie von zwei Damen freundlich begrüßt. Gleich darauf reichten sie ihnen ein Modell nach dem anderen zum Aufprobieren.

Hanna saß auf einem Stuhl und beobachtete die Frauen: Mama sieht aus wie eine Schaufensterpuppe, wenn sie ihrem Spiegelbild zulächelt. Oh, jetzt hat sie einen schicken Hut auf, sogar mit Schleier. Damit sieht sie aus wie eine ganz feine Dame. Oma probiert ihn jetzt auf. Nun sieht sie genauso hübsch aus. Huch! Der Strohhut steht Mama gar nicht. Das ist ein Hut für eine Bäuerin! Hanna kicherte und ließ sie nicht aus den Augen.

Erst nach langem Hin und Her konnten sich Maria und ihre Mutter entscheiden. Die neuesten Errungenschaften wurden in raschelndes Seidenpapier gepackt und in die dazugehörige Hutschachtel gelegt.

Vor dem Geschäft nahm Maria ihre Mutter in den Arm. „Vielen, vielen Dank! Mama, ich freu mich riesig." Sie küsste sie auf beide Wangen.

„Ich mich auch. Nun schnell, die Männer warten!"

Maria sah auf ihre Armbanduhr. „Es ist schon ein Uhr? Jetzt aber los!"

Kurt sah ihnen mit verdrießlicher Miene entgegen.

„Na, meine Damen", sagte Marias Vater streng, aber freundlich dreinblickend, „das Mittagessen geht jetzt auf eure Kappe, ihr habt uns lange warten lassen."

„Wir warten schon sooo lange und haben grooooßen Hunger", quengelte Simon, legte beide Hände auf den Bauch und sah seine Großmutter vorwurfsvoll an.

„Dann aber nichts wie los und Essen fassen, mein Junge!" Sie strich ihm zärtlich über den Schopf.

„Sophie, ich habe ein Speiselokal ausfindig gemacht." Simon Schönfeldt zeigte auf die Hutschachteln und fügte spitzbübisch hinzu: „Dein Portemonnaie hat hoffentlich noch einiges aufzuweisen oder müssen wir zum Nachtisch die Teller spülen?"

„Ach mein Lieber, du kennst mich doch", erwiderte sie fröhlich und hakte sich bei ihm unter.

Maria und Kurt hatten ihre Freunde um Hilfe gebeten. Somit übernahm Ellen an der Kommunionfeier die Rolle der Kochfrau und Jonas fungierte als Chauffeur. Als er Hanna und ihre Eltern zur Kirche gebracht hatte, fuhr er wieder den Berg hinauf, um Marias Eltern und Simon abzuholen. Auch Helene und Heinz Scherer erschienen rechtzeitig in der Kirche. Als sie neben Maria Platz nahmen, stand ihr die Überraschung ins Gesicht geschrieben. Kurt amüsierte sich darüber.

„Die Kirche ist ja brechend voll, die Leute stehen bis vor der Tür. Bloß gut, dass für die Angehörigen die Plätze reserviert wurden", flüsterte Helene ihrer Schwiegertochter zu.

Maria antwortete nur mit einem leichten Nicken, da das Harmonium einsetzte und sich die Gläubigen von ihren Plätzen erhoben. Die Tür der Sakristei wurde geöffnet. Neun Kommunionkinder, fünf Mädchen und vier Jungen, schritten feierlich zum Altar, gefolgt von sechs Ministranten und dem Priester. Weihrauchduft breitete sich aus. Hanna mochte den Geruch, doch plötzlich wurde ihr schwarz vor Augen und ihr Magen knurrte.

Brigitte sah Hanna von der Seite an und erschrak. „Setz dich!", raunte sie ihr zu.

Hanna rührte sich nicht. Bis zur Predigt muss ich es aushalten, dann setzen sich alle. Lieber Gott, lass mich bitte aushalten, betete sie flehend.

Als die Eucharistiefeier begann, schritten die Erstkommunikanten andächtig nach vorn an die Kommunionbank. Sie knieten mit gefalteten Händen nieder und empfingen zum ersten Mal die heilige Kommunion.

Nach der Zeremonie wurden die Kinder auf dem Kirchplatz von einem Fotografen in Empfang genommen. Er bat den Priester, zusammen mit seinen Kommunionkindern für ein Gruppenbild Aufstellung zu nehmen. Anschließend fotografierte er jedes Kind einzeln, was jedoch nicht zum Kauf verpflichtete, wie er ausdrücklich betonte.

„Hanna, was war denn mit dir los?", fragte Brigitte. „I' hab mich vielleicht erschrocke, du hascht ausg'sehe wie's Kätzle am Bauch!"

„Ach, mir war ein bisschen schlecht", flüsterte sie.

„Warum hascht du vorher nix gegesse?"

„Weil man für die Kommunion nüchtern sein muss. Brigitte, das weißt du doch!"

„Heut war's für uns erlaubt, du bischt unmöglich!"

Alle Gäste waren bereits versammelt, als Hanna und ihre Eltern zu Hause eintrafen. Einer nach dem anderen gratulierte ihnen zu diesem Ehrentag.

Sophie Schönfeldt legte den Arm um ihre Enkelin und führte sie an den Gabentisch. „Mein Kind, sieh mal, das ist alles für dich", flüsterte sie ihr ins Ohr.

„Ich bekomme auch Geschenke?"

„Selbstverständlich, das gehört dazu."

„Danke, Oma, danke!"

Sophie drückte ihre Enkelin an sich und küsste sie auf die Stirn. „Komm, nun wollen wir mit deinen Gästen das Festessen genießen. Danach darfst du die Geschenke auspacken."

Der Priester erschien, kaum dass sie am Tisch saßen. Er schüttelte jedem die Hand und überbrachte seine persönlichen Glückwünsche. Kurt lud ihn zum Mittagessen ein und bat ihn Platz zu nehmen.

„Ich bin in Eile", bedauerte der fromme Mann. Als ihm jedoch der Bratenduft in die Nase stieg, wurde er an das köstliche Essen erinnert, das es zu Simons Taufe gegeben hatte, deshalb nahm er die Einladung dankend an. Wieder mundete ihm die schlesische Küche und er zeigte Sitzfleisch.

Erst zur Kaffeezeit machte sich der Priester auf zur nächsten Familie, um die Feier zu begutachten, wie er augenzwinkernd sagte.

Als Hanna ihre Geschenke auspackte, traute sie ihren Augen kaum: Von ihren Großeltern aus Göttingen bekam sie ihre erste Armbanduhr. Von Oma und Opa Scherer gab es einen Umschlag mit einem Geldgeschenk, ebenso von Onkel Roland und Tante Merle. Von ihren Eltern lag ein Fotoapparat mit Umhängetasche auf dem Gabentisch. Freudestrahlend ging sie reihum, bedankte sich herzlich und bat alle hinaus auf die Wiese. Schließlich sollte der Fotoapparat eingeweiht werden.

Am nächsten Tag musste Hanna am Dankgottesdienst teilnehmen und obwohl es keine Pflicht war, zog sie noch einmal ihr weißes Kleid an. Ihr Großvater begleitete sie zur Kirche.

Nachmittags kamen wieder Gäste: Margret Klein war der Einladung gefolgt. Sie gratulierte Hanna und überreichte ihr ein Liederbuch. Selbst Frau Schmied kam den weiten Weg herüber, um Hanna ihre guten Wünsche und ein Geschenk zu bringen. Mit bunten Blüten bestickte Taschentücher, verpackt in knisterndes Cellophan, legte sie auf den Gabentisch. Auch Frau Keppler und ihre Schwägerin Anna erschienen zur Nachfeier. Sie brachten dem Kommunionkind eine Sammeltasse, reich verziert mit Goldrand und einem Rosenmotiv. Hanna gab allen Frauen freudestrahlend die Hand und bedankte sich mit einem Knicks.

Lügen kann sie nicht ausstehen

Hanna nahm weiterhin regelmäßig am Religionsunterricht teil. Nach wie vor scheute sie nicht den weiten Weg. Ihre Freundin allerdings schwänzte manchmal. Hanna hätte das nie getan, sie wollte so wenig wie möglich sündigen. Während einer Unterrichtsstunde wurde sie von Brigitte mit dem Knie angestoßen. „Nachher komm i' mit 'nauf bis zur Wiese, i' muss dir was erzähle. Isch ganz wichtig", flüsterte sie.
Hanna nickte und legte ihren Zeigefinger auf den Mund.
„I' bin ja schon schtill", wisperte Brigitte.

Kaum waren sie auf der Straße, fragte Hanna: „Was willst du mir erzählen?"
„Jetzt net, erscht wenn wir obe' sind!"
„Warum tust du so geheimnisvoll?"
„Jetzt wart halt ab!", zischte Brigitte. Hannas erstaunter Gesichtsausdruck kümmerte sie nicht. Schweigend gingen die Mädchen durch die Straßen der Stadt, was bislang noch nicht vorgekommen war. Als sie an der Kirche vorüberkamen, fing es an zu regnen.
„Komm wir geh'n in die Kirch bis der Rege vorbei isch!", rief Brigitte. Sie stürmte los und hielt Hanna die Kirchentür auf.
Die Mädchen tauchten die Fingerspitzen ins Weihwasser, bekreuzigten sich und gingen nach vorn in ihre Bank. Brigitte

sah sich um, obwohl außer ihnen niemand in der Kirche war und sagte leise: „Hascht du schon die Periode?"

Verblüfft schüttelte Hanna den Kopf.

„Aber i'! Jetzt kann i' auch Kinder kriege."

„Du spinnst!"

„Ebe' net! Wenn i' jetzt mit einem Bub etwas anfange würd, könnt i' schwanger werde. Verstehscht?"

Wieder schüttelte Hanna den Kopf.

„Wenn i' G'schlechtsverkehr hätt, man sagt auch..." Noch einmal sah sie sich um, bevor sie Hanna das Wort ins Ohr flüsterte.

„Aha, woher weißt du das?"

„Von meiner Mutter."

„Ach..."

„Sie hat mir ganz genau erklärt, wie ein Kind auf die Welt kommt. Weischt du das?"

„Hm, ich, ich denke, der Frau wird der Bauch aufgeschnitten."

Brigitte prustete. „Wie kommscht du denn darauf?"

„Na ja", Hanna hüstelte, „na, weil ich gehört habe, wie meine Mutter Fräulein Klein gesagt hat, dass sie genäht werden musste."

„Bei der Geburt kommt das Kind aus der Scheide."

„Was?" Hanna riss die Augen auf. „Es, es kommt aus der Scheide? Das kann ich mir nicht vorstellen."

„I' auch net, aber das schtimmt! Die Frau kriegt die Wehe und dabei geht die Scheide so weit auseinander, bis das Kind kommt. Aber das dauert Schtunde und soll arg weh tun."

„Brigitte!" Hanna schlug sich die Hand vor den Mund, dann wisperte sie: „Wir erzählen Unkeuschheiten und das in der Kirche." Schnell stand das Mädchen auf und ging aus der Bank. „Das ist eine Todsünde, Brigitte, die muss unbedingt gebeichtet werden."

Brigitte zuckte mit den Schultern und trat hinter ihr aus der Bank. Beide blickten zum Altar, machten eine Kniebeuge und eilten durch den Mittelgang. An der Kirchentür tauchten sie ihre Finger ins Weihwasser, bekreuzigten sich rasch und flüchteten.

Es hatte aufgehört zu regnen. Die Mädchen liefen die Gassen hinauf, bis Hanna nach Luft schnappend stehen blieb.

„Was isch, kannscht du nimme?"

„Doch, aber", Hanna legte beide Hände auf die Brust und fühlte ihren rasenden Herzschlag, „du... ich... ich trau mich das nicht."

„Was?"

„Diese Sünde zu beichten."

„Mensch!", stöhnte Brigitte und schnitt eine Grimasse.

„Was sollen wir bloß machen? Man muss ohne Sünde sein, bevor man wieder die Kommunion empfangen darf." Hanna war den Tränen nah.

„Weiß i' doch! Du bischt ein Angschthas."

„Nein, bin ich nicht!"

„Bischt du mir jetzt bös?" Brigitte sah ihre Freundin durchdringend an.

„Ach wo!" Hanna schüttelte heftig den Kopf. „Aber wenn ich mir vorstelle, unserem Herrn Pfarrer ins Ohr zu flüstern, dass ich unkeusch geredet habe, wird mir ganz schlecht."

Brigitte tat gleichgültig.

„Nun sag doch was!", jammerte Hanna.

„Morge sieht alles andersch aus. Ade, bis Sonntag, i' muss jetzt heim!" Brigitte rannte los und drehte sich nicht mehr nach ihr um.

Hanna machte sich langsam auf den Heimweg und hielt ihre glühenden Wangen. „So darf ich Mama nicht unter die Augen kommen", murmelte sie vor sich hin. Sie lief ohne einmal zu verschnaufen zu ihrem Platz weit drinnen im Wald.

Der Eichelhäher erspähte sie. Sein Warnruf schallte weit. Auf dem dichten Moos hingen unzählige Regentropfen, winzige Glasperlen, die im Sonnenlicht glitzerten und funkelten. Hanna lehnte sich schweratmend an eine Tanne und sah hinauf in die Baumwipfel. Eine Zeit lang lauschte sie dem Gesang der Vögel und sog den würzigen Duft des Waldes tief ein. Diese Eindrücke vermochten sie heute nicht zu trösten. Das schlechte Gewissen quälte sie und ihre Gedanken wirbelten durcheinander: Hat Mama doch Recht, wenn sie an Brigitte kein gutes Haar lässt? Nein, bestimmt nicht, sie ist meine einzige Freundin. Alles, was sie mir vorhin in der Kirche zugeflüstert hat, wollte ich schon lange wissen. Mama danach zu fragen, hätte ich nie gewagt. Außerdem darf man niemals unkeusche Fragen stellen. Lieber Gott, was haben wir bloß angestellt? Was soll ich nachher als Entschuldigung vorbringen, weil ich heute später nach Hause komme? Sie stöhnte laut und ging langsam heimwärts.

Auf dem Küchentisch fand sie einen Zettel: Wir sind mit Simon im Wald. Bitte, bringe die Küche in Ordnung. Gruß Mama!

„Danke, lieber Gott. Danke, danke", flüsterte Hanna, als sie gelesen hatte. Das mit dem Beichten werde ich auch schaffen, dachte sie, während sie das Geschirr spülte. Plötzlich begann das Mädchen eine lustige Melodie zu summen. Als es anschließend einen Korb voll Holz aus dem Schuppen holte und in die Holzkiste neben dem Herd stapelte, summte es noch immer vor sich hin.

Am Sonntag, nach der Predigt, verkündete der Priester unter anderem, dass seine Versetzung bevorstehe. Bereits am kommenden Sonntag würde sein Nachfolger, ein junger Kaplan, seine Antrittsmesse halten.

Brigitte stieß Hanna mit dem Ellenbogen in die Seite und

zwinkerte ihr mit beiden Augen zu.

Lieber Gott, ich danke dir, ich danke dir!, betete Hanna im Stillen mehrmals hintereinander. Ein vollständiges Gebet brachte sie nicht zustande.

„Siehscht, alles halb so schlimm", meinte Brigitte auf dem Heimweg, „jetzt könne wir bei dem Neue zur Beichte gehe."

„Ich bin vielleicht froh!", seufzte Hanna überglücklich.

„Der schtellt g'wiss keine dumme Frage", kicherte Brigitte. Übermütig kniff sie ihre Freundin in den Arm. „Du hascht dich umsonscht aufg'regt. Muscht halt immer auf mich höre, gell!"

„Sei nicht so frech!", lachte Hanna.

Die beiden Mädchen gingen am nächsten Sonntag frühzeitig zur Kirche, da sie noch vor der Messe die Beichte ablegen wollten. Sie trauten ihren Augen kaum: Vor dem Beichtstuhl gab es eine Warteschlange, ein Erwachsener stand hinter dem anderen. So einen Andrang hatte es bisher noch nicht gegeben.

Die Messe begann um mehr als eine halbe Stunde später. Als der junge Kaplan den Altar betrat, gab es die nächste Überraschung: Er las die Messe in deutscher Sprache. Auch seine anschließende Predigt ließ die Gläubigen aufhorchen.

Zum nächsten Religionsunterricht erschienen die Kinder vollzählig. Nach der Stunde verließen sie das Klassenzimmer mit lachenden Gesichtern. Soviel Spaß hatten sie bislang in der Reli noch nicht gehabt.

„Unser Kaplan g'fällt mir!", schwärmte Brigitte. „I' könnt mich grad in ihn verliebe. Schad, dass er net heirate darf."

Hanna wollte sich ausschütten vor Lachen. Den ganzen Weg über, sobald sich die Mädchen ansahen, brachen sie erneut in schallendes Gelächter aus.

„Na, wie war der erste Unterricht mit dem Herrn Kaplan?" Maria sah von ihrer Näherei auf. „Du strahlst wie lange nicht mehr."

Hanna tat einen zufriedenen Seufzer und ließ sich auf den Stuhl fallen. „Heute war es zum Totlachen!", sagte sie vergnügt.

„Ach ja?"

„Herr Kaplan hat mit uns das Fluchen durchgenommen. Das war vielleicht lustig, wir haben losgebrüllt."

„Also weißt du, was ist am Fluchen lustig?"

„Er hat gesagt, man darf ab und zu fluchen, wir müssen nur aufpassen, welche Worte wir sagen."

„Wie ist denn das zu verstehen?"

„Zum Beispiel: Ach, du heiliger Strohsack! Das ist überhaupt kein Fluch, weil es niemals auf der Welt einen heiligen Strohsack gegeben hat", erklärte Hanna feixend.

„Na ja, ich weiß nicht." Maria verzog keine Miene.

„Wenn ich mir vorstelle, Mama, der Strohsack aus meinem Bett..."

„Nun ist es aber gut!", wies Maria ihre Tochter zurecht.

Hanna nahm ihr Taschentuch und kicherte hinein.

„Ich glaube, es wird Zeit, dass ich mir euren Herrn Kaplan mal ansehe."

„Ja, schön, vielleicht zum Erntedankfest. Herr Kaplan hat uns aufgetragen eine Gabe mitzubringen. Hoffentlich hat Papa nichts dagegen, wenn du mitkommst."

„Nach deiner Kommunion war ich bisher nur ein Mal zur Messe. Papa kann ja mitkommen. Anschließend könnten wir seine Eltern besuchen."

„Freilich, das ist eine gute Idee! Und ich kann die Fotografien von meiner Kommunion mitnehmen, um sie endlich Irene und Klaus zu zeigen. Mensch, Mama, du musst Papa überreden!"

„Sag nicht immer Mensch, du gewöhnst dir das noch an. Das hörst du alles von deiner Brigitte!"

Hanna schluckte die Antwort hinunter, die ihr auf der Zunge lag.

„Du brauchst mich gar nicht so anzugucken!", sagte Maria gereizt.

Hanna stand auf und ging in die Küche: Immerzu hackt sie auf meiner Freundin rum. Ich kann das nicht ausstehen! Warum ist sie bloß so schlecht gelaunt? Niedergeschlagen trocknete sie ihre Tränen.

Maria saß traurig an ihrer Nähmaschine: In den Ferien will Jonas mit Ellen und den Kindern verreisen. Jonas kann das seiner Frau nicht abschlagen. Bei unserem letzten Zusammensein versuchte er mich zu trösten. Das war im Juli gewesen, in den Sommerferien. Es ist zum Verzweifeln, dass wir uns nur in den Ferien treffen können! Maria legte das Nähzeug beiseite und ging in die Küche. Ihre Tochter saß über ihren Schularbeiten. „Hanna, ich wollte deine Freundin nicht beleidigen. Weißt du, es geht mir gar nicht gut."

Erschreckt sah Hanna von ihrer Arbeit auf. „Habt ihr euch gestritten?"

„Auch", Maria setzte sich und fuhr mit weinerlicher Stimme fort: „Ich will weg aus dieser Gegend. Die Berge, die Leute, alles geht mir auf die Nerven. Ich möchte Papa verlassen, aber das geht nicht, weil ich dich und Simon habe." Sie lachte gequält. „Ich muss froh sein und Gott danken, dass mich Kurt überhaupt geheiratet hat."

Hanna spürte einen Kloß im Hals.

Maria wischte sich die Tränen ab. „Du bist schon so ein großes Mädchen, jetzt kann ich mit dir reden, das hilft mir ein bisschen. Oma schreibt: Was man einmal angefangen hat, muss man auf jeden Fall zu Ende bringen. Ich sollte froh sein, dass Papa so viel arbeitet und für uns sorgt. Sie versteht mich nicht." Maria schluchzte laut.

Hanna weinte mit ihr.

„Dein Vater hat mich einfach sitzen lassen, als er erfuhr, dass ich ein Mädchen zur Welt gebracht hatte. Er wollte nur seinen Spaß haben. Das ist so gemein..." Maria schlug die Hände vors Gesicht und weinte hemmungslos.

Hanna sprang auf, nahm sie in die Arme und sagte mit zitternder Stimme: „Vielleicht können wir von hier weggehen, wenn ich groß bin und auch Geld verdienen kann?"

„Vielleicht", schniefte Maria. Sie schob Hanna sacht von sich, ging ans Waschbecken und wusch sich das Gesicht.

An diesem Abend lag Hanna noch lange wach und drehte sich von einer Seite auf die andere. Ich möchte gern etwas Gutes über meinen Vater hören. Mama hasst ihn. Ich fühle das. Ich kann es nicht ausstehen, wenn sie so hässlich über ihn redet. Irgendwann muss ich ihr das sagen. Wenn ich erwachsen bin, werde ich ihn suchen. Ich werde ihn bestimmt finden, ich habe ein Foto von ihm und kenne seinen Namen. Er wird mich sofort erkennen! Befreit atmete sie auf und schlief ein.

Wie geplant verreiste Familie Langner gleich zu Beginn der Herbstferien. Drei Wochen würden sie nun wegbleiben. Marias Stimmung war dementsprechend. Wenn sie jetzt in der Stadt zu tun hatte und es größere Einkäufe zu erledigen gab, nahm sie die Kinder mit. Hanna musste ihr beim Tragen helfen und einige Sachen passten in die Sportkarre. Die Kinder warteten meist vor den Läden und ließen ihre Mutter in Ruhe einkaufen. Allerdings würde es diesmal im Modegeschäft etwas länger dauern, deshalb nahm Maria ihre beiden mit hinein. Hanna hielt Simon an der Hand und harrte geduldig aus.

„Wie nett, Frau Scherer! Heut habe Sie Ihre Kinder dabei",

sagte eine der Angestellten. Sie musterte Hanna von oben bis unten. „Ihr Töchterle isch ja ganz die Mama!"

Ihre Kollegin sah zu den Kindern hinüber und nickte zustimmend: „Ja, ganz die Mama! Man sollt's nicht glaube. So ein großes Mädle. Sie isch Ihne g'wiss eine rechte Hilfe, Frau Scherer. Sehr nett, das muss man sage!"

„Danke!", erwiderte sie geschmeichelt. „Ja, meine Tochter ist sehr fleißig und kümmert sich rührend um ihren Bruder." Maria warf Hanna einen vielsagenden Blick zu und ärgerte sich, als sie nicht reagierte.

„Vorhin im Geschäft warst du sehr unhöflich!", tadelte Maria ihre Tochter auf dem Heimweg.

Hanna ging mit gesenktem Kopf neben ihr her.

„Warum hast du die Damen nur so angestarrt und nicht ein freundliches Wort gesagt?" Maria fing sich einen finsteren Blick ein. „Hanna, ich habe dich etwas gefragt, antworte gefälligst!"

„Ihre Schmeicheleien haben mir nicht gefallen."

„Manchmal bist du wirklich komisch. Was hat dir daran nicht gefallen?"

„Sie haben gelogen."

„Gelogen? Wieso denn?"

Hanna blieb stehen, stellte die schweren Taschen ab und sagte wütend: „Ganz die Mama, das ist gelogen! Ich habe eine hässliche Brille auf der Nase, meine Haare sind glatt und viel zu kurz geschnitten, was ich anhabe, sind getragene altbackene Sachen. Ich weiß, dass ich dir nicht ähnlich bin. Wir haben einen Spiegel zu Hause."

„Hanna!"

„Du sagst doch ständig, dass ich wie mein Vater aussehe."

„Hanna, was ist nur los mit dir? So habe ich dich noch nie erlebt!"

„Über ihr Gerede habe ich mich so geärgert. Ich kann Lügen nicht ausstehen und du hast dich sogar dafür bedankt!"

„Ich muss halt zu den Leuten nett sein, damit sie mir Arbeit geben. Mein Gott, Mädel, das musst du doch verstehen!"

Hanna schüttelte den Kopf.

„Übrigens, ich bin froh, dass ich für dich Anziehsachen geschenkt bekomme. Du weißt, dass wir nicht so viel Geld haben."

„Freilich, ich ziehe das Zeug ja auch an, obwohl ich mich damit schäme. Aber ich werde nichts sagen, damit Papa nicht wütend wird und dich wieder beschimpft, weil du eine ungehorsame und uneheliche Tochter hast!" Hanna bückte sich, nahm die Taschen und ließ ihre Mutter stehen.

Mit offenem Mund starrte sie hinter ihr her.

„Mama, weiterfahren!", drängelte Simon, er versuchte die Kinderkarre weiter den Berg hinaufzuschieben.

Kurz bevor sie den Bach erreichten, sahen sie, dass Besuch gekommen war. Vor dem Garten saß Roland auf seinem Motorrad. Als er Maria und die Kinder daherkommen sah, stieg er ab und lief ihnen entgegen. „Grüß Gott, ihr Lieben! Ich wollte schon weiterfahren, in letzter Minute habe ich euch gesehen."

„Roland!" Maria sah ihm freudig entgegen.

„Guten Tag, Onkel Roland!", grüßten die Kinder.

„Komm, Hanna, gib mir die schweren Taschen."

Sie bedankte sich und rieb ihre schmerzenden Hände.

„Ich wäre euch entgegengefahren, wenn ich gewusst hätte, dass ihr so bepackt aus der Stadt kommt."

„Ach Roland, bei der Schlepperei kommt es auf einmal mehr oder weniger auch nicht mehr an", erwiderte Maria ironisch.

Gemeinsam überquerten sie die Wiese und die Straße und gingen ins Haus.

„Roland, hast du Zeit mitgebracht, möchtest du mit uns etwas essen?", fragte Maria und schloss die Korridortür auf.

„Danke, gern."

„Es gibt jetzt nur ein Stück warmen Leberkäs. Zum Abend, wenn Kurt heimkommt, koche ich mehr. Wenn du möchtest, mache ich uns anschließend eine Tasse Bohnenkaffee."

„Fein, dabei lässt es sich besser reden."

Bald darauf saßen sie am Küchentisch und vesperten miteinander. Als sich Simon sattgegessen hatte, ging er unaufgefordert ins Wohnzimmer und kuschelte sich auf das Sofa. Hanna stand auf, schloss hinter ihm die Tür und kam zurück in die Küche. „Mama, darf ich auf den Friedhof gehen?", bat sie.

„Von mir aus, aber bleib nicht so lange."

„Ist gut", antwortete Hanna. Sie reichte Roland die Hand, verabschiedete sich artig und verließ leise die Wohnung.

„Was macht sie auf dem Friedhof?", fragte er irritiert.

„Sie geht dort spazieren."

„Merkwürdig..."

„Hanna mag die Laubbäume. Manchmal sitzt sie stundenlang darunter."

„Machst du dir deswegen keine Gedanken?"

„Nein, warum? Obwohl – wenn ich jetzt so überlege – manchmal ist das Mädel eigenartig. Vorhin auf dem Heimweg hat sie mir Worte an den Kopf geworfen! Ich muss aufpassen, dass sie mir nicht über den Kopf wächst."

„Wie alt ist sie jetzt?"

„Nächste Woche wird sie neun." Maria stand auf, ging zum Herd und legte einige Stücke Holz nach. „Heute dauert es wieder ewig, bis das Kaffeewasser kocht."

„Macht nichts, Maria, ich habe Zeit."

„Ja, sag mal, wie kommt es, dass du plötzlich vor der Tür stehst und Zeit hast?"

„Ich habe Urlaub, Merle ist zum Bedienen und unser Frank wird von seiner Großmutter gehütet. Das schöne Herbstwetter lockte mich raus", er lächelte charmant und fuhr sich mit der Hand durch das Haar, „mein Motorrad fand von ganz allein den Weg zu dir."

„Warum macht ihr nicht zusammen Urlaub?"

„Ich möchte schon, Maria, aber Merle will nur Geld scheffeln. Sie kriegt den Hals nicht voll. Ihre Romantik steckt im Geldbeutel."

„Ein Schwabenmädel, wie es im Buche steht", erwiderte Maria spöttisch.

„Da hast du Recht!", lachte er. „Manchmal frage ich mich, ob es richtig war, mich mit ihr einzulassen. Ich hätte auf dich hören sollen."

„Roland, du hast jetzt einen Sohn, für ihn bist du verantwortlich."

„Dazu stehe ich auch, aber mit ihr zu leben fällt mir schwer."

„Ach Roland, ich muss es auch schaffen. Immer wieder muss ich die Zähne zusammenbeißen. Dein Bruder denkt auch nur ans Geld. Wenn wir uns streiten, wirft er mir am Ende immer das uneheliche Kind vor. Kurt nimmt kein Blatt vor den Mund und schnauzt mich vor den Kindern an." Maria nahm die Kaffeekanne vom Herd, kam damit an den Tisch und schenkte ein.

„Danke dir, nun setzt dich zu mir, Maria." Er gab zwei Teelöffel voll Zucker in seinen Kaffee und rührte gedankenverloren um.

Maria nahm gegenüber Platz und fuhr in ihrer Rede fort: „Auch bei uns ist von Romantik nichts geblieben. Oft spiele ich mit dem Gedanken, Kurt zu verlassen. Aber wo soll ich mit zwei Kindern hin? Zu meinen Eltern kann ich nicht mehr zurück. Manchmal weiß ich nicht mehr ein noch aus."

„Kurt wusste doch von Hanna. Ich verstehe ihn nicht."

„Sicher, aber sowie es an seinen Geldbeutel geht, sieht er rot und wird gehässig. Jede Kleinigkeit bringt ihn in Rage. Er fackelt nicht lange und schlägt brutal zu."

„Kurt ist wie Vater, wenn etwas nicht so klappt, wie er sich's vorgestellt hat, wird er fuchsteufelswild. Als wir noch Kinder waren, gehörte es zum täglich Brot, die Jacke voll zu bekommen. Meist war Kurt der Leidtragende."

„Hat eure Mutter nicht eingegriffen?"

„Mutti?", Roland schüttelte den Kopf. „Auch mit ihr ging Vater nicht zimperlich um."

„Dann muss ich mich nicht wundern. Ich hoffe, du tust deiner Frau und deinem Sohn nichts zuleide."

„Maria, wo denkst du hin. Ich versuche alles besser zu machen. Aber wie ich schon sagte, Merle macht es mir nicht leicht." Nachdenklich nippte er an seiner Kaffeetasse. „Maria, wir beide würden uns verstehen. Ich habe mir oft ausgemalt, wie es mit uns sein könnte."

„Roland", verlegen sah sie ihm in die Augen. „Schon der Gedanke ist eine Sünde, sagt die Kirche."

„Die Gedanken sind frei!" Roland stand auf, fasste ihre Hände und zog sie sacht hoch. „Solange wir nur an uns denken, kann uns keiner was. Und einen Kuss zum Abschied kann uns niemand verwehren." Er nahm ihr Gesicht in beide Hände und küsste sie auf den Mund.

„Ich bin schon zurück, es waren Leute auf..." Sprachlos stand Hanna in der Tür.

Maria und Roland fuhren auseinander.

Schnell drehte sich Hanna weg und ging ins Wohnzimmer.

„Hat mich das Mädel erschreckt", flüsterte Roland. Er war kreideweiß. Seine Hände zitterten. „Hoffentlich petzt sie nicht."

„Mach dir keine Sorgen, ich rede mit ihr." Maria legte beruhigend ihre Hand auf seinen Arm. „Möchtest du noch warten, bis Kurt heimkommt?"

„Nein, heute nicht! Grüß ihn von mir. Ich werde jetzt nach Hause fahren und mich um meinen Sohn kümmern."

„Gut."

„Darf ich wiederkommen? Nur zum Reden?"

„Roland, das weißt du doch." Sie brachte ihn zur Tür.

„Maria, du bist eine wundervolle Frau!" Er küsste sie auf die Wange und verließ die Wohnung. An der Haustür drehte er sich noch einmal um und warf ihr eine Kusshand zu.

Maria ging an ihre Nähmaschine und setzte sich davor. Sie stützte den Kopf in beide Hände und schloss die Augen. Oh, nein, ich bin keine wundervolle Frau! Ich betrüge Kurt auf das Schändlichste. Die eheliche Pflicht nutze ich, um ihn bei Laune zu halten. Ich kann es kaum erwarten, bis Jonas mich wieder in den Armen hält. Er lässt meinen Körper leben. Mit Roland ist es anders, wenn er mich nur ansieht oder für einen Augenblick mit seinen Händen berührt, fühle ich mich geborgen. Ich liebe Roland ohne jegliches Verlangen. Das habe ich noch nie erlebt! Lieber Gott, was kann ich für meine Gefühle? Alles Wunderbare, was ich erlebe, ist eine Sünde! Aber die ekelerregenden Gefühle, die meine Ehe mit sich bringt, sind vor Gott und den Menschen gerechtfertigt. Die habe ich zu ertragen, bis dass der Tod uns scheidet!

Ihr wurde übel.

Maria sprang auf und lief zum Klosett.

Hanna hatte sich an den Wohnzimmertisch gesetzt.

Ihr Bruder schlief.

Als sie Roland wegfahren hörte, stand sie leise auf, trat ans Fenster und grübelte: Sonst, wenn Onkel Roland Ade sagt, gibt er Mama auch nur die Hand. Eben hat er sie umarmt und geküsst. Umarmen und Küssen gehört zum Fremdgehen, sagt Brigitte. Fremdgehen ist eine Todsünde! Hanna wischte sich über die Augen, wieder quälte sie das beklemmende Gefühl, das sie schon gespürt hatte, als Jonas Langner mit ihrer Mutter so lange im Wald gewesen war.

Bis zum Sankt Nimmerleinstag

Eines Tages nach den Herbstferien, kam Hanna völlig verheult aus der Schule. „Heute ist etwas Schreckliches passiert", schluchzte sie mit schmerzverzerrtem Gesicht.

„Um Himmels willen, jetzt setz dich erst mal hin!", sagte Maria erschrocken.

„Herr Köhler war heute scheußlich!"

„Ach!"

„Zwei Buben hatten ihre Hausaufgaben nicht gemacht. Herr Köhler hat den großen Zeigestock genommen und damit auf den Tisch gedroschen, dass es nur so knallte. Dann hat er den Buben mehrmals gegen die nackten Beine geschlagen. Dabei hat Herr Köhler fürchterlich geschrieen. Mama, das war so scheußlich", sie schnappte nach Luft, „die beiden haben so geweint und hielten ihre schmerzenden Beine."

„Hanna, das ist ja furchtbar!"

„Am liebsten hätte ich ihm den Stock aus der Hand genommen, aber ich war so erschrocken. Mama, mir hat das auch weh getan. Wirklich!"

Maria sah das Entsetzen in ihren Augen.

„Herr Köhler schimpft manchmal, aber so wütend war er noch nie. Die beiden hatten ihre Hausaufgaben vergessen, musste er sie deshalb so verprügeln? Nachsitzen wäre doch als Strafe genug gewesen!"

„Ja, ganz bestimmt."

„Mama, du musst mit Herrn Köhler reden, ich will nicht, dass er noch einmal ein Kind verprügelt."
„Du kommst auf Ideen", antwortete Maria verblüfft.
„Bitte!", flehte Hanna.
„Na, wenn ich deshalb bei ihm aufkreuze..."
„Bitte, Mama, bitte!" Wieder kullerten Tränen über Hannas Wangen.
„Na, gut, du regst dich ja so auf."
„Gehst du gleich morgen zu ihm?"
„Ja."
„Versprichst du mir das?"
„Ja, mein Kind!"

Am nächsten Tag nach Schulschluss bat Maria Herrn Köhler um ein Gespräch. Hanna wartete mit Simon auf dem Schulhof. Einige Mitschüler lauerten neugierig hinter der Hausecke, aber Maria ließ lange auf sich warten und so machten sie sich aus dem Staub. Hanna bekam Herzklopfen. Erst nach einer halben Stunde brachte Herr Köhler ihre Mutter zur Tür und verabschiedete sich freundlich von ihr.

„Nun kommt", sagte Maria zu ihren Kindern. „Jetzt gehen wir rasch zum Bäcker und machen uns dann auf den Heimweg. Hanna, wollen wir den Weg zum Friedhof nehmen und uns dort eine Weile auf die Bank setzen? Im Sitzen lässt es sich besser reden."

Hanna nickte mit glühenden Wangen.

Obwohl der Oktober fast vorüber war, meinte es die Sonne gut und das Laub der Bäume leuchtete. Hanna schien es nicht zu bemerken. Als sie auf der Bank vor der Friedhofsmauer Platz genommen hatten, sah sie ihre Mutter ängstlich an und stotterte: „Was, was hat Herr Köhler gesagt? Ist, ist er jetzt böse auf mich?"

„Nein, Herr Köhler ist dir nicht böse. Ich soll dir ausrichten, was gestern vorgefallen ist, tut ihm sehr, sehr Leid. Herr Köhler ist froh, dass ich heute bei ihm war und er hat mir versprochen, dass so etwas nie wieder vorkommen wird."
„Bin ich froh", flüsterte Hanna und schlug beide Hände auf die Brust.
„Er hat mir auch gesagt, dass du eine gute Schülerin bist."
„Wirklich?" Hanna wurde rot.
„Ja, mein Mädchen, darüber habe ich mich auch sehr gefreut. Herr Köhler ist begeistert, wie schön du malen kannst. Du bist begabt, sagt er."
„Begabt? Was bedeutet das?"
„Die Fähigkeit, so gut malen zu können, ist dir angeboren, es liegt dir sozusagen im Blut."
„Ach so. Herr Köhler hat mir einmal gesagt, dass ich sehr gut beobachten kann und meine Hände genau das malen, was meine Augen sehen."
„Das hat er mir auch gesagt. Hanna, nun iss deine Brezel, sieh mal, dein Bruder hat schon aufgegessen."
„Die hat gut geschmeckt!" Simon leckte sich die Lippen.
„Ich hab gar keinen Hunger. Mama, lass uns bitte über den Friedhof gehen", bettelte Hanna. „Sieh mal, die unterschiedlichen Farben der Blätter. Die Sonne lässt die Bäume leuchten. Wenn man darunter sitzt, sieht es noch viel schöner aus."
„Du und dein Friedhof", sagte Maria kopfschüttelnd, „dass du davon nicht genug bekommen kannst."
Hanna zuckte mit den Schultern.
„Ich kann nicht mitkommen, du musst alleine gehen oder Simon mitnehmen."
„Mama, warum denn?"
„Warum? Hanna, jetzt setz dich noch mal hin und hör mir zu. Weißt du, ich muss mich in der nächsten Zeit sehr vorsehen..."

„Warum?"

„Weil..." Maria räusperte sich leise, „weil ich ein Baby bekomme."

„Du..." Hanna blieb der Mund offen stehen.

„Ein Baby?", fragte Simon mit gerunzelter Stirn.

„Ja, mein Junge, ihr bekommt ein Brüderchen oder ein Schwesterchen."

„Ach so", erwiderte er gedehnt und machte eine wegwerfende Handbewegung.

Maria lachte herzlich.

Hanna schlang die Arme um den Hals ihrer Mutter und küsste sie zärtlich auf die Wange.

„Freust du dich, mein Mädchen?"

„Ja, Mama."

„Nun lauf zu deinen Bäumen", sagte Maria gerührt.

„Gleich, mir ist eben was eingefallen."

„Was denn?"

„Als Simon noch nicht auf der Welt war, bin ich allein über den Friedhof gegangen und du hast hier draußen auf mich gewartet. Das weiß ich noch ganz genau."

„Eine schwangere Frau sollte nicht auf den Friedhof gehen, das bringt Unglück."

„Nennt man das Aberglaube?"

„Wie kommst du jetzt darauf?"

„Herr Kaplan hat davon gesprochen."

„Was hat er gesagt?"

„Daran zu glauben ist nicht direkt eine Sünde, aber es ist unchristlich."

„Ich habe im Lexikon nachgeschlagen, da steht, dass es ein weit verbreiteter Volksglaube ist. Hanna, nun lauf, unterdessen gehe ich mit Simon in den Laden."

„Ist gut, ich komme bald nach."

Maria sah hinter ihr her. Wie verzweifelt war ich, als mir

klar wurde, dass ich schwanger bin. Mit einem dritten Kind ist an Trennung überhaupt nicht mehr zu denken. Seit einigen Tagen spüre ich eine seltsame Veränderung, denke ich an Jonas, ist plötzlich alle Sehnsucht verflogen. Eine wohltuende Gelassenheit hüllt mich ein. Und was ich nie zu hoffen wagte: Kurt hat sich sehr gefreut. Er nahm mich in die Arme und küsste mich zärtlich. Ich fühlte mich wohl dabei. Es war wie damals auf der Wiese, als wir uns gerade kennen gelernt hatten. Mein Gott, wenn du mir dadurch zeigst, dass ich an die Seite meines Mannes gehöre, dann wird alles gut...

„Mama, gehen wir endlich?" Simon zupfte sie am Ärmel.

„Ja, mein Junge", erwiderte sie liebevoll und nahm ihn an die Hand.

In diesem Herbst bekam Hanna Handarbeit als zusätzliches Unterrichtsfach. Erwartungsvoll ging sie mit den anderen Schülerinnen ins zweite Klassenzimmer hinüber. Ihr Handarbeitskörbchen mit verschiedenen Nadeln, einem Fingerhut, einer Schere und einem Zentimetermaß hatte sie mitgebracht.

Etwas verspätet stürmte Fräulein Fegert zur Tür herein und legte los: „Grüß Gott, die Damen! Mein Drahtesel hatte einen Platten, er isch auch nimme der Jüngschte. Aber jetzt net lang schwätze, zeigt mir eure Arbeiten her." Sie stellte ihre Tasche ab, rückte ihre Brille zurecht und ging reihum. Topflappen, Strickstrümpfe und bunte Stickborten in Kreuzstich, Hexenstich und Stielstich musste sie in Augenschein nehmen. „Rückwärts schtricken!", schrie Fräulein Fegert plötzlich und drückte einer Schülerin den Strickstrumpf wieder in die Hand. „So kannscht du das net lasse, mein Fräulein, oder isch das ein neu's Lochmuschter?"

Alle Mädchen kicherten.

Die Handarbeitslehrerin blieb vor Hanna stehen. „Aha, ein

neu's G'sicht!"
Hanna stand auf, reichte ihr die Hand und machte einen Knicks. „Grüß Gott, Fräulein Fegert!"
„Grüß Gott! Wie heischt du?"
„Hanna Scherer."
„Hanna, aha! Wie alt bischt du?"
„Neun Jahre."
„Neun bischt du erscht? Die Kinder werde heutzutag auch immer größer."
Die anderen Mädchen gackerten belustigt und sahen neugierig zu ihnen herüber.
„Warum sprichst du Hochdeutsch?"
„Ich bin in Göttingen geboren."
„So, aha! Wo liegt das?"
„In Niedersachsen."
„Sind deine Eltern Flüchtling?"
„Ja."
„Ah, so", Fräulein Fegert musterte sie von oben bis unten, „du darfscht dich setze, i' komm gleich zu dir." Sie drehte sich um, warf den anderen Mädchen einen strengen Blick zu und sagte in Hochdeutsch: „Meine Damen, war eben von Maulaffen feilhalten die Rede?"
Schnell nahmen alle ihre Arbeit auf.
Sie grinste und eilte hinüber zu den Mädchen, die sich an der Nähmaschine angestellt hatten. Fräulein Fegert war Anfang fünfzig und kaum größer als Hanna. Ihr gelocktes graumeliertes Haar trug sie zu einem Knoten gesteckt, diesen zierte ein mit weißen Perlen besticktes Haarnetz. Das dunkelblaue Kostüm betonte ihre wohlgenährte Figur. Ihr Busen wogte auf und ab, wenn sie auf ihren Stöckelschuhen durch das Klassenzimmer wirbelte und ihr Rock, der etwas zu kurz geraten war, zeigte ihre kräftigen Waden.
„So, und jetzt zu dir!" Sie eilte an den Tisch zurück und

klappte ihre Tasche auf. „Hanna, schau her, was du als Erschtes handarbeiten möchtescht." Sie breitete ein fertiges Teil nach dem anderen aus: Gehäkelte Täschchen aus buntem Baumwollgarn für Taschentücher, bestickte Stoffmäppchen für Stifte oder andere Utensilien, einen Turnbeutel mit Monogramm und etliche bunte Topflappen.

„Oh, das sind ja hübsche Sachen", sagte Hanna begeistert, „Topflappen habe ich schon zu Hause gemacht, ich würde gern einen Turnbeutel mit meinen Buchstaben machen."

Fräulein Fegert blickte mit zusammengekniffenen Augen über den Brillenrand. „Ja, freilich, aber wir mache net: Wir nähe, schticke, häk'le oder schtricke!"

„Entschuldigung", sagte Hanna verschämt und wurde rot.

„Scho recht! Hanna, jetzt geb ich dir den Schtoff und die Perlgarnfäde, dafür muscht du mir in der nächschte Schtund siebzig Pfennig mitbringe, gell."

„Ja, ist gut. Fräulein Fegert, wir haben solches Garn daheim, könnte ich auch davon nehmen?"

„Freilich, bloß net so zaghaft, Hanna. Bislang hab i' noch keine von euch verschpeist!"

Die Mädchen lachten vergnügt. Diesmal stimmte Hanna mit ein, als sie sah, dass ihre Lehrerin vor lauter Kichern ein knitteriges Gesicht bekam.

Der Handarbeitsunterricht zählte bald zu Hannas Lieblingsfächern. Fräulein Fegert wusste stets etwas zu erzählen. Sowohl ihr Mundwerk als auch ihre Hände standen kaum still und obwohl sie in die Runde blickte und ihren Schülerinnen auf die Finger sah, arbeitete sie unermüdlich weiter. Doch es konnte vorkommen, dass sie plötzlich einen Schrei ausstieß und wetterte: „Sapperlott! Jetzt isch mir eine entwischt!" Dann griff sie schnell zur Häkelnadel und versuchte die gefallene Masche aufzunehmen. Eines Tages erzählte sie ohne Umschweife, warum sie ledig geblieben war: „Heirate? Ach, du lieb's Herrgöttle, das isch nix für mich! Dass ihr jetzt nur net denkt, i' hätt keinen abbekomme, im Gege'teil, der eine oder andere wollt mich schon nehme. Aber ich hatte keine Luscht! Da braucht ihr mich gar net so groß anzuschaue: Für ein Mannsbild Esse koche, Wäsch wasche, büg'le, putze und das Tag für Tag. Ha, das fehlt mir grad noch, da setzt ich mich doch lieber auf meine fünf Buchschtabe und häkle Topflappe bis zum Sankt Nimmerleinstag!"

Die Mädchen schrieen vor Lachen.

„Das isch mein Ernscht", empört blickte sie in die Runde, „das müsst ihr mir glaube. Aber ich freu mich für jede von euch, die mal heiratet. Auf jede Schachtel pascht ein Deckel!" Sie schob ihre Brille zurecht, sah in die verblüfften Gesichter und fügte spitzbübisch hinzu: „Jetzt schaut mich net so an, so sagt man jede'falls!"

Diese Schwangerschaft machte Maria sehr zu schaffen. Sie war beim Arzt gewesen, aber gegen die anhaltende Übelkeit gab es kein Rezept. Sie sollte sich schonen, das war die einzige Verordnung, die ihr Dr. Hartmann mit auf den Weg gab. Anfang März, ging es ihr von einem Tag auf den anderen besser, das Essen schmeckte ihr wieder und bald war nicht mehr zu übersehen, dass sie ein Kind erwartete.

Eines Mittags kam sie in Kleid und Schürze vom Wäscheplatz herüber und lief Herrn Keppler direkt in die Arme. Er stutzte, sah sie von oben bis unten an und erwiderte mürrisch ihren Gruß. Ihr Hauswirt war oft übler Laune und kurz angebunden, das war ihr nichts Neues.

Am Abend hörte Maria ihren Mann wie immer auf den Hof fahren. Bald darauf stürmte er grußlos in die Küche, warf seine Tasche auf die Eckbank und ließ sich auf seinen Stuhl fallen. Er war blass und das Weiße in seinen Augen war blutunterlaufen.

„Kurt!", schrie Maria. „Mein Gott, was ist passiert?"

Die Kinder blickten ängstlich von einem zum andern.

„Herr Keppler hat mir eben die Wohnung gekündigt."

„Um Gottes willen!" Maria sah ihn mit weit aufgerissenen Augen an.

„Noch mehr Kinder sind im Haus nicht erwünscht." Mit zitternden Händen fuhr er sich durch das Haar.

Maria musste sich setzen. „Das glaub ich nicht, das glaub ich nicht", jammerte sie, „Kurt, jetzt sag doch was! Muss man sich das gefallen lassen?"

„Das weiß ich doch nicht, verdammt noch mal!", grölte er und hob die Faust.

„Benimm dich, rede im vernünftigen Ton mit mir!", fuhr sie ihn an.

Er ließ die Faust sinken und stierte vor sich hin.

„Jetzt weiß ich auch, warum er mich heute von oben bis unten gemustert hat und so unfreundlich war."

„Maria, das hilft uns auch nicht weiter."

„So ein gemeiner Kerl! Er ist unmenschlich, arrogant und... Mir fehlen die Worte."

„Wo soll ich eine andere Wohnung finden? Ich weiß mir keinen Rat." Verzweifelt blickte er auf.

„Papa", Hanna räusperte sich, „Papa, darf ich was sagen?"

„Nun red schon."

„Ich glaube, gegenüber der Schule wird ein Haus gebaut."

„Wo genau?" Kurt sah sie verdutzt an.

„An der Hauptstraße, oberhalb der Bäckerei."

„Das Land gehört der Gemeinde, wenn ich mich recht entsinne. Maria, gleich morgen gehst du zum Bürgermeisteramt und erkundigst dich."

„Oh, nein!" Heftig schüttelte sie den Kopf. „Kurt, ich

will mit Herrn Kern nichts mehr zu tun haben. Nein, auf gar keinen Fall, das musst du erledigen!"

„Immer deine Empfindlichkeit, das geht mir auf die Nerven. Er wird dir schon nichts anhaben!"

„Trotzdem! Ich werde das Amt nicht betreten!"

Wütend ballte er die Hand.

„Kurt!", herrschte sie ihn an.

Er fuhr sich über die Stirn. „Dann muss ich eine Stunde frei nehmen. Am besten gleich morgen."

„Und das alles, weil wir ein Kind bekommen", schluchzte Maria, „ist das der einzige Grund für den Rausschmiss?"

„Frag ihn doch selbst, wenn du mir nicht glaubst."

„Unsere Kinder haben nie etwas angestellt und sie sind immer leise. Kurt, ich kann das nicht begreifen."

„Hör auf zu heulen, lass uns endlich essen, Maria!"

„Dass du jetzt daran denken kannst!" Sie stand auf und nahm das Essen vom Herd.

„Herrjemine, ich habe Hunger, schließlich habe ich einen harten Arbeitstag hinter mir!"

„Ich habe auch nicht auf der faulen Haut gelegen", antwortete Maria gekränkt und reichte ihm den vollen Teller.

Kurt war guter Dinge, als er am nächsten Abend nach Hause kam. „Stellt euch vor, die Gemeinde baut tatsächlich ein Haus, ein Waschhaus. Hast gut aufgepasst, Hanna."

Sie wurde rot. Sein Lob kam so unverhofft.

„Ein Waschhaus? Erzähl!" Maria sah ihn neugierig an.

„Darf ich mich erst mal setzen?"

„Ja doch, Kurt, mach es nicht so spannend!"

„Also, der Bürgermeister hat mir genau erklärt, wie das aussehen soll: Zur Hälfte wird im Erdgeschoss eine Waschküche gebaut und mit automatischen Waschmaschinen bestückt. Daneben werden zwei Badezimmer eingerichtet, die auch von allen Dorfbewohnern genutzt werden können. Die Aufsicht erhält der Gemeindebote, Herr Koch."

„Automatische Waschmaschinen? Kurt, habe ich richtig gehört?"

„Hast du, Maria."

„Das bedeutet, ich muss die viele Wäsche nicht mehr im Kessel waschen. Das ist ja wunderbar!"

„Langsam, Maria, ich bin noch nicht fertig."

„Ja ja, erzähl weiter!"

„Im ersten und zweiten Stock wird jeweils eine Dreizimmerwohnung mit Küche und einem Wasserklosett gebaut", grinsend fügte er hinzu: „Das Plumpsklozeitalter wäre somit vorbei. Das hört sich alles ganz gut an, aber die Sache hat einen Haken." Er wiegte den Kopf hin und her.

„Und der wäre?"

„Der Gemeinderat hat darüber zu entscheiden, wer als Mieter in Frage kommt. Mittlerweile gibt es noch drei Flüchtlingsfamilien im Dorf. Aber Herr Kern machte mir Hoffnung, für uns sieht es gar nicht schlecht aus, schließlich kennt man uns schon etliche Jahre."

„Das heißt, wir müssten Glück haben", Maria winkte ab, „da sehe ich schwarz."

„Nun mach nicht gleich so ein langes Gesicht! Ich bin ganz zuversichtlich. Herr Keppler ist im Gemeinderat, er wird schon dafür sorgen, dass wir eine andere Wohnung bekommen."

„Na, das wird sich herausstellen. Wann werden die Wohnungen fertig sein?"

„Mitte bis Ende Oktober kann das Haus bezogen werden."

„Dann wird unser Kind noch hier geboren und bis zum Umzug geht es mir sicher wieder gut. Stell dir mal vor, du müsstest dann nicht mehr so weit zur Arbeit fahren, Hanna hätte nur noch einen Katzensprung zur Schule und wenn

Simon nächstes Jahr eingeschult wird, bekommt er es um so besser. Kurt, das wäre wunderbar!"

„Maria, halt deine Freude im Zaum."

„Ja doch, wann wissen wir Bescheid?"

„Die nächste Gemeinderatssitzung soll im Juni stattfinden, bis dahin müssen wir uns gedulden."

„Mensch, wenn das klappt, dann hätten wir endlich ein Kinderzimmer!", stieß Hanna hervor.

„Sag nicht immer Mensch!", tadelte Maria.

Hanna wurde rot. „Oh, das wollte ich nicht", gab sie kleinlaut von sich.

Kurt sah zu ihr hinüber und ließ es damit gut sein.

Am folgenden Sonntag kam Familie Langner zu Besuch. Nachdem Maria alle mit Kaffee und Kuchen verwöhnt hatte, spazierten sie miteinander in den Wald. Die Kinder liefen fröhlich voraus.

Kurt und Maria berichteten ihren Freunden von der Wohnung, die sie in Aussicht hatten. Gleich darauf hielten Ellen und Jonas mit ihrer Neuigkeit nicht mehr länger hinter dem Berg: Im September erwarteten sie ihr drittes Kind. Beide schienen darüber sehr glücklich zu sein. Maria und Kurt beglückwünschten sie erfreut, bevor sie ihren Spaziergang fortsetzten.

Maria sah gedankenverloren vor sich hin: Es ist wie ein Wunder, alles wendet sich zum Guten. Wir gehen wieder den geraden Weg, ohne Lug und Trug und ohne schlechtes Gewissen. Nach wie vor sehe ich Jonas gern in die Augen und genieße seine Gegenwart. Aber gottlob, wir müssen uns nicht mehr beherrschen und auf der Hut sein. Ich spüre kein Verlangen, das Spiel mit dem Feuer fortzusetzen...

Sie stieß einen tiefen Seufzer aus.

„Maria, ist dir nicht gut?", fragte Ellen besorgt und nahm

ihren Arm.

Kurt und Jonas unterbrachen sofort ihre Unterhaltung.

„Oh, entschuldigt, ich wollte euch nicht erschrecken." Verschämt sah sie in die besorgten Gesichter. „Macht euch keine Gedanken, ich fühle mich wohl. Die würzige Luft tut mir sehr gut."

Abschiednehmen gehört dazu

Brigitte zuckte nicht mit der Wimper als sie sagte: „Jetzt guck mich an, Hanna, i' wein doch auch net. I' schreib dir irgendwann, aber i' möcht's net verspreche. Du würdescht alleweil auf Poscht warte, gell?"

Hanna nickte mehrmals und wischte mit dem Handrücken die Tränen ab. Brigitte hakte sich bei ihr unter und begleitete sie bis zur Wiese. Sie legten sich nebeneinander ins Gras, sahen hinauf zu den Wolken und beobachteten, wie der Wind mit ihnen spielte.

„Hanna, i' find es auch blöd, dass wir wegziehe müsse."

„Wenn ich aus der Schule komme, ziehe ich auch weg."

„Das sagscht du nur so."

„Nein, ich lüge nicht", erwiderte Hanna leise.

„Das weiß i' wohl."

„Ich ziehe zu meinen Großeltern nach Göttingen. Mein Opa hat mit mir darüber gesprochen."

„Das hascht du mir noch gar net erzählt!"

„Ich weiß."

„Warum willscht du net bei deine Eltern bleibe?"

„Wegen..." Hanna musste schlucken, „wegen meinem Stiefvater."

„Mensch, Hanna!" Brigitte setzte sich auf. „Isch er net lieb zu dir?"

Sie zuckte mit den Schultern, nahm ihre Brille ab und

wischte sich über die Augen. „Ach, ich bin eine Heulsuse."

„Bischt du gar net! Komm, jetzt sei nimme traurig." Brigitte legte den Arm um sie und wiegte sie hin und her.

Hanna kicherte plötzlich.

„Warum muscht du jetzt lache."

„Wenn... Wenn du mal einen Freund hast, dann musst du mir unbedingt schreiben", wieder kicherte sie, „Brigitte, versprichst du mir das?"

„Abgemacht!", erwiderte sie verschmitzt, „aber nur, wenn er so aussieht wie unser Kaplan."

Lauthals lachend wälzten sich die Mädchen im Gras. Sie schrieen, lachten Tränen und hielten sich den Bauch.

„Heilig's Blechle! I'...." Brigitte schnappte nach Luft, wischte sich über die Wangen und sprang auf. „I' hab... I' hab meiner Mutter ganz fescht versproche, ihr beim Packe zu helfe. Das hätt i' jetzt fascht vergesse!" Brigitte rannte los. Als sie die Straße erreichte, blieb sie für einen Augenblick stehen und winkte ihrer Freundin ein letztes Mal zu.

Niedergeschlagen kam Hanna nach Hause.

„Mädel, was ist mit dir? Ist etwas mit euerem Kaplan?", fragte Maria besorgt.

Hanna schüttelte den Kopf und schluchzte: „Meine Freundin – Brigitte – Brigitte zieht mit ihren Eltern in eine andere Stadt."

„Ach je! Ich kann verstehen, dass du darüber sehr traurig bist. Du wirst wieder so eine Freundin finden."

„Niemals!", rief Hanna und sah ihrer Mutter entsetzt in die Augen. „Brigitte gibt es nur einmal auf dieser Welt!"

„Ja, das stimmt schon. Aber sieh mal, da sind noch die beiden Langner Mädchen."

„Ach", schluchzte Hanna und winkte ab.

Maria strich ihr zärtlich über das Haar. „Kann ich dir

irgendwie helfen?"
„Darf ich in den Wald gehen? Allein?"
„Und was ist mit dem Essen?"
„Ich habe keinen Hunger. Bitte, lass mich gehen, Mama!"
„Dann lauf! Aber bevor es dunkel wird, musst du nach Hause kommen."

Am Hühnergarten blieb sie stehen und sah zum Gretle hinüber. Teilnahmslos lag es unter einem Apfelbaum. Hanna ging zur Straße und machte sich langsam auf den Weg. Als sie an ihrem Platz im Wald angekommen war, legte sie sich ins Moos. Allmählich ging es ihr besser und das Weinen hatte aufgehört. Der Wind bewegte die Baumwipfel sacht hin und her. Ein leises Rauschen erfüllte den Wald. Irgendwann schlief Hanna ein.

Der Abendgesang der Vögel weckte sie. Bald würde die Sonne untergehen. Hanna sprang hastig auf und lief zum Waldrand. Dort angekommen, sah sie enttäuscht, dass dunkle Wolken vor die Abendsonne gezogen waren. Sie wollte schon weiter gehen, doch mit einem Mal bekamen die grauen Wolken goldene Ränder und der Himmel leuchtete rosarot. Ruhig stand sie da und beobachtete das Schauspiel, das ihr die Natur schon so oft geboten hatte. Wieder faszinierten sie die Farben, die sich laufend veränderten, je tiefer die Sonne sank.

Zwei Wochen später wollten Marias Eltern zu Besuch kommen. Am Tag ihrer Anreise stand Hanna früh auf. Immer wieder sah sie zur Uhr, denn Maria hatte ihr erlaubt sie abzuholen, obwohl Kurt ohnehin mit dem Motorrad zum Bahnhof fahren würde.

Als der Zug endlich einfuhr und die Wagentür geöffnet wurde, sprang sie ihren Großeltern entgegen.

Nach der Begrüßung packte Kurt den Koffer auf sein Motorrad, schnürte ihn fest und fuhr den Berg hinauf.

Hanna war glücklich, auf dem weiten Weg ihre Großeltern nur für sich zu haben.

Obwohl Maria alles schwer fiel, hatte sie einen Streuselkuchen gebacken. Ihr Vater aß Kuchen für sein Leben gern. An der Korridortür hieß sie ihre Eltern herzlich willkommen.

„Mama, ich bin ja so froh, dass du es einrichten konntest und mitgekommen bist. Sieh mal, wie ich aussehe! Das Kind macht mir sehr zu schaffen, ich kann nicht richtig gehen, nicht sitzen und nachts bekomme ich kein Auge zu. Ich werde heilfroh sein, wenn alles vorbei ist."

„Man könnte meinen, es werden diesmal Zwillinge", erwiderte ihre Mutter besorgt.

„Nein, um Himmels willen! Dr. Hartmann ist sich ganz sicher, dass es nur ein Kind ist."

Sophie war erleichtert.

„Nun macht es euch bequem. Kaffee ist gekocht und Kurt hat im Wohnzimmer den Tisch gedeckt."

„Ah..." Marias Vater hob den Kopf in die Höhe und schnupperte, „wenn ich mich auf meine Nase verlassen kann, gibt es nicht nur Kaffee."

„Mama hat einen ganz großen Kuchen gebacken." Simon leckte sich die Lippen und zog seinen Großvater ins Wohnzimmer.

Fröhlich setzten sich alle an den Tisch.

„Und nun", sagte Kurt, rieb sich die Hände und blickte in die Runde, „die Entscheidung des Gemeinderates ist gefallen." Als ihn alle erstaunt ansahen, fügte er mit stolzer Miene hinzu: „Sie ist zu unseren Gunsten ausgefallen."

„Wirklich? Das hast du mir noch gar nicht erzählt."

„Tja, Maria, ich wollte euch alle damit überraschen."

„Das ist dir gelungen!" Maria lachte ihm ins Gesicht.

„Kurt, das ist ja schön, wieder eine Sorge weniger", lobte Sophie.

„Das kann man wohl sagen. Obwohl wir schweren Herzens hier ausziehen, die ganzen Jahre über ließ es sich gut im Forsthaus wohnen."

„Ich freue mich jedenfalls auf die automatischen Waschmaschinen. Das wird eine Erleichterung, von den Badezimmern ganz zu schweigen!" Maria machte eine wegwerfende Handbewegung, sah ihre Eltern verschmitzt an und sagte augenzwinkernd: „Wie ihr wisst, leben wir im Schwarzwald hinter dem Mond, doch allmählich werden die Schwaben wach!"

In der Nacht zum 3. Juli 1955 fand Maria keinen Schlaf. Die Wehen hatten eingesetzt. Gegen Morgen musste sie ihren Mann wecken. Sofort sprang er auf, zog sich das Erstbeste über und eilte aus dem Haus. Es dämmerte bereits. Gegenüber im Stall brannte Licht und das Klappern der Milchkannen war zu hören. Kurt rannte in den Wagenschuppen, schob sein Motorrad heraus, ließ es an und schwang sich gleichzeitig darauf. Kurze Zeit später kam er mit der Hebamme auf den Hof gefahren, sie stieg ab und Kurt fuhr noch einmal zurück ins Dorf, um den Arzt zu benachrichtigen.

Gleich nach dem Frühstück brachte Sophie Schönfeldt ihren Mann und die Enkelkinder zur Tür. „Wenn ihr nachher zurückkommt, ist euer Geschwisterchen bestimmt angekommen."

„Ich will nicht spazieren gehen!", quengelte Simon und trat mit dem Fuß auf.

„Na, wirst du wohl, mein Junge! Wenn ihr beim Bäcker vorbeikommt, kauft ihr euch was Schönes. Nun aber!" Resolut bugsierte Sophie die drei zur Tür hinaus.

„Ich bin neugierig und möchte mir gern das neue Haus ansehen, zumindest von außen", sagte der Großvater, als er mit den Kindern über den Hof ging.

„Dann nehmen wir am besten das Wegle, das ist am kürzesten", antwortete Hanna.

„Siehst du, deine Schwester geht mit uns den kürzesten Weg. Komm, mein Junge." Liebevoll nahm er seinen Enkelsohn an die Hand.

Simon schnitt eine Grimasse und trottete missmutig neben ihnen her. Auf halbem Weg ließ er sich ins Gras fallen. „Ich kann nicht mehr, ihr geht so schnell", maulte er. Hanna und der Großvater setzten sich neben ihn. Es war warm, die Sonne stand inzwischen über dem Wald. Simon Schönfeldt stopfte seine Pfeife und die Kinder sahen ihm schweigend zu. Simon wurde es bald langweilig und so gingen sie zügig weiter. In der Bäckerei kaufte Hanna bunte Zuckerstangen und frische Brezeln. Schon war ihr Bruder besser zu Fuß.

„Opa, da ist das Waschhaus", Hanna zeigte hinüber, „ich finde es nicht so schön wie das Forsthaus, es gleicht dem Haus des Bürgermeisters."

„Das muss ich auch sagen. Na ja, die grünen Fensterläden lassen es ganz freundlich aussehen."

„Opa, guck mal, ich muss nur über die Straße, das Stückchen über die Wiese, vorbei an Schmieds Bauernhof und schon bin ich in der Schule."

„Das freut mich für dich. Bisher hattest du einen sehr weiten Schulweg."

„Ach, das hat mir nichts ausgemacht, nur im Winter war es manchmal schlimm, wenn ich nasse Schuhe hatte oder der eiskalte Wind mein Gesicht zerkratzt hat. Aber wenn uns der große Pferdeschlitten von der Schule abgeholt hat, das war herrlich, wie im Märchen."

„Das kann ich mir gut vorstellen."

Wie selbstverständlich nahmen sie den Fußweg in Richtung Friedhof. Als sie dort ankamen, mochte Simon nicht mit hineingehen. Bockbeinig setzte er sich auf die Bank vor der Friedhofsmauer und wollte nun eine Brezel essen.

„Aber du musst hier auf uns warten", sagte Hanna eindringlich. „Das Tor lassen wir auf."

Er nickte und biss in das knusperige Gebäck.

Hanna und ihr Großvater spazierten hinüber zu den großen Bäumen und setzten sich dort auf die Bank.

„Opa, als wir das erste Mal zusammen hier waren, wurde Simon geboren", erinnerte Hanna.

„Ich weiß, das war vor über fünf Jahren."

„Mama findet es gar nicht in Ordnung, wenn ich ab und zu hierher gehe."

„Wieso? Was hat sie dagegen?"

„Das konnte sie mir nicht genau sagen."

Er runzelte die Stirn.

„Opa, findest du es auch komisch, dass ich so gern unter diesen Bäumen sitze?"

„Überhaupt nicht."

„Weißt du, ich mag auch den Duft der Blumen und der Erde. Hier riecht es anders als im Wald. Ich weiß wirklich nicht, warum ich hier so gern herkomme."

„Hanna, mach dir darüber keine Gedanken. Du liebst die Natur und die Stille und das ist gut so. Wenn es dich hierher zieht, dann folge diesem Gefühl."

„Meinst du wirklich?"

„Ja, mein Kind. Daran ist nichts komisch."

„Dann bin ich froh", seufzte sie. Ihr lag noch mehr auf dem Herzen, aber danach würde sie ihren Großvater ein andermal fragen. Ihr Bruder stand am Tor und winkte ungeduldig.

Gegenüber dem Friedhof gingen sie auf dem Feldweg weiter. Er schlängelte sich durch die Wiesen und vor dem

Wald verschwand er in einem Roggenfeld. Als sie das Feld erreichten, blieb der Großvater stehen. „Hört mal, wie die Ähren rascheln, wenn der Wind sie hin und her bewegt und sie einander berühren."

Sie lauschten eine Zeit lang.

„Opa, sieh nur, wie schön! Der leuchtend rote Mohn im Kornfeld, dahinter die dunklen Tannen und darüber der blaue Himmel. Ich werde so ein Bild malen."

„Mach das, Hannerl. Es sieht herrlich aus."

„Da wächst Mutterkorn." Hanna zeigte auf mehrere befallene Ähren. Zwischen den hellgelben Körnern wucherten schwarze hornförmig gekrümmte Gebilde. „Im letzten Sommer haben wir eine Tüte voll davon gesammelt und dann in die Apotheke gebracht. Wir haben sogar Geld dafür bekommen."

„Hat es sich wenigstens gelohnt?"

„Mama ist mit uns in die Milchbar gegangen, es reichte für eine dicke Portion Eis."

„Hm, das hat gut geschmeckt!" Simon leckte sich die Lippen. „Aber diese schwarzen Dinger sind giftig, die darf man nicht essen!"

„Gut, dass du das schon weißt, mein Junge."

Am Waldrand setzten sich Hanna und ihr Großvater auf einen Baumstumpf und aßen die restlichen Brezeln auf. Simon streifte durch das Unterholz. „Opa! Hanna!", rief er plötzlich. „Kommt schnell her, ich muss euch was zeigen!"

Sie fanden ihn vor einem Ameisenhügel.

„Ah, sehr schön. Diese Waldameisen sind sehr, sehr nützliche Tiere."

„Warum, Opa?" Simon blickte nicht auf.

„Sie fressen schädliche Insekten, somit schützen sie die Bäume. Man sagt, die Ameisen sind die Polizisten des Waldes.

In diesem Hügel wohnt ein ganzer Ameisenstaat, sozusagen eine riesige Familie. Verstehst du?"

Der Junge nickte und beobachtete wie gebannt das fleißige Treiben.

„Solche Hügel haben wir hier im Wald schon oft gesehen und jedes Mal ist Simon davon begeistert", erzählte Hanna.

Sie beobachteten die Ameisen und Simon staunte, welch große Stücke an Holz oder Rinde diese winzigen Tiere schoben, zogen oder auf dem Rücken heranschleppten.

„Opa, ich hatte mir vorgenommen dir noch meinen Lieblingsplatz weit drinnen im Wald zu zeigen, aber bis dahin ist es noch ein weiter Weg."

„Ich mag aber nicht mehr laufen!", murrte ihr Bruder und wandte sich wieder den Ameisen zu.

„Ich denke, wir waren lange genug unterwegs. Hannerl, lass uns morgen zu deinem Platz gehen. Nur wir beide."

„Opa, das wäre schön, danke!"

„Jetzt gehen wir auf dem schnellsten Weg nach Hause und sehen nach, ob euer Geschwisterchen angekommen ist."

„Meinst du es ist jetzt da?", fragte Simon erstaunt.

„Ich hoffe es, mein Junge", antwortete der Großvater und nahm ihn an die Hand.

„Ihr kommt genau richtig. Wir haben ein kleines Mädchen bekommen. Maria und das Kind sind wohlauf", berichtete Kurt glücklich. „Vater, schön, dass du dich um die Kinder gekümmert hast." Er klopfte seinem Schwiegervater auf die Schulter. „Ich danke dir!"

„Hauptsache, es ist alles gut gegangen?"

„Ja ja, die Hebamme und der Doktor sind zufrieden."

Sophie kam hinzu und nahm ihren Mann wortlos in die Arme.

Hanna bugsierte ihren Bruder in die Küche. „Hände waschen

ist blöd", zeterte er, „ich will endlich das Kind sehen!"
„Gleich, nun komm, sei artig", redete Hanna auf ihn ein.
Als es endlich soweit war, ging die Großmutter voraus und bevor sie die Tür zum Schlafzimmer öffnete, legte sie ihren Zeigefinger auf den Mund.
„Kommt näher", flüsterte Maria.
Simon ließ sich das nicht zweimal sagen, er eilte zu seiner Mutter ans Bett und blickte auf das kleine Bündel in ihren Armen. „Das ist ja ein Baby, viel zu klein zum Spielen!"
„So klein warst du auch mein Jungchen, als du zur Welt gekommen bist."
„Hä? Papa, das glaub ich nicht!"
„Kannst du, kannst du", bestätigte Kurt und strich ihm über den Schopf.
Hanna stand in der Tür und putzte sich die Nase.
„Mädel, warum weinst du? Freust du dich denn nicht?", sagte Maria.
Langsam ging Hanna zu ihr. „Du siehst so schön aus mit dem Baby." Sie schluckte, küsste ihre Mutter auf die Stirn und sah auf das friedlich schlafende Kind. Es hatte viele dunkle Haare, eine niedliche Stupsnase und die kleinen Hände hielt es zu Fäusten geballt. „Das Baby sieht allerliebst aus, Mama."
„Wollt ihr nicht wissen, welchen Namen unser kleines Mädchen bekommen soll?" Maria sah in die Runde und nickte ihrem Mann zu.
„Auf die Namen Sophie Maria soll unsere Tochter getauft werden. Rufname, Sophie! Na, wie gefällt dir das?" Mit stolzer Brust streichelte er den Arm seiner Schwiegermutter.
„Ich – ich danke euch. Im Stillen hab ich es mir gewünscht." Sophie wischte sich über die Augen und flüsterte: „Nun kommt, Mutter und Kind müssen Ruhe haben." Sie nahm ihrer Tochter das Baby aus den Armen und legte es in den Stubenwagen, bevor sie den anderen in die Küche folgte.

Zur Feier des Tages hatte Kurt frischen Zwiebelkuchen besorgt.

„Zwiebelkuchen?", fragte sein Schwiegervater skeptisch.

„Das ist eine schwäbische Spezialität. Hier wird Most dazu getrunken, aber ich denke mit einem Glas Wein lässt es sich besser anstoßen", antwortete Kurt wohlwollend.

„Most zum Kuchen? Das grenzt an Geschmacksverirrung!" Simon Schönfeldt schüttelte sich.

„Opa, das ist..."

„Hanna!" Kurt warf ihr einen finsteren Blick zu. „Du sollst nicht dazwischenreden, wenn sich Erwachsene unterhalten!"

Du bist so gemein!, fuhr es ihr durch den Kopf. Hilflos musste sie mit ansehen, wie er auch ihrem Großvater ein großes Stück auf den Teller legte.

Als das Tischgebet gesprochen war, erhob Kurt sein Glas und stieß mit seinen Schwiegereltern auf das freudige Ereignis an. Danach wünschte er guten Appetit und ließ seinen Schwiegervater nicht aus den Augen. Der biss in den Zwiebelkuchen, verzog angewidert das Gesicht und hatte Mühe den Bissen zu schlucken. Kurt amüsierte sich ungeniert.

„Kuchen muss noch lange kein Kuchen sein, wie du bemerkt hast. Lass das Stück halt liegen, wenn es dich so ekelt", sagte er feixend.

„Lausejunge", brummte Simon Schönfeldt, dann aß er das Stück auf, ohne mit der Wimper zu zucken.

„Komm, trink noch einen Schluck." Kurt schenkte mit gönnerhafter Miene nach. „Und dir schmeckt's?" Grinsend sah er seiner Schwiegermutter in die Augen.

„Danke, Kurt, es geht. Für mich ist die Speise auch gewöhnungsbedürftig, das muss ich schon sagen."

„Mir schmeckt's hervorragend!", erwiderte Kurt mit vollem Mund und nahm sich noch ein Stück.

Nach dem Essen eilte Sophie Schönfeldt ins Schlafzimmer,

um nach dem Rechten zu sehen. Mit zufriedener Miene kam sie gleich darauf zurück und nahm wieder ihren Platz ein.

„Mutter und Kind schlafen selig."

„Dann lasst uns feiern, mir ist heut danach zumute." Kurt öffnete die zweite Flasche und schenkte ein.

Plötzlich sprang sein Schwiegervater auf und lief hinaus. Die Tür zum Plumpsklo fiel ins Schloss.

„Was hat Opa?", fragte Simon.

„Was wird er haben? Opa muss mal", antwortete Kurt grinsend.

Als er wieder hereinkam, sprang seine Frau vom Tisch auf. „Simon, du bist kreidebleich! Ist dir übel?"

„Jetzt nicht mehr, setzt dich nur, Sophie. Nachdem ich den köstlichen Kuchen anderweitig untergebracht habe, geht es mir besser." Er ging zum Waschbecken und wusch sich das Gesicht.

Hanna saß stocksteif auf ihrem Platz. Ihre eiskalten Hände hielt sie im Schoß gefaltet. Entsetzt sah sie ihrem Großvater ins Gesicht, als er wieder Platz nahm. Ihr Opa sah krank aus. So hatte sie ihn noch nie gesehen.

„Vater, das tut mir jetzt aber Leid!" Kurt tat zerknirscht. Hannas vielsagende Blicke kümmerten ihn nicht.

„Opa, gestern wollte ich dich warnen, aber Papa hat mich einfach nicht ausreden lassen. Manchmal ist er so gemein, ich kann das nicht ausstehen!"

„Hannerl, es geht mir wieder gut. Wir wollen es ihm nicht übel nehmen. Weißt du, er ist ein Mensch, der nur den groben Scherz mag. Daran wirst du nichts ändern können. Du kannst nur daraus lernen, indem du andere Menschen nicht absichtlich ärgerst."

„Gestern habe ich ihn gehasst!"

„Ich weiß."

„Wieso?"
„Deine Augen, Hannerl. Ich habe es darin blitzen sehen."
„Wirklich?"
Er nickte.
„Wenn er so hässlich ist, wünsche ich ihn ganz weit weg. Ich wünsche ihm nichts Böses, einfach nur weg!" Ängstlich fügte sie hinzu: „Opa, weißt du, diese, diese schlimmen Gedanken sind plötzlich da. Ich will das gar nicht. Es ist eine Sünde so zu denken."

„Ich meine, das ist noch keine Sünde. Es ist menschlich, wenn du manchmal so empfindest."

Hanna sagte nach einer Weile: „Wenn Papa so gemein ist, möchte ich ihn fragen, warum er das tut, aber ich trau mich nicht."

„Irgendwann wirst du keine Angst mehr vor ihm haben."
„Meinst du?"
„Ja, Hannerl, ganz bestimmt. Du wirst deinem Stiefvater offen ins Gesicht sehen und ihm deine Meinung sagen."

„Das kann ich gar nicht glauben", flüsterte sie.

Sie saßen sich gegenüber mit dem Rücken an einen Baumstamm gelehnt. Ringsum vergoldete die Mittagsonne das blühende Moos.

„Hannerl, hier ist es wunderschön. Hör mal, der Wind lässt die Bäume erzählen."

Beide sahen hinauf in die Baumwipfel und lauschten.

„Von diesem Platz muss ich mich bald trennen, Opa."

„In der Umgebung der neuen Wohnung wirst du bestimmt etwas Ähnliches finden. Du musst nur mit offenen Augen durch den Wald gehen. Außerdem kann dir keiner verwehren, ab und zu hierher zu kommen."

„Andauernd muss ich mich von etwas trennen: Von der Wiese mit dem Bach, von diesem Platz hier, meine Freundin ist weggezogen und ihr müsst auch bald wieder abreisen."

„Ein ewiger Kreislauf, das Abschiednehmen gehört dazu, das weißt du doch", erklärte er liebevoll.

„Ja, Opa."

Maria erholte sich rasch vom Wochenbett. Die kleine Sophie war ein artiges Kind und entwickelte sich prächtig. Da nur Marias Mutter als Patin in Frage kam und sie so bald nicht wiederkommen würde, wurde das Mädchen mit zehn Tagen getauft. Jonas hatte sich angeboten, alle zur Kirche zu fahren.

Um ein großes Fest vorzubereiten war Maria noch nicht in der Lage, deshalb fand die Feier nur im engsten Familienkreis statt. Kurt kam das sehr gelegen, da es für die neue Wohnung einige Anschaffungen zu tätigen gab, die seinen Geldbeutel ohnehin schmälern würden.

Hanna blieb kaum noch Zeit, ihre Hausaufgaben zu erledigen. An den Nachmittagen musste sie ihrer Mutter bei der Hausarbeit helfen und es gab Berge von Wäsche zu waschen. Auch jetzt schleppten Mutter und Tochter einen großen Korb voll Wäsche in die Küche. Maria fing an zu bügeln und Hanna legte zusammen. „Mama, weißt du, was ich schon gedacht habe?"

„Was denn?"

„Es wäre schön, wenn Oma und Opa auch hier wohnen könnten."

„Ja, das wäre schön. Aber Opa hat seine Anstellung bei der Bahn. Wo soll er hier arbeiten? Vielleicht unten im Städtle? Für den Bahnhofsbetrieb und die Betreuung der Bimmelbahn werden doch nur zwei Bedienstete gebraucht."

„Ach, das ist halt ein Wunsch von mir. Was ich noch sagen wollte, die Sache mit dem Zwiebelkuchen fand ich von Papa richtig gemein. Opa hat mir so Leid getan."

„Dass ihm schlecht geworden ist, lag sicher nicht am Zwiebelkuchen, sondern am Wein. Vielleicht hätte Opa nicht ganz so viel trinken sollen?"

„Das glaub ich nicht. Opa hat sich richtig geekelt und trotzdem hat er das Stück aufgegessen." Hanna legte ihre Hände in den Schoß. „Wenn ich einmal groß bin, möchte ich einen Mann haben, der aussieht wie mein Opa: Er soll auch schwarze wellige Haare haben, ein Oberlippenbärtchen tragen und genauso leise lachen. Opas Augen strahlen und ringsherum bilden sich viele kleine Lachfältchen."

Maria stellte das Bügeleisen ab. „Du schwärmst ja richtig für deinen Großvater."

„Er ist der wunderbarste Großvater von der ganzen Welt!"

„Hanna!"

Sie erschrak über den Gesichtsausdruck ihrer Mutter. „Was ist denn?"

„Man könnte meinen, du bist in ihn verliebt."

Hanna sah das eigenartige Glitzern in ihren Augen. Es tat ihr weh. Schnell nahm sie ihre Arbeit auf.

Mohnklöße zur Feier des Tages

Maria stand im Unterrock vor dem Spiegel und zog ihr Sommerkleid aus dem letzten Jahr über. Sie drehte sich hin und her, strich über ihren Busen, betrachtete sich zufrieden und dachte: Wie schön, es passt noch, obwohl meine Brüste voller geworden sind. Seit Wochen bin ich nicht mehr in der Stadt gewesen. Ich muss unbedingt unter die Leute, sonst fällt mir die Decke auf den Kopf. Heute gehe ich als Erstes zum Friseur. Sie setzte ihren Hut auf und zog ihn kess ins Gesicht.

Als Hanna aus der Schule kam, wurde sie von ihrer Mutter ungeduldig erwartet. „Hanna, ich muss unbedingt ins Städtle. Das Essen ist fertig. Sollte Papa vor mir heimkommen, musst du es warm machen. Sophie hat eben ihr Fläschchen bekommen, wenn sie wach wird und quengelt, brauchst du sie nur trockenzulegen. Simon, du spielst schön und gehorchst deiner Schwester." Flüchtig küsste sie ihre Kinder und rauschte hinaus.

Hanna sah ihr fassungslos nach.

„Kommst du mit zum Bach?" Simon zupfte sie am Ärmel, als sie nicht antwortete. „Hanna!"

„Nein, ich, ich habe Schularbeiten auf. Du musst allein gehen. Aber lauf nicht in den Wald, bleib am Bach, damit ich dich sehe, gell?"

„Freilich!" Eilig lief er hinaus.

Hanna ging in die Küche, stellte den Ranzen ab, nahm ihr Rechenheft heraus und legte es zurecht. Dann bereitete sie sich ein Glas Himbeersaft, setzte sich damit an den Tisch und trank es nachdenklich aus. Für den nächsten Tag hatte Herr Köhler eine Klassenarbeit in Rechnen angekündigt, das bereitete ihr jedoch kein Kopfzerbrechen.

Als Maria nach Hause kam, hatten Kurt und die Kinder schon gegessen. Hanna war eifrig dabei, das Geschirr zu spülen.

„Da bist du ja endlich", brummte Kurt und sah Maria von oben bis unten an. Hübsch sieht sie aus, dachte er.

„Ich musste unbedingt ins Städtle." Sie küsste ihn auf den Mund. „Es wurde Zeit. Übrigens, ich habe Jonas zufällig getroffen. Er will uns beim Umzug helfen. Das ist doch nett, nicht wahr? Ellen geht es gut. Die Schwangerschaft macht ihr überhaupt nichts aus."

„Ich hoffe, es reißt nicht ein, dass du so mir nichts dir nichts in die Stadt gehst und ich mit dem Essen ganz allein dastehe", maulte Kurt.

„Wieso? Hanna sollte sich doch darum kümmern."

„Hat sie auch, aber das Essen war nur lauwarm."

„Sie wird das noch lernen. Ich muss wieder regelmäßig in die Stadt. Heute habe ich schon einiges zum Nähen mitgebracht. Weitere Arbeiten sind angekündigt."

„Aber hier muss alles zu meiner Zufriedenheit ablaufen."

„Freilich, wie immer!", entgegnete Maria gut gelaunt. „Ich muss mich jetzt um Sophie kümmern." Sie setzte ihren Hut ab und sah tadelnd zu Hanna hinüber. „Du hast dir wieder keine Schürze umgebunden und das beim Abwaschen!"

„Oh", murmelte Hanna erschrocken. Schnell nahm sie ihre Trägerschürze vom Haken und band sie um.

„Das Fräulein ist sich wohl zu fein dazu, ich will nicht mehr hören, dass dich deine Mutter deswegen ermahnen muss!" Wütend stand Kurt auf und ging zu ihr. „Hast du mich verstanden oder muss ich dich Mores lehren?" Er hob die Faust und drückte sie ihr fest vor die Stirn.

Hanna wich zurück. „Papa, es wird nicht wieder vorkommen!"

„Hoffentlich!", schnauzte er, bevor er die Küche verließ, um Maria ins Schlafzimmer zu folgen.

Nach dem Abwasch nahm Hanna noch einmal ihr Rechenheft zur Hand. Aber sie war nicht bei der Sache: Ich soll die Schule erst zu Ende bringen, bevor ich nach Göttingen kommen kann. Bis dahin sind es noch über vier Jahre. Vier lange Jahre! Wie soll ich das bloß aushalten? Wenn ich mit Papa nur eine Stunde allein zubringen muss, geht es mir schlecht. Warum habe ich solche Angst? Als er vorhin heimkam und mich am Herd stehen sah, schnauzte er mich gleich an, obwohl ich ihn freundlich gegrüßt habe. Schon hab ich alles falsch gemacht: Das Essen war nur lauwarm und ich habe die blöde Schürze vergessen. Deswegen zankt Mama immer mit mir. Ich kann das Ding nicht ausstehen! Wenn ich groß bin, kommt mir keine Schürze ins Haus. Auch das Bügeln der langen Bindebänder finde ich ganz scheußlich. Am liebsten möchte ich sie abschneiden... Hanna mußte kichern.

„Ist Rechnen lustig?", fragte Simon und blätterte in seinem Bilderbuch.

„Wieso?" Hanna sah ihn verdutzt an. „Ja, manchmal ist Rechnen lustig", antwortete sie scherzhaft.

Die Küchentür ging auf. Maria sah herein. „Ach, hier sitzt ihr? Ich dachte, ihr seid draußen."

„Ich muss üben, wir schreiben morgen eine Klassenarbeit in Rechnen."

„Na, dann mach mal, ich muss auch arbeiten." Maria schloss die Tür. Gleich darauf ratterte ihre Nähmaschine.

Ein zufriedener Ausdruck lag auf ihrem Gesicht: Tatsächlich trafen wir uns zufällig. Ich stieg zu Jonas ins Auto und wir fuhren an unseren Platz. Er wusste, dass ich früher oder später in seine Arme zurückkommen würde. Mich trieb die Sehnsucht aus dem Haus. Wie konnte ich es so lange ohne ihn aushalten? Beide fühlten wir die Leidenschaft und den Wahnsinn, das Spiel mit dem Feuer aufs Neue zu beginnen. Wieder erlebe ich das aufregende Spiel der Gefühle, aber auch der bittere Beigeschmack aus Lug und Trug und schlechtem Gewissen hat mich eingeholt. Und dass ich eben mit meinem Mann im Bett gewesen bin, setzt allem die Krone auf!

Der Umzugstermin rückte näher. Maria begann rechtzeitig ihre Schränke auszuräumen und die Sachen zu verpacken. Kurt und Hanna hatten zwei Abende im Holzschuppen zu tun. Der gesamte Holzvorrat sollte in große Jutesäcke gepackt werden. Hanna musste die groben Säcke aufhalten. Rücksichtslos warf ihr Stiefvater zu viele Scheite auf einmal hinein. Bald bluteten Hannas Hände und ihre Fingernägel rissen ein. Tapfer biss sie die Zähne zusammen.

Kurt hatte diesmal Heiner Schmied gebeten, den Hausrat mit seinem Traktor und zwei Anhängern zu transportieren. Auch Jonas' Auto wurde bis oben hin voll geladen, sodass ihm kaum noch Platz zum Sitzen blieb.

Hanna half ihrer Mutter die Wohnung sauber zu machen. Als sie gerade damit fertig waren, standen Frau Keppler und ihre Schwägerin in der Tür. „So, Frau Scherer, Sie habe schon putzt!", sagten beide wie aus einem Mund und sahen sich neugierig um.

„Wir sind gerade fertig geworden", antwortete Maria und gab der Bäuerin die Wohnungsschlüssel, „Frau Keppler, vielen Dank für alles. Wir haben gern bei Ihnen gewohnt."

„I' weiß, Frau Scherer. Wenn's nach uns gange wär, Sie

wisse schon, gell!" Frau Keppler winkte müde ab. „I' wünsch Ihne und Ihrer Familie alles Gute."

„Danke, ebenfalls!" Maria schüttelte beiden Frauen die Hand.

„Hanna, und du bleibscht so ein brav's Mädle, gell."

Hanna nickte, reichte Frau Keppler die Hand, machte einen Knicks und verabschiedete sich. Als sie Anna die Hand entgegenstreckte flüsterte sie: „Bitte, streicheln Sie das Gretle ganz lieb von mir."

„Freilich, freilich, das mach i' sehr gern", erwiderte die Magd mit zitternder Stimme.

Ich muss die rührselige Szene beenden, sonst fange ich auch noch an zu heulen. Energisch sagte Maria: „Komm, Hanna, wir müssen los! Es ist bald Mittag, die Männer werden hungrig sein. Mit dem Kinderwagen sind wir lange unterwegs."

Frau Keppler und ihre Schwägerin begleiteten sie noch bis zur Straße und winkten.

„Der arrogante Pinsel hat es natürlich nicht für nötig gehalten, uns Auf Wiedersehen zu sagen."

„Mama, Herr Keppler ist ein ganz gemeiner Mensch."

„Da hast du Recht."

„Weißt du, was ich am liebsten gemacht hätte?"

„Was denn?"

„Das Gretle befreit."

„Lieber Gott!", rief Maria entsetzt und blieb stehen, „das hätte zusätzlich Ärger gegeben. Du kommst auf Ideen!"

„Ich möchte, dass es wieder im Wald leben kann."

„Herr Keppler hätte sich auf die Lauer gelegt und das arme Tier erschossen. So ist es wenigstens noch am Leben."

„Aber im Gefängnis."

Maria hob die Arme und ließ sie wieder sinken.

„Und da muss es bleiben bis zum Tod. Warum boxt es mit

dem Kopf immer wieder gegen den Zaun? Anna meint, es ist böse, aber das stimmt nicht, das Gretle hat Heimweh!"

„Mag sein", erwiderte Maria nachdenklich. „Komm jetzt, daran ist leider nichts zu ändern."

Ihre neue Wohnung wies keine Korridortür auf. Familie Jung, die über ihnen wohnte, musste an jedem Zimmer vorbeigehen. Diese ungeschickte Einteilung störte Maria sehr, deshalb wünschte sie, die Zimmertüren immer geschlossen zu halten. Neben der Haustür befanden sich rechts die Badezimmer, ein Warteraum und gegenüber war die Kellertür. Links neben der Haustür führte eine Holztreppe hinauf zur Wohnung. Neben der Treppe lag das Kinderzimmer. Es war groß genug, um darin drei Betten und einen Schrank unterzubringen, auch zum Spielen blieb genügend Platz. Daran schloss sich das geräumige Wohnzimmer an und hier gab es eine Verbindungstür ins Schlafzimmer der Eltern. Die Schlafzimmertür zum Flur blieb immer verschlossen und von innen durch die Frisierkommode versperrt. Die Küche mit der Speisekammer lag daneben. Am Ende des Flures befand sich das Wasserklosett. In den ersten Tagen verbrachte Simon mehr Zeit als nötig auf dem stillen Örtchen. Maria wunderte sich. Sie erwischte ihren Sohn, wie er auf der Kloschüssel stand und ständig die Wasserspülung betätigte. Neben dem Flurfenster führte eine Holztreppe in die obere Wohnung. Auch da musste man an allen Zimmern vorbeigehen, um über eine Stiege auf den Dachboden zu gelangen.

Was das Baden anging, würden sich alle etwas gedulden müssen, denn die Einrichtung sollte erst Anfang des neuen Jahres geliefert und installiert werden. Die Waschküche hingegen war bereits in Betrieb. Tagsüber brummten die Waschmaschinen unaufhörlich.

Die Bäuerinnen kamen mit ihren Handwagen, beladen

mit großen Körben, auf den Hof gefahren. Um den Andrang zu bewältigen, blieb Herrn Koch nichts anderes übrig, als Termine zu vergeben. Außerdem war er immer zur Stelle und wies die Frauen an.

Eines Nachmittags im November fiel der erste Schnee. Hanna sah von ihren Schularbeiten auf. „Mama, sieh doch, wie das Zimmer heller und schöner wird, wenn das Winterlicht durch die Fenster scheint."

„Das Winterlicht? Was meinst du denn damit?"

„Es ist der Schnee oder die Sonne, ich kann es nicht genau erklären. Wahrscheinlich sind es beide zusammen, die das besondere Licht machen." Hanna stand vom Tisch auf und trat ans Fenster.

„Was du schon wieder siehst!"

„Opa würde das Winterlicht sehen. Ich muss ihn danach fragen, wenn er uns das nächste Mal besuchen kommt."

„Du und dein Opa", antwortete Maria ironisch.

„Die Dächer, die Felder und Wiesen und der Wald sehen aus, als wären sie mit Puderzucker bestreut. Mama, guck mal, wie schön!"

„Du weißt, der Winter ist nicht mein Freund. Außerdem habe ich keine Zeit, ich muss heute noch das Kleid abliefern. Bitte, stell das Bügeleisen an, damit ich gleich die Nähte ausbügeln kann."

„Im Forsthaus habe ich das Winterlicht nicht bemerkt, heute sehe ich es zum ersten Mal", sagte Hanna verwundert. Sie wandte sich ab, ging hinüber und stellte alles zum Bügeln bereit. „Mama, wirst du mit dem Bus nach Hause kommen?"

„Ja, zu Fuß den Berg hinunter reicht mir."

„Ich würde gern durch den verschneiten Wald gehen."

„Ein andermal, nun jammere nicht!"

Als es zu dunkeln begann, schaltete Hanna kein Licht an. Simon setzte sich zu ihr auf das Sofa. Still saßen sie beieinander. Sophie schlief. Der Ofen strahlte wohlige Wärme aus und nebenher ließ er ihre Bratäpfel garen. Das untere Ofentürchen war nur angelehnt. Beide beobachteten die rote Glut, lauschten dem Knistern und Knacken und beobachteten die geheimnisvollen Schatten, die hin und wieder durch den halbdunklen Raum huschten. Manchen Nachmittag verbrachten die Kinder so. Manchmal erzählte Hanna eine Geschichte, doch meist warteten sie schweigend bis die Dunkelheit hereinbrach.

Anfang Dezember, als Hanna eines mittags von der Schule kam, strömte ihr schon vor der Haustür ein köstlicher Duft entgegen. Sie lief die Treppe hinauf und stürmte in die Küche. Ihre Mutter hatte Plätzchen und Pfefferkuchen gebacken. Jetzt war sie dabei, die übrigen Backzutaten in die Speisekammer zu räumen. Hanna ging ihr gleich zur Hand. Bevor sie jedoch die verschiedenen Gewürze in eine Dose sortierte, steckte sie ihre Nase in jedes Päckchen.

„Wenn du so weitermachst, siehst du bald aus wie Zwerg Nase", neckte Maria.

„Wer ist das?", fragte Simon.

„Das war ein neugieriger Zwerg, der seine Nase überall hineingesteckt hat, obwohl es ihm verboten war. Zur Strafe wurde seine Nase so lang wie eine Gurke", erzählte Maria.

„Hanna, so eine lange Gurke hast du auch bald", sagte Simon kichernd, dabei fasste er sich an die Nase und zog sie mit einer Gebärde in die Länge.

„Egal, es duftet zu köstlich." Noch einmal sog Hanna den Duft von Zimt und Nelken mit geschlossenen Augen ein.

„Mädel, nun mach hin, der Abwasch wartet, ich muss an die Nähmaschine!" Ohne mit der Wimper zu zucken ging

Maria aus der Küche. Simon lief hinter ihr her.

„Wieder kein Waldspaziergang", murmelte Hanna, während sie ihre Ärmel aufkrempelte und den Berg Abwasch betrachtete: Das Frühstücksgeschirr, mehrere Schüsseln, kleine und große Töpfe, Kochlöffel und Kuchenbleche türmten sich auf dem Steinwaschbecken.

Wie jedes Jahr an Heiligabend verließ Kurt gegen Mittag das Haus. Er hatte sich zur Angewohnheit gemacht, den Weihnachtsbaum in letzter Minute zu besorgen. So musste er nehmen, was übrig blieb, aber dafür bekam er den Baum fast umsonst und das war ihm gerade recht.

Hanna sah ihn mit dem Tannenbaum im Wohnzimmer verschwinden. Sie ging in die Küche und raunte: „Mama, wir wohnen umgeben von den schönsten Bäumen, aber Papa hat wieder so ein mickeriges Ding gekauft."

Besorgt sah sie auf. „Du hast hoffentlich deine Zunge im Zaum gehalten."

„Ich habe kein Wort über das Prachtstück gesagt."

„Nur deine Blicke sprachen Bände?"

„Keine Sorge, Mama!" Kichernd ging Hanna ans Waschbecken und begann die Kartoffeln zu schälen.

Maria schichtete abwechselnd zubereiteten Mohn und Weißbrotscheiben in eine Schüssel.

„Hm, ich freu mich auf die Mohnklöße!" Simon leckte sich die Lippen und beobachtete jeden Handgriff.

„Als ich noch Kind war, gab es auch bei uns zu Hause nach der Bescherung Kaffee und Mohnklöße." Maria deckte die Schüssel ab und brachte sie in die Speisekammer. „Na ja, Papa ist davon nicht begeistert", sagte sie achselzuckend, „aber mir würde etwas fehlen."

„Mir auch", sagten Hanna und Simon wie aus einem Mund. Sie lachten.

„Bevor das Christkind kommt, gibt es Kartoffelbrei und Würstchen?", fragte Simon.

„Ja, mein Junge, wie immer", antwortete Maria lächelnd.

„Auch das gibt es alle Jahre wieder", fügte Hanna hinzu.

Kurt kam herein und rieb sich die Hände. „Das wäre erledigt, nun kann das Christkind kommen."

Simon wollte aufspringen.

Sein Vater hielt ihn am Arm fest. „Sitzen bleiben, mein Jungchen! Hab Geduld, erst wird gegessen. Wenn es dunkelt, werden Mama und ich nachsehen und ihr wartet solange im Kinderzimmer."

„Och", schmollte Simon und schob die Unterlippe vor.

Als Kurt und Maria ihre Kinder zur Bescherung hereinholten, war das Wohnzimmer nur vom Schein der Kerzen erhellt. Simon klatschte in die Hände und trat sprachlos vor den Christbaum.

Der Baum sieht wunderschön aus. Bestimmt ist er der Schönste weit und breit. Und es duftet! Wie schön sie alles vorbereitet haben, dachte Hanna mit strahlenden Augen.

Simon jauchzte, als er unter dem Weihnachtsbaum einen bunten Holztrecker mit Anhänger stehen sah.

„Der ist für dich, mein Sohn", sagte Kurt wohlwollend.

Simon zog sein Spielzeug hervor und betrachtete es von allen Seiten.

Kurt nahm seine Frau in die Arme. „Frohe Weihnachten!", wünschte er, küsste sie und griff ihr an den Busen.

Maria hielt seine Hand fest und löste sich aus seiner Umarmung. „Wünsch ich dir auch", antwortete sie gequält.

„Was bist du so kurz angebunden?", brummte er.

„Nicht vor den Kindern", zischte sie.

„Was du immer hast!" Beleidigt setzte er sich an den Tisch.

Ängstlich beobachtete Hanna ihren Stiefvater, dabei fiel

ihr Blick auf das Sofa. „Eine..., da sitzt eine Puppe", staunte sie.

„Die ist..."

Kurt schnitt Maria mit einer Handbewegung das Wort ab und erklärte: „Die hat das Christkind für Sophie gebracht." Er grinste, als Maria ihn irritiert ansah.

„Ach so!" Hanna nickte nachdenklich. So eine große Puppe für meine kleine Schwester? Wahrscheinlich bin ich schon zu alt, um mit einer Puppe zu spielen. Sie blickte zu Sophie hinüber, die im Stubenwagen schlummerte.

„Nun lasst uns die anderen Geschenke auspacken, oder soll ich erst den Brief von meinen Eltern vorlesen?", fragte Maria.

„Wie du meinst", antwortete Kurt achselzuckend.

„Gut, dann hört zu!" Maria faltete den Brief auseinander, räusperte sich und begann vorzulesen.

Hanna setzte sich an den Tisch und nahm ihren Bruder auf den Schoß. „Oh!", machte Simon, als er die anderen Geschenke und die bunten Teller mit Äpfeln, Nüssen, Plätzchen, Pfefferkuchen, Bonbons in goldglänzendem Papier und Schokoladenkringel mit buntem Zucker bestreut, auf dem Tisch stehen sah. „Darf ich einen Kringel nehmen?", bat er, kaum dass Maria den Brief zu Ende gelesen hatte.

„Ja, nimm hin, mein Junge", Kurt schob ihm einen bunten Teller zu, „für jeden ist einer da."

„Danke!", sagten die Geschwister wie aus einem Mund.

„Nun packt die Geschenke aus, die das Christkind von Oma und Opa gebracht hat", flüsterte Maria mit zitternder Stimme und schob jedem ein Päckchen zu.

Sofort riss Simon sein Geschenk auf. „Oh, ein Teddy", er sprang von Hannas Schoß, „der soll Trecker fahren!"

Kurt packte einen blauen wollenen Schal und passende Fingerhandschuhe aus. Einen Handschuh zog er über seine große knochige Hand. „Passt!" Er drehte seine Hand hin und her und nickte anerkennend. „Deine Mutter hat ein gutes Augenmaß."

„Freut mich", erwiderte Maria. Als sie dann Seidenstrümpfe und eine Schachtel mit duftender Lavendelseife in den Händen hielt, rollten Tränen.

„Was gibt es zu...?"

„Kurt, lass mich", Maria wischte sich über die Augen, „Hanna, willst du denn gar nicht auspacken?"

„Doch!" Vorsichtig wickelte sie das Papier ab. Ein dickes Buch kam zum Vorschein. „Oh, ein Märchenbuch! Grimms Märchen", las sie.

„Das ist für dich und deinen Bruder", sagte Maria.

Hanna klappte es wieder zu.

„So war das nicht gemeint." Maria runzelte die Stirn. „Sieh es dir nur an, Simon kann es sich nachher ansehen." Sie stand auf und eilte hinaus. Kurz darauf kam sie mit einem Tablett herein. Sie stellte es auf den Tisch, goss jedem eine Tasse Malzkaffee ein und nahm die Schüssel mit den Mohnklößen herunter. „Kurt, möchtest du auch ein Stück?"

„Na ja, zur Feier des Tages", brummelte er.

Nach dem Essen, die Christbaumkerzen waren inzwischen heruntergebrannt und das elektrische Licht hatte den Zauber vertrieben, sagte Kurt hämisch: „Übrigens, Hanna, die Puppe ist für dich."

Sie zuckte zusammen und sah ihrem Stiefvater in die Augen. Eine Gänsehaut lief ihr über den Rücken.

„Nun nimm sie schon!", sagte er kalt lächelnd.

Langsam stand Hanna auf und nahm die Puppe in die Arme. Sie trug ein rotes Samtkleid und eine passende Baskenmütze. Ihr langes blondes Haar war zu dicken Zöpfen geflochten. Die Lider mit den langen glänzenden Wimpern konnte sie schließen und ihre braunen Augen bewegten sich dabei von rechts nach links. Was für wunderschöne Augen! Solche hab ich noch nie gesehen, dachte Hanna und fuhr herum. „Mama, hast du was gesagt?"

„Ja, ich fragte eben, ob du nicht weißt was sich gehört?"

„Doch", erwiderte Hanna. Schnell reichte sie ihrem Stiefvater die Hand. „Danke, Papa, für die schöne Puppe", brachte sie mühevoll hervor.

Kurt zog sie an sich und sie küsste ihn gehorsam auf den Mund.

„Simon, nun bedankt dich auch und sag gute Nacht, es ist spät geworden!"

Er nuschelte etwas vor sich hin und schob seinen Traktor umständlich beiseite, bevor er seiner Mutter gehorchte.

Hanna setzte die Puppe auf das Sofa zurück, ging zu Maria und schlang die Arme um ihren Hals. „Vielen Dank, Mama!"

„Schon gut, mein Mädchen. Schlaf schön, Gute Nacht!"

„Gute Nacht!" Hanna eilte hinaus. Im Bett ließen sich ihre Tränen nicht mehr zurückhalten. Simon flüsterte ihr etwas zu, sie konnte nicht antworten. Bald hörte sie seine ruhigen Atemzüge. Warum hat mich Papa so böse angesehen? Warum schenkt er mir überhaupt eine Puppe? Dafür musste ich ihn auch noch küssen. Das ist so eklig, so furchtbar eklig! Ich will das nicht mehr! Jeden Abend, an den Geburtstagen, zu Weihnachten, immer diese eklige Küsserei. Ich möchte es Opa erzählen, aber das darf ich nicht, Papa würde toben! Mama würde er vorwerfen, dass ich eine ungezogene Tochter bin, eine uneheliche. Mama war auch traurig, sie hat bestimmt Heimweh. Papa versteht das nicht. Warum ist er so gemein? Er hasst mich. Vorhin habe ich es genau gesehen. Wie mag es Brigitte gehen? Sie hat nichts von sich hören lassen. Ich habe mir so gewünscht, dass sie wenigstens zu Weihnachten schreibt. Ob sie schon einen Freund hat?

Machst du mir ein Zuckerbrot

Im Februar war es endlich soweit: Es konnte gebadet werden. Herr Koch fuhr mit seinem Rad durch das Dorf und läutete die Neuigkeit aus. Allen Dorfbewohnern stand die Einrichtung zur Verfügung und zwar jeden Samstagnachmittag ab vierzehn Uhr. Schon am ersten Badetag zog ein Duft von Fichtennadeln durch das Haus.

Ein Vollbad kostete zwei Mark. Maria achtete nach wie vor auf jeden Pfennig, deshalb wurde paarweise gebadet. Die Kinder mussten sich eine Wanne voll Wasser teilen. Simon badete zuerst und meist trödelte er, so blieb für Hanna nur lauwarmes Wasser übrig. Ihr machte das jedoch nichts aus, denn gegenüber der Katzenwäsche in all den Jahren, war es ein Vergnügen in der Wanne zu liegen. Sophie hingegen wurde weiterhin in der kleinen Zinkwanne mitten in der Küche gebadet.

Kurt und Maria gingen gemeinsam ins Bad und kosteten den Luxus in jeder Hinsicht aus. Aber ihren Kindern zeigten sie sich niemals nackt. Kurt trug Nachthemden. Er besaß sechs Stück: Drei in weiß und drei in hellblau und alle hatten den gleichen Schnitt. Zur Zierde war am Kragen, an der Knopfleiste und an den Ärmelbündchen eine blaue Borte aufgenäht und unten an beiden Seiten war ein Schlitz gelassen. Wenn Kurt so bekleidet durch die Wohnung huschte, konnte Hanna seine Stachelbeerbeine bewundern, doch sie riskierte nur einen verstohlenen Blick. Und jedes Mal, wenn seine Nachthemden in der Bügelwäsche auftauchten, musste sie sich das Lachen verkneifen.

Maria war weiterhin mehrmals in der Woche unterwegs oder sie saß und nähte. Hanna bürdete sie immer mehr Arbeit auf, indem sie nebenbei erwähnte, dass die Fenster mal wieder geputzt werden müssten oder die Treppe so schmutzig sei. Hanna verstand ihre Aufforderung und brachte alles in Ordnung.

Manchmal, wenn sie aus der Schule kam, lag ein Zettel auf dem Tisch: Bitte, komm so schnell wie möglich nach und hole Sophie und Simon nach Hause. Ich habe noch länger in der Stadt zu tun. Wir warten bei Langners. Gruß Mama!

Hanna machte sich ein Marmeladenbrot, nahm es auf die Hand und eilte hinaus. Wie immer lief sie die Hauptstraße entlang, doch heute bog sie vor dem Gasthaus ab, um ihren ehemaligen Schulweg zu nehmen. Erst am Forsthaus machte sie Halt. Das Gretle lag wiederkäuend unter einem Apfelbaum. Hanna lief weiter, obwohl sie gern am Bach verweilt hätte und erreichte völlig außer Atem ihren Platz weit drinnen im Wald. Sie lehnte sich an einen Baum und sah auf ihre Armbanduhr, sie war gut in der Zeit. Sie schloss die Augen und lauschte den Stimmen des Waldes. Nach einer Weile hockte sie sich hin und strich sacht über das Moos. An einigen Stellen lag noch Schnee.

Am nächsten Tag fuhr Kurt frühmorgens ins Städtle hinunter. Bei Langners stellte er sein Motorrad ab, dann eilte er zum Marktplatz und setzte sich in den Omnibus nach Stuttgart. Jonas hatte ihm erzählt, dass in einer Autofabrik laufend Arbeiter gesucht würden und dort mehr Geld zu verdienen sei als in der Möbelfabrik.

Am Nachmittag kam Kurt zurück. Freudestrahlend nahm er Maria in die Arme. „Stell dir vor, ich habe eine Anstellung bekommen! Schon am fünfzehnten März kann ich anfangen, vorausgesetzt, dass mein jetziger Chef einverstanden ist; aber ich denke, er wird mir keine Steine in den Weg legen."

„Wird man sehen." Maria löste sich aus seiner Umarmung.

„Ich muss zwar im Schichtdienst arbeiten, aber daran werde ich mich gewöhnen. Täglich fährt vom Städtle aus ein Bus zur Fabrik und bringt die Arbeiter hin und zurück. Aber was das Tollste ist: Ich verdiene eine Mark mehr in der Stunde!"

„Das hört sich gut an, aber Schichtdienst ist bestimmt anstrengend."

„Die Nachtschicht vielleicht, aber das bekommen wir schon hin. Die Kinder müssen sich eben ruhig verhalten, damit ich tagsüber schlafen kann."

„Wie du meinst."

„Nach der Nachtschicht hat man einige Tage frei. Das kommt mir zupass! Ich kann in Ruhe das Brennholz machen und habe noch Zeit, Vater bei der Ernte zu helfen."

Sie nickte gedankenverloren.

„Maria, nun freu dich!" Er zog sie an sich.

„Das kommt so überraschend."

„Nun komm schon, das müssen wir feiern!" Er schob Maria vor sich her, hinüber ins Schlafzimmer.

„Kurt, es ist heller Tag", lachte sie verlegen, „die Kinder können jeden Moment heimkommen."

„Ist mir doch egal!" Gierig griff er ihr unter den Rock.

Nachdem Kurt die neue Arbeit angetreten hatte, ergaben sich für Maria und Jonas auch Vorteile. Jetzt standen ihnen nicht nur die Schulferien zur Verfügung, um sich zum

Schäferstündchen zu treffen. Für Jonas war das ein Grund mehr gewesen, seinem Freund den Arbeitsplatz schmackhaft zu machen.

Auch Ellen war nach wie vor ahnungslos. Jonas blieb meist bis zum Abend bei der Kundschaft und wenn er daheim war, gab er sich liebevoll und fürsorglich. Über ihr drittes Kind, einen gesunden Jungen, waren beide sehr glücklich. Jonas verdiente gut und Ellen verstand sparsam zu wirtschaften. Sie legte nicht viel Wert auf ihr Äußeres, kleidete sich einfach und für den Friseur gab sie nie Geld aus. Ihr Haar steckte sie nach wie vor zur Hochfrisur. Das störte Jonas. Anderseits tat ihre Knauserigkeit seinem Bankkonto gut. Sie planten ihr zweites Haus, das in der Nähe vom Schloss gebaut werden sollte.

Maria kam manchmal erst am Abend heim, wenn ihr Mann zur Spätschicht war. Die eigenartigen Blicke ihrer Tochter blieben ihr keineswegs verborgen. In der ersten Zeit ließ sie Hanna glauben, dass sie den Bus verpasst habe und zu Fuß den Berg heraufgekommen sei, doch eines Abends ließ sie sich bis vor die Haustür fahren.

„Ich habe Herrn Langner zufällig getroffen, so bin ich viel früher zu Hause, wie du siehst."

Hanna sah ihrer Mutter in die Augen.

„Sieh mich gefälligst nicht so ungläubig an, ich hatte viel zu tun. Eine Kundin habe ich nicht angetroffen, deshalb muss ich morgen wieder in die Stadt."

Mit gesenktem Kopf verließ Hanna das Zimmer.

Maria eilte hinter ihr her. „Ich finde es unerhört, wenn ich mit dir rede, dass du einfach aus dem Zimmer gehst!"

„Ich muss noch was für die Schule tun. Vor lauter Hausarbeit und Kinderhüten bin ich noch nicht dazu gekommen."

„Hanna!", Maria schnappte nach Luft. „Ich verbiete mir

deine Frechheiten ein für allemal!"
„Entschuldigung!"
„Ich muss auch arbeiten und kann mich nicht auf die faule Haut legen! Übrigens, warum ist Simon nicht zu Hause?"
„Er wollte nur mal durchs Dorf gehen."
„Da lässt du ihn einfach laufen?"
„Mama, er geht bald zur Schule."
„Hm, aber langsam sollte er nach Hause kommen, es wird gleich dunkel."

Am nächsten Tag, als Hanna von der Schule kam, wunderte sie sich, dass ihre Mutter noch zu Hause war. „Du bist ja noch..." Es verschlug ihr die Sprache.
Maria kniete vor Simons Bett. „Sieh dir das an, sieh dir das an!", schluchzte sie.
Simon lag auf dem Bauch. Hanna starrte auf die blutunterlaufenen Striemen auf seinem Rücken. „Mama!", schrie sie auf. „Warum hast du das nicht verhindert?"
„Ich war Wäsche aufhängen, als ich heraufkam, war es schon zu spät!"
„Ich hasse ihn! Ich hasse ihn!", stieß Hanna hervor.
„Es geht wieder", sagte Simon, „Papa wollte mich Mores lehren und mir den Schabernack austreiben."
„Dieser brutale Mensch", Hanna streichelte seine Wange, „es tut mir so Leid, wäre ich zu Hause gewesen, wäre das niemals passiert!"
„Meinst du, ich hätte zugesehen!", schrie Maria empört.
„Du warst nicht da, du hast dein Kind nicht beschützt!"
„Hanna!"
„Du, du lässt uns immer allein. Stundenlang!" Sie konnte ihre Tränen nicht mehr zurückhalten.
„Ich kann nichts dafür", beteuerte Maria. Sie stand auf und nahm sie in die Arme. „Bitte, glaub mir. Nun beruhige dich,

es wird wieder gut." Sie ging hinaus.

Hanna wischte sich die Tränen ab und setzte sich auf die Bettkante. „Simon, warum hat er dich so verprügelt?"

„Ich hab am Schuppen hinter der Schule Dachziegel kaputtgemacht."

„Wie konnte das passieren?"

„Ich wollte nur auf den Baum klettern und schon hat's gekracht!"

„Mama, hörst du! Mein Bruder hat das nicht mutwillig gemacht."

Maria kam mit einem Glas Himbeersaft herein und reichte es ihrem Sohn. „Ich weiß. Heute Morgen war der Bauer bei uns, er will, dass wir für den Schaden aufkommen."

„Mama, das ist ein kleiner halb zerfallener Schuppen und das Dach hatte schon viele Löcher. Musste er ihn deshalb so verprügeln?"

„Papa will mit den Leuten keinen Ärger haben." Maria nahm Simon das Glas ab. „Versuch jetzt zu schlafen, mein Junge."

Vorsichtig legte er sich auf die Seite und schloss die Augen. Hanna ging mit ihrer Mutter ins Wohnzimmer.

„Wenn Kurt so hässlich zu uns ist, möchte ich mich sofort von ihm scheiden lassen, aber wie soll das gehen? Von dem bisschen, was ich mit der Näherei verdiene, kann ich uns nicht ernähren."

„Wenn wir im Städtle wohnen würden, könntest du viel mehr schaffen, weil du die Lauferei sparst. Ich könnte dir beim Zuschneiden und Nähen helfen."

„Er wird mich nicht in Ruhe lassen. Wir müssten uns in einer anderen Stadt eine Wohnung nehmen, aber da habe ich noch keine Kundschaft. Woher sollte ich das viele Geld für die Miete nehmen? Hanna, du stellst dir das so einfach vor."

„Und wenn du ein Hutgeschäft aufmachen würdest? Du

bist doch gelernte Putzmacherin."

„Das wäre schön!", lachte Maria, „aber dafür müsste ich noch mehr Geld haben."

„Also bleibt alles wie es ist", seufzte Hanna.

„Ich kann es nicht ändern. Irgendwie geht es immer weiter. Übrigens, ich möchte in den Sommerferien nach Göttingen fahren."

„Mama!" Hanna wurde blass.

„Ich muss mal raus und Stadtluft atmen. Das Geld für die Reise hab ich schon zusammen. Kurt muss ich das noch beibringen, er wird nicht begeistert sein."

„Wie soll das gehen?", flüsterte Hanna.

„Du bist so ein tüchtiges Mädchen. Sieh mal, es ist doch nur für zwei Wochen."

„Nur zwei Wochen, du weißt, dass ich Papa nichts recht machen kann!"

„Ich fahre in den Ferien, da hast du genügend Zeit, um alles in Ruhe zu erledigen. Das wird schon gehen."

„Nimm uns doch mit. Mama, bitte!"

„Du weißt ganz genau, dass für uns alle kein Platz ist, Jochen wohnt noch zu Hause."

Hanna schlug die Hände vors Gesicht.

„Ach, nun heul doch nicht. Ich dachte mir, in den Osterferien nehmen wir uns Zeit zum Kochen, damit du noch einiges lernst. Was hältst du davon?"

„Ist mir egal", murmelte Hanna.

„Jetzt sei nicht beleidigt."

„Bin ich nicht, Mama", sie stand auf, „ich möchte nachsehen, wie es Simon geht."

„Sei leise, er schläft bestimmt! Ich ziehe mich inzwischen um, du weißt, ich muss noch weg."

Hanna nickte und ging leise nach nebenan. Simon schlief. Sie setzte sich auf ihr Bett und grübelte: Brigitte fehlt mir so.

In der Schule sind zwei nette Mädchen, in der Pause lachen wir oft miteinander, aber ihnen darf ich kein Wort sagen. Was hat es damals für Ärger gegeben, weil ich in der Schule von der Hochzeit erzählt habe. So etwas darf nie wieder passieren. Ich möchte am liebsten in den Wald laufen. Ich habe wieder einen schönen Platz gefunden, mitten im Wald der See. Stundenlang könnte ich am Ufer sitzen. Am schönsten ist es, wenn sich die Sonne im Wasser spiegelt! Leise nahm sie ihre Malsachen und ging zurück ins Wohnzimmer.

Maria war bereits umgezogen. „Ich muss los. Wenn Sophie ausgeschlafen hat, musst du sie trockenlegen und dann füttern! Ihr Brei steht in der Küche, aber das weißt du ja. Lass sie im Laufställchen spielen! Simon schläft?"

Hanna nickte.

„Ich werde mich beeilen." Maria gab ihr einen Kuss auf die Stirn und lief die Treppe hinunter.

Hanna sah aus dem Flurfenster. Als ihre Mutter nicht mehr zu sehen war, ging sie in die Küche, um ein Glas Wasser zu holen. Im Wohnzimmer stellte sie es auf den Tisch neben den Malkasten und klappte ihren Zeichenblock auf. Ohne zu überlegen skizzierte sie mit wenigen Bleistiftstrichen die Tannen, den See und deutete den Waldweg an. Dann tauchte Hanna den Pinsel ein. Sie gab dem Himmel Farbe. Bald spiegelte sich die Sonne im Wasser. Am Ufer blühten hohe Gräser, der Weg verlor sich zwischen den Tannen und auf dem Waldboden wuchs Moos. Hanna stand auf, lehnte das fertige Bild über dem Sofa an die Wand und betrachtete es eingehend. Plötzlich wurde sie am Ärmel gezupft. Sie fuhr herum. „Hast du mich erschreckt!"

Simon griente. „Du träumst ja."

„Ein bisschen", lachte sie, „ich habe gar nicht gehört, wie du hereingekommen bist."

„Ich hab Hunger, machst du mir ein Zuckerbrot?"

„Ja, geh wieder ins Bett!"

In der Speisekammer nahm Hanna den Brotlaib vor die Brust, schnitt mit dem großen Brotmesser zwei Scheiben ab, bestrich beide mit Margarine, drückte die bestrichenen Seiten in die Zuckerbüchse und legte die fertigen Brote auf einen Teller. Nachdem sie noch zwei Tassen Kakao zubereitet hatte, gab sie einen Esslöffel voll Himbeersirup auf das Tellerchen mit dem Grießbrei, stellte alles auf ein Tablett und brachte es hinüber ins Kinderzimmer.

„Lehn dich mit dem Rücken an das weiche Kissen, ja, genauso!" Sie stellte das Tablett ab und gab ihrem Bruder den Teller mit den Zuckerbroten. „Lass es dir schmecken!"

„Hm... lecker!" Genussvoll biss er hinein.

„Ich sehe nach, ob die Kleine ausgeschlafen hat."

Sophie schlief noch im elterlichen Schlafzimmer. Jetzt lag sie wach in ihrem Bett und strampelte, als sich ihre große Schwester über sie beugte.

„Komm, meine Kleine, du wirst auch hungrig sein." Hanna wickelte sie in frische Windeln und trug sie ins Kinderzimmer hinüber.

„Das Brot hat mir gut geschmeckt." Simon wischte sich über den Mund und leckte jeden Finger einzeln ab. „Hanna, du musst noch deinen Kakao trinken."

„Gleich, wenn Sophie gegessen hat."

„Liest du uns dann eine Geschichte vor?"

„Gern, such schon mal eine aus."

Simon nahm das große Märchenbuch von seinem Nachttisch und blätterte darin. An der Zeichnung erkannte er seine Lieblingsgeschichte. Zum x-ten Mal sah er sich das Bild an: Es zeigte ein Mädchen mit einem Reh. Beide standen dicht beieinander auf einem Waldweg umgeben von hohen Tannen.

Unterdessen lag Sophie auf der Spieldecke und hielt ihre

Quietschente in den Händen. Hanna konnte den Laufstall nicht ausstehen, sie legte ihre Schwester nur hinein, wenn ihr keine Zeit zum Aufpassen blieb.

„Hier, die gefällt mir am besten." Simon reichte Hanna das Buch, kuschelte sich in die Kissen und wartete gespannt.

„Brüderchen und Schwesterchen", las sie lächelnd. Sie setzte sich neben Sophie, lehnte ihren Rücken an Simons Bett, trank einen Schluck Kakao und begann vorzulesen.

Maria war nur zur Anprobe bei einer Kundin gewesen. Als sie neben Jonas im Auto saß, sagte sie: „Ich kann heute nicht lange bleiben. In letzter Zeit habe ich meine Kinder sehr vernachlässigt."

Jonas legte den Arm um sie. „Liebling, was ist passiert?"

Tränen verschleierten ihren Blick. „Ach, Simon hat Dummheiten gemacht und Hanna hat mich angeschrieen!" Maria schluchzte. „Sie macht mich dafür verantwortlich, dass Kurt den Jungen verprügelt hat. Jonas, ich weiß nicht mehr, was ich machen soll."

„Ich glaube, ich muss ein ernstes Wort mit ihm reden."

„Bloß nicht! Jonas, dann weiß er, dass ich mit dir darüber gesprochen habe." Ängstlich sah sie ihn an.

„Hab keine Sorge, Maria, ich weiß Kurt zu nehmen. So kann es jedenfalls nicht weitergehen."

„Wenn du meinst", Maria wischte sich über die Augen. „Ich muss ihm auch noch schonend beibringen, dass ich im Sommer wegfahren möchte."

„Hoffentlich geht das gut! Wir könnten uns um die Kinder kümmern, aber Ellen will auch unbedingt verreisen." Nachdenklich sah er vor sich hin. „Eins verstehe ich nicht: Wenn wir alle zusammen sind, ist er ganz verträglich."

„Das stimmt, aber sobald wir mit ihm allein sind, ist es mit seiner Beherrschung vorbei. Meist kommen seine Wutanfälle von einer Sekunde zur anderen. Ich vermute, dass seine Kriegsverletzung die Ursache ist."

„Das kann schon sein, aber seine Brutalität ist damit nicht zu entschuldigen."

„Sicher nicht. Wenn ihn der Jähzorn packt, sieht er zum Fürchten aus: Er wird blass, seine Lippen schmal, das Weiße in seinen Augen ist blutunterlaufen. Meist ist Hanna die Leidtragende. Sie ist der Stachel, der ihn immer wieder zu Bosheiten antreibt. Er reagiert sich an ihr ab. Und heute hat er Simon halb totgeschlagen!"

„Wie lange willst du das noch ertragen?" Liebevoll nahm er sie in die Arme und küsste sie.

„Ach, Jonas, ohne deine Liebe wäre ich längst am Ende meiner Kraft."

„Und ich beklage mich, dass sich Ellen gehen lässt. Was ist das schon? Aber ihre Schlampigkeit stößt mich ab."

„Jonas, sei mir nicht böse, ich hab keine Ruhe mehr."

„Ja, Liebling, ich fahr dich heim."

Nach den Osterferien wurde Simon zusammen mit zehn anderen Kindern eingeschult. Er strahlte, als er von seiner Mutter abgeholt wurde und eine Zuckertüte überreicht bekam. Allerdings war das keine Extrawurst mehr, alle ABC-Schützen kamen inzwischen in den gleichen Genuss. Zu Hause musste Simon vor der Haustür warten, bis Hanna ihren Fotoapparat zur Hand hatte. Anschließend gab es frischen Streuselkuchen und von den Großeltern aus Göttingen war ein Päckchen angekommen.

Am nächsten Tag kam ein Kleinlastwagen auf den Hof gefahren. Kurt, bereits von der Frühschicht zu Hause, schien darauf gewartet zu haben. Er lief hinunter. Kurz darauf schleppte er zusammen mit dem Fahrer einen großen weißen

Gegenstand die Treppe herauf.

„Kurt, was wird denn das?", rief Maria. Sie und die Kinder sahen über das Treppengeländer.

„Mach die Küchentür auf", keuchte er.

Einen nagelneuen elektrischen Herd stellten die Männer auf den freien Platz zwischen Kohleherd und Waschbecken. Als der Herd angeschlossen war, blätterte Kurt die nötigen Scheine auf den Tisch, gab dem Handwerker ein großzügiges Trinkgeld und brachte ihn zur Tür. „Was sagst du nun, Maria? Ich halte mein Versprechen, wie du siehst." Erwartungsvoll sah er ihr in die Augen.

„Mensch, so eine Überraschung. Kurt, das ist großartig!"

„Du kannst damit nicht nur kochen, sondern auch Kuchen backen." Stolz machte er die Backofentür auf.

Maria bückte sich und sah hinein. „Sehr schön!"

„Somit erübrigt sich das Feuermachen im alten Herd, zumindest in den Sommermonaten. Ich muss zwar etwas mehr an Strom bezahlen, aber dafür spare ich Holz ein", Kurt rieb sich die Hände, „ich denke, die Anschaffung lohnt sich."

„Kurt, das ist einfach toll! Für Hanna wird so das Kochen viel einfacher, wenn ich wegfahren werde."

„Wie? Was? Wo fährst du hin?" Irritiert sah er sie an.

„Kurt, ich wollte das schon längst mit dir besprochen haben, aber immer kam etwas dazwischen."

„Nun sag schon, mach es nicht so spannend!"

„Ich möchte zu meinen Eltern fahren."

„Kaum hab ich dir einen Wunsch erfüllt, schon kommst du mit neuen Forderungen. Du wirst wohl nie zufrieden sein."

„Kurt, ich freue mich über den Herd. Wirklich!" Sie legte die Arme um seinen Hals und wollte ihn küssen.

„Jetzt komm mir nicht so!" Er drehte sich weg.

Hanna und Simon wollten zur Tür hinaus.

„Hier geblieben, setzt euch, das geht uns alle an! Nun raus

mit der Sprache!" Kurt ließ sich auf seinen Stuhl fallen.

„Ich", Maria räusperte sich, „ich möchte für zwei Wochen zu meinen Eltern fahren. Das Geld für die Fahrt habe ich zusammen. Ich dachte, in den Sommerferien ist es günstig."

„So, dachtest du", er schüttelte den Kopf, „und mit deinen Eltern ist alles klar, nur ich wusste mal wieder nichts davon."

„Nee, Kurt, du irrst dich!"

„Wie soll das gehen? Noch steht mir kein Urlaub zu."

„Ich weiß. Kurt, versteh mich doch bitte, ich hab so Heimweh", mit weinerlicher Stimme fuhr sie fort: „Sieh mal, Hanna ist sehr tüchtig, sie wird den Haushalt in Ordnung halten und in den Ferien kann sie in Ruhe kochen. In den nächsten Wochen werden wir noch einige Gerichte üben. Gell, Hanna?"

Sie zuckte nur mit den Schultern und sah ängstlich von einem zum andern.

„Du kannst einige Rezepte aufschreiben, dann wird es schon klappen. Das Wäschewaschen ist jetzt auch keine große Sache mehr. Kurt, du müsstest nur das Einkaufen erledigen, aber da du sowieso jeden Tag im Städtle bist, dürfte das überhaupt kein Problem sein."

„Das hast du dir schön zurechtgelegt, das muss ich schon sagen. Von unserem Marjellchen verlangst du eine ganze Menge."

„Kurt, es ist doch nur für zwei Wochen."

„Dann fahr in Gottes Namen. Aber ich will hier keinen Ärger haben. Hanna, was sagst du dazu?"

Ihr stieg die Röte ins Gesicht. Verunsichert sah sie ihn an: Seit wann werde ich gefragt? Das hat er noch nie getan. Was soll das? Er hat doch zugestimmt. Zum ersten Mal hat er mich Marjellchen genannt. „Ich", sie schluckte, „Papa, ich, ich denke, ich werd das schon schaffen", stotterte sie.

Eines Nachmittags, Maria nähte und die Kinder saßen über ihren Hausaufgaben, klopfte es an der Wohnzimmertür. Ohne Marias Herein abzuwarten, wurde die Tür aufgestoßen. Der einarmige Hausierer zwängte sich mit seinem Bauchladen und den Bürstenbündeln herein. Unaufgefordert schlurfte er an den Tisch, ließ sich stöhnend auf den Stuhl fallen und schob Hannas Schulhefte beiseite, als ob sie keinen Wert hätten. Mit weit aufgerissenen Augen griff Simon seine Schiefertafel und drückte sie fest an sich.

„I' hab schon denkt, Sie wohne nimme im Dorf. Jetzt hab i' Sie doch g'funde. Brauche Sie was?", schnaufte der Hausierer und klappte seinen Bauchladen auf.

Maria kam an den Tisch und sah neugierig hinein. „Ja, mal sehen." Sie nahm eine Lage Hosengummi und eine große Rolle weißes Nähgarn heraus. „Ich könnte noch schwarzen und weißen Zwirn gebrauchen."

Er hob den Einsatz hoch. „Nehme Sie's grad raus."

„Danke, das wäre alles."

„Macht zusamme zwei fufzig."

„Moment, ich hole eben mein Portmonee." Maria ging ins Schlafzimmer.

Stocksteif saßen die Kinder auf ihrem Stuhl und sahen wie gebannt zu dem dicken Mann hinüber. Geschickt steckte er den Einsatz zurück und klappte den Bauchladen zu.

Hanna schauderte es. Der alte Mann hat immer noch den speckigen Anzug an und die Fingernägel sind rabenschwarz wie seine fettigen Haare. Er riecht genauso scheußlich wie beim ersten Mal, als er ins Forsthaus gekommen ist. Puh, der Mann ist so eklig, so eklig!, dachte sie fortwährend.

Maria kam wieder herein und gab ihm das Geld. „Ich hab's passend. Bitte schön, zwei Mark fünfzig."

Er steckte es wortlos in seine Jackentasche. Beim Aufstehen stützte er seine Hand auf den Tisch, erhob sich mit einem grunzenden Laut, beugte sich vornüber und starrte Hanna ins Gesicht. Sie wich zurück. Er grinste widerwärtig. Erst nach einigen Sekunden drehte er sich langsam um, schlurfte schwerfällig zur Tür und zwängte sich hindurch.

Maria folgte ihm. „Oben ist niemand daheim, die Mühe können Sie sich sparen", sagte sie freundlich.

Unverständliche Worte vor sich hin nuschelnd machte er auf dem Absatz kehrt und polterte die Treppe hinunter.

Maria schloss die Wohnzimmertür und setzte sich wieder an ihre Nähmaschine.

„Warum haben wir den Hausierer nicht die Treppe heraufkommen hören?", fragte Hanna aufgeregt. „Ich hab mich vielleicht erschrocken, als er plötzlich hereinkam."

„Ich weiß auch nicht, wie er das geschafft hat", antwortete Maria.

Simon schüttelte sich. „Puh, der Mann sieht wirklich zum Fürchten aus. Hoffentlich kommt er nicht, wenn wir allein sind."

„Ich werde die Haustür auch tagsüber abschließen, wenn Mama und Papa nicht zu Hause sind", sagte Hanna.

„Das kannst du nicht so einfach machen, da müssen wir erst Herrn Koch fragen und die Leute über uns."

„Mama, warum denn? Alle im Haus haben doch einen Haustürschlüssel."

„Trotzdem!"

„Dann frag sie bitte. Ich hab Angst, wenn ich mit Simon und Sophie allein zu Hause bin."

„Hanna, du stellst dich an!"

„Mama! Hast du nicht gesehen, wie mich der Mann angestiert hat?"

„Ach, der guckt halt so."

„Warum nimmst du diesen stinkenden und unfreundlichen Mann so in Schutz? Meine Angst ist dir ganz egal!"

„Müssen wir uns schon wieder streiten?"
„Nein, ich möchte nur die Haustür abschließen!"
„Und du musst immer das letzte Wort haben!"
Hanna schluckte die Antwort herunter, die ihr auf der Zunge lag und beugte sich über ihre Schularbeiten.
„Ich möchte, dass wir die Haustür abschließen!", sagte Simon bestimmt.
„Ist ja schon gut, ich werde mich darum kümmern."

Ein paar Tage später, Hanna kam gerade aus dem Haus und wollte zur Schule gehen, segelten Schwalben durch die Luft. Einige flogen geschickt unter den Dachvorsprung, setzten sich an die Hauswand und zwitscherten um die Wette.

Am Nachmittag beobachtete Hanna aus dem Kinderzimmerfenster vier Schwalbenpaare. Sie landeten unter dem Dachvorsprung und machten sich an der Hauswand zu schaffen, bevor sie mit schnellen Flügelschlägen davonflogen um gleich darauf zurückzukommen.

Hanna eilte ins Wohnzimmer. „Mama, Simon, ich muss euch was zeigen, kommt schnell rüber!" Sie winkte ihnen aufgeregt. „Wir müssen ganz leise sein." Vorsichtig öffnete sie das Fenster zum Hof.

Maria und Simon lehnten sich etwas hinaus. Direkt über ihnen saßen einige Schwalben an der Hauswand.

„Man sagt, sie bringen Glück ins Haus", flüsterte Maria.
„Ich bin gespannt, ob sie Junge ausbrüten."
„Ganz bestimmt, Hanna."
„Können wir das beobachten?", fragte Simon.
„Nein, das spielt sich im Nest ab. Aber wenn die Jungen geschlüpft sind, strecken sie ihre Schnäbel heraus, weil sie Hunger haben und man hört sie piepsen", erklärte Maria.
„Toll", sagte Simon leise.

Als Hanna einige Tage danach aus der Schule kam, stand Herr Koch vor dem Haus und band einen Stock an eine Bohnenstange. Ihren freundlichen Gruß erwiderte er mürrisch. Auf den Stufen vor der Haustür lag ein zerstörtes Schwalbennest. Hanna blieb ein Aufschrei im Hals stecken. Als sie begriff, was er getan hatte, warf sie die Haustür auf, stürmte die Treppe hinauf und schrie: „Mama, Mama, komm schnell!"

Maria kam aus der Küche gestürzt. „Was ist denn los? Warum schreist du so, um Himmels willen?"

„Gott sei Dank, du bist zu Hause! Schnell, Herr Koch macht alles kaputt!" Hanna machte auf dem Absatz kehrt und rannte die Treppe hinunter.

Maria lief hinter ihr her. An der Haustür blieb sie wie angewurzelt stehen. „Herr Koch, hören Sie sofort auf!", schrie sie empört.

„I' denk ja net dran, Sie glaube doch net, dass i' die ganze Schwalbenscheiße weg mach, wenn die Junge kriege!"

„Ich mache das!", rief Hanna händeringend.

„Wer's glaubt wird selig", schnauzte er, „i' hab schon g'nug Arbeit!" Sein rundes dickes Gesicht lief rot an.

„Das mag sein, aber ich versichere Ihnen, wenn meine Tochter sagt, dass sie sich darum kümmert, dann macht sie das auch. Lassen Sie gefälligst die Nester in Ruhe, eins haben Sie schon zerstört. Schwalben bringen Glück ins Haus!"

„So ein dumm's G'schwätz!", schimpfte er und fasste sich an den Kopf.

„Sie sind sehr nützlich, hat Herr Köhler gesagt!", Hanna schrie es heraus, machte einen Schritt auf ihn zu und sah ihn mit funkelnden Augen an.

„I' schtreit mich doch net mit zwei so überg'schnappte Weibsleut rum!", schnaufte er wütend. Sein dicker Bauch wackelte. Er warf die Stange in die Waschküche, knallte die

Tür zu, schwang sich auf sein Fahrrad und fuhr davon.

„Oh je, jetzt ist er eingeschnappt!" Hanna schlug das Herz bis zum Hals.

„Ach, mach dir darüber keine Sorgen, er wird sich wieder beruhigen." Maria winkte ab. „Herr Koch, klein und dick, aber flink. So schnell habe ich ihn noch nie auf sein Fahrrad springen sehen."

„Wir haben gewonnen, danke Mama!"

„Na, das wäre ja gelacht! Hanna, du wirst sehen, die Schwalben werden an der gleichen Stelle wieder ein Nest bauen."

„Das wäre schön. Soll ich das zerstückelte Nest auf den Kompost bringen?"

„Ja, Hanna, mach das. Auch den Dreck von den Schwalben kannst du später dort hinbringen."

Das wäre ja noch schöner

Zur Lehrerwohnung gehörte auch ein Garten. Er lag hinter dem Aborthäuschen und dem Holzschuppen und zog sich hinüber bis zum Hof der Familie Schmied. Frau Köhler sorgte dafür, dass ihr Garten stets in einem vorbildlichen Zustand war. Das Gemüse stand in Reih und Glied, jedes Beet säumte eine zierliche Buchsbaumhecke und selbst auf den Wegen war keine Spur von Unkraut zu sehen.

Den Naturlehreunterricht hielt Herr Köhler vom Frühjahr bis zum Herbst, vorausgesetzt das Wetter spielte mit, im Freien ab. Seinen Schülern machte es ohnehin viel mehr Spaß in den Garten zu gehen, um die verschiedenen Blumen und Gewächse an Ort und Stelle kennen zu lernen, als ihre Nase in ein Buch zu stecken. Gelegentlich pflückte Herr Köhler vom Maggistrauch ein, zwei Blätter ab und gab jedem Schüler ein Stückchen davon. Dann wies er sie an, es mit den Fingern zu zerreiben, um den eigenartigen Geruch der Pflanze noch besser zu erkennen. So ging er auch mit anderen Kräutern vor, wie dem Sellerie, der Minze, der Zitronenmelisse oder dem Basilikum. Nahe dem Gartenzaun wuchsen einige Tomatenpflanzen. Als sich die ersten Blüten zeigten, sollten die Kinder jeden Tag einen Blick darauf werfen und in der nächsten Stunde berichten, was sie beobachtet hatten. Schließlich brachte Herr Köhler eines Morgens mehrere knallrote Tomaten mit in den Unterricht. Er schnitt sie zur eingehenden Betrachtung auf. Zu guter Letzt gab er eine Prise Salz darauf und ließ seine Schüler davon kosten.

An manchen Tagen ging es hinaus in den Wald und kaum war der Feldweg erreicht, begann der Unterricht. Bald wussten die Kinder auch die vielen wild wachsenden Gräser und Blumen beim Namen zu nennen und ihren Gattungen zuzuordnen. Bunte Schmetterlinge wurden beobachtet: Kohlweißlinge, Zitronenfalter, Pfauenaugen oder es flatterte ihnen ein seltener Schwalbenschwanz über den Weg. Auf den Waldwiesen wuchsen dicht gedrängt Champignons und am Waldrand stand vereinzelt der Schirmpilz. Den giftigen Fliegenpilz fanden sie erst im Innern des Waldes. Weit verbreitet sprießte hier der Schachtelhalm. Interessiert lernten die Kinder, weshalb die Pflanze diesen Namen bekommen hatte. In den Lichtungen gab es den leuchtend roten Fingerhut zu bewundern. Der Unterricht endete jedes Mal an der Stelle, an der die Tollkirsche wuchs. Eindringlich warnte der Lehrer seine Schüler immer wieder vor dieser heimtückischen und hochgiftigen Pflanze.

Zwei Wochen vor den Sommerferien ließ Herr Köhler eine Landkarte vor der Tafel aufhängen. Das war jedoch nichts Neues, im Erdkundeunterricht gehörte es dazu. Er nahm den Zeigestock zur Hand und sah seine Oberklässler nacheinander an. Hanna und ihre beiden Klassenkameraden zählten inzwischen dazu, da sie schon die fünfte Klasse besuchten.

„Heute geht es um eine bestimmte Reiseroute", begann Herr Köhler. „Was fand im letzten Jahr zum ersten Mal vor den Sommerferien statt?"

Mehrere Schüler meldeten sich.

„Helmut?"

„Unser Schulausflug."

„Richtig! Auch in diesem Jahr haben wir das Vergnügen. Hat jemand etwas einzuwenden?"

Die Schüler freuten sich und jauchzten.

Herr Köhler klopfte mit dem Zeigestock auf den Fußboden. „Nun zur Sache: Der Bus ist bereits bestellt. Am letzten Tag vor den Sommerferien treffen wir uns um Punkt sieben Uhr auf dem Schulhof und ab geht's. Jetzt zur Reiseroute:" Er drehte sich zur Landkarte und fuhr mit dem Zeigestock langsam darauf entlang. „Wir fahren hinunter nach Altensteig, dann weiter das Nagoldtal entlang bis nach Hirsau. Dort werden wir die Klosterruine besichtigen. Wann wurde das Kloster erbaut?" Er sah sich um und blickte in fragende Gesichter. „Ei, ei, ei, im neunten Jahrhundert, meine Herrschaften! Somit ist das Kloster um dreihundert bis vierhundert Jahre älter als das Schloss in Altensteig. Das weiß man deshalb nicht so genau, weil es zum ersten Mal im Jahr 1287 erwähnt wurde. Wie ihr wisst, ist das Schloss nur von außen zu besichtigen. Gibt es Fragen dazu?"

Alle schüttelten den Kopf.

„Nein? Aha!" Herr Köhler wandte sich wieder der Landkarte zu und hob erneut den Zeigestock. „Nachdem wir das Kloster besichtigt haben, wird es Zeit einzukehren. Anschließend geht es weiter nach Bad Teinach. Da heißt es dann wandern. Wohin? Ja, meine Herrschaften, das wird heute noch nicht verraten." Der Lehrer sah in die Runde und schob seine Brille zurecht. „Eins möchte ich sehen: Gutes Schuhwerk! Verstanden?"

„Ja, Herr Köhler!", erklang es im Chor.

„Gut! So, am späten Nachmittag steigen wir an einem vereinbarten Platz wieder in den Omnibus und werden voraussichtlich gegen sechs Uhr am Abend zurück sein."

Freudestrahlend kam Hanna nach Hause und berichtete sogleich die Neuigkeit.

„Was soll der Spaß kosten?", schnauzte Kurt.

„Ich, äh, Herr Köhler hat nicht über Geld gesprochen."
„Alles willst du mitmachen, aber wer das bezahlen soll, ist dir schnurzegal!"
„Entschuldigung", sagte Hanna zerknirscht.
„Kurt, nun reg dich nicht auf. Morgen kann sie nachfragen, dann werden wir sehen."
„Wir werden sehen, wir werden sehen! Dass ihr euch nichts einbildet, dafür habe ich kein Geld, basta!"
„Nun schimpf doch nicht, sie kann doch nichts dafür, wenn der Lehrer einen Ausflug plant."
„Nimm sie nicht immer in Schutz, Maria!"
„Kurt, schrei mich nicht an!"
Wütend sprang er auf, knallte die Zimmertür zu und lief polternd die Treppe hinunter.

Am nächsten Tag, nach Ende der letzten Unterrichtsstunde, packte Hanna ihre Sachen langsam in den Ranzen. Sie trödelte absichtlich.
„Hanna, willst du heute nicht heimgehen?"
„Herr Köhler, meine, meine Eltern möchten wissen, wie teuer der Ausflug kommt?"
„Ach, das macht dir Sorgen! Hanna, du kannst beruhigt sein, den Schulausflug bezahlt die Gemeinde."
„Wirklich?"
„Gewiss! Aber ein gutes Vesperbrot musst du dir mitnehmen und deine Mutter kann dir ein Taschengeld geben, damit du dir eine Suppe kaufen kannst."
„Mir reichen ein Brot und Himbeersaft."
„Wie du meinst. Jetzt lauf, ade!"
„Danke!" Hanna knickste. „Ade, Herr Köhler!"

Fröhlich erzählte sie ihrer Mutter, was sie erfahren hatte.
„Na, sieh mal einer an! Die Gemeinde kommt dafür auf?

Darauf wäre ich nie gekommen. Na, jetzt kann Papa aber nichts mehr dagegen haben."

„Hoffentlich, Mama!"

„Das wäre ja noch schöner! Ein Taschengeld bekommst du von mir."

„Danke, Mama."

Ein paar Tage später wachte Hanna mit Halsschmerzen auf. Sie ließ sich nichts anmerken und ging zur Schule. Mittags konnte sie nichts essen, weil sie den Mund nicht mehr richtig aufmachen konnte und zum Abend hin wurden die Schmerzen schlimmer.

„Hanna, um Himmels willen! Wie siehst du denn aus?" Maria betrachtete sie genauer. „Deine rechte Wange ist dick angeschwollen."

Hanna weinte und hielt sich den Kopf. „Übermorgen ist der Ausflug", schluchzte sie.

„Da wird nichts draus, du gehörst ins Bett. Wenn ich richtig sehe, hast du Ziegenpeter."

„Was ist das denn?"

„Mumps, sagt man auch dazu. Das ist eine ansteckende Kinderkrankheit. Damit darf ich dich nicht zur Schule lassen. Simon muss auch zu Hause bleiben."

Hanna starrte sie fassungslos an.

„Guck in den Spiegel, wenn du mir nicht glaubst."

„Oh je!", stöhnte Hanna, als ihr ein schiefes Gesicht entgegensah. Schleunigst ging sie ins Bett.

Am nächsten Tag war nicht zu übersehen, dass es auch Simon erwischt hatte. Maria machte sich gleich auf den Weg zum Gasthaus und bat Dr. Hartmann telefonisch um einen Hausbesuch. Am Nachmittag würde er heraufkommen. Sie eilte nach Hause.

„Mama, kommt der Doktor bald?", nuschelte Simon.

„Ja, mein Junge, versuch zu schlafen!" Maria brachte eine Waschschüssel voll Wasser herein, stellte sie auf einen Stuhl, legte ein Stück Seife daneben und hängte ein frisches Handtuch über die Lehne.

„Ich bin schon gewaschen."

„Simon, das ist für den Doktor", erklärte Maria und ging auf Zehenspitzen hinaus.

Er nickte und warf einen Blick zu Hanna hinüber. Sie schlief.

„Zweifellos, Frau Scherer, ihre Kinder haben Mumps", bestätigte Dr. Hartmann, als er Hanna und Simon untersucht hatte.

„Ach je!"

„Herr Doktor? Darf ich morgen zur Schule gehen?", fragte Hanna leise.

„Nein, zehn Tage solltest du wenigstens zu Hause bleiben. Für euch haben heute bereits die Ferien begonnen. Vielleicht tröstet euch das?"

Sie hatte Mühe ihre Tränen zurückzuhalten.

„Herr Doktor, meine Tochter trifft es besonders hart, weil sie nicht am Schulausflug teilnehmen kann."

„Das ist ja ärgerlich, aber das ist nicht zu ändern, tut mir Leid!" Dr. Hartmann nahm eine kleine weiße Dose aus seiner Tasche. „Von diesen Medikament müsst ihr dreimal täglich eine Tablette einnehmen. Auch du Simon", er sah zu ihm hinüber und gab sich zufrieden als er nickte, „die Schmerzen lassen dann bald nach."

„Danke", flüsterte Hanna.

Dr. Hartmann zwinkerte ihr freundlich zu, stellte die Dose auf den Nachttisch und wusch sich sorgfältig die Hände.

„Morgen Nachmittag schaue ich noch mal vorbei. Gute

Besserung! Auf Wiedersehen!"

„Auf Wiedersehen", krächzten die Kinder.

„Vielen Dank, Herr Doktor!" Maria brachte ihn hinaus.

Wie vom Arzt angeordnet, kontrollierte Maria am Abend bei ihren Kindern die Temperatur. Sie war nicht sehr hoch. Hanna atmete erleichtert auf, eine Schwitzkur schien diesmal nicht vonnöten zu sein.

Am nächsten Morgen stand Hanna früh auf, schlich aus dem Zimmer und stellte sich ans Flurfenster. Nur ein paar Minuten musste sie warten, bis ein Kleinbus die Hauptstraße heraufgefahren kam und zur Schule hinüberfuhr. Fünf nach sieben bog er um die Hausecke und fuhr hinunter ins Tal. Hanna weinte leise.

Maria kam und legte den Arm um sie. „Hanna, nächstes Jahr wirst du dabei sein. Komm, du musst ins Bett. Ich bringe euch gleich das Frühstück."

„Wirst du trotzdem nach Göttingen fahren?"

„Natürlich, aber ich werde die Reise um zwei Wochen verschieben. Ich hoffe, Sophie bleibt verschont. Mädel, sieh mich nicht so an. Ich habe die Reise schon so lange geplant. Ich werde fahren."

„Ich weiß", schluchzte sie.

„Nun heul doch nicht. Papa hat mir fest versprochen, dass er nicht schimpfen wird, wenn dir etwas nicht so gelingt."

Mit hängenden Schultern ging Hanna ins Kinderzimmer.

Auf dem Friedhof war niemand

Vor einem der großen Fenster im Wohnzimmer, gegenüber der Wohnungstür, stand Marias Nähmaschine. Rechts davon nahmen ein Regal und ein kleiner Schrank die Wand bis zur Schlafzimmertür ein. Gegenüber trennte ein großer Blumenständer, den Kurt gebaut hatte, die Nähecke vom Wohnraum ab.

Maria war dabei, ihre Nähutensilien einzuräumen: Bereits zugeschnittene Stoffe verschwanden im Schrank, Modezeitungen und diverse Schnittmuster sortierte sie und legte sie ordentlich in das Regal. Zu unterst stand ein großer Karton. Darin wurden alle Stoffreste gesammelt, selbst die kleinsten Schnipsel. Denn von Zeit zu Zeit fuhr der Lumpensammler mit seinem dreirädrigen Kleinlaster durch das Dorf, dann gab es dafür ein paar Mark oder ein Teil für den Haushalt, eine Blumenvase, eine Sammeltasse oder eine Schüssel. Maria klappte jetzt das Oberteil ihrer Nähmaschine auf, befreite es von Staubfusseln und gab Maschinenöl in die vorgesehenen Löcher.

Hanna saß am Wohnzimmertisch und beobachtete nachdenklich ihr Tun: Papa hat heute Mittag ihren Koffer zur Gepäckaufbewahrung mitgenommen. Morgen fährt Mama weg. Daran gibt es nichts zu rütteln. Ich werde nicht mehr jammern oder heulen. Letzte Nacht hat sich Simon zu Tode erschreckt, ich hab im Traum geschrieen! Sie gab einen fast unhörbaren Laut von sich und stützte ihren Kopf in beide Hände.

Maria sah kurz auf. „Wolltest du was sagen?"

Hanna schüttelte den Kopf.

„Du wirst sehen, mein Mädchen, die paar Tage vergehen wie im Flug."

Am nächsten Morgen standen alle früh auf: Maria versorgte Sophie, Kurt brühte Kaffee auf, Hanna und Simon deckten den Frühstückstisch.

Kaum hatte Maria einen Schluck getrunken sprang sie auf. „Entschuldigt, das Reisefieber!" Sie lief zum Klosett. Kurz darauf kam sie zurück. „Ich werde besser nichts essen", sagte sie aufgeregt und wusch sich die Hände. „Kurt, ich geh mich fertig anziehen, in zwei Minuten bin ich soweit. Bitte, lass uns dann fahren, ich habe keine Ruhe mehr."

„Du wirst deinen Zug nicht versäumen!", rief er ihr nach. „Na, dann will ich eure Mutter mal zum Bahnhof bringen." Kurt stand auf und ging hinaus.

Hanna war dabei den Tisch abzuräumen, als Maria hereinkam. „Ich bin soweit", sie bückte sich und nahm Simon in den Arm, „dass du mir ja deiner Schwester folgst, gell!"

Er nickte nur.

„Versprichst du mir das?" Maria küsste ihn.

„Ja doch!" Simon wand sich aus ihrer Umarmung und lief hinunter.

„Hanna, sobald ich angekommen bin, schicke ich eine Postkarte ab, spätestens übermorgen wird sie hier sein. Alles andere haben wir besprochen." Sie drückte ihre Tochter fest an sich und gab ihr einen Kuss. „Wiedersehen, mein Mädchen!"

„Wiedersehen", murmelte Hanna. Sie wollte noch etwas sagen, aber sie brachte keinen Ton heraus.

„Ich muss jetzt los!" Maria eilte vor Hanna die Treppe hinunter.

Kurt ließ das Motorrad an und schwang sich darauf. Obwohl es ein sonniger Julimorgen war, trug er seine braune warm gefütterte Jacke mit Gürtel, eine schwarze Manchesterhose und schwarze Schnürstiefel. Die Ohrenklappen an seiner Lederkappe waren aufgeknöpft. Mit einer Hand richtete er die Motorradbrille, die seiner Aufmachung den letzten Pfiff verlieh.

Maria schob den Rock ihres flaschengrünen Reisekostüms etwas nach oben und kletterte auf den Sozius. Mit dem rechten Arm, an dem ihre Handtasche baumelte, umklammerte sie ihren Mann und den linken Arm hob sie hoch, um ihren breitkrempigen Hut festzuhalten.

„Gute Reise", brachte Hanna über die Lippen, als Kurt Gas gab und losfuhr.

Winkend lief Simon bis zur Straße. Aber seine Mutter winkte nicht zurück, sie hatte Mühe, ihren Hut auf dem Kopf zu behalten.

Die Geschwister gingen zurück ins Haus. Hanna schloss die Haustür ab, da die Familie aus dem zweiten Stock wie gewöhnlich schon vor einer Stunde das Haus verlassen hatte. Simon warf sich bäuchlings auf sein Bett und zog das Märchenbuch auf das Kopfkissen. Bevor er sich darin vertiefte, warf er einen Blick zu Hanna hinüber, die es sich am Fenster bequem gemacht hatte. Versonnen sah sie den Schwalben zu, die ihren Jungen fleißig Futter brachten: Erst in der Nacht wird Papa heimkommen. Nachdem Mama abgereist ist, will er seine Eltern besuchen und dann von dort aus zur Spätschicht fahren. Eigentlich freu ich mich, den ersten Tag allein mit meinen Geschwistern zu verbringen. Sonntag werde ich nicht zur Kirche gehen, ich möchte Papa auf keinen Fall verärgern. Wenn man zu Hause gebraucht wird, ist es keine Sünde, der Messe fernzubleiben. Auf dem Friedhof sind Leute. Es ist jemand gestorben. Gestern Morgen um acht Uhr hat die Schulglocke geläutet. Wahrscheinlich ist morgen die Beerdigung. Der nette Herr Weidelich wird seine Pferde vor den Leichenwagen spannen, aber ohne das Geschirr mit den lustigen Glöckchen... Hanna schreckte auf. Herr Koch kam mit seinem Fahrrad auf den Hof gefahren. Er sprang herunter und schloss die große Tür zur Waschküche auf. Einige Frauen ratterten mit ihren Handwagen daher. Bald darauf begannen unter dem Kinderzimmer die Waschmaschinen zu brummen. Hanna stand auf. „Ich sehe jetzt nach, ob Sophie ausgeschlafen hat. Übrigens, heute Abend wird sie bei uns im Zimmer schlafen." Als sie keine Antwort bekam, tippte sie ihrem Bruder auf die Schulter. „Simon, hast du gehört?"

„Ist gut", murmelte er in sein Buch.

„Was hältst du davon, wenn wir nachher in den Wald gehen?"

„Och, so früh!"

„Ich möchte dir was zeigen."

„Was denn?", fragte er gähnend und streckte sich.

„Einen See."

„Einen See?"

„Der liegt weit drinnen im Wald."

„Davon hast du mir noch gar nichts erzählt." Simon schwang sich auf die Bettkante und sah sie neugierig an.

„Zweimal war ich erst dort, aber ich habe den See gemalt."

„Zeig mal."

Hanna holte ihre Zeichenmappe hervor, kam zu ihm ans Bett, suchte das Bild heraus und hielt es hoch. „So sieht es dort aus."

„Glaub ich nicht! So schön?"

„Lass uns hingehen, dann wirst du schon sehen."

„Ja, los!" Begeistert sprang er auf.

„Simon, mit der Kinderkarre brauchen wir bestimmt eine Stunde."

„Macht doch nichts! Nehmen wir uns ein Vesperbrot mit?"

„Klar, komm, du musst mir helfen!"

Oberhalb der Möbelfabrik verließen die Kinder die Hauptstraße und gingen in Richtung Wald weiter. Auf dem Waldweg kamen sie mit der Sportkarre nur langsam voran, immer wieder blieben die kleinen Räder an den dicken Baumwurzeln hängen. Simon musste die Karre jedes Mal etwas anheben, damit Hanna weiterschieben konnte.

„So ein Mist!", schimpfte er. „Ist es noch weit?"

„An der nächsten Weggabelung müssen wir abbiegen, dann haben wir es fast geschafft."

Der Weg, der zum See führte, war mit hohem Gras zugewachsen. Für die Kinder wurde es jetzt noch beschwerlicher voranzukommen.

„Ich werde Sophie tragen und du ziehst die Karre", entschied Hanna.

„Von mir aus", stöhnte Simon.

„Ach, nun komm, wir sind gleich da", versuchte Hanna ihren Bruder aufzumuntern. Sie nahm ihre Schwester auf den Arm und ging voraus.

Hinter der nächsten Wegbiegung lag der See vor ihnen.

„Schau, ist es hier nicht wunderschön?"

„Toll!", rief Simon und sah sich staunend um.

Noch lag der See im Halbdunkel. Dunstschleier stiegen auf. An den Spinnweben zwischen den hohen Gräsern hingen Tautropfen. Ein moderiger Geruch erfüllte die kühle Luft. Der Weg verlief ein Stück am See entlang, bevor er zwischen den hochstämmigen Tannen verschwand. Gegenüber säumte eine Fichtenschonung das Ufer.

„Heute kommt mir der Platz noch verwunschener vor. Nachher, wenn die Sonne durch die Bäume scheint, wirst du sehen, wie sich alles verändert. Dann ist es hier wunderschön", schwärmte Hanna.

Simon trat dicht ans Ufer und blickte in das glasklare seichte Wasser. „Sind da Fische drin?"

„Kaulquappen vielleicht", antwortete Hanna. Sie setzte Sophie zurück in die Karre und kam zu ihm. „Sieh mal, da drüben unter den hohen Tannen wachsen riesige weiße Pilze, groß wie Kuchenteller."

„Wo?"

„Da, rechts", Hanna zeigte hinüber.

„Toll! Wie heißen die?"

„Weiß ich nicht. Ich nenne sie Kuhpilze."

„Lustig hört sich das an. Die muss ich mir genau ansehen."

„Aber sei vorsichtig, die gehen ganz leicht kaputt. Ich bin aus Versehen mit dem Schuh dagegen gekommen und schon zerfiel der Pilz in viele kleine Stücke."

„Ich pass auf!", rief er und lief hinüber.

Sophie quengelte.

„Bist du müde, meine Kleine?" Hanna beugte sich zu ihr und gab ihr den Nuckel. Sie zog die Karre näher ans Ufer, setzte sich und schaukelte Sophie in den Schlaf.

Simon kam zurück und rief: „So riesige Pilze hab ich noch nie gesehen. Können wir vespern? Ich hab Hunger!"

„Psst!", machte Hanna und legte ihren Zeigefinger auf den Mund, klappte vorsichtig das kleine Fach an der Sportkarre auf, gab ihm die Flasche mit dem Himbeersaft und wickelte die Brote aus.

„Hm... Leberwurst", wisperte er.

Hanna ließ es sich auch schmecken. Nach einer Weile sagte

sie: „Siehst du, wie der See jetzt glitzert und funkelt, wenn die Sonne darauf scheint? Und die Libellen schimmern mal blau, mal grün."

Simon sah den schwirrenden Insekten nach. „Ob Mama schon in Göttingen angekommen ist?"

„Nein", Hanna sah auf ihre Armbanduhr, „es ist jetzt halb zwölf, erst in etwa vier Stunden."

„Ach so", gähnte Simon. Er legte sich ins Gras, verschränkte die Arme unter dem Kopf und bald darauf war er eingeschlafen. Hanna legte sich neben ihn, sah in den wolkenlosen blauen Himmel und lauschte den Stimmen des Waldes. Irgendwann hatte Sophie ausgeschlafen. Hanna gab ihr das Fläschchen, das sie vorsorglich in ein Tuch gewickelt hatte. Die Milch war noch warm.

Simon streckte sich und sprang auf. „Darf ich den Himbeersaft austrinken?"

„Ja, und dann gehen wir langsam heim", antwortete Hanna, „du kannst wieder die Karre ziehen und ich trage Sophie bis zum Weg."

Simon wischte sich über den Mund und reichte ihr die leere Flasche. „Ich muss noch schnell hinter den Baum."

Hanna packte alles ein, nahm ihre Schwester auf den Arm und ging wieder voraus. Als sie den breiten Waldweg erreichten, wurde Sophie wieder in die Sportkarre gelegt und Hanna versuchte die Baumwurzeln geschickt zu umfahren. Plötzlich rumpelte es und die Karre kippte zur Seite.

„Ach du heilig's Blechle!", schrie Hanna entsetzt und sah einem Rad nach. Es rollte vorweg, hüpfte über die nächste Baumwurzel und blieb mitten auf dem Weg liegen.

Simon lief und holte es. „Wir stecken es wieder drauf und weiter geht's."

„Hoffentlich geht das." Hanna hob die Karre etwas an und Simon steckte das Rad auf die Achse.

„Na, bitte, geht doch!", sagte er triumphierend. „Fahr vorsichtig weiter."

„Mach ich doch schon die ganze Zeit", erwiderte Hanna etwas ungehalten.

Nach wenigen Metern rumpelte es wieder, die Karre kippte und das Rad rollte davon.

„So ein Mist", schimpfte Simon, „wenn das so weitergeht, kommen wir im Lebtag nicht nach Hause!"

Hanna bückte sich und sah sich die Sache genauer an.

„Sieh mal, an den anderen Rädern ist noch ein Metallstück."

„Tatsächlich... Soll ich es suchen?"

„Vielleicht haben wir es zwischen dem hohen Gras verloren? Das kleine Ding findest du nie wieder."

„Ich geh zurück, warte hier!" Mit gesenktem Kopf machte er sich auf die Suche.

„Na, meine Kleine, du hast dir hoffentlich nicht wehgetan?" Hanna beugte sich zu Sophie herunter und streichelte ihre Wange.

Sie strampelte und lachte vergnügt.

„Ich hab's!" Simon kam angelaufen. „Hanna, ich hab's!", rief er freudestrahlend.

„Wirklich?"

„Guck!" Er hielt ihr einen kleinen Metallstift unter die Nase.

„Mensch, das hast du gut gemacht!"

Beide montierten das Rad auf die Achse und steckten den Splint hindurch. Sie kamen jedoch keine zehn Meter weit. Wieder machte sich das Rad selbständig.

„Jetzt ist aber Schluss!", schimpfte Hanna. „Das blöde Ding ist bestimmt kaputt. Simon, nimm das Rad in die Hand, ich werde die Karre auf zwei Rädern schieben."

„Na, Papa wird sich freuen", meinte er vielsagend.

„Das gibt bestimmt ein Donnerwetter", erwiderte Hanna ängstlich.

Am nächsten Morgen hörte Hanna ihren Vater die Treppe hinuntergehen und weinig später mit dem Motorrad vom Hof fahren. Rasch stand sie auf und eilte in die Küche. Als sie sich zurechtgemacht hatte, schickte sie ihren Bruder zum Waschen hinüber. Nachdem sie ihre kleine Schwester versorgt hatte, bereitete sie das Frühstück vor und Simon deckte den Tisch. Sie waren noch beim Essen, als Kurt nach Hause kam.

„Morgen! Na, habt ihr mir was übrig gelassen?"

Die Geschwister erwiderten seinen Gruß.

„Papa, wir haben schon angefangen, ich wusste nicht, wann du heimkommst", sagte Hanna freundlich. Das Herz klopfte ihr bis zum Hals. Sie hatte Mühe die letzten Bissen zu schlucken.

„Ich war im Wald, hab das Mittagessen gesammelt. Ich hatte Glück, heute musste ich nicht lange suchen."

„Gibt's Pilze?", fragte Simon.

„Wenn Hanna sie zubereitet", antwortete Kurt, bestrich sein Brot mit Margarine und gab Himbeergelee darauf.

„Soll ich Salzkartoffeln dazu kochen?"

„Wäre schön." Kurt schenkte sich Kaffee ein.

„Gut", erwiderte Hanna leise. Stocksteif saß sie auf ihrem Platz und wartete bis er aufgegessen hatte. „Papa, mir ist", sie musste sich räuspern, „mir ist ein Malheur passiert."

„Aha!"

„Von der Sportkarre ist ein Rad abgegangen. Wir haben es wieder drauf gesteckt, aber es hält nicht." Ihre Hände waren eiskalt.

„Auf einmal rollte es davon, wir können nichts dafür", beteuerte Simon.

„Ihr seid wieder über Stock und Stein gefahren", Kurt sah grimmig von einem zum andern, „so mir nichts dir nichts rollt ein Rad nicht davon. Wo habt ihr den Splint gelassen?"

„Hier!" Simon holte das Metallstück aus der Hosentasche

und reichte es seinem Vater mit stolzer Miene.

„Der ist abgebrochen, nur Ärger hat man mit euch! Na, dann komm mal mit, mein Jungchen, damit wir den Schlamassel beheben." Kurt stand auf, schob Simon zur Tür hinaus und ging mit ihm in den Keller.

„Puh, das ist ja noch mal gut gegangen", murmelte Hanna mit gefalteten Händen. Schnell stand sie auf und räumte den Tisch ab. Dann machte sie die Betten und sah nach Sophie, sie spielte in ihrem Bett. Hanna ging zurück in die Küche und stellte den Korb mit den Pfifferlingen auf den Tisch. Von unten war ein lautes Hämmern zu hören. Hanna sah aus dem Fenster. Ihr Stiefvater baute weiter am Kaninchenstall und Simon reichte ihm die Nägel an. Aufatmend machte sich Hanna daran, die Pilze zu putzen.

Nach dem Mittagessen fuhr Kurt zur Arbeit. Hanna stand am Fenster und betete leise: „Das wäre geschafft. Vielen Dank, lieber Gott, für diesen Tag ohne Zank und Streit." Auf Zehenspitzen schlich sie aus dem Kinderzimmer. Sophie hielt ihren Mittagsschlaf und Simon war in sein Märchenbuch vertieft. Sie eilte in die Küche und brachte sie in Ordnung. Anschließend ging sie auf den Flur und nahm sämtliche Schuhe aus dem Regal. Kurt besaß ein zweites Paar Schnürstiefel, die nahm sie sich zuerst vor. Bis zum Ellenbogen versank ihr Arm darin, das hielt sie jedoch nicht davon ab, sie blitzblank zu polieren. Bald standen alle Schuhe glänzend in Reih und Glied an ihrem Platz.

Eine halbe Stunde später spielte sie mit ihrem Bruder vor dem Haus Fußball. Sophie saß derweil in ihrer Karre und sah ihnen zu. Nach dem Abendbrot, als Hannas Geschwister im Bett lagen, lief sie hinüber zu Schmieds, um wie an jedem Abend frische Milch zu holen. Heiner Schmied hatte vor einem Jahr geheiratet. Mit der jungen Bäuerin hielt Hanna gern ein Schwätzchen oder sie sah ihr eine Weile beim Melken zu. Neuerdings hing am Gebälk über jedem Platz eine kleine Schiefertafel. Darauf waren Namen und Geburtsdatum der jeweiligen Kuh verzeichnet. Frau Schmied lächelte stolz, als Hanna es gleich bemerkt hatte und es obendrein sehr schön fand. Jedoch an diesem und an den folgenden Abenden hielt sich Hanna nicht lange auf. Als sie nach Hause kam, stellte sie die Milchkanne in die Speisekammer, ging ans Waschbecken und machte sich zurecht. Todmüde fiel sie ins Bett.

Der Briefträger legte am nächsten Morgen eine Ansichtskarte auf die Treppe. „Poooscht!", rief er hinauf. Simon lief und holte sie.

Das Rathaus mit dem Gänseliesebrunnen war darauf abgebildet. „Göttingen" stand kleingedruckt auf der Rückseite der Karte. Maria schrieb, dass sie gut angekommen sei und es den Großeltern gut gehe. Sie ließen herzlich grüßen. Nachdem Hanna ihren Geschwistern die wenigen Worte vorgelesen hatte, steckte sie die Karte in der Küche hinter den Spiegel.

Am Samstag und am Sonntag fuhr Kurt frühmorgens zu seinen Eltern hinüber, um bei der Ernte zu helfen. Spätabends, wenn er heimkam, schliefen die Kinder. Am Montag verließ er erst gegen Abend das Haus und fuhr zur Nachtschicht.

Hanna hörte ihren Stiefvater am nächsten Morgen auf den Hof fahren. Sie stand erst auf, als er zu Bett gegangen war. Leise ging sie in die Küche. Darauf bedacht, jedes Klappern zu vermeiden, stellte sie das Frühstück für sich und ihre Geschwister auf ein Tablett und brachte es vorsichtig hinüber ins Kinderzimmer.

Gegen Mittag sah Kurt herein. Um die Augen hatte er dunkle Ringe und das Weiße war blutunterlaufen. „Willst du heute nicht kochen?", fragte er gereizt.

„Doch!" Hanna sprang auf. „Ich wollte dich in Ruhe schlafen

lassen." Sie eilte an ihm vorbei und ging in die Küche. Wenn er nachts gearbeitet hat, ist er immer schlecht gelaunt und meckert an allem rum. Scheußlich!

Die Küchentür ging auf. „Hanna, hast du die Schuhe geputzt?"

„Äh, ja, Papa."

„Na, sieh mal einer an!" Mit seinen Schnürstiefeln in der Hand kam er herein und drehte sie um. „Hier, das Stück zwischen Sohle und Absatz, muss auch eingeschmiert werden, das gehört dazu. Verstehst du?"

„Oh, das wusste ich nicht."

„Für den Anfang ist es ja schon ganz gut", brummte Kurt und ging wieder hinaus.

Lieber Gott, Hausfrau sein ist wirklich schwer! Fräulein Fegert hat Recht, Topflappen häkeln ist einfacher, dachte Hanna, summte vor sich hin und ließ die geschälte Kartoffel ins Wasser plumpsen.

Die nächste Ansichtskarte zeigte „Hannoversch-Münden". Es gab Fachwerkhäuser zu bestaunen. „Die Tage vergehen wie im Flug. Heute bummeln wir durch das hübsche Städtchen. Ich hoffe, es geht Euch gut. Viele herzliche Grüße senden Oma, Opa und Mama!", las Hanna Simon vor. Dann steckte sie die Ansichtskarte, gut sichtbar, neben die andere.

Auch diese Woche verlief in Ruhe und Frieden. Das Wochenende wollte Kurt wieder bei seinen Eltern verbringen, zuvor hatte er jedoch den Kindern versprochen, am Montag mit ihnen zum Bahnhof zu gehen, um ihre Mutter abzuholen.

Am Nachmittag machten sie sich auf den Weg. Der Zug sollte planmäßig eintreffen und so warteten sie nicht lange, bis er pfeifend und schnaufend in den Bahnhof einlief.

„Mama scheint gar nicht mitgekommen zu sein." Hanna

machte ein enttäuschtes Gesicht.

„Doch, da ist sie!", rief Simon.

Kurt öffnete die Wagentür, nahm ihr den Koffer ab und stellte ihn auf den Bahnsteig. „Maria!" Glücklich nahm er sie in die Arme, drückte sie fest an sich und versuchte sie zu küssen.

Maria befreite sich aus seiner Umarmung. „Schöne Grüße soll ich euch bestellen", murmelte sie und hauchte Simon und Hanna einen Kuss auf die Stirn.

„Mama, ich habe dich gar nicht erkannt, du siehst ganz anders aus", sagte Hanna erstaunt.

Maria wandte sich wortlos ab, nahm Sophie aus der Sportkarre und küsste sie. „Kurt, bist du mit dem Motorrad hier?", fragte sie ohne ihn eines Blickes zu würdigen.

„Nein, ich bin mit den Kindern zu Fuß gekommen."

„Willst du den schweren Koffer den weiten Weg schleppen, Kurt?"

Er legte ihn auf die Karre. „Siehst du, so mach ich das! Sophie können wir abwechselnd tragen."

„Von mir aus!", erwiderte sie schnippisch und ging durch die Sperre.

„Maria!"

„Ach, nun komm", rief sie über die Schulter, „wir gehen zum Marktplatz und nehmen den Bus!"

„Der fährt erst in einer Stunde."

„Mein Gott, dann warten wir eben!", fuhr sie ihn an.

Mit verkniffenem Mund schob Kurt die Karre.

Hanna warf ihrem Bruder einen ängstlichen Blick zu. Er nahm ihre Hand und drückte sie. Mit hängenden Schultern trotteten sie hinter ihren Eltern her.

Warum hat Mama nur so schlechte Laune?, überlegte Hanna. Papa ärgert sich fürchterlich. Unsere Wiedersehensfreude ist ihr ganz egal. Sie hat eine neue Frisur, deshalb habe ich sie nicht gleich erkannt, ihre Haare sind viel kürzer und lockiger. Das Kleid ist neu und den Hut mit der Feder habe ich auch noch nie gesehen. Warum hat sie Papa so angeschnauzt? Warum nur?

In der Frühe wurden die Kinder unsanft geweckt: Jemand schlug mit aller Wucht die Wohnzimmertür zu, lief polternd die Treppe hinunter und ließ die Haustür mit einem Knall ins Schloss fallen. Gleich darauf fuhr das Motorrad vom Hof.

Hanna stand auf, öffnete die Fenster und die Fensterläden.

Maria kam herein. „Guten Morgen! Ihr seid schon wach, dann lasst uns frühstücken." Sie beugte sich über Sophie.

„Morgen, Mama!", grüßten Hanna und Simon im Hinausgehen. Das Frühstück war noch nicht vorbereitet. Hanna stellte Kaffeewasser auf und gab Milch in einen Topf für Kakao. Bevor sie den frischen Brotlaib anschnitt, zeichnete sie auf die Unterseite mit der Messerspitze das Kreuzzeichen, wie ihre Mutter es auch immer tat. Simon hatte unterdessen den Tisch gedeckt. Als Hanna den Brotkorb auf den Tisch stellte, schnappte er sich mit verschmitzter Miene den Knust.

Maria kam mit Sophie auf dem Arm herein und setzte sich.

Hanna sah, dass sie geweint hatte. „Mama, möchtest du Kaffee?", fragte sie leise.

Maria nickte und gab Sophie das Fläschchen.

„Wo ist Papa hingefahren?"

„Sprich nicht mit vollem Mund!", tadelte Maria ihren Sohn.

Schnell beugte er sich über seinen Teller. Als er aufgegessen hatte, verzog er sich ins Kinderzimmer.

„Papa hat heute frei, wo ist er denn so früh hingefahren?", wollte Hanna jetzt wissen.

„Weiß ich doch nicht, wahrscheinlich zu seiner Mutter, um sich trösten zu lassen!", antwortete Maria wütend.

„Du bist kaum da und schon habt ihr Streit."

„Machst du mir jetzt auch noch Vorwürfe?"

„Nein, aber weißt du, Papa war die ganze Zeit recht nett zu uns und er hat sich so gefreut, als wir dich gestern endlich abholen konnten."

„Das sind ja ganz neue Töne!"

Hanna erschrak, als sie ihrer Mutter in die Augen sah.

„Du bist wohl neuerdings auf seiner Seite."

„Ich sage nur die Wahrheit. Freust du dich denn nicht, dass wir so gut zurechtgekommen sind?"

„Was heißt freuen?" Schnell stand Maria auf und brachte Sophie hinüber ins Kinderzimmer.

Hanna saß noch am Tisch, als sie wieder hereinkam. „Mama, du hast noch nichts gegessen."

„Ach, lass mich, ich hab keinen Hunger!"

„Setzt dich doch, du hast mir noch gar nicht erzählt, wie es Oma, Opa und Onkel Jochen geht."

„Wie soll's ihnen gehen? Gut natürlich", erwiderte sie kurz angebunden und setzte sich.

„Kommen sie Weihnachten zu uns?"

„Nein! Und nächstes Jahr fahren sie für zwei, drei Wochen in die Ostzone. Oma will unbedingt ihren Bruder und seine Familie besuchen."

„Das ist nicht wahr!"

„Doch! Zu Simons Erstkommunion werden sie zu uns kommen."

„Was, dann erst? Bis dahin sind es noch anderthalb Jahre." Hanna schlug die Hände vors Gesicht und stöhnte: „Das halte ich nicht aus!"

„Es wird dir nichts anderes übrig bleiben."

Hanna weinte leise.

„Übrigens, ich soll dir Grüße ausrichten."

Hanna zuckte mit den Schultern und wischte sich über die Augen. „Von wem?"

„Von Albert, einem alten Bekannten." Versonnen blickte Maria auf ihren leeren Teller.

„Kenn ich nicht."

„Du warst noch klein, als ich ihn kennen lernte."

„Aha!"

„Eigentlich wollte ich dir nichts davon erzählen, aber du behältst es ja für dich."

Sie sahen sich in die Augen.

„Ich verliebte mich in seine Stimme. Albert kann singen, so... Ach, einfach ganz wunderschön", schwärmte Maria. „Er mochte uns beide sehr gern, weißt du. Aber da war noch eine andere, eine Reiche." Sie lachte bitter. „Ich hörte zufällig, wie er seinem Freund erzählte, dass er sich nicht entscheiden könne. Er hat Albert ausgelacht und ihm geraten die Reiche zu heiraten, weil ich ihm die Schande ins Haus bringen würde mit einem unehelichen Kind."

„Kein Wort hätte ich mit diesem, diesem Albert geredet."

„Klar, damals habe ich ihn links liegen lassen. Aber jetzt, als wir uns unverhofft begegnet sind, habe ich mich gefreut. Hanna, sieh mich nicht so strafend an. Selbstverständlich haben wir uns unterhalten, über alte Zeiten und so, richtig schön war das."

Hanna starrte vor sich hin.

„Weißt du, Albert ist sehr traurig, seine Frau ist reich, aber sie haben keine Kinder."

„Habt ihr euch oft getroffen?"

„Was heißt oft? Drei oder vier Mal waren wir zusammen spazieren."

„Hast du dich deshalb mit Papa gestritten?"

„Ach, wo denkst du hin, er braucht davon nichts zu wissen."

„Immer hast du Heimlichkeiten vor ihm. Vielleicht fühlt er das und ist deshalb manchmal so wütend."
„Quatsch!"
„Ich spüre, wenn mich jemand anlügt."
„Ja du ..." Maria tat beleidigt.
„Sollte ich mal einen Mann haben, werde ich ihm immer die Wahrheit sagen."
„Pah, du hast gut reden!"
„Jedenfalls will ich alles tun, damit es keinen hässlichen Streit gibt. Es tut mir weh, wenn ihr euch so anschreit, beschimpft und... Ach, das ist so scheußlich! Ich kann nicht schlafen, schlimme Gedanken, die ich nicht ausstehen kann, sind plötzlich da..."
„Mädel, das hast du mir ja noch nie erzählt."
„Ach", Hanna putzte sich die Nase, „darf ich in den Wald gehen? Allein? Bitte!"
„Von mir aus lauf, wenn dir soviel daran liegt."
„Danke!" Hanna sprang auf. „Reicht es, wenn ich mittags wieder hier bin?"
„Ausnahmsweise. Setzt deine Brille auf!" Maria brachte sie ihr zur Tür.
„Die brauch ich jetzt nicht." Schnell lief Hanna die Treppe hinunter.

Auf dem Friedhof war niemand. Hanna ging hinein und auf dem kürzesten Weg hinüber zu den großen Bäumen. Den eigenartigen Duft der Blumen und Gewächse und der Erde atmete sie tief ein. Es war kühl im Schatten. Ihr schauderte. Langsam ging sie zum Ausgang und schloss behutsam das große schmiedeeiserne Tor. Sie überquerte die Dorfstraße. Auf dem Feldweg hinüber zum Wald fing sie an zu laufen. Schweratmend blieb sie am Waldrand stehen und blickte zurück ins Dorf. Noch immer schnürte ihr dieses beklemmende Gefühl die Kehle zu. Sie lief weiter am Waldrand entlang bis zu dem Weg, der ins Innere des Waldes führte. Erst als der See vor ihr lag, blieb sie stehen und starrte auf das ruhige Gewässer. Tränen verschleierten ihren Blick.

Maria hatte wieder am Tisch Platz genommen, als Hanna aus dem Haus gelaufen war. Sie weinte auch: Mein Gott, ich konnte nicht mit ihm schlafen. Gestern Abend hatte Kurt ein Einsehen, weil ich müde war von der langen Reise. Heute Morgen stürzte er wütend aus dem Zimmer. Allein der Gedanke an seine groben gierigen Hände widert mich an! Schon auf der Heimreise sträubten sich mir die Haare. Aber ich werde nachgeben müssen, um des lieben Friedens willen. Albert küsste mich zärtlich, fast schüchtern ohne mich zu betatschen. Als wir uns begegnet sind, fielen wir uns auf offener Straße in die Arme. Ich erkannte ihn an seinem roten Haar. Gut, dass ich an diesem Tag allein durch die Stadt gebummelt bin. Albert hat seine Entscheidung von damals längst bereut. Er sieht es als gerechte Strafe, dass seine Ehe kinderlos bleiben wird. Hanna möchte er gern wiedersehen. Ich habe ihm von ihrer Begabung erzählt. Das hat Albert aber nicht beeindruckt. Er sehe keinen Sinn in einer künstlerischen Ausbildung und Kurt würde das auch nie zulassen. Aber den Traum will ich ihr noch nicht nehmen! Maria stand auf und räumte den Frühstückstisch ab.

Eitelkeit ist eine Sünde

Ende Januar wurde Hanna an ihre Freundin Brigitte erinnert. Sie erschrak darüber, es kam so unverhofft. Nachdenklich ging sie zu ihrer Mutter. „Mama, ich muss dir was sagen."

„Was denn?"

„Ja – äh – ich brauche Binden."

„Ach!" Maria sah sie erstaunt an.

„Ich glaub, ich hab die Periode."

„Jetzt schon? Meine Zeit, du bist erst elf!"

Hanna hob die Schultern und ließ sie wieder sinken.

„Weißt du, was das bedeutet?"

„Ja."

„Nun sag schon!"

„Na ja, ich, ich könnte schwanger werden."

„Dann sieh dich vor!" Maria nähte weiter.

„Es wäre mir peinlich, wenn ich beichten müsste, dass ich unkeusch gewesen bin. Aber hab keine Angst, ich werde kein uneheliches Kind bekommen."

„Hanna!" Maria legte ihre Arbeit aus der Hand.

„Zufällig habe ich gehört, was Papa vor einiger Zeit zu dir gesagt hat."

„Was meinst du? Hast du etwa gelauscht?"

„Nein, das war nicht nötig, er hat es laut genug gesagt."

„Was hast du gehört?"

„Dass er mich zum Teufel jagen will, wenn ich ein uneheliches Kind bekommen sollte!"

„Hanna, sieh mich nicht so an, ich kann nichts dafür, wenn er so redet. Immer bin ich an allem schuld!"

„Mama, so wie ich aussehe, mag mich sowieso kein Junge leiden. Die kurz geschnittenen Haare, die hässliche Brille und meine – meine scheußlichen Anziehsachen."

„Hör endlich auf!", stieß Maria ungehalten hervor.

Hanna ging zur Tür.

„Jetzt lauf nicht weg, ich muss das Kleid heute noch abliefern, du kannst die Nähte ausbügeln. Ich zieh mich inzwischen um." Sie stand auf und ging ins Schlafzimmer. „In meiner Frisierkommode liegen die Binden, du kannst davon nehmen. Ich werde aus der Stadt noch ein Paket mitbringen!", rief Maria herüber.

„Danke", erwiderte Hanna.

„Ich bin heilfroh, dass man die ollen Dinger nicht mehr waschen muss. Das war immer eine Schweinerei!"

Simon sah zur Wohnzimmertür herein. „Bin Schlitten fahren!"

„Hast du dich warm angezogen, mein Junge?" Maria kam und drückte ihm die Pudelmütze tief über die Ohren. „Bevor es dunkel wird musst du aber nach Hause kommen."

„Mach ich, mach ich!" Er stürmte die Treppe hinunter.

Hanna stellte das Bügeleisen ab. Maria legte das Kleid zusammen und packte es ein. „Dann bis heute Abend, pass schön auf die Kleinen auf!" Sie gab ihrer Tochter einen flüchtigen Kuss und eilte hinaus.

„Wirst du mit dem Bus heimkommen?"

„Kann ich noch nicht sagen."

Hanna trat ans Flurfenster und sah hinter ihr her. Sie fühlte sich elend. Es schneite dicke weiße Flocken. Das vermochte sie nicht aufzumuntern. Hanna wandte sich ab, ging leise über den Flur und blieb lauschend an der Tür zum Kinderzimmer stehen. Drinnen rührte sich nichts. Sophie schien noch zu schlafen. Hanna ging ins Wohnzimmer, schloss leise die Tür und betrat das elterliche Schlafzimmer. Als sie die Seitentür der Frisierkommode öffnete, fiel ihr Blick auf Marias Lippenstift. Griffbereit und verführerisch lag er in der Glasschale ihrer Toilettengarnitur neben dem Parfümzerstäuber mit der hellgrünen Quaste. Hanna nahm den Lippenstift, zog vorsichtig die Kappe ab und drehte ihn heraus. Behutsam schminkte sie ihre vollen Lippen. Dann setzte sie ihre Brille ab und fuhr sich mehrmals mit der Hand durch das Haar. Staunend lächelte sie ihrem Spiegelbild entgegen, kam ihm näher und näher und küsste es mit geschlossenen Augen. Kühl und glatt fühlte sich der Spiegel an. Ein wohliger Schauer lief ihr über den Rücken. Langsam öffnete sie die Augen und betrachtete den knallroten Abdruck. Plötzlich standen ihr alle Haare zu Berge. Ihr Herz raste. „Oh, mein Gott", murmelte sie, „Mama kann es nicht ausstehen wenn ich vor dem Spiegel stehe. Eitelkeit ist eine Sünde. Sie darf nicht dahinterkommen. Niemals!" Hektisch und mit glühenden Wangen legte sie den Lippenstift zurück und wischte flüchtig mit ihrem Taschentuch über den Spiegel. Auf ihren Lippen saß das Rot fest. Sie lief in die Küche und versuchte mit Wasser und Seife die Farbe abzuwaschen. Es gelang ihr einigermaßen. Ein ekeliger Geschmack blieb zurück.

Hanna erschrak, als sie am nächsten Tag von der Schule kam und die versteinerte Miene ihrer Mutter sah. „Mama, was ist denn?"

„Da fragst du noch", schimpfte Maria und stemmte ihre Arme in die Hüften, „ich glaub du bist verrückt geworden!"

„Mama, bitte! Ich..."

„Red mir jetzt nicht dazwischen! Einen Spiegel zu küssen,

so was Verrücktes!" Maria schlug sich vor den Kopf. „Du warst eitel und unkeusch. Ein Mädchen in deinem Alter hat keusch zu sein, das hast du mir erst gestern frech ins Gesicht gesagt. Ich hoffe, du weißt, was du zu tun hast!" Maria stürzte aus dem Zimmer und knallte die Tür zu.

Hanna zitterte am ganzen Körper. Sie setzte sich auf ihr Bett und schlug die Hände vors Gesicht: Ich hab doch den Spiegel abgewischt. Wieso ist sie dahintergekommen? Ich muss mich entschuldigen, sonst spricht sie kein Wort mehr mit mir. Tagelang. Was soll ich ihr bloß sagen? Ich weiß nicht, warum ich das getan habe. Ich muss mich unbedingt entschuldigen, bevor Papa heimkommt! Sie stand auf und ging hinüber ins Wohnzimmer. Leise schloss sie die Tür und lehnte sich dagegen. Ihre Mutter stand am Tisch und radelte ein Schnittmuster aus. „Mama, ich...", sie musste sich räuspern, „bitte, verzeih mir, dass ich einfach deinen Lippenstift genommen habe."

Maria arbeitete weiter.

„Bitte, sag doch was, Mama", bettelte Hanna. Sie rang die Hände und trat zu ihr an den Tisch, „ich weiß nicht, warum ich das gemacht habe."

Maria sah sie mit zusammengekniffenen Augen an.

„Mama, ich werde das nie wieder tun, glaub mir bitte! Warum macht dich das so wütend? Ich hab doch nur den Spiegel geküsst." Hanna war den Tränen nah, als sie nur ein Schulterzucken zur Antwort bekam. „Es ekelt mich Papa zu küssen. Ich bin froh, wenn er abends zur Arbeit ist und mir der Gutenachtkuss erspart bleibt. Mama, warum zwingst du mich dazu? Ich..."

„Hör auf, das eine hat mit dem anderen überhaupt nichts zu tun!"

„Mama, ich..."

„Widersprich mir nicht! Geh in die Küche, du kannst schon

mal die Pellkartoffeln schälen. Papa kommt bald von der Arbeit. Ich komme gleich nach."

„Ist gut", antwortete Hanna mit zitternder Stimme und ging hinaus. In der Küche ließ sie ihren Tränen freien Lauf. Über drei Jahre sind es noch bis ich aus der Schule komme. Wie soll ich das bloß aushalten?

Das Frühjahr und den ganzen Sommer über war Maria oft daheim und wenn sie Besorgungen zu machen hatte, blieb sie nicht mehr so lange aus. Es mangelte keineswegs an Aufträgen, nach wie vor hatte sie alle Hände voll zu tun. Auch an diesem Nachmittag nähte Maria, sie heftete einen Reißverschluss ein. Es war still im Haus. Sophie hielt ihren Mittagsschlaf, Hanna und Simon saßen über ihren Schularbeiten. Maria legte ihre Hände in den Schoss und sah vor sich hin: Jede freie Minute ist Jonas mit dem Hausbau beschäftigt. Komisch, es stört mich nicht weiter, dass wir uns kaum noch sehen. Unsere Liebe hat sich abgekühlt. Von Albert habe ich geträumt, letzte Nacht wieder. Er hielt mich in den Armen, zärtlich ohne Gier. Ich fühlte mich so geborgen. Es war wunderschön. Wir standen auf einem Bahnhof, ich musste abreisen. Als ich aus dem Abteilfenster sah, stand plötzlich Roland auf dem Bahnsteig und warf mir eine Kusshand zu. Der Zug setzte sich in Bewegung, da wachte ich auf. Was mag der Traum bedeuten? Auch Roland schuftet von früh bis spät. Merle muss unbedingt noch ein Haus haben. Die viele Arbeit raubte ihm seine Fröhlichkeit und sein strahlendes Lächeln. Wenn Roland auf eine Tasse Kaffee vorbeikommt, ist er nervös. Merle und ihr Geld haben ihn jetzt fest im Griff!

Hanna sah von ihren Schularbeiten auf. „Mama, weißt du, was mir gerade einfällt?"

„Was denn?"

„Onkel Roland war schon lange nicht mehr bei uns."
„Wie kommst du denn jetzt darauf?"
„Ich musste eben an ihn denken."
„Komisch", Maria lachte leise, „ich auch."
„Wirklich?"
„Ja, tatsächlich", erwiderte Maria. „Roland hat viel um die Ohren. Er baut sein zweites Haus. Jetzt unten im Städtle. Zwei Kinder – zwei Häuser, ganz nach Merles Wunsch."
„Das hast du mir noch gar nicht erzählt", stellte Hanna fest.
„Mag sein."
„Wann war denn Onkel Roland hier?"
„Weiß ich nicht mehr so genau, irgendwann vormittags. Er fährt ja täglich hier vorbei."
„Muss man viel Geld haben, wenn man ein Haus bauen will?", wollte Simon wissen.
„Oh, ja! Und das muss man von einer Sparkasse borgen."
„Könnten wir das auch?"
Maria wiegte den Kopf hin und her. „Das ist nicht so einfach. Aber Papa will keine Schulden machen, wenn er etwas nicht gleich bezahlen kann, will er es auch nicht haben."
„Mama, möchtest du ein Haus haben?"
„Ja, ich könnte mir das gut vorstellen."
„Wenn ich groß bin, baue ich uns ein Haus."
„Das wäre schön, mein Junge", antwortete Maria nachdenklich.
„Hanna, möchtest du ein Haus?", fragte er.
„Nein, ich möchte unbedingt nach Göttingen zurück."
„Dort suchst du eine Wohnung und wir kommen nach."
„Simon, du hast ja Einfälle!" Hanna lachte. „Papa will doch für immer im Schwarzwald bleiben."
„Das wird sich noch herausstellen", sagte Maria. „Mein Leben lang will ich hier nicht bleiben. Nee, nee! Ich möchte

auch wieder zurück nach Niedersachsen."

„Wirklich?" Hanna sah erstaunt zu ihr hinüber.

„Ja, das ist mir klar geworden, als ich im letzten Sommer bei meinen Eltern war. Ich fühle mich hier einfach nicht zu Hause. An die Eigenarten und an die Mundart der Schwaben werde ich mich nie gewöhnen." Maria stützte ihren Kopf in beide Hände. „Aber Papa will hier nicht weg", fügte sie traurig hinzu.

„Habt ihr deshalb immer Streit?", fragte Simon.

„Ach, Junge", sie winkte ab. „Natürlich möchte er in der Nähe seiner Eltern bleiben. Aber warten wir's ab, Rom wurde auch nicht an einem Tag erbaut."

„Rooom? Was ist denn das?"

„Mensch, Simon", stöhnte Hanna, „Rom ist die Hauptstadt von Italien." Sie nahm ihren Atlas und schlug ihn auf.

„Aha." Er zog die Stirn kraus und machte eine wegwerfende Handbewegung.

Maria lächelte und nahm wieder ihre Arbeit auf.

„Hier, das ist Italien. Guck mal, das Land sieht aus wie ein Stiefel mit einem Fußball. Herr Köhler sagt, so kann man sich das besser merken. Und da ist Rom."

Ihr Bruder tat desinteressiert und warf nur einen schiefen Blick darauf.

„Simon, da fällt mir ein, du musst noch etwas für Reli machen", erinnerte Hanna.

Er rümpfte die Nase. „Keine Lust!"

„Simon, was soll denn das?", tadelte Maria ihren Sohn. „Nächstes Jahr willst du zur Erstkommunion gehen."

„Ja ja, aber immer der weite Weg", stöhnte er.

„Das ist nun mal nicht zu ändern, mein Junge."

Seitdem Simon die zweite Klasse besuchte, musste er auch am katholischen Religionsunterricht teilnehmen. Dieser wurde nach wie vor an der Schule in der Stadt erteilt. Jeden

Montagnachmittag, ausgenommen in den Schulferien, machten sich Hanna und Simon auf den Weg. Jedes Mal trottete er murrend neben ihr her. Kaum war der Wald erreicht, setzte er sich bockbeinig an den Straßenrand. Hanna redete händeringend auf ihn ein. Er lachte sie aus und rührte sich nicht von der Stelle. Den Tränen nah wandte sie sich ab und ging weiter. Erst nach geraumer Zeit lief er hinter ihr her oder er trödelte und kam zu spät. Grinsend ließ er die Ermahnungen des Kaplans über sich ergehen. Hanna schämte sich dessen. Manchen sonntäglichen Kirchgang schwänzte Simon, vorausgesetzt Maria war zu Hause geblieben, indem er im Wald wartete, bis seine Schwester aus der Kirche kam.

In der Woche vor dem Weißen Sonntag reisten die Großeltern an. Sie waren überrascht. Seit ihrem letzten Besuch hatten sich die Kinder prächtig herausgemacht. Vor allem Hanna: Nicht nur, dass sie ihnen über den Kopf gewachsen war, ihre Figur nahm Formen an.

Zwei Tage nach Simons Erstkommunionfeier, an einem sonnigen Nachmittag, fanden Hanna und ihr Großvater Zeit für einen Spaziergang.

„Opa, ich möchte dir den See zeigen."

„Gern, mein Mädchen."

„Du wirst staunen, wenn nachher die Sonne untergeht, ist es dort wunderschön!"

„Ich bin gespannt."

Schweigend spazierten sie die Hauptstraße hinauf und auch im Wald redeten sie nicht miteinander. Hanna sah ihren Großvater immer wieder von der Seite an, sie vermisste sein Lächeln. Es schnürte ihr die Kehle zu.

Als der See vor ihnen lag sagte er überrascht: „Welch ein Fleckchen Erde!"

Sie setzten sich nebeneinander ans Ufer und blickten versonnen auf das Wasser.

„Hannerl, ich muss dir was sagen, es wird dir weh tun."

Sie nickte.

„Es tut mir so Leid, dass ich dich enttäuschen muss. Oma und ich hatten ein langes Gespräch und wir sind übereingekommen, dass du nicht gleich nach der Schule zu uns kommen kannst. Es erscheint uns zu früh. Wir können und wollen die Verantwortung noch nicht übernehmen." Er legte den Arm um sie. „Mein Gefühl sagt mir, dass es noch nicht an der Zeit ist. Vielleicht ist es falsch..."

Tränen liefen über ihr Gesicht. „Entschuldige", sagte sie mit bebender Stimme, „ich bin eine Heulsuse!"

„Aber nein. Unser Entschluss macht mich auch sehr traurig. Ich verspreche dir, wenn du mit achtzehn immer noch den Wunsch hast, zu uns zu kommen, dann bin ich einverstanden."

„Weiß Mama schon Bescheid?"

„Nein. Ich wollte erst mit dir reden. Wenn du willst, können wir am Abend mit deinen Eltern darüber sprechen."

„Ich möchte lieber nicht dabei sein."

„Gut, wie du meinst. Wir haben uns gedacht, dass du uns in den Herbstferien besuchen kommst."

„Wirklich?"

„Ich hoffe, das tröstet dich ein wenig."

„Danke!" Sie lehnte sich an ihn. „Opa, sei mir bitte nicht böse, ich kann mich noch nicht so recht freuen."

Eines Abends, die Großeltern waren inzwischen wieder abgereist und Kurt war noch bei der Arbeit, sagte Maria: „Hanna, du sagst ja gar nichts zu Opas Entscheidung."

„Vor Papa wollte ich nicht darüber reden."

„Als Opa uns gesagt hat, weshalb er dich nicht gleich nach

der Schule zu sich nehmen will, hat sich Papa vor Lachen auf die Schenkel geklopft."

„Was hat denn Opa gesagt?"

„Dass es einfacher ist, einen Sack Flöhe zu hüten, als ein junges Mädchen."

„Hast du auch gelacht?"

„Nein. Ich kann verstehen, dass mein Vater noch nicht die ganze Verantwortung tragen will."

„Opa hat mir versprochen, wenn ich achtzehn bin, kann ich zu ihnen kommen. Hast du Papa gleich gesagt, was ich nach der Schule machen möchte?"

„Nein, ich finde das hat noch Zeit."

„Wieso?"

„Es sind noch zwei Jahre bis du aus der Schule kommst."

„Nicht mehr ganz, Mama. Ich dachte, es hätte gut gepasst, weil Oma und Opa dabei waren. Übrigens, im Städtle wird ein Gymnasium gebaut."

„Ich weiß, aber ich kann mir nicht vorstellen, dass Papa dafür Geld lockermacht."

„Ich möchte auf eine Kunstgewerbeschule gehen. Vielleicht könntest du mal mit Herrn Köhler darüber sprechen?"

„Hanna, die kostet auch Geld."

„Du hast mir gesagt, dass ich mein Talent nicht verkümmern lassen soll."

„Ja doch! Nun quäl mich nicht. Zu gegebener Zeit werde ich mich erkundigen."

„Darf ich in den Herbstferien nach Göttingen reisen?"

„Opa hat's dir ja schon fest versprochen."

„Mama, du freust dich ja gar nicht!"

„Das kannst du nicht von mir verlangen!" Maria weinte.

„Mama!" Hanna sprang auf und blieb mit hängenden Armen mitten im Zimmer stehen. Plötzlich war sie unfähig, ihre Mutter in die Arme zu nehmen. Traurig ging sie hinaus.

In der Nacht hörte Hanna ihren Stiefvater heimkommen. Als im Wohnzimmer Ruhe eingekehrt war, stand sie auf und schlich aus dem Zimmer, um sich aus der Küche ein Glas Milch zu holen. Durch das Flurfenster fiel das Mondlicht herein. Vor der Küchentür blieb Hanna stehen, nebenan im elterlichen Schlafzimmer wurde laut geredet:

„Talent, Talent, wenn ich das schon höre. Sie soll froh sein, wenn ich sie einen Beruf erlernen lasse!"

„Psst, man..."

„Ist mir doch egal! Von wegen künstlerische Ausbildung, dass ich nicht lache. Brotlose Kunst, alles Humbug!"

„...bitte!"

„Ich hab schon genug Geld ausgegeben, verdammt noch mal. Andere haben sie gemacht und ich darf für alles aufkommen!"

„Du wusstest, dass ich sie hatte, fang nicht schon wieder davon an!"

„Sie lernt einen Beruf, dafür gibt es ein paar Mark und basta! Sei froh, dass ich sie nicht in die Fabrik stecke!"

Hanna hielt sich die Ohren zu und schlich ans Flurfenster: Ich will das nicht hören. Lieber Gott, ich wollte nicht lauschen. Warum ist er schon wieder so gemein? Sie wischte ihre Tränen ab und sah aus dem Fenster. Es war eine sternenklare Nacht. Der Vollmond stand hoch über der Schule. Hanna erkannte auch die Bäckerei, das Haus des Bürgermeisters und den Bauernhof, in dem Marlies wohnte. Dort war eins der Fenster hell erleuchtet. Die Häuser und die großen Laubbäume an der Friedhofsmauer hoben sich dunkel vom fahlen Licht des Himmels ab. Wind kam auf. Er pfiff um die Hausecke, rüttelte am Fenster und fuhr über die Wiese. So ein Bild werde ich malen. Heute hat der Mond ein Gesicht, dachte Hanna. Sie wandte sich ab und schlich auf Zehenspitzen ins Kinderzimmer. Bei den Eltern war Ruhe eingekehrt.

Alles Gute, Backfisch

Fünf Monate später, die Herbstferien hatten gerade begonnen, weckte Maria ihre Kinder etwas später. Sie öffnete die Fenster und die Fensterläden. „Es ist ein herrlicher Morgen. Der goldene Oktober macht seinem Namen Ehre", sagte Maria fröhlich. Sie setzte sich zu Hanna ans Bett und nahm sie in die Arme. „Herzlichen Glückwunsch zum Geburtstag, mein Mädchen!" Sie gab ihr einen Kuss auf die Stirn.

„Danke schön!" Hanna lehnte sich an das Kopfende.

„Dieser Geburtstag ist etwas ganz Besonderes. Ich erinnere mich noch genau als ich dreizehn wurde. Die Dreizehn hat etwas Magisches finde ich und vor allem, wenn man noch dazu an einem Dreizehnten Geburtstag hat wie du. Langsam wirst du erwachsen, Hanna. Ab heute bist du ein Backfisch."

„Ein Backfisch? Was ist denn das schon wieder?", fragte Simon belustigt.

„So nennt man junge Leute zwischen dreizehn und zwanzig. Da gibt es gar nichts zu lachen. Nun komm und gratulier deiner Schwester!"

Simon sprang mit beiden Beinen zugleich aus dem Bett und streckte Hanna seine Hand entgegen. „Alles Gute, Backfisch!", wünschte er verschmitzt.

„Danke, Frechdachs!" Hanna gab ihrem Bruder einen Klaps auf den Po.

Quiekend lief er aus dem Zimmer.

„Ihr beiden", sagte Maria kopfschüttelnd. „Und morgen wirst du nun wegfahren."

„Das ist mein allerschönstes Geburtstagsgeschenk.Danke, Mama! Weißt du, eigentlich müsste mir Opa nicht entgegenfahren."

„Mir ist das aber lieber so. Was glaubst du, was auf dem Frankfurter Hauptbahnhof los ist? Ein Gleis am anderen, dann die vielen Menschen. Nein, nein! Opa wird dir bis Karlsruhe entgegenfahren. Schließlich hat er die Freifahrscheine von der Bahn."

„Na ja, daran ist nichts mehr zu ändern, aber zurück könnte ich doch alleine fahren."

„Hanna, das kommt nicht in Frage! Es bleibt wie besprochen. Jetzt raus aus den Federn, das Frühstück ist fertig! Danach muss ich dir unbedingt die Haare schneiden."

„Bitte, nicht!" Hanna griff sich an den Kopf. „Ich möchte sie endlich wachsen lassen."

„Mit den langen Zotteln willst du verreisen? Na, ich weiß nicht..." Maria stand auf und nahm Sophie aus ihrem Bett.

„Ich finde es steht mir besser."

„Bitte, wie du meinst."

Eines Mittags, kurz vor Weihnachten, Hanna und Simon hatten den Tisch gedeckt und Maria nahm das Essen vom Herd, stürzte Kurt zur Tür herein und schrie: „Du Lorbass, wie oft hab ich dir verboten, an mein Werkzeug zu gehen? Ich werd dir helfen!" Er hob die Hand und holte aus.

Hanna riss ihren Bruder zur Seite. Mit voller Wucht traf Kurt sie mitten ins Gesicht. Ihre Brille flog über den Tisch.

„Was mischt du dich ein!", grölte er.

„Ich will nicht, dass du ihn schlägst."

„Wer sich dazwischenstellt, hat selbst Schuld, wenn er die

Prügel abbekommt!"

„Das ist mir egal, lass endlich meinen Bruder in Ruhe", sagte Hanna mit fester Stimme.

Verwirrt sah Kurt in ihre blitzenden Augen und ließ sich auf seinen Stuhl fallen.

Maria starrte entsetzt von einem zum andern.

„Nun setzt euch, damit wir essen!", befahl Kurt.

„Ich kann nichts essen!" Hanna drehte sich um, verließ die Küche und schloss leise die Tür. Im Kinderzimmer musste sie sich setzten, plötzlich zitterten ihr die Knie. Ihre Wange war glühend heiß. Sie weinte keine Träne. Jemand ging die Treppe hinunter. Hanna horchte auf, sie hörte das Motorrad vom Hof fahren.

Maria kam mit Simon herein. „Hier, deine Brille, sie ist heil geblieben. Wenn du jetzt essen möchtest, es ist noch genug da."

„Danke, ich möchte nicht."

„Wie du willst", sagte Maria. Sie nahm Sophie aus dem Laufställchen und fütterte sie.

„Vielleicht sollten wir Herrn Kaplan um Hilfe bitten."

„Hanna!" Maria sah sie entsetzt an.

„Er muss Papa ins Gewissen reden, verstehst du!"

„Bloß nicht, um Gottes willen, dann geht sein Jähzorn erst recht mit ihm durch und wir müssen es ausbaden. Hanna, lass das bitte sein!"

„Ach, Mama, ich dachte nur", erwiderte sie resigniert.

„Ich werde auch fortgehen, wenn ich aus der Schule komme", sagte Simon mit ernster Miene.

„Junge! Wo um alles in der Welt willst du hin?"

„Das weiß ich noch nicht, Mama."

Am nächsten Tag fiel der erste Schnee. Am Nachmittag ging Simon zum Schlitten fahren. Nachdem Hanna den Abwasch erledigt hatte, durfte sie einen Spaziergang machen. Maria blieb mit Sophie zu Hause. Im Winter ging sie nach wie vor nur vor die Tür, wenn es unbedingt sein musste.

Im Wald blieb Hanna ab und zu stehen und lauschte den Schneeflocken, die auf das Unterholz rieselten. Als der See vor ihr lag, hörte es auf zu schneien und die Wolken machten der Sonne Platz. Die dünne Schneedecke auf dem See und auch die abgestorbenen Gräser am Ufer glitzerten und funkelten. Hanna blickte versonnen um sich: Es sieht aus wie im Märchen. Jemand hat die Zweige der Fichten, die Stämme der hohen Tannen, den Weg und den See mit Puderzucker bestreut. Auch der buntgefärbte Laubwald in Göttingen sah wunderschön aus. Stundenlang bin ich mit den Großeltern gewandert, bis hoch zum Bismarckturm. Unzählige Blätter lagen auf den Wegen, rote, gelbe und in den unterschiedlichsten Brauntönen. Sie raschelten bei jedem Schritt. Wahrscheinlich soll ich noch hier bleiben, um meinen Bruder zu beschützen. Wie mutig ich plötzlich war! Opa wusste, dass es so kommen würde. Mamas Lügerei ist auch so scheußlich. Hoffentlich kommt Papa nie dahinter! Sie zog ihre Mütze über die Ohren. Wind war aufgekommen und dicke graue Wolken verdunkelten die Sonne. Langsam machte sie sich auf den Heimweg.

Im darauf folgenden Sommer, die Schwalben waren längst aus dem Süden zurückgekehrt und fütterten bereits ihre Jungen, kam Maria eines Nachmittags schon bald aus der Stadt zurück. „Hanna, ich muss mit dir reden!" Maria nahm ihren Hut ab, fuhr sich durch das volle lockige Haar und kam zu ihr an den Tisch.

„Mama, du bist ja ganz aufgeregt."

„Na, hör mal, was mir die Damen im Modegeschäft erzählt haben: Im Städtle, in der Bahnhofsstraße, gibt es einen Feinkostladen. Dort suchen sie ein Lehrmädchen."

„Aha!"

„Hanna, wir müssen uns gleich darum kümmern!"

„Heißt das, ich soll Verkäuferin werden?"

„Heutzutage muss man froh sein, überhaupt eine Stelle zu finden. Im Modegeschäft bilden sie keine Lehrlinge aus."

„Bei den... den eingebildeten Frauen möchte ich um alles in der Welt nicht arbeiten."

„Du hast mich nicht verstanden, es gibt kaum Lehrstellen. Wir müssen das nehmen, was da ist. Du kannst es dir nicht aussuchen. Guck mich nicht so ungläubig an!"

„Ich weiß, ich muss froh sein, dass mich Papa nicht in die Fabrik steckt."

„Hanna, jetzt hör mal. Wir beide haben oft Pläne geschmiedet, aber Papa will und kann dir eine andere Ausbildung nicht bezahlen."

„Wie hat er gesagt? Ach ja, brotlose Kunst!"

„Wann hast du das wieder aufgeschnappt?"

„Ach Mama, ist doch schon egal..."

„Du musst Papa halt auch verstehen und endlich mal zufrieden und gehorsam sein."

„Ich soll..." Hanna schluckte.

„Sieh mich nicht so an, ich kann es nicht ändern."

„Hast du ein einziges Mal mit Herrn Köhler gesprochen?"

„Warum? Das wäre unnötig gewesen. Aber du musst ihn um ein Zeugnis bitten, damit du etwas in der Hand hast, wenn du dich um die Stelle bewirbst. Gleich morgen. Hörst du?"

„Ist gut", antwortete Hanna niedergeschlagen.

Zwei Tage später machte sich Maria mit ihren Kindern auf den Weg. Hannas Zwischenzeugnis steckte in ihrer Tasche.

„Ich bin gespannt! In dem Geschäft war ich bislang noch nicht, weil es am anderen Ende der Stadt liegt."

Hanna brachte kein Wort heraus.

„Ich hoffe, Frau Langner ist zu Hause. Simon, du musst mit Sophie dort warten, bis wir zurückkommen."

„Och, ich möchte mitgehen."

„Ein andermal. Ich denke, es macht einen besseren Eindruck, wenn ich heute mit Hanna allein hingehe."

„Na gut", murrte er.

Frau Langner war im Garten beschäftigt.

„Schön, dass wir dich antreffen, Guten Tag, Ellen!"

„Guten Tag, zusammen! Maria, was ist los? Du siehst so unternehmungslustig aus. Entschuldige, ich kann dir nicht die Hand geben." Sie wischte die Hände an ihrer Schürze ab und blies sich eine Strähne aus der Stirn.

„Macht nichts! Ellen, ich brauch deine Hilfe, kann ich die Kleinen für eine Stunde hier lassen?"

„Selbstverständlich."

„Danke dir! Ellen, ich muss mit Hanna weiter. Im Feinkostladen suchen sie ein Lehrmädchen."

„In der Bahnhofsstraße?"

„Ja ja. Kennst du die Geschäftsleute?"

„Nur dem Namen nach, Junghans, Feinkost Junghans. Der Laden liegt mir zu weit draußen. Nun lauft! Nachher können wir uns darüber unterhalten. Hanna, viel Erfolg, und schau freundlich drein!"

„Danke", erwiderte sie mit einem gezwungenen Lächeln.

Das Geschäft lag an einer großen Straßenkreuzung und nahm das Erdgeschoss eines Mehrfamilienhauses ein. „Feinkost Junghans" stand in großen Lettern über der Schaufensterfront. Gleich hinter dem Geschäft stand ein Wohnhaus über dem anderen am steilen Berg bis hinauf zur evangelischen Kirche und zum Schloss. In Richtung Bahnhof befanden sich eine

Fahrradwerkstatt, eine Gerberei und ein großes Sägewerk. Gegenüber bis zur Brücke, die über die Nagold führte, gab es einen Baustoffhandel, ein Schuhgeschäft, einen Goldschmied und eine Bäckerei. An der anderen Straße, stadteinwärts, standen sich zwei mehrstöckige Hotels gegenüber. Eins davon mit einer Metzgerei.

Als Maria und Hanna um Punkt fünfzehn Uhr das Geschäft betraten, war noch keine Kundschaft zu sehen. Eine Frau im weißen Kittel, wohlproportioniert mit hellblonden kurzen Haaren, kam aus der Obst- und Gemüseabteilung. „Grüß Gott! Was darf's sein?"

„Grüß Gott! Scherer. Das ist meine Tochter Hanna. Sind Sie Frau Junghans?"

„Ganz recht."

Maria reichte ihr die Hand. „Ich habe gehört, dass Sie ein Lehrmädchen suchen."

„Das isch richtig. Ihr Fräulein Tochter isch interessiert?" Frau Junghans taxierte Hanna von oben bis unten. „Wie alt sind Sie?"

„Im Oktober werde ich vierzehn." Hanna machte einen Schritt auf sie zu, gab ihr die Hand und knickste.

„Vierzehn? Dann darf ich ja noch Du sage, gell Hanna, obwohl du ein Stückle größer bist als ich."

„Ja, Gern."

Frau Junghans wandte sich wieder an Maria. „Frau...?"

„Scherer."

„Frau Scherer, ich sehe, mein Mann fährt gerade vor. Das passt gut, wissen Sie, ich kann das nicht allein entscheiden."

„Selbstverständlich, Frau Junghans."

„Mit dem Verkaufswagen fährt er dreimal in der Woche über Land, zusammen mit meinem Vater."

„Ah, ja!"

„Einen Moment bitte, ich will eben Bescheid sagen." Sie

eilte hinaus und kurz darauf kam sie mit ihrem Mann zurück. Herr Junghans war einen Kopf größer als seine Frau, dunkelhaarig und gut beieinander. Er begrüßte Maria und Hanna freundlich. „Bislang hatte wir noch keine Lehrling. Ja, i' würd sage, da mache wir net lang Federlese', was meinscht du, Margot?"

„Mir soll's recht sein.", erwiderte seine Frau rasch.

„Hanna, kommscht du im Frühjahr aus der Schul?", wollte Herr Junghans wissen.

„Ja, Ende März", antwortete sie mit glühenden Wangen.

„Gut, Hanna, versuche wir's miteinander. Am erschte April kannscht du bei uns anfange, wenn's recht isch!"

Mutter und Tochter sahen sich verdutzt an. „Danke vielmals!", sagten sie wie aus einem Mund.

„Hand drauf!", forderte er sie auf.

„So, Hanna, jetzt komm doch eben mit, ich möchte dich meinem Vater vorstellen und dir den Verkaufswagen und die Lager zeigen." Frau Junghans ging voran und hielt ihr die Tür auf.

Auf dem Rückweg, als sie außer Sichtweite waren, blieb Maria stehen und griff sich an den Kopf. „Hanna, ich kann's nicht glauben! Es kommt mir vor, als ob die Geschäftsleute nur auf dich gewartet hätten."

„Herr Junghans hat noch nicht mal nach meinem Zeugnis gefragt."

„Tatsächlich!"

„Was hat er noch gesagt, als ich draußen war?"

„Wir möchten in vier Wochen vorbeikommen, damit wir zusammen den Lehrvertrag unterschreiben."

„Aha!"

„Im ersten Lehrjahr bekommst du monatlich siebzig Mark. In ein Freudengeschrei wird Kurt nicht ausbrechen, aber immerhin kann man davon deine Schulbücher bezahlen."

„Weiße Kittelschürzen brauche ich auch", sagte Hanna nachdenklich.

„Ach ja, und einmal in der Woche musst du zur Berufsschule nach Nagold."

„Das kostet Busgeld. Papa wird das nicht gefallen."

„Das werde ich ihm schon beibringen! Weißt du, ich freue mich, dass du einen Beruf erlernen kannst."

„Warum Herr Junghans gerade mich haben will?"

„Du hast einen guten Eindruck gemacht. Freu dich doch!"

„Ich weiß nicht..."

„Und noch was, du bekommst ein Mittagessen und abends wird dich Herr Junghans nach Hause fahren, weil der Bus schon eine halbe Stunde vor Ladenschluss fährt. Meine Sorge hat er sofort verstanden. Der weite Weg und noch dazu im Dunkeln..."

„Mama, ich bin doch kein kleines Kind mehr."

„Trotzdem! Nun komm weiter, Ellen wartet. Na, die wird Augen machen!"

„Herrn Pahlke, den Vater von Frau Junghans, hast du ihn gesehen?"

„Nur kurz durch das Schaufenster."

„Er ist auch Ostpreuße. Ich hab das sofort jehört, er spricht jenauso wie Oma und Opa Scherer."

Belustigt erwiderte Maria: „Ich muss schon sagen, dein zukünftiger Chef gefällt mir gut."

„Er ist ein Hiesiger", gab Hanna zu bedenken.

„Ab und zu gibt es auch nette Schwaben."

„Mama, und wie findest du seine Frau? Wie alt mag sie sein?"

„Ich schätze sie auf Ende zwanzig. Mit ihr ist bestimmt nicht gut Kirschen essen."

„Wieso?"

„Sie hat eine spitze Nase."

„Ich finde sie hat ein hübsches Gesicht. Sie war auch sehr aufgeregt, mal sprach sie Hochdeutsch, mal Schwäbisch."

„Ich hab's bemerkt."

„Ich glaube, sie ist sehr nett."

„Warten wir's ab, Hanna."

So hat jeder seine Träume

Im nächsten Frühjahr, einen Tag vor den Osterferien, ließ Herr Köhler in der letzten Stunde seine Schüler klassenweise nach vorn kommen. Einigen schenkte er ein zufriedenes Kopfnicken, andere ernteten ein Stirnrunzeln, als er ihnen das Zeugnisheft aushändigte.

Herr Köhler hat sich fein gemacht, er hat ein Jackett an. Sonst trägt er immer den weißen Kittel zu Oberhemd, Krawatte und seinen Knickerbockern. Heute bin ich mit bei den Letzten. Gleich bin ich dran, dachte Hanna. Das Herz klopfte ihr bis zum Hals.

Mit einem herzlichen Lächeln schüttelte der Lehrer seinen drei Achtklässlern die Hand und ließ es an guten Wünschen für die Zukunft nicht fehlen. „Nun bleibt bei mir, damit wir gemeinsam unsere beiden Herren verabschieden. Sie haben heute ihr Landschulpraktikum beendet. Ich danke Ihnen, meine Herren, dass Sie mir in den letzten sechs Wochen so tatkräftig zur Seite gestanden und gestern, obwohl das Wetter zu wünschen übrig ließ, an unserer alljährlichen Schnitzeljagd teilgenommen haben."

Zwei junge Männer in dunklen Anzügen mit Schlips und Kragen, erhoben sich aus der letzten Bank und kamen rasch nach vorn. Mit einer Verbeugung reichten sie Herrn Köhler die Hand und gratulierten den Schulabgängern.

„So, meine Herrschaften, bevor wir uns nun in die wohlverdienten Ferien begeben, sprechen wir zum Abschluss wie gewohnt unser Gebet." Herr Köhler und alle Anwesenden falteten die Hände und beteten im Chor: „Herr, gib uns deinen Segen auf allen unseren Wegen. Amen!"

Maria fuhr mit ihren Kindern nach Freudenstadt. Für Hanna stand eine Kontrolle beim Augenarzt an. Anschließend suchten sie ein Textilgeschäft auf, um weiße Kittelschürzen zu kaufen. Maria war erschrocken, als sie den Preis sah. Unverrichteter Dinge verließen sie das Geschäft.

„Nein, das kommt nicht in Frage, das ist zu teuer!", sagte Maria aufgebracht. „Komm, wir gehen in das Stoffgeschäft, besorgen weißen Köper und ich werde die Kittel nähen."

„Mama, schaffst du das noch? In zehn Tagen muss ich zur Arbeit."

„Natürlich, wenn du kochst. Übrigens, du musst unbedingt zum Friseur! Mit den langen Zotteln kannst du nicht in einem Lebensmittelgeschäft arbeiten."

„Mama, ich..."

„Keine Widerrede! Wir nehmen einen Bus eher und ich melde dich heute noch bei meinem Friseur an."

„Das kostet auch wieder Geld."

„Hab nicht immer das letzte Wort!"

Zwei Tage später betrat Hanna pünktlich um neun Uhr den Frisiersalon. Ihr war nicht geheuer, als ihr der Friseurmeister durch das Haar fuhr und seiner Angestellten erklärte, welche Frisur Frau Scherer für ihre Tochter wünschte. Nachdem ihre Haare gewaschen und frottiert waren und die Friseurin wortlos die Schere zückte, wurde es Hanna heiß unter dem Umhang. Sie biss die Zähne zusammen. Auch als sie stachelige Lockenwickler und zum Himmel stinkende Dauerwellenflüssigkeit quälten, brachte sie kein Wort heraus.

Erst nach drei endlosen schweigsamen Stunden nahm ihr die Friseurin den Umhang ab. „Bitte, das wär's", brachte sie jetzt hervor.

„Danke", krächzte Hanna. Rasch stand sie auf, griff ihre Brille, ging an die Kasse und bezahlte achtzehn Mark. Einen knappen Gruß murmelnd eilte sie hinaus und lief durch die Straßen. Hin und wieder blieb sie vor einem Schaufenster stehen und betrachtete verstohlen ihr Spiegelbild. Sie war den Tränen nah.

„Wie siehst du denn aus?" Simon bog sich vor Lachen, als Hanna ins Wohnzimmer kam.

„Hör bloß auf!", sagte sie weinerlich.

„Na, bitte, so lass ich mir das gefallen!" Zufrieden betrachtete Maria ihre Tochter von allen Seiten.

„Ich sehe scheußlich aus", schluchzte sie, „so ein Wuschelkopf und so kurz!"

„Ach, nun heul doch nicht. Die Haare wachsen wieder", tröstete Maria sie.

„Lockenköpfchen! Lockenköpfchen!", neckte Simon seine Schwester und grinste ihr frech ins Gesicht.

„Als kleiner Junge hattest du auch Locken", sagte Maria.

„Glaub ich nicht."

„Doch, mein Junge. Niedlich hast du damit ausgesehen, wie ein Mädchen. Aber nachdem ich dir zum ersten Mal die Haare geschnitten hatte, war die Pracht vorbei."

„Mama, das waren echte Locken, nicht so komische Dinger." Hanna zog an ihrem Haar.

„Nun hör endlich auf, du wirst dich daran gewöhnen", sagte sie ungehalten.

Niemals!, dachte Hanna empört.

Simon lachte immer noch.

Am ersten April machte sich Hanna beizeiten auf den Weg, sie wollte ein paar Minuten vor acht im Laden sein. Den Bus, der bereits morgens um sechs in die Stadt fuhr, würde sie nur an den Berufsschultagen nehmen.

Bei Frau Junghans war peinliche Sauberkeit und Ordnung angesagt. Gleich am ersten Tag hatte ihr Lehrmädchen das Vergnügen, sich mit Putzwasser und Lappen zu beschäftigen. Regelmäßig wurden die Regale im Laden ausgewischt und sämtliche Dosen, Pakete, Tüten und Flaschen hatten eine Fingerprobe zu bestehen. Die Fächer in der Obst- und Gemüseabteilung, die aus Glasscheiben bestanden und teilweise mit Spiegeln versehen waren, hatten blitzblank zu sein. Wurde neue Ware angeliefert, musste diese ordentlich im Lager gestapelt werden. War das alles zu ihrer Zufriedenheit, ging es an die Schaufenster. Die über zwölf Meter lange Fensterfront musste, wenn nicht von innen, dann von außen, geputzt werden und das auch bei Eis und Schnee. Frau Junghans ging jedoch mit gutem Beispiel voran. Schon in der ersten Woche stellte sie erfreut fest, dass Hanna die Arbeit flott von der Hand ging und sie tüchtig zufassen konnte. Obendrein gab sie sich freundlich, zuvorkommend und hilfsbereit ihr und der Kundschaft gegenüber. Frau Junghans sparte nicht mit lobenden Worten, das spornte Hannas Fleiß an. Fortan trat sie jeden Morgen frohgemut ihre Arbeit an.

Um achtzehn Uhr dreißig, nach Ladenschluss, wurde kistenweise Nachschub aus dem Lager herangeschleppt, um die Regale aufzufüllen. Dreimal die Woche kam eine Ladenhilfe. Sie hatte den Verkaufswagen zu bestücken und anschließend half sie den Steinfußboden im Laden zu wischen. Erst danach gab sich Frau Junghans zufrieden. Ihr Mann hatte unterdessen einigen Kunden die Einkäufe nach Hause gebracht. Anschließend musste er noch Hanna ins Dorf hinauffahren. Meist war sie erst gegen zwanzig Uhr zu Hause.

Samstags, wenn gegen fünfzehn Uhr die Arbeit geschafft war, wollte Hanna zu Fuß heimgehen, ihrem Chef war das nur recht. Sie eilte die steilen Gassen hinauf in Richtung Schloss. Erst am Stadtfriedhof legte sie eine Verschnaufpause ein. Der Friedhof lag zwischen zwei Straßen und war terrassenförmig angelegt. Efeu überwucherte die hohe Friedhofsmauer und die Stämme der riesigen Laub- und Nadelbäume. Meist lagen die Gräber im Halbdunkel. Hier mochte Hanna nicht hineingehen. Auf der Wiese unterhalb des Waldes, befand sich jetzt das Gymnasium. Hanna ging bis zur Bank und setzte sich. „Nur ein paar Sekunden", murmelte sie und sah hinüber zum Forsthaus und zum Wald: Da möchte ich hingehen, mich ins weiche Moos legen, meine Augen schließen und dem Wind lauschen. Aber ich muss nach Hause, Mama wartet. Vielleicht passt es morgen nach der Kirche? Hanna stand auf und lief den Feldweg entlang.

Oft wurde sie von ihrer Mutter stadtfein erwartet oder Maria saß bis zum Abend an der Nähmaschine. Maria hatte zuvor gekocht und Kuchen gebacken. Für den Berg Abwasch, der sich im Waschbecken und auf dem Küchentisch türmte, war nun Hanna zuständig. Meist musste auch noch die Treppe gebohnert werden oder Maria hatte einen Korb voll Bügelwäsche für sie liegengelassen.

Ende April fuhr Hanna das erste Mal zur kaufmännischen Berufsschule. In Nagold kam sie rechtzeitig an. Der Bahnhof war ihr bekannt, nur in der Stadt war sie bislang noch nicht gewesen. Sie verlief sich, obwohl ihr Herr Junghans den Weg genau beschrieben hatte. Über eine halbe Stunde kam sie zu spät in den Unterricht. Mit hochrotem Kopf brachte sie eine Entschuldigung vor. Doch damit nicht genug, vor groß dreinschauenden jungen Leuten, musste sie dem Lehrer ihren vollen Namen, das Geburtsdatum, ihre Anschrift und die ihres Lehrherrn angeben. Anhand einer Liste verglich er Hannas Angaben, daraufhin nickte er freundlich und wies sie an, Platz zu nehmen. Einen Dank murmelnd setzte sie sich auf den erstbesten Stuhl.

In der Mittagspause spazierte Hanna durch den nahen Park. Niemand begegnete ihr. Hier wuchsen Eichen, Buchen, Kastanienbäume, Tannen und andere Laub- und Nadelbäume, deren Namen sie nicht kannte. Vereinzelt waren Bänke aufgestellt. Hanna setzte sich nahe des Ausganges. Von Zeit zu Zeit einen Blick auf ihre Armbanduhr werfend, verzehrte sie ihr Vesperbrot.

In der kleinen Pause wurde sie am Ärmel gezupft. Hanna sah sich erstaunt um. Ein Mädchen, zierlich und einen halben Kopf kleiner als sie, sah neugierig zu ihr auf. „Heut Mittag warscht du so schnell weg. Wo bischt du g'wese?"

„Ich? Ich war spazieren."

„Was? Spaziere? Ach, du lieb's Herrgöttle, das isch doch langweilig! Hanna heischt du, gell?"

„Ja. Und du?"

„Sigrid!"

„Aha!" Hanna sah ihr prüfend in die Augen.

„Was isch, g'fällt dir mein Name net?"

„Doch, aber, ich bin nur so bafft!" Hanna griff sich mit beiden Händen an den Kopf.

„Warum?"

„Du erinnerst mich an jemand."

„So?"

„Ja, du siehst meiner Freundin Brigitte sehr ähnlich. Wir sind zusammen zur Erstkommunion gegangen. Leider ist sie bald danach weggezogen. Brigitte hat auch so schöne rote Haare."

Sigrid zog sich an ihrem Pferdeschwanz. „I' find die Farb blöd!"

„Ich mag rote Haare."

„Deine sehn auch ein bissle rot aus, wenn die Sonn draufscheint." Sigrid ging um sie herum.

„Wirklich?"

„Ha ja! Übrigens, in der große Paus war ich mit einige aus der Klass im Café."

„Aha?"

„Hanna, nächscht Woch muscht du unbedingt mitkomme, eine Limo trinke und ein bissle tanze."

„Tanzen?"

„Freilich, guck net so groß, das macht Spaß!"

So kam es, dass Hanna am nächsten Berufsschultag mit Sigrid und einigen anderen jungen Leuten das Café aufsuchte. Im Nebenzimmer fanden sie sich ein. Hanna blieb unschlüssig an der Tür stehen. Sigrid bugsierte sie kurzerhand an den Tisch und bestellte zwei Limo.

„Du benimmst dich, als wärst du hier daheim."

„Hanna, weischt, i' kenn mich aus, meine Eltern habe ein Gaschthaus."

„Ach, deshalb."

Kaum, dass die Musikbox spielte, sprang Sigrid lachend auf und zog Hanna mit hinüber auf die Tanzfläche.

„Mensch, Sigrid, ich kann das doch nicht!"

„Jetzt pass auf! So, und so", Sigrid tanzte ohne Hanna zu berühren und ließ ihre Hüften kreisen. „Sei halt locker und hör bloß auf die Musik, komm, versuch's!", rief sie mit strahlenden Augen.

Zögernd begann Hanna zu tanzen. Sie fand den Rhythmus und ihre Bewegungen wurden fliesender.

„Prima, Hanna! Isch doch gar net schwer, gell!"

Die Mädchen lachten ausgelassen.

Ein Jahr später, an einem Samstag, kam Hanna wie üblich gegen sechzehn Uhr nach Hause. Schon vor der Haustür duftete es nach Fichtennadeln. Herr Koch ging über den Flur. Sie grüßten einander freundlich.

„Da bist du ja endlich. Ich muss gleich los." Maria stand im Schlafzimmer vor der Frisierkommode und setzte ihren Hut auf. Einen hellgrauen Strohhut mit dunkelblauen Tüllblüten. „Ich verstehe nicht, warum du so gern zu Fuß gehst? Du könntest viel eher zu Hause sein."

„Ach, ich geh halt gern über die Wiesen. Es duftet nach Heu und die Vögel zwitschern."

Maria kam ins Wohnzimmer, griff ihre Tasche und ging zur Tür. „Papa ist zum Holzmachen, die Kleinen spielen auf dem Wäscheplatz. Wenn du Hunger hast, es ist noch Mittagessen übrig. Bis nachher!" Sie eilte die Treppe hinunter.

„Bis nachher", grüßte Hanna. Sie ging in die Küche und sah aus dem Fenster. Sophie saß auf der Schaukel und Simon gab ihr Schwung. Hanna wandte sich ab, trat ans Waschbecken, ließ den Warmwasserboiler voll laufen und schaltete ihn an. Das Gerät hatte Kurt erst vor ein paar Wochen angeschafft. Hanna wärmte sich die restlichen Bratkartoffeln auf, gab sie auf einen Teller und aß etwas Kürbiskompott dazu. Als ihre Geschwister zur Tür hereinstürmten, war sie dabei das Geschirr zu spülen.

„Hanna, ich möchte ein Brot mit Heidelbeermarmelade und ein Glas Milch!", rief Simon.

„Dann mach mal, du weißt ja, wo alles steht."

„Na gut", stöhnte er und ging in die Speisekammer.

„Kommst du mit auf die Schaukel?", fragte Sophie.

„Nein, wenn ich mit dem Abwasch fertig bin, muss ich noch Schularbeiten machen. Simon, du könntest abtrocknen."

„Keine Lust!" Er trank sein Glas Milch, nahm das Marmeladenbrot auf die Hand und lief hinaus.

Sophie blieb an der Tür stehen. „Hanna, wenn ich groß bin, helfe ich dir."

„Das ist nett, jetzt geh nur." Liebevoll nickte sie ihrer kleinen Schwester zu.

Eine halbe Stunde später, Hanna saß über ihren Schularbeiten, hörte sie ihren Stiefvater auf den Hof fahren. Kurz darauf kam er ins Wohnzimmer. „Ach, du bist hier. Wo ist Mama?"

Hanna sah von ihrer Arbeit auf. „Sie musste noch zu einer Kundin."

Kurt wurde nachdenklich und ging ins Schlafzimmer. Hanna hörte ihn rumoren. Er kam wieder herein, legte ein Schulheft vor ihr auf den Tisch und klappte es auf. „Da, siehst du, das ist deine Mutter!" Er tippte mit seinem Zeigefinger mehrmals auf die Seite.

Hanna sah ihn verständnislos an.

Kurt setzte sich ihr gegenüber. Um seinen Mund lag ein eigenartiges Grinsen. Hanna kroch es kalt über den Rücken.

„Nun lies", sagte er mit rauer Stimme.

Hanna nahm das Heft in die Hand. Sie erkannte seine Handschrift. Ungefähr zehn Daten waren untereinandergeschrieben und hinter jeder Zahl standen drei oder vier Worte in deutscher Schrift. Hanna konnte es lesen, doch es ergab keinen Sinn. Irritiert sah sie ihrem Stiefvater in die Augen. Ihr schauderte. „Ich, ich versteh nicht..."

„Du kannst doch die deutsche Schrift lesen."

„Schon", erwiderte Hanna. Noch einmal überflog sie seine Notizen: Bin zu müde! Ich habe keine Lust! Lass mich in Ruhe! Ich habe Kopfschmerzen! Nicht schon wieder! Hanna sprang auf und schrie: „Das geht mich nichts an", sie knallte das Heft auf den Tisch, „ein für alle Mal, dass du es nur weißt!" Fluchtartig verließ sie das Wohnzimmer und rannte die Treppe hinunter.

Kurt schluchzte auf: Ich bin zu weit gegangen. Was hab ich mir dabei gedacht? Oh Gott, oh Gott, wie konnte ich nur. Alles will ich für Maria tun. Alles! Warum zeigt sie mir so oft die kalte Schulter? Das macht mich krank. Nachher muss ich noch einmal mit ihr reden, so kann es nicht weitergehen! Kurt wischte sich über die Augen. Mit zitternden Händen nahm er eine Zigarette, zündete sie an und inhalierte gierig die ersten Züge. Er behielt die Zigarette im Mundwinkel, griff das Schreibheft, trennte die Seite heraus und verbrannte sie im Aschenbecher. Die Asche kippte er in den Ofen. Er seufzte erleichtert und ging ins Schlafzimmer hinüber. Er sah aus dem Fenster, die Kinder waren nicht zu sehen. Kurt nahm frische Wäsche und ein Handtuch aus dem Schrank. Aus der Küche holte er ein Stück Seife und ging nach unten.

Bloß weg hier, schnell weg!, dachte Hanna, als sie aus dem Zimmer gestürzt und die Treppe hinuntergerannt war. Sie sah um die Hausecke und winkte ihren Geschwistern. Sophie kam gleich angelaufen.

„Was ist denn?", wollte Simon wissen.

„Komm, bitte!", sagte Hanna eindringlich. Sie nahm Sophie an die Hand und eilte mit ihr vom Hof.

Simon sprang von der Schaukel und lief hinter ihnen her. „Wo willst du denn hin? Hanna, ich denke, du musst noch Schularbeiten machen."

„Frag jetzt nicht so viel und komm!"

Nachdenklich sah er sie immer wieder von der Seite an. Erst als sie das Wegle erreichten blieb Hanna stehen.

„Mensch, du hast vielleicht einen Schritt drauf!", stöhnte Simon und ließ sich ins Gras fallen. Sophie setzte sich neben ihren Bruder.

„Ach, nun jammere nicht. Ich möchte zum Forsthaus und danach in den Wald, an unseren alten Platz."

„Von mir aus, aber erst muss ich mich ausruhen", erwiderte Simon. Er legte sich hin und verschränkte die Arme unter dem Kopf.

„Sophie, so kannst du endlich das Gretle sehen", sagte Hanna und setzte sich zu ihnen.

„Au ja! Machst du mir ein Kränzchen?"

„Gern."

Sophie sprang auf und pflückte Gänseblümchen.

„Gab es wieder Streit?", fragte Simon leise.

Hanna nickte.

„War's schlimm?"

„Scheußlich", flüsterte sie und legte sich neben ihn.

Nach einer Weile kam Sophie mit einem kleinen Strauß. „Hanna, reichen die?"

Sie setzte sich auf. „Bestimmt." Hanna nahm ihr die Blumen ab, legte sie neben sich ins Gras und begann eine Girlande zu stecken.

Sophie sah ihrer Schwester interessiert auf die Finger: Mit ihrem Daumennagel schlitzte Hanna den dünnen Stiel ein Stückchen auf und steckte das nächste Gänseblümchen hindurch. „Du kannst das so gut", lobte Sophie, „ich mache die immer kaputt."

„Das lernst du noch. Komm, lass mich messen!" Hanna hielt die Blumengirlande um Sophies Kopf. „Warte, noch ein paar, dann passt es."

Simon sprang auf. „Ich geh' langsam weiter."

„Mach das, wir kommen gleich nach." Hanna steckte noch einige Blumen und verband die Enden miteinander. Vorsichtig legte sie ihrer Schwester den Kranz aufs Haar.

Sophie bedankte sich mit strahlenden Augen.

Hanna streichelte ihre Wange. „Damit siehst du noch hübscher aus."

Sie standen auf und gingen Hand in Hand weiter. Hanna

sah nachdenklich auf den Weg: Ob ich Mama davon erzählen sollte? Besser nicht! Bestimmt würde es Streit geben. Aber wenn Papa wieder mit so etwas kommt, dann muss ich es Mama sagen. Unbedingt! Sein komischer Gesichtsausdruck, seine Blicke, sein ekeliges Grinsen werde ich nie vergessen. Das war so scheußlich! Mir ist nie geheuer, wenn ich mit ihm allein sein muss. Heute war es anders, widerlich und ekelhaft! Nie mehr werde ich ihn küssen! Ihr schauderte.

„Was ist denn?" Sophie sah erschrocken zu ihr auf.

„Ach – mir war nur ein bisschen kalt", antwortete Hanna leise.

Simon wartete an der Dorfstraße. Gemeinsam gingen sie weiter zum Forsthaus. Das Gretle war nicht zu sehen. Erst als Simon am Zaun rüttelte, kam es angelaufen und boxte mit aller Wucht gegen den Zaun. Sophie erschrak und versteckte sich hinter ihrer Schwester.

„Simon, du hast es aufgeschreckt", Hanna zog ihn zurück, „ich will nicht, dass es sich weh tut. Dass es hier jahrelang eingesperrt wird, ist schon schlimm genug."

Anna Keppler kam über den Hof und legte ihre Hand über die Augen. „Ja, Grüß Gott!", rief sie gedehnt.

Die Geschwister erwiderten ihren Gruß.

„Ja, freilich", Anna kam etwas gebeugt auf sie zu. „Hanna, wie lang habe wir uns nimme g'sehe?"

„Fast sechs Jahre."

„Freilich, so lang", erwiderte sie erstaunt. „Das isch der Simon, gell? Und wer isch die Kleine?"

„Unsere Schwester Sophie", antwortete Simon.

„Ja, freilich, die Sophie! So ein groß' Mädle, das hätt i' net denkt. Hanna, bischt du schon aus der Schul?"

„Oh ja, ich bin im zweiten Lehrjahr."

„So, du schaffst schon. Und was?"

„Ich werde Verkäuferin."

„So, das isch ja g'schickt. Und den Eltern geht's gut?"
„Ja, danke."
„Sag ein schöne Gruß, gell!"
„Gern."
„I' muss weiter schaffe. Ade miteinander!"
„Ade!", grüßten die Geschwister und gingen vom Hof.
Hanna drehte sich um. Anna hatte sich noch nicht von der Stelle gerührt und sah hinter ihnen her. „Einen recht schönen Gruß an Frau Keppler!", rief Hanna.
„Ja, freilich, das mach i' gern!" Anna winkte ihr zu.
„Wer war die alte Frau?", wollte Sophie wissen.
„Die Magd. Anna ist die Schwester von Herrn Keppler", sagte Hanna.
„Warum hat sie mich nicht erkannt?"
„Du stellst Fragen!", lachte Simon.
„Du warst noch ein Baby, als wir hier ausgezogen sind", erklärte Hanna.
„Ach so. Wo sind wir dann hingezogen?"
„Na, ins Waschhaus!", antwortete Simon ungeduldig.
Unterdessen hatten sie den Wald erreicht und gingen schweigend weiter bis zur Lichtung.
„Hier ist es ja schön. So viel Moos", schwärmte Sophie.
„Komm, setzt dich, es ist ganz weich", sagte Hanna, „oh, du hast dein Kränzchen verloren."
Sophie fasste sich an den Kopf. „Schade!"
„Sei nicht traurig, morgen mach ich dir ein neues."
„Hanna, erzählst du uns eine Geschichte?", fragte Simon und streckte sich gemütlich aus.
„Oh ja, Hänsel und Gretel", bettelte Sophie und kuschelte ihren Kopf in Hannas Schoß.
„Gern." Hanna blickte in die Baumwipfel und begann mit leiser wohlklingender Stimme ausführlich zu erzählen.

Es dämmerte, als die Geschwister den Platz verließen. Am Waldrand gingen sie auf der Straße in Richtung Stadt weiter.

„Willst du ins Städtle?", fragte Simon.

„Nein, nur bis zur Bank, unterhalb des Waldes. Zurück nehmen wir den Feldweg."

„Na gut", erwiderte er.

„Simon, ich möchte auf der Bank warten bis der Mond aufgeht und die Sterne funkeln."

„Au ja", flüsterte Sophie.

„Wir kriegen Ärger, wenn wir so spät nach Haus kommen", gab Simon zu bedenken.

„Egal, ich nehme das auf meine Kappe."

„Mensch Hanna, bist du mutig!"

Ein paar Tage danach, als Hanna von ihrem Chef nach Hause gebracht wurde, fuhr Kurt gerade vom Hof. Sie lief die Treppe hinauf und ging ins Wohnzimmer. „Guten Abend, Mama!", grüßte sie und setzte sich zu ihr.

„Guten Abend, mein Mädchen!" Maria sah nur für einen Moment von ihrer Arbeit auf und zeichnete weiter Blätter auf ein Stück dunkelroten Filz. Vor ihr auf dem Tisch lagen bereits mehrere ausgeschnittene Blütenblätter in verschiedenen Farben und Größen. Daneben stand eine Schachtel mit den unterschiedlichsten Perlen, Kordeln und Bändern. Drei breitkrempige Filzhüte, ein hellgrauer und zwei sandfarbene, nahmen den restlichen Platz ein.

„Sind das deine Hüte?"

„Nein, das ist ein Auftrag."

„Ach so. Wo sind die Kleinen?" Diese Frage stellte Hanna jeden Abend, wenn sie von der Arbeit kam.

„Na, im Bett. Und wie war dein Tag?"

„Eigentlich ganz schön, Mama, aber ich habe mich auch geärgert."

„Über deine Chefin?"

„Aber nein", Hanna winkte ab, „über den Waschmittelvertreter. Ein geschniegelter Affe sag ich dir."

„Na na!"

„Der Lieblingsvertreter von Frau Junghans. Mit ihm hält sie gern ein Schwätzchen."

„Darüber hast du dich geärgert?"

„Nee, es war so: Heute durfte ich zum ersten Mal allein das Eckfenster dekorieren. Zum Sommer hin müssen die hübschen Fläschchen und Krüge mit dem Original Schwarzwälder Obstwasser ausgestellt werden, weil die Sachen als Mitbringsel bei den Kurgästen sehr beliebt sind."

„Aha, nun erzähl weiter." Maria nähte jetzt von Hand mehrere Blütenblätter zusammen.

„Frau Junghans bediente gerade eine Kundin, als der Vertreter in den Laden stolzierte. Er kam zu mir und sah sich neugierig meine Arbeit im Schaufenster an. Anschließend lobte er mich bei Frau Junghans. Daraufhin erzählte sie ihm, dass sie mich zu einem Dekorationskurs schicken wolle. Da hat er laut gelacht und gesagt, dass junge Leute auf so einer Schule nur das Rumpoussieren lernen."

„Das kommt davon, weil du immer viel zu kurze Röcke trägst."

„Quatsch!"

„Jetzt werd nicht frech! Ich sage immer wieder, die Knie sollten bedeckt sein."

„Meine Chefin hat noch nie ein abfälliges Wort darüber gesagt."

„Pah! Sie muss dich ja auch warm halten, damit du tüchtig arbeitest. Und das für die lumpigen paar Mark im Monat."

„Ich denke du freust dich, dass ich da arbeite."

„Ja ja, ist schon gut."

„Mama, ich arbeite gern im Laden. Frau Junghans ist die

Letzte, die jemandem nur schöntut, sie ist ehrlich."

„Hör auf, ich hab keine Lust mich noch länger über diese Frau zu unterhalten."

Hanna erschrak. Sie erkannte das Glitzern in ihren Augen. Schnell stand sie auf. „Ich hole mir ein Glas Milch. Möchtest du auch?"

„Ja, gern."

Hanna eilte hinaus. Mit zwei Glas Milch kam sie zurück und stellte sie auf den Tisch. „Mama, weißt du, was ich eben gedacht habe?"

„Was denn?" Maria hielt zwei Blüten an einen Hut und betrachtete ihn eingehend.

„Möchtest du nicht noch einmal verreisen, solange ich noch hier bin?" Hanna setzte sich wieder.

„Das wäre schön."

„Vielleicht zusammen mit Papa?"

„Du kommst auf Ideen!" Maria legte den Hut aus der Hand.

„Frau Herrmann und ihr Mann haben immer an der Ostsee Urlaub gemacht. Dort haben sie wie im siebenten Himmel gelebt. Aber das war noch vor dem Krieg, als ihr Mann noch lebte."

„Woher weißt du das?"

„Ich habe Frau Herrmann besucht."

„Das ist ja ganz was Neues! Seit wann besuchst du meine Kundinnen?"

„Frau Herrmann hat mich eingeladen, als sie vor einiger Zeit im Laden war. Ab und zu gehe ich in der Mittagspause zu ihr."

„Ist ja nett, dass ich das auch mal erfahre."

„Mama, wir haben doch kaum noch Zeit zum Reden."

„Was machst du so bei Frau Herrmann?"

„Och, wir quatschen oder sitzen beieinander und trinken

Kaffee. Bohnenkaffee, keinen Muckefuck."

„Und raucht euer Zigarettchen?"

„Woher weißt du das?" Hanna bekam einen roten Kopf.

„Ich kriege alles raus, das solltest du doch wissen." Maria warf ihr einen strengen Blick zu. „In deiner Schultasche habe ich Zigaretten gefunden."

„Mama, du hast geschnüffelt!", rief sie entrüstet.

„Was heißt geschnüffelt, noch bin ich für dich verantwortlich. Sei froh, dass ich Papa nichts erzählt habe."

„Ich habe auch nie gepetzt."

„Das gibt dir nicht das Recht, hinter meinem Rücken Heimlichkeiten zu haben. Ich finde es eklig, dass du rauchst!"

Hanna zuckte mit den Schultern.

„Dass dir das Zeug überhaupt schmeckt."

„Rauchen ist ein gutes Gefühl."

„Weiß deine Chefin davon?"

„Ja, aber ich rauch nur mal eine in der Berufsschule oder bei Frau Herrmann." Hanna kicherte. „Sie findet es köstlich, dass wir ein gemeinsames Laster haben."

„Hanna, darüber kann ich nicht lachen."

„Was sagt du nun zu meiner Idee?"

„Das wäre gar nicht schlecht." Maria nippte nachdenklich an ihrem Glas.

„Papa hat noch nie Urlaub gemacht. Wenn er nicht in der Arbeit ist, schuftet er im Wald oder hilft seinen Eltern bei der Feldarbeit."

„Man könnte meinen, er tut dir Leid", sagte Maria voll Ironie.

„Mama, ich meine es so, wie ich es sage."

„Und was würdest du tun, wenn er zufällig dahinterkommt, dass du Zigaretten rauchst?"

„Ich würde es nicht abstreiten."

Maria sah ihr sprachlos ins Gesicht.

„Im Oktober bekomme ich Urlaub", sagte Hanna, um das Thema von eben wieder aufzunehmen, „wegen der Kurgäste geht es nicht eher."

„Das ist eine schöne Jahreszeit zum Verreisen."

„Ihr könntet sozusagen euren Hochzeitstag feiern."

Maria lachte auf. „Mein Gott, ja, inzwischen der zwölfte. Die Zeit vergeht!"

„Übrigens, letzte Woche war Fräulein Fegert im Laden."

„Deine Handarbeitslehrerin?"

„Ja. Sie hat mich tatsächlich gefragt, ob ich schon einen Freund habe."

„Na, die hat Nerven!" Maria tippte sich vor die Stirn.

„Mama, ich war so baff! Ich konnte nur mit dem Kopf schütteln. ‚Kommt noch, Hanna, kommt noch. Du weischt, auf jede Schachtel paschet ein Deckel!', sagte sie verschmitzt. Meine Chefin guckte auch ganz verdutzt drein. Ich habe ihr dann einiges aus dem Handarbeitsunterricht erzählt. Wir haben uns halb totgelacht!"

„Weiß deine Chefin eigentlich, dass du einen Stiefvater hast?"

„Klar, in meiner Geburtsurkunde steht doch Schönfeldt."

„Ja, richtig."

„Stört es dich eigentlich immer noch, dass ich meinem Vater so ähnlich bin?"

„Manchmal. Du kannst ja nichts dafür, aber wenn Kurt seine Wut nicht zügeln kann und ständig auf mir rumhackt, weil dein Vater nicht einen Pfennig für dich bezahlt, dann sehe ich ihn vor mir, wenn du mich nur ansiehst."

„Kannst du verstehen, dass ich meinen Vater kennen lernen oder zumindest sehen möchte?"

„Schon, aber er will nichts von dir wissen, das habe ich dir oft genug erklärt. Mach dir keine Illusionen."

„Kann doch sein, dass er inzwischen ganz anders darüber

denkt. Vielleicht hat er längst bereut?"

„Er wird Frau und Kinder haben und an dich keinen Gedanken verschwenden."

„Eine Frau wird er bestimmt haben. Manchmal stelle ich mir vor, dass seine Ehe kinderlos geblieben ist und er mich doch haben möchte."

„Hanna, deine Phantasie geht wieder mit dir durch."

„Mama, die Vorstellung hat mir oft geholfen, wenn ich traurig in meinem Bett lag und nicht einschlafen konnte."

„So hat jeder seine Träume."

„Mama, das ist kein Traum. Manchmal, wenn ich an ihn denke, spüre ich ein Ziehen in der Brust. Das Gefühl ist so – ich kann es nicht erklären. Es schmerzt halt. Ich glaube, dass er in diesem Moment an mich denkt."

„Ach was!" Maria schüttelte den Kopf.

„Irgendwann werde ich ihn suchen. Ich bin froh, dass ich ihm so ähnlich bin. Er wird mich sofort erkennen."

„Hat dir Frau Herrmann den Floh ins Ohr gesetzt?"

„Nein, so habe ich schon gefühlt und gedacht, da ging ich noch nicht zur Schule. Aber Frau Herrmann hat mir gesagt, wenn man etwas so stark spürt, dass es sogar schmerzt, dann muss man auf sein Gefühl hören."

„Wie du meinst, meine Erfahrungen genügen dir ja nicht. Du hörst lieber auf fremde Leute."

„Mama, bitte, sei jetzt nicht beleidigt. Ich wollte dir nicht weh tun."

„Schon gut, sieh mal auf die Uhr, es ist spät geworden. Um sechs ist die Nacht vorbei."

„Ach, Mama, ich könnte noch stundenlang bei dir sitzen und reden."

Maria lag noch eine Zeit lang wach und grübelte: Hanna hat ja Recht, Kurt ist nur am Schuften. Aber wo sollten wir zusammen hinfahren? Zu meinen Eltern nach Göttingen? Ob ich mich dann beherrschen könnte? Die Gelegenheit, Albert wiederzusehen, wäre zu verlockend. Jetzt ist die Sehnsucht schon unerträglich. Lieber Gott, warum komme ich von diesem Mann nicht los? Vielleicht wäre ein Tapetenwechsel das Richtige? Wir sollten in die andere Richtung fahren, in den Süden. Ja, nach Freiburg! Kurt hat dort Verwandte. Warum bin ich nicht gleich darauf gekommen? Morgen früh werde ich Kurt damit überraschen!

Als Kurt gegen acht Uhr von der Arbeit kam, setzte er sich wie gewöhnlich zu Maria an den Frühstückstisch. Hanna war auf dem Weg zur Arbeit, Simon saß in der Schule und Sophie lag noch im Bett, sie musste erst zur dritten Stunde los. Nachdem Maria ihrem Mann aus der Tageszeitung vorgelesen hatte, was sie gern tat, ließ sie sich überreden mit ihm ins Bett zu gehen, um die Versäumnisse der Nacht nachzuholen. Maria blieb in seinen Armen liegen und flüsterte: „Was hältst du davon, wenn wir miteinander verreisen?"

„Was? Wir beide?"

„Ja, ich finde es wird langsam Zeit. Übrigens, Hanna hatte die Idee."

Kurt setzte sich auf und sah Maria forschend an. „Ach ja? Wie kommt sie darauf?" Eine Gänsehaut kroch ihm über den Rücken.

„Gestern Abend kam ihr plötzlich der Einfall. Solange sie noch bei uns ist, wäre das doch die Gelegenheit."

„Hat sie sonst noch was gesagt?"

„Sie bekommt im Oktober Urlaub und würde sich um die Kleinen kümmern."

„Mensch Meier, das hätt ich nicht gedacht!"

„Sie ist schon ein liebes Mädel."

Kurt legte sich wieder hin und starrte an die Zimmerdecke: Gottlob, sie hat Maria scheinbar nichts von meinen Aufzeichnungen erzählt. Was bin ich froh, dass ich den Zettel gleich verbrannt habe. Nur gut, nur gut! Er holte tief Luft.

„Kurt, was ist denn?"

„Ich überlege, wollen wir zu deinen Eltern fahren?"

„Ach nee, es ist noch gar nicht so lange her, dass sie bei uns waren. Wir könnten nach Freiburg fahren."

„Nach Freiburg? Donnerlittchen! Maria, dass du daran gedacht hast. Ja, das machen wir. Ich lass mir von Mutti die genaue Adresse geben und dann kann's losgehen!"

„Aber vorher sollten wir deiner Verwandtschaft schreiben."

„Am liebsten würde ich Tante Martha und meine Großeltern überraschen, aber dass kann man mit so alten Leuten wohl nicht machen. Maria, ich muss sagen, ich bin Feuer und Flamme!" Er nahm sie in die Arme.

Gerührt fühlte sie seine Freudentränen.

Ein Schock nach dem anderen

Sophie und Simon waren viel zu müde, um ihre Eltern um kurz vor sechs Uhr zum Omnibus zu bringen. Hanna hingegen ließ es sich nicht nehmen.

In der Bäckerei brannte Licht und es duftete bis auf die Straße. Hanna eilte in die Backstube und kaufte Brezeln und Doppelwecken. Eine Tüte kam in Marias Reisetasche, die andere war für die Kinder. Kurt schleppte den Koffer mal mit der linken, mal mit der rechten Hand. „Was hast du nur alles eingepackt für die paar Tage?", brummte er.

„Gar nicht viel, ich muss schließlich was zum Wechseln haben", antwortete Maria, „gleich hast du's geschafft", fügte sie aufmunternd hinzu.

Es dämmerte, als der Bus vor dem Gasthaus Linde hielt.

„Also, mein Mädel, mach's gut und pass mir schön auf die Kleinen auf!" Maria drückte Hanna fest an sich.

„Ade, Mama, viel Spaß! Dir auch, Papa!"

„Danke! Maria, nun komm!", rief Kurt nervös. Er stand schon auf der oberen Stufe und streckte ihr die Hand entgegen.

„Ja doch, ja doch!" Maria stieg rasch ein.

Hanna schlug die Tür zu und winkte, bis der Omnibus im Wald verschwunden war. Langsam ging sie zurück. Es war ein lauer Oktobermorgen. Über die Wiesen zogen Nebelschwaden bis hinüber zum Wald.

Gegen Mittag saßen die Geschwister am See und beobachteten unzählige kleine Fische. Einige standen still, sie schienen zu schlafen. Andere schwammen aufgeregt hin und her und stießen ihre Artgenossen an. Ein Wettschwimmen begann.
„Hanna, ich muss dir was sagen..."
„Ja, Simon."
„Das ist ein Geheimnis", er stieß Sophie an und legte seinen Zeigefinger auf die Lippen, „das darfst du keinem erzählen."
Sie hielt sich den Mund zu und nickte mehrmals.
„Ich werde zur See fahren, wenn ich aus der Schule komme."
Hanna riss die Augen auf. „Du willst Seemann werden?"
„Ja." Er sah wieder den Fischen zu.
„Hast du das schon den Eltern gesagt?"
„Nein, ich wollte erst mit dir darüber reden."
„Aha!"
„Aus der Schulbücherei hatte ich mir ein Buch über Schiffe ausgeliehen. Das war so spannend, ich hab's mehrmals von Anfang bis Ende durchgelesen. Vor ein paar Tagen war von meinem Freund der Onkel zu Besuch, er ist ein richtiger Matrose. Seit fünf Jahren fährt er zur See. Wir haben uns Fotografien angesehen. Hanna, das Meer muss irre aussehen, wenn der Sturm die Wellen meterhoch auftürmt. Und der Sonnenuntergang soll auf See noch viel, viel schöner sein. Ich möchte das in Wirklichkeit erleben!"
„Mensch, Simon, ich – ich bin platt."
„Wenn unsre Eltern wieder da sind, werd ich's ihnen erzählen, aber nur, wenn du dabei bist, Hanna. Ich hab ein bisschen Schiss!"
Sophie kicherte hinter vorgehaltener Hand.
„Wie du willst", sagte Hanna nachdenklich. „Wie alt muss man sein, um auf einem Schiff zu arbeiten?"

„Anheuern, sagt man."

„Ah, ja?"

„Wenn ich hier mit der Schule fertig bin, muss ich für ein Jahr auf eine Seemannsschule, dann kann ich anheuern."

„Das heißt, du gehst ein halbes Jahr nach mir von zu Hause fort."

„Ja, wenn alles klappt."

„Ich werde bei den Großeltern wohnen. Aber du bist weit weg und nur mit fremden Männern zusammen. Hast du keine Bange?"

„Der Matrose hat gesagt, man stirbt nur einmal."

„Mensch, Simon, das darfst du Mama niemals sagen!"

„Ich fahre zur See, davon bringt mich keiner ab. Ich halte es hier auch nicht aus, es würde immer Streit geben."

„Ja, ich weiß."

Simon legte sich ans Ufer und sah in den Himmel. „Plötzlich wusste ich, was ich machen muss, um von hier wegzukommen", er schnippte mit den Fingern, „plötzlich, einfach so!"

Sie lachten glücklich.

Wohlbehalten kehrten Maria und Kurt zurück. Freudestrahlend schlossen sie ihre Kinder in die Arme.

„Es ist schön wieder zu Hause zu sein", sagte Maria mehrmals hintereinander.

Sie saßen um den großen Tisch im Wohnzimmer. Die Kinder packten die Mitbringsel aus.

„Hat dir Freiburg nicht gefallen?", fragte Hanna.

„Doch, es liegt sehr schön. Wir haben auch einen Ausflug auf den Feldberg gemacht, aber die Busfahrt ist mir nicht bekommen. Schon auf der Hinfahrt über den Kniebis, musste ich mich übergeben."

„Ach je, das tut mir Leid, Mama."

„Mir können die Berge nicht hoch genug sein. Ich fand's herrlich!", schwärmte Kurt.

„Ja, du", Maria winkte ab, „ich konnte nicht mal aus dem Fenster sehen, wenn der Bus so dicht an den Abhängen entlangfuhr. Mir wurde schwindlig. Furchtbar war das. Das Reisen mit der Bahn lob ich mir."

„Können wir die Fotografien sehen?", fragte Simon.

„Aber ja, mein Junge." Maria breitete sie aus.

Hanna und Simon staunten, Großtante Martha und Oma Helene sahen sich zum Verwechseln ähnlich. Sophie sah verdutzt von einem zum andern, nun gab es auch noch Urgroßeltern. Sie würfelte sämtliche Familienmitglieder durcheinander.

Am Tag darauf kam Familie Langner zu Besuch. Es gab ein großes Hallo! Maria und Kurt erzählten dann begeistert, was sie auf ihrer Reise gesehen und erlebt hatten. Nach dem Kaffeetrinken sah Simon zu seiner großen Schwester hinüber. Sie zwinkerte ihm zu.

„Wenn ich aus der Schule komme, werde ich auch auf Reisen gehen", begann Simon mit ernster Miene.

„So, und wo soll's hingehen?", fragte Jonas belustigt.

„Ich werde zur See fahren."

Nicht nur Maria und Kurt starrten ihn mit offenem Mund an. Jonas unterbrach das Schweigen. „Das ist ja interessant, Simon, das musst du uns genau erzählen." Er nickte ihm aufmunternd zu.

Mit strahlenden Augen berichtete Simon, wie er darauf gekommen war, zur See fahren zu wollen und was er sich von seiner Zukunft erträumte. Aufmerksam hatten ihm alle zugehört.

„Mein lieber Mann!", stieß Kurt hervor. „Das nenne ich Mut, mein Junge", fügte er anerkennend hinzu.

Maria sprang auf und stürzte aus dem Zimmer.

Ellen fand sie weinend in der Küche. „Maria, nun reg dich nicht so auf, bis dahin läuft noch viel Wasser die Nagold hinunter!"

„Ellen, hast du seine Augen gesehen?" Maria schnäuzte sich. „Und diese Entschlossenheit?"

„Maria, der Bub hat Träume."

„Hier in den Bergen, ist der Junge geboren. Jetzt will Simon aufs Meer. Ich hoffe, es ist nur eine vorübergehende Schwärmerei", schluchzte sie.

Ellen setzte sich zu ihr. „Ich sehe ihn vor mir in seinem Matrosenanzug, als ihr uns zum ersten Mal besucht habt..."

„Ach Gott, nee nee! Da war Simon drei Jahre alt." Maria brach wieder in Tränen aus. „Er ist nicht mehr der niedliche kleine Junge."

„Komm, jetzt beruhige dich!", sagte Ellen resolut. Sie legte den Arm um ihre Schultern und zog sie an sich.

Drei Tage danach, als Hanna von der Berufsschule kam, wurde sie von ihren Geschwistern abgeholt. Hand in Hand warteten sie an der Haltestelle vor dem Gasthaus Linde. Hanna winkte ihnen zu und stieg aus. „Das ist ja nett! Ihr... Was ist denn? Warum macht ihr so ein verdattertes Gesicht?"

Sophie nahm ihre Hand und flüsterte: „Mama ist krank."

„Oh, jemine!"

„Sie musste ins Krankenhaus", fügte Simon hinzu.

„Um Himmels willen!" Hanna wurde blass. „Kommt erst mal heim, dann erzählt ihr mir alles."

Schweigend eilten sie nach Hause.

„Nun, was ist passiert?", wollte Hanna wissen, als sie ihren Geschwistern am Wohnzimmertisch gegenübersaß.

„Weiß ich auch nicht so recht", antwortete Simon.

„Erzähl mal der Reihe nach."
„Als wir aus der Schule kamen, lag Mama auf dem Sofa. Sie hat mich zum Telefon geschickt, um den Arzt anzurufen. Als er kam, war Papa inzwischen von der Arbeit zu Hause. Sie haben Mama ins Auto gesetzt. Papa ist mit dem Motorrad hinterhergefahren, weil er Mama mit dem Omnibus ins Krankenhaus nach Nagold bringen soll."
„Und warum? Hat Mama was gesagt?"
„Nein, aber sie hat geweint."
„Ja, das stimmt!", bestätigte Sophie aufgeregt.
„Ich denke, wenn Papa heimkommt, wissen wir mehr. Habt ihr schon Abendbrot gegessen?"
„Nein, wir wollten auf dich warten", antwortete Simon.
„Na, dann ab in die Küche!"

Gegen zweiundzwanzig Uhr hörten die Kinder ihren Vater auf den Hof fahren. Sie saßen in ihren Betten und hatten das Licht brennen, als Kurt ins Zimmer kam.
„Mama lässt euch schön grüßen!" Kurt setzte sich auf einen Stuhl. Er sah müde aus.
„Was ist überhaupt passiert?", wollte Hanna wissen.
„Mama hatte plötzlich Bauchschmerzen, aber es kommt wieder in Ordnung. Für drei, vier Tage muss sie wohl im Krankenhaus bleiben."
„Ich verstehe das nicht, gestern ging es ihr noch gut und heute das! Muss sie operiert werden?"
„Nein", antwortete Kurt gedehnt, „ich glaube nicht. Hanna, sie kann dir das am besten selbst erzählen. Es geht ihr gut, das ist die Hauptsache."
„Gehst du morgen zur Arbeit?"
„Ja ja! Ich hatte doch erst Urlaub", nervös fuhr er sich mehrmals durchs Haar, „ihr müsst allein zurechtkommen."
„Das wird schon gehen", sagte Hanna beruhigend.

Sophie und Simon nickten zustimmend.

„Dann wollen wir schlafen", Kurt rieb sich die Augen und gähnte, „ich muss früh raus. Gute Nacht!" Er stand auf und ging rasch hinaus.

Vier Tage später kam Maria nach Hause. Kurt strahlte und fuhr beruhigt zur Arbeit. Auch Sophie und Simon freuten sich, dass sie wieder bei ihnen war und stellten keine Fragen. Hanna war erleichtert, als sie am Abend heimkam und ihre Mutter wohlbehalten am Tisch sitzen sah. „Mama, ich hab mir solche Sorgen gemacht. Was war nur los?" Sie fiel ihr um den Hals.

„Ach, Mädel, ich kann dir sagen", seufzte Maria, „ich hatte eine Fehlgeburt."

„Du...?" Hanna blieb der Mund offen stehen.

Maria lachte. „Genauso habe ich den Arzt auch angesehen. Jetzt kann ich darüber lachen."

„Mama, du warst schwanger?"

„Ja, stell dir das mal vor! Ich hatte schon so eine Ahnung, im Urlaub immerzu diese Übelkeit."

„Mensch, Mama." Hanna setzte sich.

„Jetzt, da ich euch bald groß habe, noch ein Kind, das hätte mir gerade noch gefehlt."

„Und geht es dir wirklich wieder gut?"

„Klar, siehst du doch!"

„Gott sei Dank!"

„Übrigens, was ich dich fragen wollte, meine Liebe", Maria sah sie durchdringend an, „hast du Simon auf die blödsinnige Idee gebracht zur See zu fahren?"

„Ach wo! Mama, ich war auch ganz überrascht, als er mir das erzählt hat."

„Wann? Als wir im Urlaub waren?"

„Ja."

„Und was sagst du dazu?"

„Simon will es von ganzem Herzen. Ich denke, davon wird ihn keiner abbringen."

„So, denkst du."

„Mama, wie es mich nach Niedersachsen zieht, so zieht es ihn ans Meer."

„Lieber Gott", Maria rang die Hände, „wenn dem Jungen was passiert!"

„Das wäre schlimm! Aber das ist dann nicht zu ändern."

„Hanna! Wie kannst du so etwas sagen? Liebst du ihn denn nicht?"

„Natürlich liebe ich meinen Bruder. Mama, ich meine das doch nicht böse, willst du ihn einsperren?"

„Ach..."

„Wie Herr Keppler, der das Gretle bis zur Verzweiflung gegen den Drahtzaun rennen lässt. Jahrelang, bis zum Tod."

„Hanna, was hast du bloß für Gedanken." Maria weinte.

„Du hast mich gefragt."

„Ich hoffe und bete, dass es nur eine Laune ist."

Das ist es nicht!, dachte Hanna.

„Und wie geht es dir so? "Maria wischte sich die Tränen ab. „Erzähl mal!"

„Willst du's wirklich wissen?"

„Freilich, würde ich sonst fragen."

„Ich habe einen jungen Mann kennen gelernt..."

„Auch das noch!"

Hanna kicherte.

„Was ist denn jetzt los?"

„Mama, dein Gesicht, du hättest dich eben sehen sollen."

Hanna schüttelte sich vor Lachen.

„Ist das ein Wunder? Ein Schock nach dem anderen!"

„Darüber musst du dir keine Sorgen machen."

„Hoffentlich, du bist gerade sechzehn."

„Er hat gesagt, ich sehe aus wie neunzehn."
„Er? Nun erzähl, du hast mich neugierig gemacht."
„Sein Name ist Rainer."
„Aha."
„Rainer ist achtzehn, ein Meter zweiundachtzig, immerhin vier Zentimeter größer als ich, hat braunes Haar, braune Augen und eine sehr schöne Stimme."
„Ist er ein Schwabe?"
„Ja, aber er gibt sich wirklich Mühe Hochdeutsch zu sprechen. Ich hör das gern. Rainer geht auf die Handelsschule und wohnt bei seinen Eltern in Nagold."
„Und?"
„Nichts, und!"
„Hast du ihn gern?"
„Ja", sagte Hanna gedehnt, „aber er ist nicht so recht mein Typ. Obwohl, ich hätte ihn gern geküsst."
„Hanna, also weißt du!"
„Davon kriegt man kein Kind, soviel ich weiß."
„Hanna, was fällt dir ein? Wenn das jemand hört. Man muss sich ja schämen."
„Och, Mama, nun hab dich nicht so."
„Nun erzähl weiter."
„Wenn du mich so böse ansiehst, trau ich mich nicht."
„Soll ich darüber lachen?"
„Vielleicht", Hanna tat verschämt. „Also, wir saßen im Park unter einem Baum und mit einem Mal legte er seinen Kopf in meinen Schoß..."
„Na, hör mal!"
„Mama, jetzt warte doch! Rainer lächelte mich an und ich wollte ihn küssen, da sah ich, dass er noch nie im Leben eine Zahnbürste benützt hat. Mama, du kannst es dir nicht vorstellen: Dicken gelblichgrünen Belag hat er auf den Zähnen!"
„Pfui Geier!", stieß Maria hervor, schüttelte sich und verzog

angeekelt das Gesicht.

„Ich konnte ihn nicht küssen, Mama."

„Das kann ich verstehen. Hast du ihm was gesagt?"

„Ach, wo denkst du hin! Ich hab ihn auf die Stirn geküsst und er hat mich ganz traurig angesehen."

„Der arme Kerl."

„Er tut mir auch Leid. Aber was soll ich machen? Soll ich ihm eine Zahnbürste schenken oder ihm durch die Blume sagen, dass ich strahlend weiße Zähne wunderschön finde? Ich bin richtig enttäuscht, so beim Sprechen ist mir das gar nicht aufgefallen."

„Wirst du ihn trotzdem wiedersehen?"

„Ja, ich denke schon. Er hat mich eingeladen. Nächste Woche, in der Mittagspause, möchte er mit mir ins Café gehen. Übrigens, ich habe von ihm ein Foto gemacht. Bin gespannt, ob es was geworden ist."

Maria kicherte vor sich hin. „In deinem Album steht dann: Zur Erinnerung an Rainer, dem ich einen Kuss schuldig bin."

„Mama, du bist gemein!"

Anfang Mai kam Marias Vater zu Besuch. Gleich am nächsten Vormittag machte Maria ihrem Herzen Luft: „Papa, ich mach mir solche Sorgen, Simon faselt immer noch davon, dass er zur See fahren will."

„Du hast auch gemacht, was du für richtig hieltst, als du Kurt Hals über Kopf gefolgt bist. Meine Bedenken hast du abgetan."

„Das war doch etwas anderes, ich war erwachsen."

„Trotzdem hat es mich schlaflose Nächte gekostet."

„Papa, ich wollte euch nicht länger zur Last fallen mit dem Kind."

„Haben wir dir jemals Vorhaltungen gemacht?"

„Nein, aber versteh mich doch, Simon ist dann gerade

vierzehn oder fünfzehn. Er begibt sich in Gefahr."

„Gefahr ist überall. Er will seine eigenen Erfahrungen machen, hinderst du ihn daran, wird er nie zur Ruhe kommen."

„Der Gedanke, dass er über die Weltmeere segelt und ich ihn nicht besuchen kann, wenn mir danach ist – ach!", Maria wischte sich über die Augen. „Weißt du, was Hanna gesagt hat?"

Ihr Vater sah sie fragend an.

„Ich soll Simon nicht einsperren, ihr fiel sofort das Gretle dazu ein. Stell dir das mal vor!"

„Maria, ein besseres Beispiel gibt es nicht."

„Manchmal ist es nicht leicht mit ihr, das kannst du mir glauben", seufzte sie.

„Erinnere dich, als du in ihrem Alter warst. Zwischen dir und deiner Mutter war auch nicht immer eitel Sonnenschein."

„Ach Papa, das waren doch ganz andere Zeiten!"

„Ja und nein. Die Beziehung Mutter-Tochter, Vater-Sohn wird immer mehr oder weniger schwierig sein. Nur wir müssen uns erinnern und aus den Fehlern lernen, die wir an Körper und Seele gespürt haben, um nicht im gleichen Trott weiterzumachen."

„Willst du damit sagen, dass ihr auch Fehler gemacht habt?"

„Ja, natürlich, aber das soll nicht heißen, dass wir uns mit erhobenem Zeigefinger immer wieder die Fehler vorwerfen. Nur liebevoll daran erinnern."

„Papa, das ist so schwer."

„Dass Hanna nur noch anderthalb Jahre hier ist, macht dir keine Sorgen?"

„Nein! Bei euch ist sie gut aufgehoben. Für Simon wird es schwerer sein."

„Mach es dir mit Hanna nicht so einfach."

„Wieso?"

„Ich sehe sie muss tüchtig arbeiten. Lässt du ihr genügend Zeit zum Lernen?"

„Gut, abends kommt sie spät heim, aber sie hat den Samstagnachmittag und den Sonntag."

„Wie ich gesehen habe, muss sie dir sehr viel Hausarbeit abnehmen."

„Hat sie sich beschwert?"

„Mit keinem Wort. Maria, nimm ihr nicht die Chance. Ihre Zensuren stehen nicht zum Besten. Die Eins in Zierschrift macht nicht alles wett. Wir wissen, dass sie es besser kann. Du musst ihr nur Zeit und Ruhe gönnen. Es wäre vergeudete Kraft, wenn sie die Prüfung nicht beim ersten Mal besteht."

„Ich bin viel unterwegs, wegen der Näherei. Jeder Pfennig, den ich dazuverdiene, kommt uns gelegen."

„Ja, ja, das mag sein, Maria. Aber wie ich weiß, hast du noch gewisse Interessen, die sehr viel Zeit in Anspruch nehmen. Vielleicht lässt sich daran etwas ändern?"

„Ich? Was meinst du?" Maria wurde es plötzlich heiß.

„Ich weiß, dass du ein Techtelmechtel hast."

Sie starrte ihn fassungslos an.

„Maria, das ist deine Sache, dafür bist du allein verantwortlich. Aber wenn ich sehe, dass deine Kinder darunter leiden, muss ich dir ins Gewissen reden", sagte er im ruhigen Ton.

„Papa! Woher weißt du das?", fragte sie erschrocken.

„Das spielt keine Rolle."

„Ich schäme mich so."

„Ich mische mich nur ein, weil es um Hanna geht. Ich möchte, dass sie die Prüfung besteht und dann zu uns kommt, wie abgemacht."

„Papa, ich werde mich kümmern", murmelte sie.

„Gut, Maria! Was dich und deine Liebschaft angeht, du

musst dir nicht den Kopf zermartern, wer mir etwas gesagt haben könnte. Ich habe schon lange den Verdacht."

„Wir haben uns immer in Acht genommen", flüsterte sie mit zitternder Stimme.

„Es war dir anzusehen, Maria: Deine Augen, deine Stimme und deine Gestik veränderten sich, sobald Jonas Langner zur Tür hereinkam."

„Papa, seit wann weißt du das?"

„Seit Hannas Erstkommunion."

„So lange?", stammelte Maria, „Papa, es tut mir so Leid. Ich schäme mich..."

„Du bist mir keine Rechenschaft schuldig, Maria. Nur ich habe zu spät bemerkt, dass Hanna darunter leidet. Es hätte mir klar sein müssen, dass sie es auch spürt. Das kreide ich mir an!"

Maria weinte leise.

„Du hast das Kind benutzt, um deinem Vergnügen nachzugehen. Ich bemerkte Hannas Traurigkeit und nahm an, dass Kurt allein der Schuldige ist. Hanna bat mich flehend, nicht mit ihm zu reden."

„Papa, warum hast du mir nichts gesagt?"

„Damit du ihm Vorhaltungen machst und das Kind am Ende bestraft wird?"

Sie nickte nachdenklich. „Weiß Mama davon?"

„Nein, ich wollte sie nicht beunruhigen."

„Mama weiß aber, dass ich Kurt nicht liebe! Schon ein paar Wochen nach der Hochzeit wollte ich ihn verlassen, das habe ich ihr geschrieben."

„Was sie dir darauf geantwortet hat, ist ihre Einstellung zur Ehe, Maria."

„Was ich einmal angefangen habe, soll ich auch zu Ende bringen", erwiderte Maria traurig.

„Nimm es ihr nicht übel."

„Ach Papa, wie könnte ich", Maria sah auf ihre Armbanduhr, „ich muss in die Küche, die Kinder kommen bald aus der Schule." Schnell stand sie auf.

„Und ich werde ein paar Schritte durch den Garten gehen und meine Pfeife rauchen."

Maria zitterten die Knie. Im Sitzen musste sie die Kartoffeln schälen. Jetzt, nachdem mein Verhältnis mit Jonas den Bach runtergeht, so etwas! Wie naiv ich war. Die ganzen Jahre über fühlten wir uns sicher. Ich kann von Glück sagen, dass nur Papa und Hanna davon wissen. Ja, ich schäme mich so; am liebsten wäre ich in den Erdboden versunken. Aber wenn ich ehrlich bin, ich bereue nichts!

Hanna war enttäuscht, ihr Großvater war zu Besuch und sie fanden kaum Zeit füreinander. Wenn sie abends von der Arbeit kam, blieb sie lange auf, um wenigstens ein oder zwei Stunden in seiner Nähe zu sein. Nur ein Sonntagnachmittag gehörte ihnen und so wie es aussah, würden sie zum letzten Mal gemeinsam über den Friedhof und durch den Wald spazieren. Ihr Großvater konnte in diesem und auch im nächsten Jahr nicht noch einmal in den Schwarzwald reisen, da zwei Umzüge bevorstanden: Jochen sollte seine eigenen vier Wände bekommen und die Großeltern würden sich eine große komfortable Wohnung nehmen.

Wie's Kätzle am Bauch

Im Oktober, nach Hannas siebzehnten Geburtstag, gab es wieder Zeugnisse. Am nächsten Tag eilte sie zu Frau Herrmann.

„Hanna, meine Liebe, komm herein!", empfing sie die alte Dame.

„Grüß Gott, Frau Herrmann!"

„Hanna, wie geht es dir?"

„Ach, na ja... danke!"

„Oh je, das hört sich gar nicht gut an. Hanna, leg ab. Ich koch uns eine Tasse Kaffee und dann wird erzählt." Sie eilte in ihre Küche.

Hanna hängte ihre Jacke an die Garderobe, warf einen Blick in den Spiegel und fuhr sich durchs Haar. Es war jetzt schulterlang und nur noch leicht gewellt. Sie ging in die Wohnküche. „Hm, es duftet köstlich! Kann ich Ihnen helfen, Frau Herrmann?"

„Nein, danke! Mach es dir bequem, du bist den ganzen Tag auf den Beinen. Ich bin gleich so weit." Sie nahm den Wasserkessel von der Herdplatte und goss kochendes Wasser in den Kaffeefilter.

Hanna nahm an dem Esstisch Platz, der zwischen zwei großen Fenstern stand. Vorsichtig strich sie über die weiße Tischdecke, die mit Rosenmotiven bestickt und mit Spitze eingefasst war. Das Überhandtuch am Handtuchhalter war passend gearbeitet. Auch hier gab es ein Steinwaschbecken mit fließend kaltem Wasser, einen Elektroherd sowie einen Holz- und Kohleherd. Ein Geschirrschrank, das Oberteil mit Glastüren und weißer Spitze an den Einlegeböden, nahm die Wand bis zur Tür ein. Auf der anderen Seite stand ein dunkelgrünes Plüschsofa. Darüber hing ein gewebter Wandbehang mit Landschaftsmotiv. Auf einem kleinen runden Tisch lagen mehrere Bücher und Zeitungen. In der Ecke stand ein Ohrensessel und daneben, zum Fenster hin, hatte eine Stehlampe ihren Platz.

Frau Herrmann nahm zwei Kaffeegedecke aus dem Schrank und stellte sie auf den Tisch. „Hanna, gleich ist der Kaffee fertig. Du kannst dir schon mal eine Zigarette anstecken." Rasch holte sie Aschenbecher und Zigarettenschachtel von der Fensterbank und reichte ihr beides.

„Danke, aber ich möchte warten, bis Sie fertig sind."

„Gut, meine Liebe." Frau Herrmann ging zurück an den Herd. Sie war einen Kopf kleiner als Hanna und ihre rundliche Figur hinderte sie keineswegs daran, sich flott zu bewegen. Sie trug eine Hochfrisur. Hinter ihren Ohren und im Nacken kräuselte sich das graumelierte Haar. Hanna traf sie jedes Mal adrett gekleidet an, entweder in Rock und Bluse oder in einem geblümten Jackenkleid. Eine Trägerschürze und dergleichen schien es in ihrem Haushalt nicht zu geben. Am Ringfinger ihrer rechten Hand steckten zwei Eheringe und ihre linke Hand schmückte ein in Gold gefasster Bernstein. Hanna bewunderte den Ring. Er war durchsichtig gelb und durchzogen von einer zartbraun geflammten Zeichnung. Auch ihre Oma Helene besaß solchen Schmuck.

Frau Herrmann kam an den Tisch, schenkte Bohnenkaffee ein, stellte die Kanne ab und nahm Hanna gegenüber Platz. „Du bist so in Gedanken, meine Liebe. Nun erzähl, was macht dir Kummer."

„Ach, wissen Sie, es sind keine fünf Monate mehr bis zur Prüfung. Wenn ich daran denke, wird mir ganz mulmig."

„Musst du denn Sorge haben?"

„Leider!" Hanna nickte und beobachtete einen Tropfen. Er hing an der Tülle der Kaffeekanne, löste sich langsam und verschwand im Tropfenfänger. „Gestern gab es Zeugnisse, meine Zensuren sind seit dem Frühjahr etwas besser geworden, trotzdem sieht es nicht rosig aus."

„Was sagt dein Chef dazu?"

„Er hat sich mein Zeugnis angesehen und gemeint, es könnte besser sein."

„Sonst nichts? Er müsste dir helfen, mit dir üben", sagte Frau Herrmann aufgebracht. Sie bot Hanna eine Zigarette an und nahm sich auch eine.

Hanna zündete ein Streichholz und gab ihr zuerst Feuer.

Geräuschvoll blies Frau Herrmann den Rauch zur Decke, nahm ihre Kaffeetasse und nippte daran.

„Herr Junghans ist selten im Geschäft, entweder fährt er mit dem Verkaufswagen über die Dörfer oder er ist mit seinem Kleinlaster unterwegs nach Stuttgart. Dort auf dem Großmarkt muss er Obst, Gemüse und Schnittblumen einkaufen. Wenn er gegen Mittag zurückkommt und wir die Kisten abgeladen haben, ist er gleich darauf verschwunden. Er muss sich aufs Ohr legen, weil er am Abend zuvor zu tief ins Weinglas geschaut hat."

„Pah!", stieß Frau Herrmann hervor.

„Wenn er mich abends mürrisch heimfährt, wage ich nicht zu sagen, dass ich mit der Buchführung nicht zu Rande komme." Hanna zog an ihrer Zigarette und streifte die Asche ab. „Ich habe Angst ihn zu verärgern und schon ist mein Hals wie zugeschnürt. So verschiebe ich es von einem Tag auf den anderen."

„Dann muss dir deine Chefin helfen."

„Ich habe Frau Junghans darum gebeten. ‚Die Schul, das ist meinem Mann sei Sach!', sagte sie kurz angebunden. Sie ist immer darauf bedacht, dass der Laden wie geleckt aussieht und im Lager Ordnung herrscht. Ich darf die Schaufenster dekorieren und sämtliche Preisschilder und Plakate schreiben, was mir sehr viel Spaß macht. Frau Junghans lobt mich, aber der Putzeimer muss immer griffbereit stehen, sonst ist sie nicht zufrieden."

„Was ist eigentlich aus dem Dekorationskurs geworden?"

„Nichts! Meine Chefin hat es mit keinem Wort mehr erwähnt. Der Vertreter hat mir alles vermasselt."

„Schade, wirklich schade!" Frau Herrmann zog nachdenklich an ihrer Zigarette.

„Das halbe Jahr, bis ich nach Göttingen gehe, wollen sie mich auf jeden Fall behalten."

„Das glaub ich gern! So ein fleißiges Mädchen bekommen sie so schnell nicht wieder."

„Na ja..." Hanna winkte verschämt ab.

„Hanna, stell dein Licht nicht unter den Scheffel! Du bist überaus tüchtig und liebenswert. Sei stolz, werde selbstbewusst und hab Vertrauen in deine Kraft. Das hilft dir weiter."

„Das hat mein Opa auch gesagt."

„Schön." Frau Herrmann sah einen Moment lang dem Rauch nach. „Übrigens, ich hab da eine Idee, genau, das machen wir!" Sie lachte und schnippte mit den Fingern. „Hanna, jeden Tag hast du zwei Stunden Pause und wir sitzen hier herum und verbummeln die Zeit. An vier Tagen in der Woche kommst du zu mir und wir stecken unsere Nase in deine Bücher. Was hältst du davon?"

„Heißt das – heißt das, Sie wollen mir Nachhilfe geben?"

„Ja! Warum denn nicht? Ich will, dass du die Prüfung bestehst und zwar beim ersten Mal. Das wäre doch gelacht, meinen Sohn habe ich auch unterstützt. Ich kann das!" Ihre

Augen blitzten unternehmungslustig.

„Frau Herrmann, ich... ich weiß gar nicht, was ich sagen soll!"

„Sag ja, ganz einfach!", erwiderte sie fröhlich.

„Werden Sie dafür Zeit haben?"

„Hanna, wenn nicht ich, wer sonst? Nun schau nicht so zögernd drein, gleich morgen bringst du die Bücher mit. Deine Mutter musst du deshalb nicht um Erlaubnis fragen."

Hanna stand auf und reichte ihr die Hand. „Danke, vielen Dank, Frau Herrmann!"

„Ich freue mich, wenn ich dir helfen kann. Nun, setzt dich und lass uns noch ein Tässchen trinken." Sie schenkte Kaffee nach.

Hanna nahm wieder Platz. „Das muss ich meinen Großeltern schreiben, noch heute Abend. Opa war sehr besorgt, als er im Frühjahr mein Zeugnis gesehen hat. Er wird sich sehr freuen."

Frau Herrmann nickte ihr aufmunternd zu. „Was macht eigentlich der junge Mann, mit dem du dich ab und zu getroffen hast?"

„Seit Rainer mit der Handelsschule fertig ist, haben wir uns nicht mehr gesehen."

„Soviel ich weiß, hätte er dich sowieso nicht davon abhalten können, nach Göttingen zu gehen."

„Niemals!", erwiderte Hanna nachdrücklich. „Das hätte nur einer geschafft, ein Lehrer."

„Ein Lehrer? Gibt es an der Berufsschule einen netten?"

„Nein, das war noch in der Volksschule."

„Was, in Herr Köhler warst du verliebt?", fragte Frau Herrmann verdutzt.

„Ach wo." Hanna sah verträumt hinter dem Zigarettenrauch her.

„Hanna, meine Liebe, bitte erzähl!"

„Eines Morgens, sechs Wochen bevor ich aus der Schule entlassen wurde, gab es eine Überraschung." Hanna nahm einen Schluck Kaffee und dann einen Zug von ihrer Zigarette. „Herr Köhler kam wie immer pünktlich zum Unterricht, aber diesmal in Begleitung von zwei jungen Herren. Er stellte sie uns mit Namen vor und erklärte, dass sie angehende Lehrer seien und an unserer Schule ein Landschulpraktikum absolvieren wollten. Beide sahen sehr schick aus in ihren dunklen Anzügen mit weißem Oberhemd und Krawatte. Frau Herrmann, ich kann Ihnen sagen..."

„Erzähl weiter", drängte sie.

„Zuerst stellte sich der dunkelhaarige junge Mann vor. Er war etwas größer als Herr Köhler, schlank, sprach Hochdeutsch und erzählte lustig drauflos. Der andere war größer, kräftiger gebaut und hatte volles blondes Haar. Bevor er zu reden begann, strich er sich eine Strähne aus der Stirn, dann hörte ich seine Stimme. Ich...", Hanna räusperte sich, „ich weiß nicht mehr, was er gesagt hat, ich hörte nur auf seine Stimme."

„Bitte, weiter", flüsterte Frau Herrmann und drückte ihre Zigarette aus.

„Beide nahmen in einer der hintersten Bänke Platz, lauschten Herrn Köhler und machten sich Notizen. Nach ein paar Tagen hielten sie den Unterricht ab, ließen sich die Hausaufgaben zeigen oder gingen durch die Reihen und sahen uns über die Schulter. Einmal blieb er an meinem Tisch stehen, legte seine Hand ganz leicht auf meine Schulter und beugte sich zu mir. Dann fragte er mit seiner schönen Stimme: ‚Kommst du zurecht, Hanna?' Mein ganzer Körper fühlte seine Hand. Es war so, ich kann es nicht beschreiben. Ich glaube, dafür gibt es keine Worte. Ein kaum wahrnehmbarer Duft ging von ihm aus. Ich sah auf und blickte in braune Augen. Ein dunkles Braun mit hellen strahlenden Pünktchen. Noch nie habe ich solche Augen gesehen." Hanna drückte ihre Zigarette aus, trank einen Schluck Kaffee und fuhr fort: „Ich konnte nichts sagen. Gern hätte ich den Kopf an seine Brust gelehnt. Er lächelte und bevor er seine Hand von meiner Schulter nahm, streichelte er mit den Fingern darüber. Ab diesem Tag, wann immer wir uns in die Augen sahen, bekam ich Herzklopfen. Erst dachte ich, dass ich mir das nur einbilde, aber er sah mich immer wieder an. Frau Herrmann, das war schon alles."

„Wunderschön", flüsterte sie.

„Sobald ich meine Augen schließe, sehe ich ihn vor mir: Ich höre seine Stimme, sehe seine Augen, rieche diesen Duft und fühle seine Hand. Ich glaube, wenn ich ihn jemals wiedersehen sollte, würde ich... Ach, das bleibt ein Traum", fügte sie verschämt hinzu.

„Hanna, diesen Mann wirst du niemals im Leben vergessen."

Der Winter machte Hanna, wie auch in den vergangenen Jahren, sehr zu schaffen. Sie musste nach wie vor jeden Morgen zu Fuß zur Arbeit gehen. Eine Stunde war sie unterwegs. Mantel, Mütze und Schal schützten sie vor dem eisigen Wind, doch der Schnee durchweichte ihre Schuhe. Bis sie bei der Arbeitsstelle ankam, waren ihre Füße und Beine eiskalt.

„Mama, sieh dir das bloß mal an", sagte sie eines Abends mit Tränen in den Augen. Sie hob den Rock an und zeigte auf ihre aufgesprungenen blutigen Oberschenkel. „Ich möchte mir endlich eine lange Hose kaufen."

„Wieder das leidige Thema", antwortete Maria ärgerlich.

„Mama, es gibt Keilhosen mit Steg. Frau Junghans hat einige, sie trägt sie im Laden."

„Es ziemt sich nicht für uns Frauen, Hosen zu tragen."

„Aber sieh doch, die Strümpfe sind mir viel zu kurz, deshalb ist die Haut so kaputt. Ich bekomme jetzt im Monat hundertzwanzig Mark, davon könnte ich mir drei Hosen kaufen."

„Kommt nicht in Frage!" Maria sprang auf und ging ins Schlafzimmer. Sie kramte in ihrem Wäscheschrank und kam mit einem Stapel Damenschlüpfer zurück. „Hier, die kannst du anziehen. Ich hab sie geschenkt bekommen, die sind noch wie neu."

„Oh, nee, ich kann diese blöden langbeinigen Dinger nicht ausstehen!"

„Ich kann dein Widersprechen nicht ausstehen!" Maria drückte ihr die himmelblauen und rosafarbenen Schlüpfer in die Hand. „Die wirst du anziehen!"

Hanna drehte sich um und ging hinaus. „Auch das wird bald ein Ende haben. In Göttingen werde ich mir als Erstes eine richtig schöne lange Hose kaufen", murmelte Hanna, während sie die Unterwäsche in ihren Schrank stopfte.

Anfang März fühlte sich Hanna besser, was das Anziehen anging. Dachte sie jedoch an die bevorstehende Prüfung, quälte sie ein Flattern im Bauch. Frau Herrmann hatte ihre Selbstsicherheit stärken können, aber das Lampenfieber blieb. „Hanna, es muss sein, nun viel Glück, meine Liebe!", hatte sie bei ihrem letzten Zusammensein gesagt und ihr beide Hände gedrückt.

Am Tag der schriftlichen Prüfung kam Hanna rechtzeitig in der kaufmännischen Berufsschule an. Sigrid war nicht da. Eine Mitschülerin hatte sie nur kurz gesehen. Hanna fand Sigrid schließlich im Pausenraum. In der hintersten Ecke saß sie zusammengekauert auf dem Fußboden.

„Da bist du, ich dachte schon du hättest verschlafen!"

Sigrid blickte auf. Sie war kreideweiß, das Haar hing ihr

wirr ins Gesicht. „I' hab mich übergebe müsse. Mir isch immer noch schpeiübel", flüsterte sie.

Hanna fasste sie an beiden Händen und zog sie hoch. „Mensch, wie siehst du bloß aus, jetzt komm mal mit!" Resolut schob sie Sigrid vor sich her und bugsierte sie in die Mädchentoilette.

„Was, was hascht du vor?", stotterte sie.

„Ich will, dass du dir sofort die Haare kämmst!" Hanna nahm einen Kamm aus ihrer Tasche und drückte ihn ihr in die Hand. „Mach, kämm deinen Pferdeschwanz! Hast du ein Band?"

Sigrid nickte. „I' hab denkt, dies bissle Prüfung sitz i' mit einer Arschback ab. Aber Scheißele, die ganz Nacht hab i' net schlafe könne!" Sie reichte Hanna den Kamm und band die Haare zusammen.

„So gefällst du mir schon besser."

„Wo hascht du nur die Ruh her? Hanna, i' kenn dich gar net wieder!"

„Das ist nur äußerlich." Sie verdrehte die Augen.

„I' seh' heut aus wie's Kätzle am Bauch." Sigrid schnitt ihrem Spiegelbild eine Grimasse und klatschte sich kräftig auf beide Wangen.

„Komm, wir müssen rein", drängelte Hanna.

Eine Woche später stand die mündliche Prüfung an. Morgens um acht Uhr hatten sich die Prüflinge wieder einzufinden. Einzeln, in alphabetischer Reihenfolge, wurden sie aufgerufen. Es ging langsam voran. Hanna Scherer war eine der Letzten.

Dann wurde es Nachmittag, bis die Lehrer endlich im Klassenzimmer erschienen. Hannas Blick war verschleiert, als ihr der Schulleiter und der Klassenlehrer auch die Hand schüttelten und ihr zur bestandenen Abschlussprüfung gratulierten. Nun war es um ihre Beherrschung geschehen. Doch sie wischte sich die Tränen ab, murmelte ein Dankeschön und nahm mit zitternden Händen ihr Prüfungszeugnis entgegen.

Anschließend trafen sich die Kaufmannsgehilfen im Café, um auf die bestandene Prüfung anzustoßen und das nicht nur mit einem Glas Cola oder Limo. Dann wurde ausgelassen getanzt zu den heißen Rhythmen der sechziger Jahre. Kaum dröhnte Elvis' Lied: „Muss i' denn, muss i' denn zum Städtele hinaus...", aus der Musikbox, fielen sich Hanna und Sigrid schluchzend um den Hals. Als sie sich dann in die Augen blickten, brachen sie in schallendes Gelächter aus.

Einen Monat darauf kam Hanna wieder freudestrahlend nach Hause. Stolz blätterte sie ihr erstes Monatsgehalt auf den Tisch. Dreihundertvierzig Deutsche Mark.
„Wie schön, mein Mädchen, ich freu mich!" Maria nahm sie in den Arm.
„Ich möchte euch ins Kino einladen. Ab Samstag läuft ein toller Film. Mama, deine Lieblingsschauspieler, Maria Schell und O. W. Fischer, spielen mit."
„Oh ja, das wäre schön", freute sich Maria.
„So hab ich mir das gedacht", sagte Kurt mit versteinerter Miene, „durchfüttern, einen Beruf erlernen lassen für ein paar lumpige Kröten. Endlich bringt sie Geld ins Haus und was hab ich davon? In ein paar Monaten zeigt sie mir eine lange Nase!"
„Kurt, was soll das?" fragte Maria empört.
„Was das soll? Es ist, wie ich es sage, verdammt noch mal!" Seine Faust schlug auf den Tisch.
Hanna stand auf, schob das Geld zu ihm hinüber und sagte mit ruhiger, aber fester Stimme: „Bitte, das kannst du haben, aber du wirst mich nicht zurückhalten. Einen Tag

nach meinem achtzehnten Geburtstag werde ich das Haus verlassen. Ja, du hast mich durchgefüttert, aber das habe ich längst abgearbeitet." Hanna drehte sich weg und verließ rasch das Zimmer.

Den restlichen Urlaub hatte sich Hanna für Anfang Oktober aufgehoben. Gleich am ersten Tag begann sie zu packen. Ein Großteil ihrer Wäsche und die Wintersachen passten in zwei stabile Waschmittelkartons. In großen gut leserlichen Buchstaben schrieb sie die Adresse ihrer Großeltern auf das Packpapier. Anschließend half ihr Maria die Pakete in den Handwagen zu laden und zur Poststelle zu bringen.
„So, Hanna, der Anfang wäre gemacht", sagte sie auf dem Heimweg.

„Ach Mama, den habe ich schon vor fast vierzehn Jahren gemacht."

„So kann man das auch sehen. Kommenden Sonntag zu deinem Geburtstag könnten wir Langners einladen. Was hältst du davon?"

„Nichts. Nach der Kirche möchte ich Frau Herrmann Ade sagen. Danach werde ich durch den Wald spazieren und ein letztes Mal über den Friedhof gehen. Am Nachmittag muss ich dann meinen Koffer packen. Meine Zeichenmappe darf ich auf gar keinen Fall vergessen."

„Wie du meinst", antwortete Maria gekränkt.

„Mama, jetzt sei doch nicht beleidigt."

„Du machst nur noch, was du willst!"

Hanna starrte auf die Straße.

„Ich hoffe, ich muss mir keine all zu großen Sorgen um dich machen", sagte Maria wenig später.

„Inwiefern?"

„Na ja, wenn du einen Mann kennen lernst. Hanna, sieh ihn dir genau an!"

„Das werde ich tun."
„Warum sagst du das jetzt so... so komisch?"
„Ich werde darauf achten, dass er dir nicht gefällt!"
Maria blieb abrupt stehen. „Was soll das denn heißen?"
Hanna sah ihr wortlos in die Augen.
„Also, weißt du", sagte Maria verschämt und ging rasch weiter.

Am Tag der Abreise musste Kurt zur Frühschicht. Hanna hörte ihn um halb fünf über den Flur gehen. Nach ein paar Minuten stand sie leise auf, zog sich etwas über und ging in die Küche. Ihr Stiefvater saß am Tisch und machte seine Brote.
„Guten Morgen, Papa!"
„Morgen." Er sah nicht auf.
Hanna ging ans Waschbecken und lehnte sich dagegen. „Papa, ich wollte dir Auf Wiedersehen sagen."
„Wiedersehen", brummte er, klappte seine Brotbüchse zu und steckte sie neben die Thermoskanne.
„Soll ich Oma und Opa grüßen?"
„Von mir aus." Er nahm die Tasche und verließ die Küche.
Hanna ging zur Tür. „Ich werde es ausrichten. Und – und bleib gesund, Papa!"
Rasch zog er seine Motorradjacke über, griff Kappe, Brille und Tasche und eilte die Treppe hinunter.
Hanna schloss die Küchentür. „Was habe ich anderes erwartet?", flüsterte sie, während ihr Waschwasser in das Becken lief. Nachdem sie sich zurechtgemacht hatte, deckte sie den Frühstückstisch.
Maria kam herein. „Oh, du bist schon auf, guten Morgen, mein Mädchen!"
„Guten Morgen, Mama!" Hanna lächelte ihr zu und packte ihre Brote ein.

„Hier, dein letztes Gehalt, ich möchte nicht, dass du meinen Eltern gleich auf der Tasche liegst."

„Danke!" Hanna legte es neben ihre Kaffeetasse.

„Von dem Geld müssen wir auch noch deine Fahrkarte kaufen." Maria blieb kurz an der Tür stehen. „Ich wecke jetzt Sophie und Simon. Um halb sieben müssen wir uns auf den Weg machen."

Maria und Sophie weinten, als Hanna sie zum Abschied küsste. Ihr Bruder umarmte sie stürmisch und flüsterte ihr ins Ohr: „Mach's gut, ich bin der Nächste."

Hanna drückte ihn fest an sich.

Simon löste sich aus ihrer Umarmung. „Komm, sonst fährt der Zug noch ohne dich!" Er öffnete die Wagentür und ließ sie einsteigen. Dann reichte er ihr den Koffer hinauf und schlug die Tür zu.

Als Hanna das Abteilfenster aufschob, setzte sich der Bummelzug langsam in Bewegung.

„Hanna, mein Mädel, schick uns gleich eine Postkarte, wenn du angekommen bist! Pass gut auf dich auf!", rief Maria. Sie lief neben dem fahrenden Zug her, reichte ihr noch einmal die Hand und wischte sich mit der anderen die Tränen von den Wangen.

„Auf Wiedersehen!" Hanna rief es mit fester Stimme und winkte, bis die weißen Taschentücher ihrer Geschwister nicht mehr zu sehen waren.

In Nagold stand der Eilzug schon bereit. Hanna stieg ein und machte es sich bequem. Die Mitreisenden interessierten sie nicht, die meiste Zeit sah sie aus dem Fenster. Es wurde ihr nicht langweilig. Allmählich rückten die Berge auseinander, aber noch immer säumten dunkle Tannen den Horizont.

Gegen elf Uhr war Karlsruhe erreicht. Hanna suchte ihren

Anschlusszug auf der Informationstafel heraus, begab sich zum entsprechenden Gleis und verbrachte die fünfundvierzig Minuten Aufenthalt auf einer Bank.

Im Frankfurter Hauptbahnhof machte Hanna das Abteilfenster auf und lehnte sich mit beiden Armen darauf. Laut pries ein Verkäufer heiße Würstchen an und schob seinen Verkaufswagen am Zug entlang. Zeitungsverkäufer versuchten ihre Ware an den Mann zu bringen, kalte und heiße Getränke wurden feilgeboten und zwei Männer trugen einen Bauchladen mit Zigaretten und Süßigkeiten vor sich her.

Ob der einarmige Hausierer wieder mal bei uns war? Mama hat ihn bestimmt hereingelassen, dachte Hanna während sie das Abteilfenster nach oben schob. Durchdringende Pfiffe kündigten die Weiterfahrt an.

Immer mehr Laubwälder tauchten auf. Hanna sah gedankenverloren hinaus: Wie schön, heute lässt die Sonne die bunten Blätter der Bäume ganz besonders leuchten.

Am Nachmittag, nachdem der D-Zug Kassel hinter sich gelassen hatte, zog Hanna ihre Jacke über, nahm den Koffer aus dem Gepäcknetz und verließ das Abteil. Auf dem Gang, bis hin zur Wagentür, warteten schon mehrere Reisende mit ihrem Gepäck, auch sie schienen es jetzt kaum erwarten zu können.

„Göttingen! Göttingen!", schallte es aus dem Lautsprecher, als Hanna den Bahnsteig betrat. Es klang wie Musik in ihren Ohren.

Inhalt

Hör mal, wie die Leute reden
7

Du hast mich in die Berge gelockt
18

Bring der Braut den Pinkelpott
39

Ein Kuss wie's sich gehört
47

Um Verzeihung muss sie bitten
60

Da soll man nicht die Wut kriegen
75

Blut isch Blut
98

Es wird gegessen was auf den Tisch kommt
110

Man muss auch mal unter die Leute
123

Freudentränen weinten sie
138

Nur ein sanftes Berühren
148

Wer schön sein will muss leiden
156

Lügen kann sie nicht ausstehen
165

Bis zum Sankt Nimmerleinstag
180

Abschiednehmen gehört dazu
193

Mohnklöße zur Feier des Tages
208

Machst du mir ein Zuckerbrot
221

Das wäre ja noch schöner
239

Auf dem Friedhof war niemand
246

Eitelkeit ist eine Sünde
264

Alles Gute, Backfisch
275

So hat jeder seine Träume
285

Ein Schock nach dem anderen
306

Wie's Kätzle am Bauch
320

Eva-Maria Rademacher,
1945 in Göttingen geboren, im Schwarzwald aufgewachsen, lebt seit 1965 in Nörten-Hardenberg. Die Autorin, Krankenschwester i. R., beschäftigt sich seit der Kindheit mit der Landschafts-Malerei und hat ihre zeichnerischen Fähigkeiten autodidaktisch ausgebildet.
Ihre Arbeiten – Pastell-Kreide auf Velourpapier – wurden schon mehrfach erfolgreich ausgestellt.
Erst 1995 entdeckte Eva-Maria Rademacher ihre Leidenschaft für das Schreiben. Inzwischen ist sie Mitglied der Creativo, einer Autorengemeinschaft für Literatur, Wissenschaft und bildende Kunst. Ihr erster Roman, „Sie gab dem Himmel Farbe", erschien im Herbst 2003. „Nie ohne Sehnsucht", das zweite Buch der Autorin ist ein abgeschlossenes Werk, setzt aber die Handlung des ersten Romans fort.

Eva-Maria Rademacher

Nie ohne Sehnsucht

Roman

Einen Tag nach ihrem achtzehnten Geburtstag ist es Hanna gelungen, ihrem Zuhause im Schwarzwald zu entkommen und zu ihren Großeltern zurückzukehren. Vierzehn lange Jahre hatte sie diesem Tag entgegengefiebert.
Jetzt will sie sich einen Wunsch nach dem anderen erfüllen: Ein Zimmer wird sie sich nehmen, ihren Vater suchen und endlich malen und nochmal malen.
Jedoch eine Frau, der Hanna blindlings vertraut, hält die Fäden längst in der Hand. Geschickt und berechnend geht sie vor. Hanna bemerkt die Machenschaften viel zu spät.

Rademacher, Eva-Maria
Nie ohne Sehnsucht
2005, 283 S., Pb., Roman
Preis: 13,80 Euro
ISBN 3-935912-19-6

Weitere Bücher aus dem Fabuloso Verlag:

Lesinski, Sarina Maria:
Die Antwort weiß die Eiche
2001, 82 S., Pb., Lyrik;
Preis: 11,00 Euro (ISBN: 3-935912-00-5)

Hammer, Ingrid:
Zu allen Jahreszeiten - Geh´ ich diesen Weg.
2003, 95 S., Hc., Lyrik;
Preis: 16,80 Euro (ISBN: 3-935912-05-6)

Spinnreker, Angelika:
Tödlicher Genuss
2003, 182 S., Pb., Kriminalroman;
Preis: 9,90 Euro (ISBN: 3-935912-04-8)

Strüber, Gudrun:
Märchenhafte Gedanken
über die Zeitzeugenberichte in den Märchen
2001, 128 S., Pb., Märchenanalyse;
Preis: 12,00 Euro (ISBN: 3-935912-02-1)

Strüber, Gudrun:
Blaue Jungs! Grüne Jungs?
Ein U-Boot-Fahrer erinnert sich.
2002, 192 S., Hc., Dokumentation;
Preis: 22,80 Euro (ISBN: 3-935912-01-3)

Tietsch, Manuela:
Die Artuslinde
2004, 380 S.,Pb., Zeitreise-Roman,
Preis 15,00 Euro (ISBN 3-935912-07-2)

Lenz, Johanna Gerlinde:
Nur mit meinem Sohn, Reisen in Persien
2004, 113 S., Pb.; Reisebericht mit Foto-CD
Preis 9,40 Euro (ISBN 3-935912-08-0)

Schön, Anneliese:
Siehe ich mache alles neu
Wege mit Gott im Leben einer Frau
2004, 160 S., Pb. Bericht über eine Trennung
Preis 12,00 Euro (ISBN 3-935912-09-9)

Lesinki, Sarina Maria:
Das Abenteuer der experimentellen Archäologie
Mit Schwerpunkt Brettchenweberei
2004, Pb., 86 S.,Forschungsbericht und Anleitung
Preis: 9,50 Euro (ISBN 3-935912- 17-X)

Strüber, Gudrun:
Traum von Nähe
2004, Hc. 175 S.; Lyrik mit ca 60 Abbildungen
Preis: 18,80 Euro (3-935912- 13-7)

Schröder; Sonia:
leise begegnungen
2004, Handgebunden, Lyrik mit Aquarellen
Preis: 21,00 Euro ((3-934912-12-9)

Christian, Dorothea:
Zeit auf Hiddensee
2005, HC, 54 S. Ein Tagebuch zum Weiterschreiben
Preis 24,00 Euro (3-935912-18-8)

Weitere Informationen unter
www.fabuloso.de
www.creativo-online.de